Biblioteca de

Alberto
Vázquez-Figueroa

PLAZA & JANES

Alberto
Vázquez-Figueroa

Anaconda

PLAZA & JANES EDITORES, S. A.

Diseño de la portada: Método, S. L.

Decimocuarta edición en esta colección: marzo, 1997
(Primera con esta portada)

© 1975, Alberto Vázquez-Figueroa
Editado por Plaza & Janés Editores, S. A.
Enric Granados, 86-88. 08008 Barcelona

Printed in Spain – Impreso en España

ISBN: 84-01-49069-3 (col. Jet)
ISBN: 84-01-46951-1 (vol. 69/1)
Depósito legal: B. 10.182 - 1997

Impreso en Litografía Rosés, S. A.
Progrés, 54-60. Gavà (Barcelona)

L 46951 A

A MARIO LACRUZ
que me animó a escribir *Anaconda*

Capítulo Primero

ARENA Y VIENTO

En junio de 1949, siendo apenas un muchacho, casi un niño, la prematura y trágica muerte de mi madre cambió de improviso mi vida.

En menos de cuarenta y ocho horas pasé de ser el pequeño de la casa, al que todos cuidaban, a encontrarme terriblemente solo y asustado a bordo de un avión que me conducía a un punto perdido en el desierto del Sáhara.

Destrozado mi padre por la súbita tragedia; deshecha la casa; teniendo mi hermano —cuatro años mayor que yo— apenas edad suficiente para cuidar de sí mismo, la única solución fue enviarme con unos tíos que vivían a la sazón en Cabo Juby, minúsculo fuerte militar a la orilla del mar, en el antiguo Sáhara Español.

Resulta difícil intentar describir lo que sentía, atisbando por la ventanilla de uno de aquellos destartalados «Junkers» que hacían el servicio entre las islas Canarias en 1949, aterrado por el rugir de los motores, con el corazón vacío por la reciente tragedia y viendo quedar atrás —cada vez más lejos, cada vez más pequeño— todo lo que hasta ese momento había sido mi mundo.

El Teide, blanco, enorme, asomaba a la derecha,

y la isla, verde, cuajada de flores, de bosques, de valles, me traía recuerdos de veranos pasados en familia. Pueblos, casas, caminos... y luego, abajo, Santa Cruz, con sus calles tan queridas; con su puerto y sus plazas... El colegio en la falda de la montaña, y más allá, mi barrio, mi calle, mi casa...

> *Mi padre; mi hermano, mis amigos...*
> *y el cementerio...*

Luego el mar, y Tenerife se convirtió en un punto cada vez más pequeño, cada vez más lejano. Una roca en el agua; un garbanzo en la sopa.

Nubes y cielo; ruido de motores. Escalas y aeropuertos en los que me sentía asustado, minúsculo, perdido..., y al fin, allá, delante, una costa amarilla y plana; una playa inmensa calcinada por un sol de fuego; una soledad inconcebible para un niño canario; un universo monocromo y absurdo... ¡El desierto!

¡Dios!, qué fea palabra me parecía por aquel entonces. Desierto quiere decir «deshabitado, sin vida»... Sáhara: «Tierra que sólo sirve para cruzarla.»

A los doce años me dirigía, pues, a encerrarme en la «deshabitada tierra que sólo sirve para cruzarla».

No me sentía mejor que un condenado a la silla eléctrica, y desaparecida mi madre, sin poder ver a mi padre ni a mi hermano, poco me importaba que el viejo «Junkers» se viniera abajo sin dejarme poner nunca el pie en aquel infinito arenal sin esperanzas.

Cabo Juby, desde el aire, parecía peor que imaginado. Un cuadrado fuerte de paredes rojizas, junto al que se agrupaban un puñado de casas blancas esparcidas como guijarros sobre una playa. Un hangar con techo de cinc, una pista de aterrizaje de arena apisonada, y un sinfín de *jaimas* nómadas plantadas por todas partes, sin orden ni concierto.

Y en el mar, en el centro de la bahía, a medio kilómetro de la costa, alzado sobre una roca, un caserón enorme, frío, tétrico.

—¿Qué es? —pregunté al teniente de la Legión que se sentaba a mi lado.

—«Casa Mar» —contestó—. La primera factoría

que establecieron los ingleses para estar a salvo de los asaltos de los tuareg y bandoleros nómadas. Luego fue prisión —la peor que ha existido—, cuartel y faro. Ahora está abandonada y no la habitan más que los espíritus.

—¿Qué espíritus?

—Los de los presos que murieron en ella.

El «Junkers» enfiló la cabecera de la pista y se posó en tierra levantando a su paso nubes de arena. Los motores rugieron con más fuerza, y ya me resultó imposible oír lo que decía.

Minutos después, la portezuela del avión se abría y una luz blanca, brillante, violeta, me golpeó en lo más profundo de los ojos. Era la luz del desierto; un sol de fuego reflejándose en los mil millones de espejos de la arena como un cuchillo que se clavase en la retina y al que me costaría años habituarme.

Descendí por la escalerilla al tiempo que un puñado de vociferantes muchachitos indígenas —*guayetes*— se aproximaba aullando, intentando apoderarse de los equipajes de mano de los pasajeros para trasladarlos junto al muro del fuerte, a cuya sombra aguardaban cuantos acudían a recibir el avión.

El sol estaba en su cenit, y de la tierra ascendía un seco calor de horno de panadero. Abrí mucho la boca, buscando aire, y el aire me llegó, ardiente, a los pulmones, que parecieron incapaces de aceptarlo. Todo daba vueltas a mi alrededor, y los gritos de los *guayetes* me asustaban. Luché por conservar mi triste maletín, y sentí la necesidad imperiosa de huir de allí, de dar media vuelta y regresar a la penumbra del avión, para que me devolviera a mi casa, a mi isla, a mi madre...

Unos hombres me empujaron, y otro me abrazó: era mi tío Mario, que, casi en volandas, me llevó a la sombra del fuerte sacándome de aquel infierno bajo el sol. Me encontraba aturdido, y aturdido continué mientras recorríamos la calle de arena apisonada, hasta llegar a la casa, blanca y almenada como una mezquita diminuta sacada de un cuento de *Las mil y una noches*.

Allí todo era sombras y fresco, y me dio la impresión de volver a la vida. Me senté en un sillón, comencé a responder preguntas sobre el viaje y me quedé dormido.

Me despertó, muy temprano, el furioso berrear de los camellos de la Policía Nómada, cuyo cuartel compartía nuestro patio trasero. Recorrí en silencio la casa aún dormida, salí al patio y me encontré frente a mi primer camello mehari, y mi primer grupo de auténticos saharauis, genuinos hombres azules, «hijos de las nubes».

En cuclillas en torno a una gran bandeja de cobre, sorbían ruidosamente un té hirviente y aromático, mientras arreglaban sus turbantes o perseguían piojos por entre cabellos largos y enmarañados.

Se me antojó que tenían un aspecto feroz de bandoleros, asaltantes de caminos armados de pesados fusiles, sin que me tranquilizaran sus correajes militares, su uniforme color arena ni la placa que lucían sobre el pecho.

Un tuerto con un ojo blanco, y el otro tan duro y afilado como una aguja de hacer calceta, me observó un instante, y luego, calmoso, me ofreció té en el vaso más sucio y pringoso que había visto en mi vida.

—Bebe, *guayete* —dijo—. Tu tío es mi amigo... Buen amigo...

Mario es amigo de todos aquí en Tarfaya...

Más tarde sabría que Tarfaya era el nombre por el que los indígenas preferían designar Cabo Juby. Quiere decir «tierra de tarfas», un arbusto leñoso que crece en agua salobre y abunda por los alrededores.

Tomé el vaso y me quemé. Sostener un vaso hirviendo entre el dedo pulgar y el índice requiere una técnica especial, tan difícil de aprender como sorber el líquido abrasante sin llenarme la boca de ampollas.

Nunca llegaría a comprender la razón de tomar así el té en una de las regiones más cálidas del mundo, pero aquel día tuve que empezar a acostumbrarme. Fuera donde fuera luego, aun en los 50° que llegué a sufrir a veces, muy tierra adentro, en el erg, habría de tropezarme siempre con ese vaso de té hirviendo con que los saharauis dan la bienvenida a sus huéspedes.

Té, azúcar hasta empalagar y hierbabuena. Me pareció lo más repugnante que había probado nunca, y si el frío ojo del tuerto no me hubiera estado observando tan fijamente, lo habría derramado allí mismo.

Dejé pasar el tiempo confiando en que aquel mejunje se enfriara un poco, espiando con el rabillo del ojo al negro de mi izquierda que no cesaba de rascarse un solo instante y amenazaba con echarme encima toda una familia de pulgas y piojos. Sonrió de oreja a oreja, como un viejo piano, y su vozarrón retumbó en el patio al preguntar:

—Bonito, Tarfaya. ¿Verdá...? Gran ciudad... La mayor de esta parte del Sáhara... ¿Te gusta?

Si llego a decir que no, las teclas de sus dientes me hubieran arrancado la oreja de un mordisco. Me hice aún más pequeño, asentí varias veces con falso entusiasmo y me arrepentí por la tonta curiosidad que me había sacado de la cama para abandonarme en medio de aquel puñado de ogros de leyenda.

Un viento cálido me golpeó en el pescuezo y me volví vivamente para encontrarme a cinco centímetros de los belfos de un estúpido camello que olisqueaba mi camisa. Di un salto, asustado, y me derramé encima el té caliente y pringoso. Ya no quemaba, pero me dejó la pierna engomada, y una nube de moscas acudió de inmediato.

Los saharauis reían en el colmo del regocijo. Me disculpé tontamente y corrí a la casa a lavarme.

A solas en el cuarto de baño, sentí deseos de llorar. Cuando mi tía Fanny se levantó, me encontró sentado en el porche, contemplando —triste y pensativo— la gigantesca y solitaria playa y la mole de «Casa Mar» que se alzaba al fondo.

—No te gusta esto, ¿verdad? —preguntó, sentándose a mi lado; y como no obtuvo respuesta, continuó—: No te preocupes... A mí tampoco me gustaba. Ni a tu tío Mario. Ni a nadie, creo yo... Pero con el tiempo te irás acostumbrando... La gente es sucia e ignorante; la tierra, yerma y caliente; no ocurre nada, ni existen diversiones, pero hay algo... una especie de magia que cautiva; una calma que se mete dentro; un misterio que nadie sabe descifrar, y que apasiona... —Hizo una pausa, pensativa—: «La llamada de África», le dicen.

—¿Ya llamada de África? Creí que eso se refería al África Negra. La de los leones y elefantes...

—En África hay más desiertos que selvas; más

arena que elefantes. Todo el mundo habla de la otra África, pero ésta es más auténtica; más pura. Si te quedas, tal vez comprendas lo que quiero decir...

Necesité años, en verdad, para entenderlo; pero, al fin, lo hice.

Me asomé con desgana a aquel mundo extraño, pero poco a poco mi apatía y mi temor fueron vencidos por mi curiosidad de muchacho; esa curiosidad que siguió luego de hombre y debía marcar mi vida para siempre.

Salí otras veces al patio trasero, y me enfrenté al ojo tuerto, a los enormes dientes del negro y al cálido aliento de los camellos meharis. Le perdí el miedo a los piojos y el asco al té de hierbabuena. Me lancé a la calle abrasada por un sol de fuego y acostumbré mis pies a caminar descalzos sobre la arena ardiente.

Regresé a casa llorando porque *guyetes* más pequeños peleaban, sin embargo, mejor que yo, y siempre me vencían. Tenían los pies tan duros que —a patadas— acababan conmigo. Me endurecí también los pies jugando al fútbol, descalzo, con latas vacías...

Y me inicié en los rudimentos del *hassania*, el dialecto de los hombres azules; los hombres libres, los auténticos «hijos de las nubes», llamados así porque su vida tan sólo se regía por la lluvia. Tras ella marchaban siempre, y su existencia era una constante expectativa de que en alguna parte —no importaba si cerca o lejos— había llovido lo suficiente como para plantar rápidamente la cebada y aguardar la cosecha de una tierra que nunca se mostraba avara.

Más de una vez vi, en aquellos años de muchacho, familias enteras de saharauis vagando por la llanura, con los ojos puestos en una enorme nube baja que amenazaba reventar, aguardando el instante en que al fin se decidiera a hacerlo. A menudo la seguían durante días y días, para acabar la mayor parte de las veces por perderla para siempre, o ver cómo concluía por adentrarse en el océano, para descargar allí, inútilmente, un agua que ellos hubieran necesitado tanto.

Con agua, el Sáhara sería un vergel. La tierra es fértil, salvo en las zonas invadidas por la arena, pero ésta no ocupa —contra lo que la mayoría cree— más que una extensión muy limitada. Existen «ríos de arena», del mismo modo que por otros lugares corren ríos de agua, y se sabe de antemano cuál es su itinerario y qué longitud y anchura ocupan. En ocasiones pueden ser gigantescos, pero la mayor parte de las veces no pasan de una faja de pocos kilómetros.

Algunos científicos mantienen que en tiempos muy remotos, el «África Verde» de las grandes selvas, los elefantes y los leones, se extendió por todo lo que ahora es Sáhara, cuando estas tierras estaban regadas por el gran Níger, que por aquel entonces iba a desembocar en el Mediterráneo. Un buen día, el Níger se taponó a sí mismo, cambió de curso, trazó un amplio círculo para ir a morir al golfo de Guinea, y desde ese momento la región comenzó a convertirse en el desierto que es ahora.

Pero en aquellos tiempos nada de eso me preocupaba. Para mí el desierto no era más que una tierra árida por la que corría un viento cálido y a la que poco a poco comenzaba a acostumbrarme.

Advertí que de pronto había ganado algo que hasta esos momentos desconocía: libertad. No la libertad de hacer lo que me viniera en gana, sino la libertad de sentirme solo frente a un universo sin horizontes, un mundo tan ancho y vasto como no hubiera nunca imaginado antes.

Andar por la llanura es un poco caminar sobre las olas. Girar sobre sí mismo y no ver nada, sentirse infinitamente pequeño en la planicie es también sentirse infinitamente grande; único ser del planeta; dueño de cuanto nos rodea hasta donde la vista alcanza.

Poco a poco comencé a aprender, no obstante, que era ésa una sensación falsa; que no era en absoluto cierto que me encontrara solo en el desierto, y al girar sobre mí mismo no hubiera nunca nada ni nadie.

La vida se agitaba a mi alrededor, y fui descubriéndolo por mis propios medios a lo largo de horas sentado a la sombra de un arbusto, viendo cómo de pronto surgía de un agujero, en la tierra, un ratón del desierto, una serpiente, una liebre o un alacrán.

Luego mis ojos se acostumbraron a distinguir en la distancia las manadas de gacelas, de un color tan claro y apariencia tan frágil, que se confundían con la arena de las dunas o la tierra rojiza de los pedregales. Aprendí a diferenciar las clases de antílopes según los conocían los indígenas. El *mahor*, de cortos y gruesos cuernos. El *lehma*, que los tiene muy largos y afilados, y el *urg*, cuyas astas crecen en forma de huso y a veces se emplean como puntas de lanza.

Pasé horas haciendo que Mulay, el guía, me enseñara a reconocer las huellas de la hiena, el zorro o el lince, y me sentí capaz —por esas huellas— de saber cuánto tiempo hacía que el chacal había pasado por la llanura.

No me importaba equivocarme. No me importó, ni aun cuando confundí las huellas de un lince con las del *fahel*, el temido guepardo del desierto, dueño absoluto de las llanuras por las que corría a más de sesenta kilómetros por hora persiguiendo gacelas.

Aprendí también a encontrar nidos de avestruces, a robar sus enormes huevos cuando aún estaban frescos y hacer con ellos una tortilla para diez personas. Aprendí, por último, que compartía aquel mundo con los patos salvajes, las perdices y las tórtolas, y que abundaban también las cigüeñas, las garzas reales y los flamencos.

Era aquél, en fin, un desierto tan poblado, que en nada se parecía a lo imaginado en un principio —cuando lo vi desde el avión—, y así, poco a poco, día a día, en mi soledad de niño y mi soledad de muchacho, comencé a amar firmemente aquellas tierras; traté de comprenderlas, y llegó un momento en que fueron tan importantes en mi vida como no lo ha sido ninguna otra, jamás, que yo recuerde.

Arena y viento, soledad y silencio; bestias huidizas y un sol de fuego... No era mucho para llenar la vida en su edad más crítica, pero a mí me bastó, y aún hoy sigo creyendo que fue más de lo que tuvo nunca nadie en ese tiempo.

En el transcurso de unos años, mi antigua vida de Canarias, del colegio, de los amigos y los juegos insulsos dejó de tener significado, y cuanto me importaba era una llanura infinita abrasada por el sol y un puñado de bestias y de hombres.

—¡Hombres!

«Hombres azules.» Auténticos hombres que se aferraban al terreno que tenían bajo sus pies y no lo cambiaban por ningún otro, así le ofrecieran el mismo Paraíso. Hombres del desierto, de ojos de halcón e instinto de paloma mensajera; inocentes como niños, crueles como lobos. Capaces de quitar la vida o darlo todo; capaces de robarlo todo y dar la vida. Ignorantes y fanáticos, supersticiosos y a la vez profundamente sabios... Insospechados siempre. «Hombres azules» que jamás se lavaban y cuyo sudor desteñía las ropas añil que los cubría, de modo que, a los pocos años, ellos mismos eran ya completamente azules desde el pelo hasta las uñas, feroces seguidores de Alá, *el Grande*; guerreros de Mahoma, su Profeta.

—¡Dios, qué tipos!

Yo los amaba con admiración de niño. Ninguna raza me pareció a la vez tan bella y tan sucia; tan atractiva y repelente. Ninguna mujer olió tan mal y fue al propio tiempo tan mujer y tan madre.

Por las tardes, cuando el calor amainaba, subía hasta el poblado indígena a buscar a mis amigos, los *guayetes* de mi edad, para jugar al fútbol o ir a cazar ratones saltarines del desierto.

Las mdres me ofrecían entonces un vaso de té hirviente, junto con un puñado de dátiles y un dulce sobre el que se posaban cien mil moscas. Nunca nada me pareció tan rico, sentado en el suelo sobre una tosca alfombra, bajo la gran carpa de pelo de camello de la *jaima*, junto a viejos fusiles y espingardas, lanzas mohosas y afilados sables.

Y fue bajo una de esas *jaimas* del poblado cuando por primera vez oí hablar de la raza de esclavos del Sáhara: de los *bellhas*, los malditos, que nacieron para servir a los hombres libres, los señores, sin que tengan más derecho a la vida que una cabra.

Fue un día en que se celebraba una gran fiesta en una humilde *jaima*, fiesta a la que todos asistían alborozados, porque acababa de nacer el primer hijo de Suleimán R'Orab-Suleimán *el Cuervo*, y era el primer hombre libre que nacía en una familia de *bellhas*, que habían sido esclavos generación tras generación, desde que los viejos tenían memoria.

Suleimán R'Orab nunca quiso aclararme por qué él y todos sus ascendientes habían pertenecido a la tribu de los *bellhas*, mientras el niño que acababa de nacer pertenecía, sin embargo, a la clase de los hombres libres del desierto y era un auténtico «hijo de las nubes».

Fue nuestro criado negro —Suilem—, un senegalés gigantesco, que me quería y me cuidaba como a un hijo, quien me lo explicó.

—Los *bellhas* son raza maldita —dijo—. Raza de esclavos, y mi abuelo perteneció a ella, porque mi bisabuelo fue capturado por los mercaderes árabes, allá en Senegal, de donde proviene mi familia. *Bellha* puede ser el negro, el árabe y aun el blanco, el europeo, porque no constituyen una raza, sino tan sólo una denominación. El hijo de esclavo nace esclavo, a no ser que su padre compre al amo su libertad. También puede comprar, antes, la propia, y así ya todos sus descendientes serán libres hasta el fin de los siglos.

—¿Qué hacen los blancos contra eso? —pregunté—. Según las leyes europeas la esclavitud está prohibida.

—En efecto, *guayete* —señaló—. Está prohibida, y si un *bellha* acude a la Policía y denuncia a su amo, inmediatamente los blancos lo declaran libre le dejan marchar adonde quiera, e incluso castigan a quien lo ha estado esclavizando.

—Entonces... ¿Por qué no son todos ya libres...?

—Existe el *gri-gri* —replicó, bajando mucho la voz.

—¿Qué es el *gri-gri*?

—El *gri-gri* es magia —susurró—. Magia terrible que tan sólo poseen los amos, los hombres libres... Cuando un *bellha* escapa a su dueño o acude a los blancos a que le concedan la libertad, su amo se enfurece y manda tras él al *gri-gri*. Pronto, muy pronto, vaya adonde vaya, se esconda donde se esconda, el *gri-gri* lo alcanzará y acabará con él haciéndole sufrir la más terrible de las muertes.

—Pero eso es absurdo... —protesté—. Superstición...

—No lo es, *guayete*, no lo es —afirmó, convencido—. Mi tío, el hermano de mi padre, murió a manos del *gri-gri*, pese a que había huido muy lejos, a dos meses de marcha de donde vivía su antiguo amo. El *gri-gri* le cortó la lengua, le sacó los ojos y lo abandonó en el desierto hasta que los buitres lo devoraron.

—¿De verdad crees en eso?

—Tanto como en Alá, que me mira desde lo alto... Y gracias le doy porque mi padre me hizo libre y ya no tengo nada que temer... No me gusta el *gri-gri*... Aunque algún día fuese inmensamente rico, nunca tendría esclavos para no tener que enviarles el *gri-gri* cuando escaparan.

No pude sacarle ni una palabra más, y tuvo que ser Lorca —el hombre que más sabía del desierto, y que me enseñó todo lo que yo supe luego— quien me explicara la existencia del *gri-gri*.

—No es más que una superstición —comenzó—. Pero una superstición basada en algo muy concreto. Los *bellhas* que buscan la libertad sin comprársela a sus amos, mueren, y su muerte suele ser —en efecto— terrible. El *gri-gri* es una especie de mafia que existe entre los amos. Cuando un esclavo huye, vaya adonde vaya, otro amo le asesinará y dirá que ha sido el *gri-gri*. Todos están de acuerdo, y, de ese modo, mantienen aterrorizados a los pobres *bellhas*, gente ignorante y supersticiosa, que creen en la magia a ojos cerrados. No importa lo lejos que un esclavo huya. No importa lo que haga: siempre habrá un puñal traidor que acabe con su libertad. Por ello prefieren seguir de esclavos, aunque su vida es mil veces peor que la de las bestias.

»Aparentemente no existe esclavitud... A los ojos de la ley, esos esclavos son siervos, y en verdad muchos viven como hombres libres incluso a cientos de kilómetros de donde están sus amos. El poder de éstos llega a tanto sobre los *bellhas*, que a menudo los envían a trabajar a otros lugares; de criados de los blancos, de pescadores, pastores o albañiles, y todo lo que ganan es para el dueño, sin que al *bellha* le quede más que una mínima cantidad para sobrevivir. Y éstos, los que así trabajan, se sienten felices, porque disfrutan de una relativa libertad, no sufren castigos ni malos tratos, y comen mal que bien. Los otros, los que viven con sus amos, se ven constantemente apaleados, comen las sobras, beben después del ganado, y sus cuerpos y los de sus mujeres e hijas —no importa la edad— pertenecen al amo, que puede abusar de todos, sexualmente, sin el menor reparo.

—Parece increíble...

—Sí. Lo parece —admitió—. Incluso a mí mismo me costaría creerlo si no estuviese acostumbrado a verlos; si no conociera a muchos de esos *bellhas*; si no supiera quiénes los compran y los venden...

Observó mi gesto de estupor, y sonrió:

—¿No me crees...? No. Veo que no me crees... Bien, la semana próxima, cuando salga a cazar al interior, le pediré a tu tío que me deje llevarte... Tú mismo verás a los esclavos...

CAPÍTULO II

GACELAS Y ESCLAVOS

El desierto de piedras de El Tidral había quedado hacía tiempo a nuestra espalda, y a lo lejos, a la izquierda, dominando toda la línea del horizonte, comenzaban a distinguirse altas dunas —algunas de más de trescientos metros—, duras y amarillas como montañas de arena petrificada. Sus laderas aparecían suaves, caprichosas, surcadas de sinuosas curvas, que hacían pensar en una gigantesca ola cristalizada e invitaban a deslizarse por ellas.

—Algún día tengo que fabricarme unos esquís —comentó Lorca siguiendo la dirección de mi mirada—. Tenía unos, pero se rompieron... Lanzarse por una de esas dunas es como esquiar en los Alpes.

—¿Y para llegar arriba...?

—Ahí está el problema —sonrió—. Para trepar a esa duna hace falta un buen camello. Pero llegas arriba, te lanzas pendiente abajo, y el camello se queda en la cumbre. Cuando decide bajar, han pasado tres horas.

Vino luego una llanura, lisa como esta mesa, interminable, y el jeep se lanzó por ella a cuanto daba, permitiéndonos descansar un rato de los mil saltos de las piedras, los matojos y los baches.

Planicie en todas direcciones, como si rodáramos sobre el mar sin horizonte, pues hasta las altas dunas se perdieron de vista, ocultas por la colina que subía de una tierra que comenzaba a calentarse.

Una hora después, a mediodía, el sol del desierto jugaba a atravesar el techo de lona del vehículo, que no acertaba a refrescarse con el viento cálido que entraba libremente por los abiertos flancos.

—Busquemos una tarfa —propuso Lorca, y describió una amplia curva a la derecha, hacia donde se distinguían ya, a lo lejos, las oscuras manchas de los arbustos espinosos.

Tiempo después, los tres dormíamos a la sombra de una tarfa inclinada por el viento, tras haber devorado un pan completo y un puñado de dátiles. Nos despertó la llegada de un *guayete*, un muchachito que pastoreaba camellos en aquellas soledades y que venía a avisarnos de la presencia de gacelas.

Señaló con el dedo. Allí delante, cerca, un macho y varias hembras pastaban siempre en una *grara* que compartían a veces con sus camellos y sus cabras.

Las *graras* son zonas verdes del desierto, pequeñas extensiones en las que crece una relativa vegetación, fruto la mayor parte de las veces de aguas subterráneas que humedecen el suelo, o recuerdo de pasadas lluvias que únicamente mojaron aquel sitio, Alá sabía por qué.

Lorca se echó al hombro su rifle, un pesado «Máuser» del Ejército, y Mulay, el guía indígena, le imitó tras cerciorarse de que no había entrado arena en el ánima del cañón.

Iniciamos la marcha tras el *guayete*, que iba saltando de alegría ante la idea de que algo de carne fresca le alcanzaría si los blancos se mostraban justos. Un muchacho saharaui tiene muy pocas oportunidades en la vida de probar carne, sobre todo allí, tierra adentro, lejos del zoco y el poblado. Su alimento suele ser leche de cabra o de camella, algo de mijo, té y cuzcuz como plato de lujo. La mayoría nunca ha visto un pescado y tienen una ligera idea de lo que es un huevo de gallina.

Aquél no había crecido lo suficiente ni tenía aspecto de haber probado la grasa de giba de camello, manjar de dioses para los «hijos de las nubes» y remedio para muchas de sus enfermedades.

Recuerdo que a El Fasi, el tendero de Cabo Juby, le habían dado un año de vida, aquejado de una tuberculosis sin esperanzas, que por aquellos años aún no tenía cura, especialmente en el Sáhara. Vendió cuando tenía y lo invirtió en obtener cada día la giba de los camellos que se sacrificaban en el matadero del zoco indígena. Se la comía cruda, aún caliente, recién extraída, o derretida luego en grandes vasos que tragaba de un golpe. A los tres años estaba arruinado, pero completamente sano y pesando cuarenta kilos más.

El «allí delante: cerca» del *guayete*, se convirtió en más de cuatro kilómetros de marcha bajo un sol que aún pegaba muy duro. Al fin se detuvo, se llevó el dedo a la boca e hizo un gesto señalando que había una depresión ante nosotros: la *grara* de las gacelas.

Avanzamos en silencio, agachados, corriendo de mata en mata como protagonistas de películas de indios, y sentí que mi corazón de muchacho latía con fuerza ante la emoción de mi primera cacería.

Llegamos al repecho casi arrastrándonos sobre la arena, y allí estaban: un hermoso macho de metro y medio del cuerno a la pezuña, y siete u ocho hembras más pequeñas, dos de las cuales amamantaban crías.

—No te muevas —me susurró Lorca al oído—. Cuando suene el disparo, no te muevas. Como si fueses de mármol.

Y allí me quedé, clavado contra el suelo, asomando apenas la nariz sobre un pedrusco, esperando que Lorca, con la paciencia de un camaleón en busca de una mosca, se echara el fusil a la cara y apuntase.

Retumbó junto a mi oreja el primer disparo de mi vida. Tenía trece años, y no podía imaginar cuántos más escucharía. En cacerías o en guerra; alegres cuando van detrás de un conejo o un elefante, y tétricos cuando buscan seres humanos.

Una hembra sin crías había caído con la cabeza rota. Yacía en el suelo, muerta, y el estampido del arma de reglamento atronó la llanura, rodó sobre las piedras y la arena, saltó las tarfas y matojos y se perdió a lo lejos, llevando al infinito su clamor de sangre.

La quietud del desierto estaba rota; el equilibrio de la Naturaleza se había deshecho; el ruido y la muerte invadieron la *grara*, y, sin embargo, las gacelas continuaban en el mismo punto: inmóviles, indiferentes, como si nada hubiese sucedido.

Dejaron de pastar, alzaron la cabeza unos instantes y dirigieron —no todas— una curiosa mirada a su alrededor. Inmóviles, como piedras, las mirábamos. No parecían asustadas; el disparo no tenía para ellas significado alguno; no estaba relacionado con la idea de muerte o de peligro mientras no vieran directamente al enemigo o no sintieran su olor ya conocido.

La más próxima miró a la que había caído. Podía estar dormida o descansando. La sangre que manaba de su cuello no le decía gran cosa. Las gacelas carecen de imaginación.

Cuando todas pastaron nuevamente, Lorca descorrió el cerrojo de su arma y se la echó a la cara. Lo odié por un instante. A él, que era mi héroe, el hombre que se rebajaba a enseñarme a vivir en el desierto. A él, que me contaba cómo era un mundo que jamás hubiera imaginado, por quien hubiera dado la vida sin pensarlo...

Me miró de reojo y supe que sabía lo que estaba pensando.

—Sólo una más —susurró—. La del *guayete*.

Y apretó el gatillo.

Se repitió la escena. Y se hubiera repetido diez veces, cien mil... si Lorca no se hubiera puesto en pie gritándole a Mulay:

—¡Ésa es la vuestra! ¡Corre! Te la dejé a punto...

Cuchillo en mano, Mulay y el *guayete* corrieron hacia la segunda gacela, que había caído, herida, pero no muerta. Las demás, al primer movimiento humano escaparon para perderse de vista en la distancia.

Saltaban sobre las piedras y la arena, sobre las tarfas y los matojos, como si trataran de alcanzar al último disparo, conocedoras ya para siempre del ruido de la muerte; del acre olor a pólvora de los hombres.

Y Mulay también saltaba con su chilaba al viento, esgrimiendo el cuchillo y dando gritos, para caer como un buitre sobre el animal herido, girarle el cuello hacia La Meca y degollarla de un tajo, rito sin el cual su fe de musulmán no le permitía comer su carne.

El *guayete* brincaba a su alrededor en desenfrenada danza, se lavaba la cara con la sangre, y luego la bebía formando cuenco con las manos, dejándola caer del caño aún latente de la abierta garganta.

Los «ojos de gacela» de tantos poemas me miraban con dolor y miedo; con asombro; y aquel día, en aquel instante, sentí mi primer remordimiento...

Me alejé y fui a sentarme a la sombra de un matojo mientras Mulay y el muchacho desollaban las bestias. Algo se había revuelto en mi interior y me asqueaba.

Lorca vino a mi lado. Aún olía a pólvora. Descargó el arma y la limpió cuidadosamente. Sonrió:

—Las armas son como las mujeres —dijo—. Cuando las usas, hay que descargarlas o acaban por pegarte un tiro.

En aquellos momentos no comprendí lo que quería decir, pero me agradaba que me hablara como a un hombre. Lorca era así: trataba a los hombres más duros como si fuesen niños, y a los niños como si fueran hombres... Y todos le querían.

Era el rey del desierto: el caíd blanco de los «hombres azules»; aquel a quien todos acudían en busca de consuelo, ayuda o consejo, y que tenía siempre la expresión o el gesto a punto. Hablaba el *hassania* como un Rguibat, y conocía todos los modismos y gestos expresivos de los tuareg. Era capaz de distinguir por el acento a un Ait-Yemel de un Ait-Atman, aunque se hubieran disfrazado, y él mismo se disfrazaba con frecuencia, sin que jamás nadie le hubiera descubierto. La mayor parte de las veces lo hacía por simple diversión, pero otras se adentraba solo en el Territorio para averiguar directamente cómo estaban los ánimos de los indígenas, qué pensaban de las nuevas leyes o cómo respondían a los vientos de independencia que comenzaban a soplar sobre África.

Sus opiniones pesaban en las decisiones finales de las autoridades, y era, en pequeña escala y en la paz, una especie de Lawrence de Arabia.

Más tarde, cuando algunas tribus comenzaron a alzarse y se presentó la posibilidad de un enfrentamiento armado, Lorca se sintió incapaz de aprovechar cuanto le habían enseñado los «hijos de las nubes» para combatirlos. Comprendió que tenían derecho a desear ser independientes y, renunciando al Ejército y al Sáhara —que eran toda su vida—, se retiró a la vida civil en Alicante.

Hace dos años fui a verle. Le presenté a mi esposa y pasamos el día juntos.

Vivía de recuerdos; de nostalgias de las grandes llanuras, pero no deseaba volver.

La guerra fue corta, y sólo una pequeña parte del Territorio pasó a poder de Marruecos, pero ya todo había cambiado. Veinte años después, África era otra.

Yo acababa de regresar de un nuevo viaje al Sáhara y lo sabía. Le conté cómo habían desaparecido las gacelas de las *graras;* cómo los camiones sustituían a los rápidos camellos meharis; cómo la Policía Nómada había sido disuelta y su trabajo lo hacían ahora legionarios y paracaidistas...

—Cada cosa tiene su tiempo —dijo—. Y el mío y el del desierto pasaron ya... Aún recuerdo cuando te llevé a ver los esclavos... Cazamos dos gacelas y estabas impresionado ante la vista de tu primera sangre... Yo intenté hacer que olvidaras el asunto, pero tú no podías, y esa noche te negaste a comer aquella carne...

...La carne emitía el olor más apetitoso que hambriento alguno hubiera podido imaginar. Mulay, el insustituible Mulay, la estaba preparando a base de la mejor y más antigua de las recetas: atravesar la gacela en una baqueta de fusil y hacerla girar lentamente sobre las brasas de un fuego de tarfa seca.

Al anochecer habíamos montado el campamento en plena llanura, sin protección alguna —que no la había—, clavando bien a fondo las estacas por si el viento arreciaba al amanecer e intentaba llevárenos. Después de un día de sol, de polvo, de emociones y saltos en jeep, mi estómago estaba más vacío que catedral en martes, pero aun así, y pese al aroma a carne asada, me consideraba incapaz de probar un solo bocado del animal que me había mirado tan tristemente en sus últimos momentos. Era como si una corriente de amistad se hubiese establecido entre nosotros con aquella mirada, y no me sentía con hambre suficiente como para comerme a un amigo.

¡Tenía trece años...!

Lorca dividió las porciones. Colocó una ante mí, en el plato de estaño, y comenzó a comer en silencio. Mulay le imitaba, y no me miraban, como si yo no existiese y estuvieran —como siempre— solos en la noche del desierto; compañeros inseparables de tantas otras noches del desierto.

Al concluir, viendo que no me decidía a probar bocado, Lorca señaló con un gesto la oscuridad; lo que ambos sabíamos que significaba: llanuras, soledad, sed; animales que huían, hombres azules; peligro a veces...

—Si de verdad quieres entrar a formar parte de todo esto —dijo—, tendrás que hacerte un hombre a su medida. Adaptarte. El desierto se traga a los débiles... Aquí no puedes ir al abasto de la esquina a comprar la cena, ni abrir un grifo para beber un vaso de agua. Lo que necesites has de tomarlo donde lo haya, y esta noche necesitas un buen pedazo de carne. Deja tus remilgos para el día que no encontremos caza y tengas que comer serpiente asada.

Aquella noche me pareció que exageraba. No sabía aún cuántas serpientes, trompas de elefante o costillas de mono habrían de figurar en el menú de mis próximos años.

El hambre arreciaba, y como no había otra cosa, acabé traicionando a mi amiga la gacela. Alguien dijo que en la guerra y en el amor, no hay amistad que valga. En el hambre, tampoco.

Luego me alejé del campamento y fui a tenderme sobre una pequeña duna, a mirar las estrellas, que están más cerca del desierto que de ninguna otra parte de la Tierra. El aire es tan seco y la noche tan quieta, que los antiguos tuareg pinchaban las estrellas con sus lanzas y las clavaban en tierra para marcar de noche los caminos.

Estuve pensando largamente. Pensando en que aquélla había constituido mi primera cena de hombre, y de allí en adelante tendría que continuar comportándome como hombre.

Me sentía orgulloso, y no me daba cuenta de lo tremendamente fastidioso que resultaría más tarde.

Cuando regresé a la *jaima* todos dormían. Acostado en mi rincón, dejé pasar las horas escuchando el viento llorar en la llanura. Cuentan que arrastra los lamentos de todas las madres que perdieron sus hijos en las guerras tribales. Y cuando la arena que arrastra ese viento golpea contra la *jaima*, dicen que son los puñados de tierra que las madres echaron sobre las tumbas de sus hijos.

En el Sáhara, para todo hay una historia; para

cada cosa, una leyenda; para cada animal o planta, una superstición...

Me dormí tarde, con calor, y me desperté temprano, aterido de frío. En el desierto puede existir una diferencia de treinta grados centígrados entre el máximo calor del mediodía y la temperatura más baja del amanecer. A partir de las doce de la noche, el termómetro comienza a descender con la rapidez del agua en una bañera a la que hubieran quitado el tapón. No es raro que en menos de ocho horas se suba luego de los $5°$ a los $40°$, y que hay quien asegura que un día en que el termómetro marcó $42°$ tierra adentro, a la mañana siguiente heló en el mismo lugar.

Particularmente no me resulta difícil creerlo; en aquellos años me acostumbré a levantarme más de una vez al despuntar el alba para encontrarme las tarfas y los matojos cubiertos de escarcha.

Aún era de noche, y ya Mulay tenía listo el desayuno: café muy caliente, galletas y queso de cabra.

Mi primera mañana sin que me obligaran a lavarme las orejas.

Ya era un hombre.

Apenas se distinguía la roca del matojo, el freno del acelerador, y ya estábamos en marcha, dando saltos, tragando polvo.

A media mañana alcanzamos a un hombre que marchaba con paso elástico bajo un sol intratable, por la larga llanura sin destino posible.

—*Aselamm Aleikum* —le saludamos.

—*Aselamm Aleikum* —nos correspondió.

—¿Adónde vas? —le preguntamos.

—De visita.

Nos ofrecimos a llevarle, y, sin demasiado interés, aceptó.

Contó que llevaba ya tres días caminando —y le faltaban dos más— para llegar a la *jaima* de su primo, con el que tenía ganas de charlar sobre sus antepasados comunes. Luego, de regreso, tal vez se desviara un par de días hacia el Sur, hasta El Aaiún, por ver si había algo en el zoco que valiera la pena ser comprado.

Al cabo de una hora se cansó del ruido, los saltos y el polvo, y pidió que le permitiéramos continuar tranquilamente su camino, pues no tenía ningún interés en llegar antes a casa de su primo.

Bajó de un salto y seguimos nuestra marcha sin más protocolo.

Es costumbre entre los saharauis saludarse con una larguísima letanía de frases corteses, pero marcharse sin decir palabra, sin el más mínimo gesto de adiós. Al llegar, preguntarán hasta por el estado de salud del último de tus camellos, pero de pronto desaparecerán de tu lado como sombras, sin que puedas saber nunca cómo ni cuándo se esfumaron.

Un día y una noche más.

La tercera mañana, muy temprano, avistamos media docena de *jaimas* que se alzaban, sin razón aparente, en medio de la llanura. Nada había a su alrededor que distinguiera aquel pedazo de desierto de los cientos de kilómetros que habíamos recorrido, pero era exactamente allí donde Alí ben-Zeda, caíd tekna de la rama de los Ait-Atman, había establecido su campamento. Y allí se quedaría hasta que pasara una nube y se fuera tras ella, o hasta que le diera la real gana de alzar las tiendas y mudarse a otro rincón cualquiera de la inmensa planicie.

El mismo Alí nos recibió a la entrada de la mayor de sus *jaimas*.

—*Aselamm Aleikum* —saludó Lorca.

—*Rashina ullahi Allahin... Keif Halah...* —respondió Alí, deseándole que la Paz de Alá fuera con él, y ofreciéndole desde aquel momento todo lo que había en su casa.

La hospitalidad es la base de la vida de los saharauis, que ofrecen al caminante cuanto tienen y lo toman bajo su protección personal desde el momento mismo en que entra en los límites de su campamento. Jamás se ha sabido de un nómada que traicione esa hospitalidad, porque, de hacerlo, según las leyes no escritas del Sáhara, estarían malditos él y sus descendientes para siempre.

Cuentan que en cierta ocasión un hombre se sabía odiado y perseguido a muerte por un poderoso caíd que había jurado matarle dondequiera que lo encontrara. Astuto, en lugar de escapar lejos, se presentó de improviso en la *jaima* de su enemigo, pidiendo hospitalidad. El caíd no tuvo más remedio que aceptarlo y respetarlo en tanto estuviera bajo su techo. El hombre se quedó durante una larga temporada, al final de la cual había convencido a su enemigo de que no había razón para tal odio, y pudo marchar tranquilo, hecha la paz.

Alí ben-Zeda hizo servir de inmediato el tradicional té hirviendo con galletas y dátiles. Se sentía feliz de la visita de su buen amigo Lorca —Abel para los amigos— y comenzaron a charlar en *hassania*, dialecto que yo aún no entendía.

Entró una muchachita con una jarra de agua para que nos laváramos las manos, y Lorca me la señaló con un imperceptible pero significativo gesto de los ojos. La miré sin poder dar crédito a lo que estaba viendo. Ante mí —según Lorca— tenía una *bellha*, perteneciente a la raza maldita.

Nada la diferenciaba de cualquier niña de su edad, excepto, quizá, su increíble suciedad, los harapos con que iba vestida, y una especie de incontenible temor que emanaba de toda ella. Tenía siempre la vista fija en el suelo, y la única vez que me miró —al alcanzarme la jarra y la jofaina— sus ojos recordaban la mirada de la gacela herida.

Había permanecido todo el tiempo arrodillada, y cuando al fin se alzó para marcharse, advertí con espanto su abultado vientre. Apenas tendría doce años, y ya iba a ser madre.

Súbitamente Lorca comenzó a hablar de nuevo en castellano, y con un gesto señaló a la muchacha que se iba.

—Veo que aún eres un hombre fuerte —bromeó—. Continúas echando hijos al mundo.

Alí ben-Zeda —que debía de rondar ya los sesenta— sonrió con orgullo y nada dijo. Lorca insistió:

—¿Es tu nueva esposa?

El otro le miró con asombro. Casi escandalizado.

—No... Ella es... Bueno... Tú sabes...

—Lo sé —admitió Lorca—. Es *bellha*... —El caíd intentó negar, pero le interrumpió con un gesto—: A mí no vas a engañarme... Sé que los de tu tribu continuáis teniendo esclavos pese a las leyes del Gobierno...

—No son esclavos —protestó el indígena—. Son siervos... Están aquí porque quieren... Si te los llevaras contigo, mañana volverían.

Lorca sonrió con ironía:

—El *gri-gri* los haría volver... ¿No es eso? ¿O sería tu primo el caíd Mustafá, o cualquier otro, el que les daría una paliza para enviártelos de vuelta a casa...? Yo soy zorro viejo en estas cosas... Tú lo sabes.

—El *gri-gri* es superstición de esclavos...

—¡Oh! Deja ya eso... Es superstición de esclavos, porque el esclavo que huye lo matáis pronto o tarde... No me gusta, Alí... Es lo único que no me gusta de tu pueblo...

—Deberías adaptarte —señaló el caíd—. Los *bellhas* existen desde que mi pueblo existe. Nos sirven y forman parte de nuestra comunidad hace miles de años... Los europeos llegasteis a África hace apenas un siglo, y pronto os marcharéis. No queráis cambiarlo todo en tan poco tiempo. Cien años en la vida del Sáhara es apenas el tiempo de elevar una plegaria a Alá.

—Pero tú... —protestó Lorca—, tú eres distinto... Deberías ser distinto. Tienes un hijo estudiando en Europa. Algún día será el primer abogado saharaui... ¿Cómo podrá hablar de justicia si sabe que su padre toma por la fuerza niñas de once años por el simple hecho de haber nacido esclavas?

—Hace falta más de una generación y un hijo abogado para que las cosas cambien en África —respondió Alí ben-Zeda—. Los europeos queréis que pasemos del camello al avión sin transición alguna. Yo he viajado, y lo sabes. He estado en muchas partes y conozco bien vuestras costumbres... Hay menos distancia entre esa esclava y yo, que entre uno de vuestros millonarios y los obreros de sus fábricas. Cuido a mis esclavos porque su salud es parte de mi riqueza... Nunca dejaré que mueran de hambre aunque tenga que darles la mitad de lo mío, y cuando sean ancianos y no puedan trabajar, continuarán perteneciendo a mi familia, igual que ahora... ¿Tomarla por la fuerza, dices...? Desde el día en que se convierte en mujer, una saharaui sabe que su destino es ser tomada inmediatamente por un hombre. De no ser yo, sería su primo, o su tío, o el primer caminante que pasara... Tiene la alegría de saber que su hijo es mi hijo, nacerá libre y tendrá los privilegios de mi sangre. Privilegios que repercuten, en parte, en su madre.

—Todo el mundo tiene derecho a ser libre...

—Eso es lo que empieza a gritar África, y no queréis oírla. Hacéis mal en intentar liberar a los *bellhas*,

28

que jamás conocieron otra forma de vida, mientras cada día inventáis nuevas formas de esclavitud para vuestra propia gente, que nació libre.

—Siguen siendo libres. Pueden cambiar de trabajo, de patrón, de lugar de residencia...

—¿Realmente pueden? —inquirió el caíd. Luego, con una extraña sonrisa, añadió—: Escúchame bien, Abel, y recuerda esto: Día llegará, y pronto, en que este desierto sea el único lugar habitable de la Tierra.

La frase quedó marcada en mi mente de muchacho. Hoy, veinte años más tarde, viendo las ciudades y sus gentes; atrapado en un tapón de tráfico; con el humo de las chimeneas cubriendo de neblina las calles, y las cloacas volcando sus desperdicios en el río, recuerdo al viejo caíd Alí ben-Zeda, y me pregunto hasta qué punto sabía él más de la vida que nosotros.

Pero en aquellos tiempos no fue quizás una frase lo que más me impresionó, porque había en aquel mundo de *jaimas* y noches a la luz de una hoguera tantas cosas capaces de fascinar una mente infantil, que me resulta difícil decidir cuál de ellas habría de quedar más firmemente asentada en mi memoria.

Y aún recuerdo que en una de aquellas veladas, sentado a la puerta de una tienda perdida en la llanura, con las piernas cruzadas como un *guayete* más, y los ojos abiertos de asombro, escuché la historia que contó un anciano de larga barba blanca, ojos cansados y rostro curtido por cien años de vientos del desierto.

Dijo así:

—Alá es grande. Alabado sea.

»Hace muchos años, cuando yo era joven y mis piernas me llevaban durante largas jornadas por sobre la arena y las piedras sin sentir cansancio, ocurrió que en cierta ocasión me dijeron que había enfermado uno de mis hermanos; y aunque tres días de camino separaban mi *jaima* de la suya, pudo más el amor que por él sentía que la pereza, y emprendí la marcha sin temor alguno, pues, como os digo, era joven y fuerte y nada espantaba mi ánimo.

»Había llegado el anochecer del segundo día cuando me encontré ante un campo de muy elevadas dunas, a media distancia entre El Aaiún y Cabo Juby, y subí a una de ellas intentando avistar una *jaima* en que pedir hospitalidad; pero sucedió que no vi ninguna, y decidí, por tanto, detenerme allí y pasar la noche resguardado del viento, al pie de una duna.

»Lo hice como lo he dicho, y he aquí que el sol y la larga caminata aparecieron de tal modo, que al momento quedé dormido.

»Muy alta habría estado la luna si, por mi desgracia, no hubiera querido Alá que fuera aquella noche sin ella, cuando de pronto me despertó un grito tan desgarrador e inhumano, que me dejó sin ánimo e hizo que me acurrucase presa de pánico.

»Así estaba cuando de nuevo llegó el tan espantoso alarido, y a éste siguieron quejas y lamentaciones en tal número, que pensé que un alma que sufría en el infierno lograba atravesar la tierra con sus gritos.

»Pero he aquí que de repente sentí que escarbaban en la arena, y a poco aquel ruido cesó para aparecer más allá, y de esta forma lo noté sucesivamente en cinco o seis puntos distintos, mientras los lamentos continuaban y a mí el miedo me mantenía encogido y tembloroso.

»No acabaron aquí mis tribulaciones, porque al instante sentí que ahora escarbaban a mi lado, y se oía también una respiración fatigosa, y cuando mayor era mi espanto noté que me tiraban puñados de arena a la cara, de tal forma que parecía que alguien, al escarbar precipitadamente, no miraba dónde echaba la arena.

»Esto era más de lo que yo podía resistir, y mis antepasados me perdonen si confieso que sentí un miedo tan atroz que di un salto y eché a correr como si el mismo Saitan (1), el apedreado, me persiguiese; y fue así como mis piernas no se detuvieron hasta que ya el sol me alumbró y no quedaba a mis espaldas la menor señal de las grandes dunas.

»Llegué, pues, a casa de mi hermano, y quiso Alá que éste se encontrase muy mejorado, de tal forma que pudo escuchar la historia de mi miedo, y al contarla aquella noche al amor de la lumbre, tal como ahora estamos, un vecino suyo me dio la explicación, y me contó lo que su padre le había contado.

»Y dijo así:

»—Alá es grande. Alabado sea.

_____
(1) El demonio.

»"Ocurrió, y de esto hace muchos años, que dos grandes familias, una Rguibat y otra Delimís, se odiaban de tal modo que la sangre de unos y otros había sido vertida por los contrarios en tantas ocasiones, que sus vestiduras y sus tiendas y su ganado se podrían haber teñido de rojo de por vida; y sucedía que, habiendo sido un joven Rguibat la última víctima, estaban éstos ansiosos de tomar desquite.

»"Ocurría también que en las dunas en que tú dormiste acampaba una *jaima* de Delimís; pero en ella habían muerto ya todos los hombres, y sólo estaba habitada por una madre y su hijito. La mujer vivía tranquila, pues había supuesto que a ellos nada les podría ocurrir, ya que, incluso para aquellas familias que se odiaban, matar a una mujer era algo indigno.

»"Y fue así como una noche aparecieron allí los enemigos, y, tras amarrar y amordazar a la mujer, que gemía y lloraba, se llevaron al hijo. En su desesperación, la pobre madre pudo oír que decían algo así como: ...enterrar en una duna, y otra voz que afirmaba, a su vez: 'Sí, vivo, sí.'

»"Desesperóse la mujer y trató de romper sus ligaduras, que eran fuertes; pero sabido es que nada es más fuerte que el amor de una madre, y ella logró lo que se proponía; pero, cuando salió, ya todos se habían marchado, y no encontró más que un infinito número de altas dunas, y sabía que en alguna de ellas habían enterrado a su hijo; y se lanzó de una a otra, escarbando acá y allá sin saber en cuál estaría, gimiendo y llamando, pensando en su hijo, que se asfixiaba por momentos; y así la sorprendió el alba, y siguió ese día, y el otro, y el otro, porque la misericordia de Alá le había concedido el bien de la locura, para que de esta forma sufriera menos al no comprender cuánta maldad existe en los hombres.

»"Y nunca más pudo saberse de aquella mujer; y cuentan que de noche su espíritu vaga por las dunas y aún continúa en su búsqueda y en sus lamentaciones, y no hay viajero que se atreva a pasar por allí después de oculto el sol; y cierto debe de ser todo, ya que tú, que allí dormiste sin saberlo, te encontraste con ella. Alabado sea Alá, el Misericordioso, que te permitió salir con bien y continuar tu camino, y que ahora te reúnas aquí con nosotros, junto al fuego.

»"Alabado sea.

Al concluir su relato, el anciano suspiró profundamente y, volviéndose a los más jóvenes de los que le escuchábamos, dijo:

—Ved cómo el odio y las luchas entre razas y familias a nada conducen más que al miedo, la locura y la muerte; y cierto es que en los muchos años que he combatido junto a los míos contra nuestros eternos enemigos del Este, los Ait Bel-la, jamás he visto nada bueno que lo justifique; porque las rapiñas de uno, con las rapiñas de otros se pagan, y los muertos de cada bando no tienen precio sino que, como una cadena, van arrastrando más hombres muertos y las *jaimas* quedan vacías de brazos fuertes, y los hijos crecen sin la voz del padre.

Capítulo III

MARCIANOS EN EL SÁHARA

Ya habíamos visto a los esclavos; a la muchachita —casi una niña— que iba a ser madre; al mozarrón que cuidaba a los camellos; a las viejas que iban a buscar el agua al pozo... A los treinta años, una mujer ya es vieja en el Sáhara; ya está agotada, destruida, marchita... Puede que aún viva setenta años más, pero serán setenta años de vejez; de hundirse en la nada lentamente...

¡Qué tiene de extraño si pasan de niña a madre sin transición alguna...!

Cruel mundo visto desde fuera... Hay que estar muy dentro para aspirar a comprenderlo.

Ya habíamos visto a los esclavos.

Ya habíamos comido hasta reventar un cuzcuz pringoso y eructado después ruidosamente.

Ya habíamos bebido litros y litros de té con hierbabuena, y escuchado docenas de leyendas del Sáhara.

Ya abusábamos de la hospitalidad de Alí ben-Zeda.

Quería que nos quedáramos una semana más en su campamento, porque el tiempo no cuenta en el desierto, pero Lorca insistía en llevarme a conocer las ruinas de Smara, la ciudad santa, y desviarse antes hacia el Este —casi hasta Hagunía— para recoger una gran piedra que tenía escondida.

—Cerca de Hagunía tal vez tropieces con el «niño-gacela» —comentó Alí ben-Zeda.

—No existe el «niño-gacela» —replicó Lorca—. Hace tantos años que vengo oyendo hablar de él, que, si existiera, ya sería el «abuelo-gacela».

—Un primo de un primo mío lo vio...

—Siempre son primos de primos... Nunca encontré a nadie que me dijera: «yo mismo lo vi; es así, y corre de este modo...». Pese a ello, me costaría creerlo si lo viera con mis propios ojos.

—Aquel que sólo ve lo que sus ojos ven, nada ve —sentenció el caíd—. La verdadera obra de Alá está siempre más allá del horizonte.

En el desierto, más allá del horizonte nada hay, más que otro horizonte igual, pero los saharauis son gente crédula que suelen admitir cuanto se les cuenta por muy lejos que esté de su capacidad de comprensión.

Recuerdo que en cierta ocasión un guerrero targuí de aspecto feroz pero mentalidad de niño, me preguntó:

—¿Cómo es el mar?

Yo no sabía explicarlo.

—El mar es como si toda la arena del desierto se convirtiera en agua y empezara a moverse —dije al fin.

Para él, que no había visto más agua que el sucio fondo de su pozo, aquello parecía un poco exagerado.

—No es posible que exista agua suficiente para cubrir todo el desierto —comentó con timidez—. ¿Estás seguro?

Cuando le señalé que había cien veces más agua en el mar que desiertos en la tierra, se rascó pensativo la cabeza y preguntó:

—¿Cómo son las ciudades?

Eso resultó mucho más difícil. ¿Cómo explicar qué es un lugar donde hay miles de casas, a alguien que empieza por no saber lo que es una casa? Pese a ello, no puso en duda que pudiera existir Nueva York, con sus altos edificios, sus ferrocarriles subterráneos y sus millones de habitantes que ocupaban entre todos menos espacio del que su familia disponía para apacentar camellos. Me daba cuenta de que era como si le hablara de la Luna y los marcianos, pero no por ello puso en duda nada de cuanto le decía. Su paisaje era el desierto, y jamás vio otra cosa, pero su inteligencia le permitía admitir que más allá había otros mundos, por muy distintos o disparatados que le pareciesen. Si le hubiese jurado que en un planeta existían seres dotados de inteligencia aunque su aspecto fuera muy distinto, estaría igualmente dispuesto a aceptarlo con mucha más facilidad que el más avanzado de nuestros astronautas. En determinados aspectos, el saharaui es más receptivo, ve mucho más lejos que nosotros.

Alguien podría imaginar que por creerse todo lo que se les cuenta, los tuareg son gente estúpida a la que se puede engañar fácilmente.

Nada más fuera de la realidad. Pocas razas he encontrado en mi vida más inteligentes y analíticas. Puede que su forma de vida no haya evolucionado al ritmo de los tiempos, pero no por eso se les debe considerar un pueblo atrasado o primitivo. No cambian, porque el desierto —su hábitat— no ha cambiado en miles de años y sus necesidades son siempre las mismas y están resueltas de igual modo. No crecen en número, no tienen que competir unos con otros en la disputa del espacio vital, y, por tanto, su lucha es la eterna lucha con la Naturaleza y no con sus vecinos.

En el mundo moderno, el hombre ya no tiene que enfrentarse casi nunca a los elementos. Su batalla diaria es contra otros hombres que le disputan los puestos de trabajo o el pedazo de tierra que necesita, y eso le obliga a evolucionar día a día.

La batalla del targuí continúa siendo, no obstante, contra la sed, la arena y el viento...; contra los eternos elementos del Sáhara, y él sabe cómo hacerles frente.

Puede que sea primitivo el ambiente en que vive, pero nunca el targuí mismo. A veces, en ciudades africanas me he tropezado —trabajando en una fábrica, llenando números detrás de un mostrador o conduciendo un taxi— indígenas realmente prehistóricos en sus mentalidades, que cumplían su función como auténticos autómatas —animales amaestrados—, incapaces por completo de cualquier razonamiento.

El targuí, sin embargo, es capaz de plantear problemas filosóficos; de captar la más sutil argumentación teórica que se le exponga e incluso de tratar inteligentemente temas y cosas que no ha conocido jamás. Si se le traslada a la ciudad, al primer golpe de vista se adueña de la situación, y a los pocos días se desenvuelve en ella casi con la misma soltura que en sus llanuras. Si prefiere regresar a estas últimas, no será por incapacidad de adaptación, sino porque, realmente, el desierto es la forma de vida que desea.

Los hombres del desierto son los últimos caballeros andantes, la más altiva y orgullosa de las razas humanas; los únicos que continuarán siendo libres y ferozmente individualistas cuando el resto de la Tierra no sea más que una masa hirviente de gente numerada.

Cada vez que cien mil personas se agolpan en un estadio, hay un targuí solitario que marcha sobre su camello por la infinita llanura, sintiéndose dueño del mundo, capaz de continuar viviendo exactamente igual, aunque el resto de la Humanidad desaparezca de improviso.

No necesitan a nadie, y cada uno de ellos es como un Robinsón en un mar de arena.

Aquella tarde, horas después de dejar atrás el campamento de Alí ben-Zeda, encontramos en nuestro camino a uno de esos jinetes que siempre van de Alá sabe qué, a Dios sabe dónde.

Durante un largo rato se entretuvo haciendo correr su mehari a nuestro lado, e incluso en adelantarnos atajando por dunas y pasos infranqueables para el jeep. Mulay quiso cerciorarse de que la dirección que llevábamos era correcta, y preguntó al jinete hacia dónde se encontraba Hagunía. El hombre giró la vista a su alrededor, a la monótona llanura sin un solo accidente que pudiera orientarle, y luego, con absoluta seguridad, señaló hacia delante, hacia el punto al que nos dirigíamos.

Una vez más, Mulay no se había equivocado. En realidad, jamás lo vi equivocarse en años de vagar juntos por el interior del país.

Es un auténtico «hijo de las nubes» capaz de orientarse con los ojos cerrados en medio de una tormenta de arena.

¿Qué tienen dentro que les marca el camino? ¿Son acaso un injerto de hombre con paloma mensajera, con un nuevo sentido que les dice siempre dónde están y hacia dónde deben dirigirse? Para ellos no existe la brújula ni el mapa. Juraría que no necesitan siquiera el sol y las estrellas para distinguir el Sur del Norte y el Este del Oeste. Si se encierra a un saharaui en una cárcel sin ventanas, cuando llegue la hora de sus rezos se volverá siempre en dirección a La Meca como si desde allí le llegara una señal que tan sólo él puede captar.

Dos días después, habíamos llegado al lugar que buscaba Lorca: Una especie de cauce seco de viejo río, con escarpadas paredes planas, rocas que constantemente amenazaban caer sobre nuestras cabezas.

Sin pensarlo, metió el vehículo en su centro y siguió la ruta que en otro tiempo siguieron las aguas a la busca del mar. Conducía despacio, no sólo por salvar las rocas caídas, los baches y los matojos, sino porque tenía la vista fija en la pared, a nuestra izquierda, buscando alguna marca que únicamente él conocía.

Cuatro horas después, detuvo el motor.

—Aquí es —dijo, apeándose de un salto—. Cuidado al remover las rocas, que abundan las serpientes y alacranes...

Luego comenzó a trepar por la escarpada pared, llegó a un repecho, se inclinó y agitó la mano alegremente:

—¡Aquí está! —gritó—. Venid a verla...

Cuando llegamos junto a él, limpiaba con ramas de tarfa la tierra que cubría una gran laja de metro y medio de largo. Me incliné, interesado. A medida que el polvo desaparecía, iban quedando claramente a la vista dibujos firmemente tallados en la roca. En un principio me parecieron simples rayas sin sentido. Luego, poco a poco, comprendí que allí se estaba contando una historia de caza, donde hombres armados de largas lanzas perseguían y mataban elefantes, jirafas y búfalos.

Pasé mi dedo de niño por el bajorrelieve y me sentí importante.

—Debe de ser muy antiguo —comenté.

—Casi tan antiguo como el hombre —susurró Lorca—. Recuerdo de los tiempos en que en este río se bañaban los elefantes y abrevaban manadas de cebras e impalas, como hacen ahora en las praderas del Sur.

—¿Cómo sabías que estaba aquí?

—El caíd Sala me lo dijo hace años. Patrullábamos con camellos y no pude llevármela. Esperaba una ocasión como ésta.

El caíd Sala era ya por aquel entonces un personaje legendario en el desierto. Amigo íntimo del célebre «caíd Manolo», guía de innumerables expediciones, había alcanzado el grado de teniente del Ejército, y era uno de los hombres más queridos del territorio.

La última vez que estuve en El Aaiún, aún vivía, aunque ya muy viejo y casi ciego. Recuerdo que fui a visitarle para hablar de los buenos tiempos de Lorca y el caíd Manolo, y mandó traer una caja repleta de antiguas fotos. Me las fue tendiendo una a una, explicando lo que eran y quiénes se encontraban en ella. Casi todas pertenecían al caíd Manolo, que fuera durante años su hermano de armas europeo; su compañero de cientos de aventuras. De pronto, advertí que muchas de las fotos que me tendía estaban al revés. Comprendí entonces que —pese a que las miraba— sus viejos ojos ya no las veían. Tan sólo por el tacto reconocía cada una de ellas y las tenía tan grabadas en su memoria, que podía señalar, sin ver, hasta el más mínimo de sus detalles.

«Aquel que sólo ve lo que sus ojos ven, nada ve...»

Nos costó Dios y ayuda... —¿diría, mejor, Alá y ayuda...?— bajar la roca hasta el lecho del río, sin que se deslizara por la escarpada orilla y se estrellara en el fondo. Lorca parecía entusiasmado como un niño con su primer juguete, y no se sintió feliz hasta que su tesoro estuvo perfectamente acomodado en el asiento posterior del jeep. Desde ese momento tendríamos que viajar apretujados, pero no me atreví a protestar. Me pareció que sería capaz de abandonarme en pleno desierto antes que dejar su piedra.

Logramos salir del cauce del río, y acampamos al

oscurecer en plena llanura, rumbo a Smara. Mientras Mulay preparaba para la cena una liebre imprudente que se puso al alcance de su escopeta, Lorca le sacaba brillo a la losa con un trapo.

—Le haré poner patas de hierro, y un vidrio encima para utilizarla como mesa —dijo—. Luego, dentro de un tiempo, quizá la regale a un museo. ¿Te imaginas estar comiendo y ver bajo el cristal estos dibujos que alguien hizo hace miles de años...?

—¿Cuántos miles?

—Seis, ocho... Tal vez diez mil años... Hace tiempo acompañé, como guía de caza, a una expedición hispano-francesa muy al interior. Iban buscado dibujos grabados en las rocas o pintados en las paredes de las cuevas... Encontramos docenas, centenares. Y decían que tenían eso: ocho mil años por lo menos... ¡Fue algo fabuloso! Había escenas de caza, de amor y de la vida cotidiana de los indígenas... Elefantes, leones, hipopótamos... ¿Te das cuenta? ¡Hipopótamos en el corazón del Sáhara...! ¡Y cocodrilos!

Yo le escuchaba embelesado, y le seguí escuchando más tarde, cuando a la luz del fuego me contó cuanto le había ocurrido en aquel viaje al interior y los cientos de cosas maravillosas que había visto.

Luego me dijo algo que ni a él mismo podía creerle, pese a que Abel Lorca fuera por aquel entonces el mayor de mis héroes. Me dijo que entre aquellas viejísimas pinturas —ya viejas en tiempos de los faraones— había varias, enormes, monstruosas, que representaban figuras de marcianos; hombres de otro planeta que parecían volar sobre la tierra, con grandes cascos y pesados trajes que contrastaban con la fragilidad de las representaciones humanas.

Pensé realmente que me tomaba el pelo... ¡Pobre Lorca! Se enfadó por mi incredulidad. Juraba haberlo visto con sus propios ojos, y los científicos aseguraron que aquélla era la prueba de que seres de otro planeta visitaron el Sáhara hace mucho, muchísimo tiempo.

Años después, leyendo el libro del arqueólogo Henri Lhote *A la búsqueda de los frescos de Tassili*, me tropecé esta frase que cito textualmente: «Algunas de las figuras humanas son, en efecto, gigantescas. En un abrigo profundo, con el techo curvado, una de ellas medía más de seis metros. El contorno, simple, sin arte, y la cabeza, redonda, donde el único detalle indicado —un doble óvalo en el centro de la cara— evoca la imagen que nos hacemos comúnmente de los marcianos... ¡Los marcianos! ¡Qué título para un reportaje sensacionalista y de anticipación! Si los marcianos pusieron alguna vez los pies en el Sáhara, debió de ser hace muchos siglos, pues las pinturas de Tassili se encuentran entre las más antiguas...»

No creo que Lorca llegara nunca a la meseta de Tassili, ya casi en la frontera con la Libia actual, pero sí es muy posible que en su viaje encontrara algún otro rincón del desierto en el que abundaran también los frescos y los grabados.

Tassili, con sus miles y miles de pinturas extendidas por una gigantesca superficie aún no determinada por completo, constituye sin duda el descubrimiento arqueológico más importante de los últimos tiempos, que ha arrojado una nueva luz sobre el neolítico africano y la vida de un desierto que antaño fuera pradera. ¿Por qué tiene que haber únicamente una Tassili en la inmensidad del Sáhara? Hoy me arrepiento de mi incredulidad de aquella noche, pero, en el fondo... ¿quién puede culpar a un niño por no creer en marcianos?

En realidad, por aquellos tiempos mi vida estaba ya suficientemente llena de hechos maravillosos, para tener que recurrir a seres de otro planeta. El desierto es un mundo de fábula, de leyendas y misterios inexplicables, que bastaban para tener en constante ebullición mi imaginación infantil.

En aquellos momentos lo que más me atraía era la idea de que al día siguiente llegaríamos a las ruinas de Smara, la ciudad santa del desierto, construida con piedras negras traídas a lomos de camello desde la lejanísima cordillera del Atlas, a miles de kilómetros.

Y había aún algo más que hacía la ocasión importante a mis ojos: entraría en Smara acompañado por dos de los hombres que la habían descubierto quince años atrás, sacándola del nebuloso mundo de la leyenda para traerla a la realidad histórica.

En 1934 nadie creía aún que Smara existiese realmente. Muchos indígenas habían hablado de ella, ponderándola como la ciudad santa del Sáhara, maravilla entre las maravillas tragada por la arena, pero tan sólo un hombre blanco, un poeta francés disfrazado de peregrino, Videchauge, la había visitado hacía ya un siglo. Escribió una oda inolvidable: «Ver Smara y morir», y, efectivamente, murió a los pocos meses. Luego Smara se esfumó en el aire, estuvo perdida, olvidada por años y años, hasta el día en que el caíd Manolo, acompañado de Lorca, Mulay y un pequeño destacamento del Ejército, la hallaron, al fin, en la inmensidad de la llanura.

—¿Qué sentiste ese día?

Lorca se rascó, pensativo, la cabeza.

—Sentí como si el mundo se hubiese detenido, diera marcha atrás y estuviésemos asistiendo al día en que «El Sultán Azul» decidió edificar la primera ciudad santa de las arenas para conseguir así la paz entre todas las tribus del desierto.

Nunca me pareció el Sáhara tan hermoso, tan digno de vivirlo.

—¿Construyeron la ciudad para la paz...?

—Quizá sea la única... Los Ait-Yemel y los Ait-Atman, los dos grandes grupos de la confederación de tribus de Tekna, se andaban matando desde hacía siglos. Era una guerra estúpida iniciada el día que un camello Ait-Atman aplastó a una oveja: Unos y otros se quedaban sin guerreros, sin hombres, sin muchachos, casi sin niños... Hasta que surgió un bravo caíd, el «Sultán Azul», que dominó todas las tribus del grupo Ait-Yemel. Atraerse a los Ait-Atman resultaba difícil, pero él sabía que nada impresiona más a los saharauis que una ciudad. Por ello mandó cavar pozos, plantar palmeras y traer piedras negras desde el Atlas. Fundó Smara para mayor gloria de Alá, y la paz se hizo. Mientras duró, fue como La Meca de Occidente.

—¿Por qué se perdió?

—Murió el «Sultán Azul» y comenzó una guerra de sucesión... Las tribus se dispersaron nuevamente y las arenas invadieron la ciudad. Primero las casas, luego el zoco y el palacio del sultán. No quedó en pie más que la mezquita, a la que aún acudían peregrinos... Pero al fin el desierto fue más fuerte... La arena y el viento vencieron. El desierto es siempre el más fuerte aquí... Smara se convirtió en leyenda.

—Y si la arena venció... ¿qué vamos a ver mañana?

—No lo sé, porque hace años que estuve allí la última vez. Las dunas cambian de lugar como si tuvieran vida: la vida que el viento les da. Hoy pueden enterrar algo que ayer estaba al aire, y mañana dejar al descubierto un tesoro que ocultaban hace mil años... No te hagas muchas ilusiones: quizá de Smara no veas ni la cúpula de la mezquita.

No vi la cúpula de la mezquita.

Había caído tiempo atrás, y no era ya más que un informe montón de cascotes que cubrían la nave central.

No vi en realidad mucho de Smara. Las últimas muestras de lo que fuera el más orgulloso palmeral del Sáhara; algunos muros que luchaban día y noche por mantenerse en pie contra viento y arena; un pedazo del zoco, y un aislado palacio de altos muros blancos, que se alzaba, solitario, lejos de lo que fuera recinto de la ciudad.

Dentro no había nada, como no había nada en la mezquita ni en el zoco; como no había nada más que silencio y calor en todo el ámbito de lo que había sido ciudad santa.

Mulay rezaba entre los restos de la mezquita. Lorca dormía en el vacío palacio. Bajo la cambiante sombra de una palmera, me senté a contemplar, pensativo, la ciudad de mis sueños.

¡Qué poca cosa, Dios, para tanta leyenda...!

Pero, en el fondo, ¿queda acaso algo más de los más grandes nombres? ¿Queda más de Troya o de Cartago...? ¡Cómo podía saber qué se ocultaba bajo las altas dunas, allí mismo, a mis pies! Quizás aquella palmera se alzaba en el centro del patio de un jalifa... Quizás era la palmera del harén del sultán...

Era poco, en verdad, pero bastaba para alimentar mi fantasía de niño. No había ni un ruido en la quieta mañana, pero mis oídos se llenaron del bramar de camellos, gritos de los guerreros y cantos de muecines llamando a la oración en la mezquita.

¿Quién tuvo a los trece años una ciudad perdida para sus sueños...?

¿Quién pudo pasearse a solas por Smara? ¿Quién tocó con sus manos las negras piedras llegadas desde el Atlas, regalo del sultán de Marruecos...?

Tenía derecho a soñar lo que quisiera; a imaginar todo un mundo de *Las mil y una noches*... Aquél era el primer día grande de mi vida: era el primer niño que visitaba Smara.

Y agradecí a Mulay sus oraciones, y a Lorca, que durmiera, para poder así sentirme solo; dueño absoluto de la ciudad fantasma, y por unos minutos reiné sobre un reino ruinoso; fui sultán sin súbditos; sha sin corona.

¡Es tan poco lo que un niño necesita...!

Era ya un hombre cuando volví a mi reino. El Ejército había convertido Smara en punto clave para la defensa de la nueva frontera. La mezquita había sido reconstruida, y en el zoco ya no quedaba arena. Un fuerte de la Legión se alzaba donde estuvo la ciudad, y los cuarteles de los paracaidistas dominaban el palmeral. Altos, enormes, gigantescos camiones, pasaban y repasaban atronando el antiguo silencio, y mi palmera adornaba ahora el patio de un prostíbulo.

Era un hombre, pero aunque hubiera sido tan niño como aquella mañana, jamás habría podido soñar con mi ciudad perdida, con bramar de camellos, gritos de guerreros y cantos de muecines.

Tres legionarios pasaron llevando sobre un viejo carnero un mono amaestrado.

—*Aselamm Aleikum* —les saludé.

Me miraron con sorpresa, como a un loco. Para ellos no existía el *hassania*. No comprendían que ningún europeo quisiera aprender nunca el idioma de los nativos. En realidad, para ellos tampoco existían los nativos, ni Smara, ni aun el infinito desierto del Sáhara. Estaba allí, porque allí estaban destinados, pero su vida era el cuartel, las órdenes, las armas... El resto... El resto no importaba...

El Sáhara romántico murió. Ya no suena la llamada del África. De Ceuta a Durban todo es distinto; nada recuerda a nada. Los vientos de libertad que comenzaron a soplar siendo yo un niño, se convirtieron en el huracán del Congo o de Biafra. Las piedras negras de Smara son ahora muro de prostíbulo; las patas de los elefantes, papeleras de ejecutivo.

¡Vivimos un tiempo tan confuso...!

Antes, veinte años no eran nada en la vida de un

hombre. Hoy, veinte años son muchos en el aconte-
cer de un continente.

Si Hemingway volviera, ya no encontraría verdes
colinas en África.

CAPÍTULO IV

EL BARCO FRANCÉS

Era domingo. Hacía mucho tiempo que había pe-
dido a mi tío que me llevara a pescar al barco francés, y ahora, por fin, lo había conseguido.

El barco francés era un viejo casco de hierro, em-
barrancado a unos dos kilómetros al norte de Cabo
Juby, y tenía fama de ser el lugar de más pesca de
toda la costa.

La historia de cómo se perdió aquel barco es curiosa, si se atiende al decir de los testigos.

Llevando a bordo un cargamento de carbón, el
capitán tenía orden de los armadores de hacer encallar la nave con el fin de cobrar el seguro. Esto ocurrió unos doce años antes de mi estancia allí, es decir, sobre el treinta y siete o treinta y ocho. Efectivamente: el capitán, buscando el modo de perder la
nave sin ponerse en peligro él y la tripulación, enfiló la playa en aquel punto, logrando embarrancar.

Parece ser, sin embargo, que en aquella ocasión,
no se sabe por qué motivo insólito, se encontraban
fondeados en Cabo Juby tres barcos; dos «correí-
llos» de los que hacían el servicio semanal, y un al-
jibe que había ido a llevar agua, cosa que solían hacer cada quince días. Avisados de lo ocurrido, se dirigieron a toda marcha al lugar del suceso y, lanzando cabos de amarre, lograron sacarlo de allí, aunque
para ello tuvieron que exponer sus embarcaciones.
Llegado el momento en que el barco se encontró de
nuevo a flote, avisaron al capitán francés de que ya

podía dar marcha atrás; pero éste, en lugar de hacer lo que se le indicaba, dio mal la orden —alegó después una equivocación—, encallando de tal forma que ya resultó imposible evitarlo. Allí quedó para siempre.

Durante muchos años los moros sacaron carbón del barco; pero esto ya no llegué a verlo. Cuando fui, ya no era más que un enorme casco, despojado de todo aquello que, por las buenas o por las malas, se habían podido llevar. Aún recuerdo que en una chabola distante vi, clavado en el suelo, uno de los respiraderos del barco; jamás logré saber —y creo que tampoco sus dueños— para qué podía servirles.

Ir a pescar al barco era tener la seguridad de volver con todo el pescado que se quisiera, pero resultaba imprescindible llevar cuatro o cinco cañas, porque se daba por seguro que, entre los marrajos y cazones, que abundaban más que en ningún otro lugar, las irían rompiendo, porque para subir al barco resultaba imprescindible esperar la marea baja, y no se podía salir de él hasta el próximo descenso de la marea.

Aquel domingo, después de mucho rogar, conseguí que se realizara la excursión. Mi tío Mario, Lorca, un amigo de mi tío llamado Ruiz, y yo, debidamente pertrechados de cañas, carnada, agua y comida, nos encaminamos muy de mañana al barco, para aprovechar el buen tiempo y la marea.

Logramos subir sin mojarnos más que hasta la cintura. En aquel lugar el mar nunca está completamente quieto, y teníamos que aguardar a que las olas se retirasen y aprovechar el reflujo para dar una corta carrera y llegar a la cubierta, inclinada de estribor.

Comenzó a subir el mar y nos preparamos para la pesca. Yo veía avanzar el agua, y pensaba que poco a poco nos íbamos quedando aislados allí, con la playa cada vez más lejos, rodeados de aguas traidoras y plagadas de marrajos.

A medida que la profundidad aumentaba en torno a nosotros hacía su aparición la corriente: una corriente fuerte, violenta, que empujaba el agua, casi con la fuerza de un río, playa abajo, hacia el Sur, por donde habíamos venido, y arrastraba las boyas de nuestras cañas de tal modo que constantemente teníamos que volver a lanzarlas aguas arriba, para dejar que cruzasen rápidamente ante nosotros.

Pronto me olvidé de cuanto me rodeaba, absorto en la maravilla de aquella pesca fascinante. Llegó un momento en que bastaba echar el anzuelo al agua para que inmediatamente mordieran, entablándose de continuo una emocionante lucha entre hombre y pez; unos peces de tres y cuatro kilos que peleaban por su libertad y por conservar la vida y, de hecho, a menudo, pese al fuerte aparejo y los grandes anzuelos, lo conseguían. Esto, sin embargo, no importaba, pues al instante había otro que picaba y pronto sobre la inclinada cubierta se amontonaron los mejores ejemplares. Aquellos que por su calidad o su tamaño no merecían la pena, eran devueltos al mar.

De vez en cuando un marrajo, un gran cazón o una raya picaba; pero eran estos peces de cincuenta, cien y más kilos, imposibles de capturar con nuestros medios en aquel lugar tan poco apropiado para izarlos, y nos dábamos entonces por contentos si se conformaban con cortar el aparejo, porque en más de una ocasión rompían las cañas o nos las arrebataban de las manos, tanta era su fuerza y tan brusco su tirón.

Dos cañas llevaba yo perdidas; las había visto caer al mar, y la corriente se las llevó rápidamente, playa abajo. También los demás habían perdido alguna. A Lorca le había picado un gran cazón, al que pudimos ver un momento, mientras trataba de luchar con él y mantenerlo. Pero al fin la caña cedió, rompiéndose casi por la mitad, y a pesar de que aún la podía sujetar por medio de la cuerda de seguridad, la tiró al mar, porque era inútil continuar aquella lucha desigual.

Esta vez la caña no se alejó flotando, sino que la vimos oscilar de acá para allá, hundiéndose y volviendo a aparecer según lo que hiciera el pez que aún iba sujeto al anzuelo.

De pronto oí un grito; me volví hacia la proa, de donde había llegado, y no pude más que ver a Ruiz, que se asomaba por la borda, y a Lorca, que corría hacia allí. Tiré la caña sobre cubierta y me aproximé a toda prisa. Lorca intentaba echarse al agua, mientras Ruiz pugnaba por contenerle. No vi a mi tío por ninguna parte.

Lorca y Ruiz señalaron un punto en el agua; yo había llegado a su lado, y el corazón me subió a la garganta. Mi tío Mario se había caído al mar, y ahora aparecía en la superficie y trataba de nadar hacia tierra, pasando por delante de la proa del barco; pero la corriente le empujaba hacia fuera, y poco a poco le vimos alejarse y pasar a todo lo largo del barco, mientras las olas le revolcaban y amenazaban con estrellarle contra el casco.

Lorca le lanzó la caña más gruesa que tenía, y con un esfuerzo mi tío logró asirse al nilón, que era recio y resistente. Yo nada podía hacer, sino contemplar los esfuerzos por salvarle, porque el espanto me había inmovilizado de tal forma que no creo que pensara, ni reaccionase, ni pudiera hacer nada que no fuese mirar, en la medida que las lágrimas me lo permitían.

Por unos instantes Mario se sujetó al hilo, mientras la caña se curvaba amenazante, mantenida por Ruiz, y Lorca se descolgaba por la borda y, asido a la barandilla, intentaba tender un pie para que se agarrara.

Las olas iban y venían, arrastrando a mi tío de un lado a otro, impidiéndole ver, haciéndole tragar agua y amenazando estrellarle contra el casco en uno de los embates, mientras Lorca, golpeado también por las olas, sangraba en una pierna y un hombro.

Una ola mayor que las otras batió contra el casco; estuvo a punto de hacer soltarse a Lorca, y en su reflujo arrastró hacia fuera a Mario. Ruiz hizo esfuerzos por aguantar la caña, pero el nilón cedió y mi tío se perdió entre la espuma.

A duras penas pudo Lorca subir a bordo y, desesperados, intentamos localizar de nuevo a Mario. Alcanzamos a verle, por última vez, ya muy alejado, arrastrado por la corriente; aún trataba de nadar, pero de pronto una nueva ola cayó sobre él y desapareció por completo.

Creo que no lloré; no podía llorar. Era todo demasiado trágico, demasiado espantoso, y mi cerebro no había captado aún la idea de que Mario se había ahogado.

Mirábamos al mar, esperando algo, rogando a Dios que hiciera un milagro; y de pronto, allí donde había desaparecido, surgió una aleta negra, enorme, que se deslizó sobre el agua marcando un trágico surco.

Todo dió vueltas a mi alrededor y caí sobre cubierta.

Lorca, sangrante y destrozado, fue a recogerme; pero se tumbó a mi lado, llorando, llamando a Mario, pidiendo a Dios que le devolviera la vida.

No sé cuánto tiempo permanecimos allí; tal vez dos horas; quizá más. La marea descendía, pero aún no podíamos salir de aquel encierro, de aquel barco maldito que de pronto se había convertido en una pesadilla, mientras el golpear de las olas contra el casco, rítmica y monótonamente, se transformó en una música desesperante que no nos permitía olvidar que eran aquellas olas las que se lo habían llevado.

—¿Cómo fue? —preguntó Lorca.

Ruiz no supo responder. Era quien más cerca estaba, pero no se dio cuenta hasta que oyó el grito y le vio ya en el aire, a mitad de caída.

Parecía como si hubiésemos olvidado todo; se habían borrado de nuestra mente incluso las imágenes inmediatamente anteriores a la tragedia.

Lorca estaba deshecho; más aún que yo. Él ya había captado toda la magnitud del desastre. Yo, un muchacho, casi un niño, tardé más en percatarme de lo que aquello significaba.

Recuerdo que Lorca, como una obsesión, repetía:

—¡Qué espanto, Dios, qué espanto!

No sé mucho más de lo que dijimos en aquellos instantes. Podría inventar unas reacciones, pero no serían auténticas, porque fue como un sueño, y nunca he vivido, ni creo que llegue a vivirlos, instantes más angustiosos.

Al fin, Ruiz, el más sereno de los tres, opinó que la marea había bajado lo suficiente como para intentar saltar a tierra.

Era pronto aún, pero no podíamos resistir más tiempo allí. No nos preocupamos de las cañas ni de nada de lo que habíamos llevado, que quedó abandonado.

Decidimos saltar los tres al mismo tiempo, yo en medio, protegido por ellos, y nos preparamos de pie en la borda, sujetos a la barandilla, esperando que alguna de las grandes olas, en su reflujo, dejara la playa al descubierto.

Al fin llegó la oportunidad. Ruiz dio un grito, saltamos los tres a un tiempo y echamos a correr hacia la playa, con el agua a las rodillas, luchando contra la corriente que retrocedía.

Lorca, cogiéndome por un brazo, tiraba de mí. Estábamos llegando, cuando la siguiente ola nos alcanzó, revolcándonos por la arena.

Lorca me apretó el brazo con fuerza, hasta hacerme daño; durante días tuve en la piel la marca morada de sus dedos.

Cuando la ola se retiró, estuvo a punto de arrastrarme, pero Abel había logrado ponerse en pie y, clavando los talones en la arena, me sujetó. Ruiz vino en nuestra ayuda, y salimos de allí.

Apenas pusimos los pies en la playa, ya fuera de peligro, echamos a correr por ella hacia el poblado que se divisaba a lo lejos. Ni una palabra se había cruzado entre nosotros, y sin embargo, los tres corríamos de común acuerdo, desesperados, temiendo llegar y, al mismo tiempo, ansiosos de hacerlo: las dos horas anteriores de forzada inmovilidad nos habían destrozado los nervios.

Corríamos, corríamos sin cesar, jadeantes y angustiados, cuando de repente nos detuvimos. Los tres mirábamos lo mismo: a unos cien metros más allá, al borde del agua, lamido por cada ola que llegaba, un cuerpo permanecía inerte, boca abajo, fláccido e inmóvil.

Lo veíamos; lo habíamos visto al mismo tiempo, y al mismo tiempo nos habíamos detenido. Sabíamos lo que era y, sin embargo, nuestros pies continuaban clavados en el suelo y las piernas no obedecían las órdenes que el cerebro les daba.

Fue Lorca el que primero, con un esfuerzo, logró reaccionar y dando un salto hacia delante, como impulsado por un muelle de acero, corrió hacia el cuerpo tendido en la arena.

Al verle correr, como si hubiese sido una señal, Ruiz y yo le seguimos; fue aquélla la más loca carrera que jamás hayan podido efectuar dos hombres y un muchacho.

Lorca corría y gritaba; Ruiz emitía unos incoherentes sonidos guturales, y yo llamaba a mi tío desesperadamente, pidiendo a Dios que le hubiese conservado la vida, al igual que nos había devuelto el cuerpo.

Fue Lorca el primero en llegar. Se abalanzó sobre él y le volvió boca arriba, escrutando su rostro, lívido y casi azulado, intentando encontrar un resto de vida.

Era un hombre corpulento y, sin embargo, con las fuerzas de la desesperación, Lorca le levantó en brazos como si hubiese sido un niño y le llevó a terreno seco.

Allí Ruiz le tendió y comenzó a practicarle la respiración artificial, haciéndole subir y bajar los brazos rítmicamente.

Casi al instante, mi tío se estremeció y, tras un estertor, comenzó a arrojar agua. Estaba vivo, sabíamos que viviría y que bastaba seguir haciéndole la respiración artificial hasta que eliminara por completo el agua alojada en sus pulmones.

A Lorca le temblaron las piernas, cayó al suelo y escondió el rostro en la arena, sollozando y dando gracias a Dios. Yo me senté, y miraba a Mario fijamente, en silencio, viendo cómo arrojaba el agua, obsesionado por el subir y bajar de los brazos, incapaz de pensar en nada que no fuera que estaba vivo y que el mundo que se había derrumbado a mi alrededor seguía en pie.

Al fin Lorca se irguió; llevaba el rostro cubierto de arena y dos rayas húmedas señalaban el camino de las lágrimas. Se limpió a medias el rostro y dijo que iba a buscar una ambulancia. Ruiz asintió y le aconsejó que se diera prisa. Yo continué inmóvil sentado en la arena.

Mario empezó a respirar mejor. En cada estertor arrojaba espuma, y Ruiz me indicó que se la limpiara. Aún seguía pálido, pero poco a poco fue recuperando el color. Aunque no abrió los ojos, sabíamos que estaba vivo, y que ya sólo era cuestión de tiempo.

Yo pensé para mí que si Dios le había devuelto del mar y de los marrajos, no era para llevárselo de nuevo.

Vimos gente que venía corriendo desde el poblado, y supusimos que ya Lorca había llegado.

Un grupo de moros del Barrio del Cabo fueron los primeros en llegar. Cuando estuvieron a nuestro lado, me invadió una sensación de seguridad, y fue entonces cuando tuve la certeza de que mi tío estaba a salvo.

Una mora se sentó a mi lado y me acarició la cabeza, compasiva. Al sentir su mano rompí a llorar desesperadamente. Me ofreció su regazo y yo me apoyé en él, y di rienda suelta a mi llanto. Probablemente aquella mora estaba sucia y olía mal, pero yo no lo advertí. Únicamente me di cuenta de que me sentía más seguro llorando allí, protegido por ella.

Era un regazo de mujer, y yo todavía era un niño. Necesitaba llorar.

CAPÍTULO V

CRUZ DEL SUR

A los dieciséis años abandoné el Sáhara.

Lo que para otros hubiera constituido, quizás, el fin de un destierro y el regreso a la vida, para mí significaba, por el contrario, el fin de lo que consideraba mi felicidad.

Aún hoy continúo pensando que, en muchos aspectos, aquélla fue la época más dichosa de mi vida, y he llegado al convencimiento de que los años de soledad en el desierto forjaron mi carácter para siempre. La adolescencia marca nuestra vida, y mi adolescencia transcurrió sin más compañía que yo mismo, muchos libros y la infinita llanura.

De regreso a Tenerife comprendí que aquél ya no era mi mundo, ni los viejos amigos eran ya mis amigos. Para ellos, la vida del *fenec* significaba tan poco, como para mí encerrarme en un retrete del colegio a fumar un cigarrillo o ser el primero de la clase para que me nombraran «Príncipe de los Estudios». En dos años tuve que completar la educación que había descuidado tanto tiempo, y de un modo u otro logré mi título de bachiller. Para quemar energías ingresé en un equipo de natación, pero tampoco fui capaz de sacrificarme por conseguir una copa más grande o una medalla dorada y no plateada. Sin darme cuenta, me había convertido en un escéptico en cuanto se refiriese a valoraciones humanas, y quizás una de las peores cosas que pudieron ocurrirme luego fue perder aquel sano escepticismo, para entrar a formar parte nuevamente del gigantesco y estúpido juego de las relaciones sociales.

En aquellos tiempos, el sueño de todos los padres era que sus hijos fueran ingenieros o arquitectos, pero a mí los tinteros se me derramaban, las líneas rectas me salían curvas, y ponía los dedos sucios en todas las esquinas de los planos. Mientras tanto, escribía cuentos, novelas cortas y mi primer libro, *Arena y viento*, que recogió mis recuerdos del desierto y aún tardaría cinco años en publicarse.

Al fin, un día me decidí, y confesé que quería ser periodista para acabar convirtiéndome en escritor.

—Lo que tú quieres es no trabajar —me respondieron—. Ésa es profesión de vagos...

Yo no estaba de acuerdo y me mantuve firme. Mi hermano, que había emigrado a Venezuela y comenzaba a abrirse camino, hizo un esfuerzo y me envió dinero para que intentara ingresar en la Escuela de Periodismo de Madrid. A él le debo, sin duda, los tiempos que siguieron.

Con diecinueve años, una chaqueta a rayas verdes y mi aire de paleto, más parecía el mandadero de traer café que un alumno de una Escuela de Periodismo que reunía a escritores, poetas, abogados, médicos y sacerdotes que discutían de Kant, Huxley y Ortega y Gasset con una naturalidad y una firmeza que me dejaban realmente anonadado.

¿Cuál era mi papel en todo aquello?

Realmente nunca llegué a saberlo ni tampoco creo que me importara en absoluto. Mi mayor preocupación en aquellos años fue, ante todo, matar el hambre; un hambre crónica y sin esperanzas a que me tenía sujeto la propietaria de una pensión oscura y lóbrega de la calle Modesto Lafuente, esquina a García de Paredes.

Si todos los grandes escritores, músicos o pintores llegaron a la fama tras años de penurias en una buhardilla, mi destino andaba desde entonces equivocado, porque yo pasaba mis penurias en el fondo de un sótano donde las ventanas estaban a la altura del techo y por las que tan sólo se distinguían las piernas de los transeúntes. Por fortuna, era aquella la época de las faldas anchas, tipo «can-can», con mucho vuelo, y los pobres huéspedes disfrutábamos a menudo del agradable espectáculo (y nunca mejor empleada la palabra) de las intimidades de las vecinas del barrio.

Y es que, desde el punto de vista sentimental o sexual, realmente Madrid, en los años cincuenta, no era en verdad una fiesta, y para un estudiante sin dinero, hambriento y mal vestido, conseguirse un «plan», no ya un «plan» de cama, sino tan sólo de última fila de cine o portal a oscuras, constituía una empresa titánica. Alguna muchacha de servicio; las primeras camareras de unas cafeterías que comenzaban a ponerse de moda; el sueño inalcanzable de una «tanguista» del «Moroco» o «Casablanca»...

España no había nacido aún al turismo y la industrialización, al desarrollo económico y la libertad sexual. En Madrid, la matrícula de los automóviles no pasaba de cien mil, y entre los viejos cacharros destacaban —retadores— los enormes «Cadillac» de los gringos de la Base Aérea de Torrejón, dueños absolutos de la noche ciudadana, asiduos clientes de las prostitutas de «Chicote» y «El Abra», eternos borrachines a los que contemplábamos con asombro cuando lanzaban despectivamente sobre la mesa un billete de mil pesetas que a nosotros debía durarnos todo el mes.

Fueron años difíciles, fríos y difíciles, de los que guardo pocos recuerdos gratos, pese a que —para muchos— la época de estudiante sea a menudo la mejor de su vida. De todo ello, tan sólo conservo memoria de entrevistas con Ernest Hemingway, Cela, Fernández-Flórez y algunos políticos sudamericanos en el exilio.

Mis primeros pasos como periodista se veían coartados por mi invencible timidez e incapacidad de comunicarme con los demás, fruto, probablemente, de los años pasados sin tratar gente. Yo no era tan sólo un «provinciano» pobre en la capital; era mucho más: era «desértico». La falta de recursos, de ropa apropiada y del capital mínimo indispensable para llevar a una chica a un club o reunirme con los compañeros a tomar una cerveza o comer juntos, me retraía, y contribuía a encerrarme nuevamente en aquella especie de caparazón en el que había vivido durante gran parte de mi adolescencia.

Mi refugio fueron, como siempre, los libros. Libros que leía y libros que intentaba escribir con muy escaso éxito. Recuerdo mi primera novela, en la que el protagonista —yo— era un tuberculoso moribundo y sin remedio, perdidamente enamorado de una novia fiel y abnegada que no temía al contagio.

Mi desgraciado compañero de habitación, José Luis Lores, tenía que soportar el doble martirio de mis noches escribiendo y mis días leyéndole lo que había escrito.

En época de vacaciones, como no podíamos ir a casa, nos acompañábamos mutuamente y llegábamos a dormir dieciocho horas diarias, para luchar de ese modo contra el hambre y el aburrimiento. Pese a lo que se diga de la vida de estudiante, pasar una Navidad deambulando por las calles de Madrid sin un céntimo en el bolsillo, viendo cómo la gente se divierte, come y bebe, no resulta, en verdad, digno de recordarse.

Pero, con la llegada de la primavera, alguien me dio una noticia: el recién creado «Centro de Investigaciones y Actividades Subacuáticas» buscaba submarinistas que —debidamente entrenados— pudieran convertirse a su vez en instructores de inmersión autónoma. Los que consiguieran un puesto, tenían parte del verano asegurado, con cama y comida, en un buque escuela de la Empresa Nacional Elcano: el *Cruz del Sur*.

Me apunté a la aventura y me lanzaron al agua en un piscina madrileña pidiéndome que buceara. Para un ex nadador canario, aquello resultaba francamente sencillo, de modo que pasé el primer examen y me enviaron a Valencia, donde se encontraba el barco.

Desde el momento en que lo vi, el *Cruz del Sur* me pareció el velero más hermoso del mundo, con sus tres altísimos palos, sus noventa toneladas de desplazamiento y sus cuarenta metros de eslora.

Al día siguiente nos llevaron a la escollera del puerto, nos dieron una escafandra autónoma y nos enviaron al fondo, en tres metros de agua, para que demostráramos nuestros conocimientos. Yo no había visto una escafandra más que en fotografía, y todos mis conocimientos de inmersión se limitaban a un folleto que había leído. Pero estaba decidido a conseguir aquel puesto y, sin pensarlo, me eché el equipo a la espalda y me lancé al agua.

El instructor —el único que había por aquellos tiempos— se llamaba Rafael Padrol. Era un magnífico muchacho y excelente submarinista, pero tenía un pequeño inconveniente: tartamudeaba. Si en un momento de apuro quería dar instrucciones, cuando acababa de hablar, el alumno ya se había ahogado o estaba en tierra firme.

Debo confesar que nunca se le ahogó nadie, y es, en realidad, el gran maestro de toda una generación de submarinistas profesionales.

Instintivamente confié en él cuando me lancé al agua. Si aquello no funcionaba, me sacaría de algún modo, y no parecía probable que pudiera ahogarme en tres metros de agua.

Cuando la superficie se cerró de nuevo sobre mi cabeza, y en lugar de cielo vi agua al mirar hacia lo alto, me invadió el pánico.

Lentamente me hundía, y no me sentía capaz de hacer nada por evitarlo. Al otro lado de la máscara, a unos cuatro metros de distancia, Padrol me observaba atentamente, dispuesto a acudir en mi ayuda, pero no me pareció que en aquellos momentos pudiera servirme de nada. Estaba tan desconcertado, tan aturdido, que no hice gesto alguno. No intenté bracear, buscar la luz del sol, salir de allí, respirar al menos. Era como un peso muerto, como un saco de basura echado al mar.

De pronto sentí algo duro bajo mis pies, y a los pocos instantes me encontré estúpidamente sentado en una roca. A mi alrededor todo era tranquilidad; las burbujas de mi entrada en el agua habían desaparecido ya en lo alto, y allí, a tres metros bajo la superficie, reinaba la paz.

Padrol me miraba con asombro. Hasta aquel momento yo no había respirado aún. Lo había olvidado.

Me hizo gestos de que chupara de la boquilla del aparato, y al cabo de unos instantes comprendí. Aspiré, y una catarata de aire frío y limpio se lanzó hacia mis pulmones, garganta abajo. Era como si todo yo me hubiera renovado, y me sentí feliz. Aquel trasto funcionaba.

Un diminuto pez de escollera, una «tuta» de color

morado, vino a verme y me contempló con el desprecio que se reserva a los novatos.

Alargué la mano para tocarla, pero se escurrió hábilmente entre mis dedos, y volvió a detenerse unos centímetros más allá. Por tres veces repetimos el juego, hasta que se marchó, cansada de mi insistencia. Me dediqué a contemplar cuanto me rodeaba, aunque en realidad no era mucho: las grandes rocas peladas del rompeolas y algunos pececillos diminutos.

No era un espectáculo como para extasiar a nadie, pero su misma calma, su sencillez, su falta de impacto, sirvieron para tranquilizar mis nervios, hacer olvidar que me encontraba en un ambiente hostil.

Era como si el mar me diera su bienvenida, me mostrara el más amable de sus rostros, quisiera hacerme entender que —por el momento— nada malo debía esperar. Quería atraerme con la más inocente de sus sonrisas, dejando que al entrar yo en él fuera en realidad él quien entrara en mí como una droga suave, aparentemente inofensiva, pero que acaba, con el tiempo, por convertirse en vicio.

El fondo del mar es una droga, pero aquel día no hubiera podido imaginarlo.

Cuando busqué a Padrol con la mirada, se había ido, confiándome a mi suerte, seguro, al parecer, de que no me ahogaría. Un mes después me había convertido en uno de los tres profesores de buceo del *Cruz del Sur,* puesto que desempeñé durante dos años hasta que el barco fue vendido a una empresa de Nueva Orleáns, que lo transformó en casino flotante.

Mis compañeros eran los hermanos Manglano —Gonzalo y Vicente—, abogado uno, médico el otro, con los que más tarde compartiría aventuras en México —donde acabé en la cárcel— y en Ecuador, donde descubriríamos juntos un valle de pirámides preincaicas.

Los Manglano habían nacido para el mar y la aventura. Del *Cruz del Sur* se fueron a dar la vuelta al mundo en un barco de la época de Colón, y acabaron naufragando en Acapulco. Luego se marcharon a explorar Groenlandia, y la última vez que los vi, hace un año, estaban empeñados en cruzar la Amazonia en globo.

Juntos recibíamos cada mes un nuevo grupo de alumnos en el barco, levábamos anclas, y el viejo capitán —que bebía anís en lugar de agua a la hora de comer— ponía rumbo a cualquier tranquila ensenada en la que iniciar a los recién llegados en los secretos del fondo del mar.

En realidad, no es mucho lo que se puede aprender del mar en un mes. Tampoco creo que fuera demasiado lo que aprendí en dos años, ni lo que aprendería en toda una vida de estudiarlo.

Del mar apenas conocemos la superficie, y estamos comenzando a introducirnos bajo su piel. Creemos ser dueños del océano, y el océano, cuando quiere, de un solo manotazo, nos echa fuera sin contemplaciones. Queremos saber lo que hay en la otra cara de la Luna o qué cantidad de oxígeno tiene Marte, y aún ignoramos, casi por completo, cuanto se oculta bajo las olas.

Cuando puse el pie sobre la cubierta del *Cruz del Sur*, comenzó para mí un mundo de sorpresas, y la mayor de ellas fue darme cuenta de la cantidad de cosas que ignoraba sobre el mar que había tenido siempre ante mi nariz.

El viejo capitán —que bebía anís en lugar de cerveza a la hora del aperitivo— se quedó un día contemplando el horizonte a proa, y murmuró:

—La primavera está llegando al mar. Pronto estará florido... Precioso...

Nunca me había pasado por la imaginación la idea de que en el mar pudieran existir estaciones, como en tierra firme. Cuando se lo señalé al viejo capitán —que bebía anís en lugar de coñac a la hora del café—, me respondió pausadamente:

—Cierto que la inmensidad de los océanos; la gran masa de las profundidades; los abismos marinos, no se alteran. Pero no todo es así, y las aguas de las plataformas continentales disfrutan cada año de una primavera fértil y maravillosa.

»En el hemisferio Norte —continuó—, que es donde más se nota el cambio, las aguas de las regiones templadas se han ido enfriando en sus capas superiores a lo largo del invierno, y con la llegada de la primavera, al ser más pesadas, comienzan a hundirse lentamente. Al hacerlo, desplazan hacia lo alto las capas inferiores, más calientes.

»La gran cantidad de sales minerales —especialmente nitratos y fosfatos— que se han ido acumulando en el fondo por efecto de la sedimentación y los aluviones de los ríos, se desplazan con esas capas y ascienden también a la superficie.

»Al igual que las plantas terrestres necesitan sales para su crecimiento, las algas lo exigen, y así, con la llegada de la primavera y de estas sales que suben, comienzan a despertar de su letargo invernal. Abandonan el enquistamiento en que se hallan sumidas y la vida vegetal submarina se desarrolla entonces con ímpetu incontenible.

»Esa multiplicación llega a ser tan asombrosamente desproporcionada, que he visto millas y millas cuadradas de la superficie del mar teñirse de distintos colores: rojo, verde o pardo, debido al conjunto de esos microscópicos granos de pigmentación de las algas que forman el plancton... ¿Sabes lo que es el plancton?

—Bueno... —admití tímidamente—, creo que es el conjunto de seres que se dejan arrastrar por el mar.

—Más o menos —concordó—, si llamas seres tanto a los vegetales como a los pequeños animales. En el plancton, los animales se comen a los vegetales y a su vez sirven de alimento a los peces, desde una minúscula sardina a la mayor de las ballenas. Por eso, cuando en primavera el plancton aumenta desproporcionadamente, todos aquellos a quienes sirve de pasto ascienden rápidamente hacia la superficie, y ésta se convierte en un gigantesco manicomio, en el que todos se comen a todos, a la par que se reproducen en número infinito y el mar hierve de vida como una gigantesca máquina de creación y muerte. Unos mueren para que otros vivan, y los excrementos alimentan a otros, y nada se pierde en una cadena sin fin.

—Nunca me había detenido a pensar en eso —dije—. ¿Dura mucho esa batalla...?

Sonrió:

—No, no dura mucho... A mediados de verano, la vida animal de superficie disminuye y los peces prefieren regresar a las profundidades... ¿No has notado nunca que en otoño el mar toma un fulgor fosforescente, frío y metálico, como sobrenatural...? Es que la poca vida que aún quedaba se va marchando, y con el invierno, el mar, gris y frío, parece ya definitivamente muerto. Pero no es así, y al igual que en tierra los brotes aguardan bajo la nieve, en el mar la vida espera, y con la llegada de la primavera florecerá nuevamente.

Luego, el viejo capitán —que nunca había hablado tanto— comentó: «Tengo sed», y un marinero le trajo anís en lugar de «Coca-Cola».

Una mañana —navegábamos por la Costa Brava a la altura de Tossa de Mar— nos mandó llamar muy temprano y señaló:

—Dentro de media hora pasaremos sobre un barco hundido... ¿Quieren bajar a verlo?

¡Era el primer pecio de mi vida!

«Pecio» es todo objeto perdido en el mar, se haya hundido ya o se encuentre flotando a la deriva. Para los submarinistas, sin embargo, la palabra «pecio» ha quedado prácticamente limitada a la denominación de barco hundido, no importa si antiguo o moderno.

Aquel sobre el cual el *Cruz del Sur* echó sus anclas media hora más tarde, era un viejo navío dormido en cuarenta metros de fondo, hacía más de veinte años.

El mar estaba en calma, y el agua, limpia. Los alumnos, adelantados ya, porque el curso estaba a punto de concluir, se agolpaban en cubierta y aquellos en quienes teníamos más confianza preparaban sus equipos de inmersión por si se presentaba la ocasión de descender.

Los hermanos Manglano, impacientes siempre, se lanzaron al agua los primeros. Padrol y yo les seguimos al poco. El viejo capitán sabía bien su oficio: las anclas del *Cruz del Sur* descansaban en el fondo, a no más de veinte metros a sotavento del navío, inclinado sobre un costado y con los rotos mástiles a quince metros de la superficie.

Cuando llegué a la cubierta, Gonzalo jugaba a manejar la nave muerta con el timón de popa. Su hermano había desaparecido en una de las bodegas, y tan sólo una estela de burbujas marcaba su posición. Padrol se dedicó —como siempre— a fotografiarlo todo, y yo me introduje por una ventana en el puente de mando y tropecé con un mamparo de hierro que se derrumbó bajo mi presión sin el menor esfuerzo. Las planchas estaban tan podridas que se desbarataban al tocarlas, para hundirse después lentamente con un extraño caracoleo.

Me aferré a lo que había sido soporte de la brújula, y por los amplios ventanales delanteros contemplé la proa del barco, como tantas veces lo debió de hacer su capitán. A través de la boquilla de mi escafandra imité el sonido de una sirena, y por unos instantes imaginé que navegaba rumbo a puerto. La visibilidad no alcanzaba más allá de la proa, y luego todo era azul, con partículas en suspensión. Podría pensarse que navegábamos dentro de una niebla espesa, y me acordé de aquel aspirante a oficial al que preguntaron qué debía hacer cuando navegara en medio de la niebla.

—Avanzar a toda marcha para salir cuanto antes —dijo, y se quedó tan contento.

Quizás el capitán de aquel barco hizo lo mismo, y por eso estaba ahora allí a cuarenta metros de profundidad. Aunque era improbable, porque no había rocas, ni bajíos, ni restos de otro barco contra el que hubiera chocado. Además, la proa parecía intacta.

Me propuse averiguar las causas del naufragio; abandoné el puente de mando y me deslicé por la cubierta superior hacia el costado que descansaba sobre la arena del fondo. Una nube de pequeñas castañolas huyó asustada, y un mero de buen tamaño me miró desde un redondo tragaluz para desaparecer más tarde en el interior de lo que debió de ser camarote de primera clase.

Comencé a nadar hacia la popa, y al poco, en el centro mismo de la nave, casi bajo la chimenea y a menos de un metro de lo que pudiera ser la línea de flotación, apareció un enorme y redondo agujero desgarrado, típico de los torpedos. Por allí había entrado el agua, y ahora entraba también, en parte, la arena.

Permanecí unos instantes pensativo; intentaba cobrar valor para adentrarme en las entrañas de la nave por aquella negra boca, cuando apareció en ella el rostro del mayor de los Manglano, que me saludó con un alegre gesto. Luego, como pudo, me dio a entender que allí dentro todo estaba revuelto y complicado y no valía la pena intentar seguir —a la inversa— el camino que él había encontrado desde la bodega de popa. Volví a ascender a cubierta y me colé de rondón en la cocina, donde encontré una vieja cafetera que conservé durante años en mi casa. Siempre me pregunté de qué estaría hecha que resistió el paso del tiempo y los ataques del agua de mar. Donde el acero se deshacía y el bronce sufría carcoma, la cafetera aguantó impertérrita, sin más muestra de sus años en el mar, que algunos moluscos adheridos al fondo. Acabó utilizándose para regar flores.

Más allá de la cocina estaba el comedor, con una gran mesa clavada al suelo. Una destrozada escalera conducía a los camarotes, pero la visibilidad era nula, no había traído linterna, y me dio miedo meterme entre aquel amasijo de hierros retorcidos.

Me tumbé sobre la mesa y contemplé el techo. Un hueco me permitía ver, allá arriba, la superficie hacia la que ascendían las burbujas de mi escafandra. Me pregunté qué sentiría el capitán de aquel barco si se encontraba donde me encontraba yo.

Años más tarde, Domeniko, un anciano pescador de esponjas griego, me daría la respuesta. Lo había contratado para que me mostrara el lugar exacto en que se hundiera un barco turco, el *Karacose*, pero mientras navegábamos hacia él comenzó a hablarme del que había sido —durante treinta años— su barco esponjero: el *Agogos*.

—¿Qué fue de él? —pregunté por decir algo.

—Murió.

—¿De viejo?

Se revolvió como si le hubiera picado una avispa:

—No. Nunca hubiera dejado que se pudriera en un puerto como me estoy pudriendo yo. Está donde debe: en el fondo del mar. Yo mismo lo hundí. Merecía una tumba digna de un buen barco: el mar. Está entre los escollos de la punta de aquel cabo. Nadie más que yo sabe el lugar exacto.

—¿Cuántos metros?

—Veinticinco.

—¿Quiere verlo?

Tardó en contestar. Parecía confuso. Al fin señaló:

—Yo siempre fui buzo clásico —de casco y manguera—, pero si no se aleja de mí, me atrevo a bajar con usted, usando una de esas escafandras suyas. Todo por ver nuevamente mi *Agogos*.

Lo bajé. El agua estaba tibia y agradable. El *Agogos* no era más que un esponjero de veinte metros y apariencia vulgar, pero la vegetación submarina no se había apoderado por completo de él, y la poca que se fijó en sus partes metálicas y los obenques contribuía a darle un aspecto festivo. Cuando pusimos el pie en la cubierta, Domeniko se soltó de mi mano y acarició el palo mayor con el mismo cariño que emplearía una madre con su hijo.

A través de la máscara podía ver sus ojos dilatados, que lo contemplaban todo con arrobo: me sentí emocionado.

No sé cuánto tiempo permanecimos sobre el *Agogos*, pero me pareció corto. Raramente se me volvería a ofrecer un espectáculo como aquél, en el que dos viejos amigos, compañeros de trabajo durante tanto tiempo y tantos mares, se saludaban por última vez. Había tal ternura en los gestos del anciano al acariciar su barco, que nunca me hubiera cansado de mirarle y le hice gestos de que teníamos que marcharnos, se besó la mano y dejó el beso sobre la barandilla de su barco. Luego permitió que le llevara a la superficie sin volver ni una sola vez el rostro.

Cuando le ayudé a quitarse la máscara, tenía los ojos rojos.

CAPÍTULO VI

MUERTE BAJO EL MAR

El tiempo que pasé en el *Cruz del Sur*, hizo nacer en mí la afición al mar.

Esa afición me llevaría más tarde a sumergirme en cuantos se prestaran a ello: del Pacífico al Atlántico; del Mediterráneo al Caribe.

Todos son iguales, y todos son distintos. Cada uno tiene algo nuevo que ofrecer, y en todos se experimenta idéntica sensación de paz, olvido, alejamiento del resto del mundo...

En cuanto hay más de un metro de agua sobre nuestras cabezas, la tierra y sus problemas dejan de tener significado; nada importa más que los peces, las algas y los corales; nada cuenta más que la aventura de ver surgir un tiburón en el Caribe; una manta-diablo en el Pacífico; un mero de trescientos kilos en el Atlántico Sur; una diminuta «tuta» muerta de hambre en la costa mallorquina.

El tiempo no existe bajo el mar.

Una hora de inmersión para un escafandrista; seis horas en el agua para un pescador submarino, son apenas instantes. Abajo se pierde la noción de todo, los minutos vuelan y se diría que los océanos tienen su propio reloj. Un reloj que adelanta.

¡Hay tanto que ver bajo las olas...!

Con frecuencia me preguntan:

—De los lugares en que te has sumergido..., ¿cuál te impresionó más?

La respuesta es difícil: ¿Cabo Frío en Brasil...? ¿La República Dominicana? ¿Sudáfrica...? Quizá lo que más grabado me haya quedado nunca fue una inmersión en el archipiélago de las Galápagos, en el Pacífico. Recuerdo lo que entonces escribí sobre ella:

«Bordeando San Salvador por su costa sur, fondeamos en una pequeña ensenada en la que Argenmeyer me aseguró que podía encontrar abundancia de corales. Me sumergí en un fondo de unos quince metros, y lo que vi me impresionó: era como el juego de unos pintores que se hubieran vuelto locos y que, manchando acá y allá con rojos, ocres, verdes, amarillos y violetas, hubieran contribuido a formar un cuadro deslumbrante.

»Abundaban las madréporas, que hacían del conjunto un gran jardín, y entre ellas sobresalían las meandrinas, que semejan el cerebro de un hombre; los alcionarios, en forma de hojas lobuladas, y las inclinadas láminas amarillentas de los corales de fuego, que queman al tocarlos.

»Los había también en forma de estrellas, no mayores que un botón, y algunos como setas, con el sombrero del tamaño de una bandeja. Y todos ostentaban su color particular o su dibujo típico, que los diferenciaba de cuantos los rodeaban, y no obstante formaba con ellos un conjunto armónico.

»Y por todas partes esponjas de mil colores, tamaños y formas; briozos y mariposas de mar que se agitaban como relámpagos; peces-rana y escorpenas de espantoso aspecto. Erizos de mar y peces-barbero con estiletes como bisturíes...

»Cruzó un pez-aguja parecido a un caballito de mar, feo como si llevara una máscara, y con una bolsa en el vientre en la que guardaba a sus hijos. Luego me llamó la atención una exuberante flor que descansaba sobre un coral. Me aproximé y me miró con fríos y tranquilos ojos. No tenía miedo porque era un "pez de fuego" seguro de su veneno.

»Todo el universo de los arrecifes pululaba en torno mío, sueño de cualquier pescador submarino; sueño mayor aún, del más exigente de los naturalistas.

»Más tarde, al aproximarme a tierra, encontré allí bajo las rocas, a medio metro de profundidad, colonias enteras de langostas que asomaban los bigotes bajo las piedras, y no tuve más que calzarme un grueso guante e irlas sacando una por una para echarlas al fondo de la barca de Argenmeyer.

»Y es que en ningún otro lugar del mundo se da la circunstancia de que las aguas templadas del ecuador —que cruza por mitad del archipiélago— se encuentren con una corriente fría de la potencia de la Humboldt, que subiendo desde el Antártico, a todo lo largo de las costas de Chile y Perú, trae consigo la increíble riqueza de sus aguas, las más abundantes en pesca del Planeta.

»Y no resulta raro que cuando se está allí, contemplando tranquilamente la fauna tropical de los arrecifes de coral, aparezca de pronto a nuestro lado una manada de focas o un pingüino que vienen a merendarse a los habitantes de los corales...»

Al rememorarla, pienso que fue, en verdad, una inmersión inolvidable; una de mis más bellas experiencias en el mar, que nunca se me mostró antes tan plenamente, tan esplendoroso, tan apasionante.

El mundo en que vivimos, el siglo que corre, no nos ofrecen demasiadas oportunidades de contemplar la vida en toda su magnificencia. Para muchos —la mayoría—, los animales no son ya más que láminas de libro, escenas de televisión, cromos coleccionables o, en el mejor de los casos, tristes habitantes de zoológico.

La bestia de zoo, el pez de acuario, están —a mi

entender— más cerca de su imagen en fotografía que de su auténtica realidad. Un elefante en cautiverio no es más que la caricatura grotesca de un elefante que corre por las praderas africanas; un pez-luna en su acuario, apenas juega a imitar al pez-luna de los arrecifes.

Por eso, aquel día, en la costa sur de San Salvador, fue como si la Naturaleza se mostrara completamente virgen y la vida de aquellos arrecifes apareciese tal como fue creada.

Tuve la sensación de encontrarme frente a la Naturaleza, limpia y desnuda. Como si yo fuera el primer hombre que existió en el mundo.

No creo, sin embargo, que deba considerar ésta la inmersión «más impresionante» de mi vida, si quiero utilizar el término «impresionante» en su punto de vista positivo, mientras hubo otra que, negativamente, dejó en mí una huella mucho más profunda.

Ocurrió el día en que, por primera vez, le vi la cara fea al mar, y me di cuenta de hasta qué punto el ser humano está inerme cuando se enfrenta a él.

Por extraña casualidad, coincidió ese día con la clausura del Primer Congreso Mundial de Actividades Subcuáticas, del cual habíamos salido la mayoría de los participantes convencidos de que el mar era nuestro.

Para celebrarlo, el Centro de Recuperación e Investigaciones Submarinas (CRIS) de Barcelona había organizado una inmersión exploratoria a las galerías submarinas que atraviesan una de las islas Medas, frente a Estartit, en la Costa Brava.

Tomaban parte en la expedición la mayoría de los congresistas, y me tocó compartir la lancha con Gianni Roghi, periodista italiano, que murió años después aplastado por un elefante en África; el fotógrafo norteamericano Luis Mallé, y otro americano, Lindbaugh, notable biólogo marino, que venía en representación de una Universidad californiana.

La lancha vecina la ocupaban Jacques Ives Cousteau y Philippe Taillez, inventores de la escafandra autónoma y auténticos padres del submarinismo moderno; Frederic Dumas, *Didí*, el mejor buceador de todos los tiempos; Vidal, presidente del CRIS, y creo que Eduardo Admetlla, ex recordman mundial de inmersión.

Fue ése el grupo que se sumergió en primer lugar. Se lanzaron al agua a unos quince metros del acantilado y desaparecieron bajo la superficie. Segundos después, se había perdido el rastro de las burbujas de aire que señalaban su posición. Era como si los hubiera tragado el mar.

A los pocos minutos seguimos nosotros. Me cercioré —mejor que nunca— de que mi aparato funcionaba a la perfección y estaba cargado al máximo: ciento cincuenta atmósferas de aire comprimido, que me garantizaban casi una hora de inmersión a treinta metros de profundidad. Quisiera reconocerlo o no, meterme en una larga cueva bajo tierra y bajo el mar, me preocupaba.

Lindbaugh se echó al agua. Le siguió Mallé y luego fuimos Roghi y yo. Cuando llegué al fondo, me encontré con la cámara fotográfica de Mallé y la cinematográfica de Lindbaugh enfocándonos directamente. Con gestos nos pidieron que nos introdujéramos por la abertura de la primera caverna para tomar la escena.

No me costó trabajo encontrar la entrada; un grueso cable descendía desde un lanchón en el que descansaba una planta eléctrica. El CRIS había realizado una magnífica labor estableciendo focos a todo lo largo del laberinto de galerías submarinas que atravesaban la isla, y bastaba seguir ese cable y su rosario de luces. Nos habían advertido muy seriamente: cualquier desvío podía significar perderse y no salir más de aquella trampa de agua y roca.

A dos metros en el interior de la primera caverna, la oscuridad era casi absoluta, rota tan sólo por un débil foco, allá delante, y el círculo de luz de la entrada —apenas metro y medio de diámetro— que iba quedando a la espalda.

Miré hacia atrás. Mallé se recortó en la boca de la cueva, su escafandra golpeó contra el techo, y con un hábil pataleo se introdujo dentro. Lindbaugh venía detrás. Seguí mi camino. Era como adentrarme en un caserón en ruinas: salas y salas como grandes habitaciones que se sucedían sin interrupción, con desviaciones a derecha e izquierda, pozos que bajaban nadie sabía adónde, y chimeneas que ascendían hasta perderse de vista, amenazantes.

La vida era poca. Algunos pececillos que se agolpaban en torno a los escasos focos —uno por sala—, algún pulpo, y corales diminutos en las paredes. El suelo, de arena, se revolvía con nuestros movimientos enturbiando el agua, y se hacía necesario nadar sin rozarlo para mantener alguna visibilidad.

El silencio absoluto del lugar se rompía ahora con el sonido del aire al escapar por la boquilla, el murmullo de la cámara cinematográfica de Lindbaugh, que rodaba cuanto podía pese a la escasa luz, y el intermitente golpear de alguna escafandra contra las paredes de roca.

El espectáculo resultaba, en verdad, dantesco. Nuestras figuras no eran más que sombras que se destacaban de tanto en tanto contra los focos y desaparecían luego en la siguiente sala.

De pronto, todo quedó a oscuras. El corazón me dio un vuelco y me subió a la garganta. Sentí deseos de gritar, y del susto perdí la boquilla de aire. Traté de serenarme, me aferré a la pared y busqué en mi pecho la boquilla, que lanzaba ya borbotones de burbujas. Me la coloqué nuevamente y esperé.

Sobre nuestras cabezas teníamos tres metros de agua, y más arriba, cincuenta de roca impenetrable. Detrás, unos treinta metros, quizá, de salas y salas a oscuras que incluso nos había costado trabajo recorrer con luz.

Delante, lo desconocido: mil probabilidades contra una de encontrar la salida, el mar abierto, el aire libre.

En lo más profundo de mí mismo, el terror luchaba por abrirse paso hasta mi conciencia. Sentí que me estaba invadiendo; que pronto o tarde acabaría por vencer la poca calma que me quedaba, y comprendí que si lo lograba nunca saldría de allí, me ahogaría sin remedio en las entrañas mismas de la isla.

Sentí deseos de llorar, de gritar, de llamar a mi madre. Todo daba vueltas, y no me creí capaz de recordar una sola oración. Algo se agitó a mi lado, una mano se movió en la oscuridad y me tomó del brazo. Me apretó con fuerza, amistosamente, como para infundirme valor. Nunca supe quién había sido; tan sólo, que permanecimos así largo rato, uno junto a otro, consolando nuestro miedo.

Mi instinto retrocedió a millones de años: a cuando ni siquiera éramos aún seres humanos y todo era terror a lo desconocido en la eterna oscuridad de los abismos marinos. De alguna parte surgiría un monstruo para devorarnos; de cualquier punto llegaría la muerte.

Alguien golpeó su cuchillo contra la escafandra, allí, delante. Era una llamada insistente, y nadamos hacia ella. Una mano nos buscó en la sombra, tomó a la vez nuestra mano y la condujo hacia el grueso cable eléctrico, que había encontrado. Comprendí la intención: aquel cable nos llevaría, pronto o tarde, a la salida.

Comenzamos a seguirlo en fila india, y no era fácil. Constantemente tropezábamos con quien iba delante o detrás, o contra las paredes de roca y el techo. De apoyarme en lugares que no veía, me desgarraba las manos, que tuve una semana ensangrentadas. En esos momentos no me daba cuenta del dolor. Lo que importaba era salir de allí.

No puedo saber cuánto avanzamos: quizá no más allá de quince o veinte metros, que a mí me parecieron una eternidad. De improviso, tal como se había marchado, regresó la luz. El foco más cercano apenas alumbraba, pero nos golpeó en los ojos como si del mismísimo sol se tratara. Sentí deseos de gritar, de saltar, de abrazar a mis compañeros, pero me limité a continuar aprisa mi camino para salir cuanto antes de allí.

Cuando al fin distinguimos el enorme arco de veinte metros de altura de la salida de la cueva, por el que entraba luz a raudales, di gracias a Dios.

Busqué a mi alrededor: estábamos los cuatro. En ese instante prometí que nunca volvería a sumergirme en una cueva submarina.

A la semana siguiente, Lindbaugh se fue a Francia, a explorar la caverna sumergida de la «Calanca de Cassís». Nunca salió. Un mes después encontraron su cadáver. Perdido, desorientado, al tratar de encontrar la salida, Lindbaugh se equivocó, adentrándose en lugar de salir. Debió de ser una muerte espantosa, advirtiendo cómo poco a poco el aire de su escafandra se agotaba; arañando las paredes; desesperándose, con la tierra y el agua sobre su cabeza, sin más compañía que su propia soledad.

Su cámara de cine estaba en el fondo, a sus pies,

y en ella aún, las escenas de la exploración de una de las Islas Medas.

Han pasado quince años. He mantenido mi promesa de no volver a practicar la espeleología submarina. Todo hombre debe saber hasta dónde llegan sus posibilidades, y yo sé que, justo hasta ahí, llegan las mías.

—¿Hasta dónde llegan las de otros en el fondo del mar?

Mirando hacia atrás me maravillo de lo que ha progresado el ser humano en ese campo.

En 1957 nos considerábamos los pioneros del mar. Aún estaba muy lejos el Primer Congreso Mundial de Actividades Subacuáticas, y los que participaríamos en él creíamos estar descubriendo para la Humanidad un mundo nuevo. Durante la Segunda Guerra Mundial, Cousteau, Taillez y Dumas habían inventado la escafandra autónoma, pero pasaron casi diez años antes de que comenzase a usarse normalmente, primero en los países mediterráneos; luego, en los Estados Unidos: casi inmediatamente, en el resto del mundo, que la adoptó con entusiasmo.

Pero sus posibilidades parecían muy limitadas. Todavía no se habían investigado a fondo las mezclas de helio y otros gases que impedirían más tarde la narcosis y la embolia, y por aquellos días, el simple aire comprimido de las botellas no permitía descensos más allá de los setenta u ochenta metros. Un español, Eduardo Admetlla, había logrado batir el récord mundial, estableciéndolo en cien metros de profundidad. Para la mayoría de los expertos, era una locura que a nada conducía. A más de setenta metros —incluso a sesenta— la mayoría de los submarinistas sufrían «borrachera de las profundidades», y por lo tanto, ir más allá no sólo era arriesgado, sino también inútil.

Durante el Congreso, algunos de los más soñadores, entre ellos Rebicoff —inventor del primer vehículo submarino individual—, aseguraba que antes de diez años el hombre atravesaría la barrera impuesta por la necesidad de la descompresión y llegaría a permanecer largas temporadas en los fondos marinos.

Pocos parecían creerle. En quince años se había avanzado mucho, del buzo clásico al ágil submarinista, pero no convenía hacerse demasiadas ilusiones.

El camino era largo; el mar, demasiado profundo.

Pero hoy no hay mares demasiado profundos para el hombre. Ya se ha descendido a once mil metros en batiscafo, y ya los submarinistas pueden trabajar a trescientos respirando mezclas de gases. Ya no existen casi problemas con la descompresión.

Y lo que parece más increíble: se comienza a pensar en la posibilidad de dotar al ser humano de agallas para que pueda vivir en el fondo de los mares.

El doctor Walter L. Robb realizó experimentos con un hámster al que introdujo en el agua dentro de una caja cuyas paredes estaban formadas por una serie de láminas que cumplían la función de las agallas de los peces. El hámster vivió perfectamente, obteniendo oxígeno del agua por medio de esas agallas artificiales.

Se cree que llegará un momento en que, a través de una sencilla operación quirúrgica, muchos de nosotros podremos adaptarnos a la vida marina cuando la Tierra se encuentre superpoblada.

Pero cabe preguntarse: ¿Será realmente habitable el mar cuando estemos en condiciones de conquistarlo, o para entonces ya el ser humano, el Gran Destructor, habrá acabado con sus formas de vida si continúa arrojándole, como hasta ahora, cincuenta mil toneladas de residuos de DDT cada año y millones de toneladas de basura?

En menos de veinte años hemos reducido en un 75 % la capacidad de fotosíntesis de las algas marinas, encargadas de renovar el oxígeno de las aguas, y ya el plancton ha comenzado también a sufrir el ataque de los pesticidas y venenos, perdiendo, por lo tanto, gran parte de su capacidad reproductiva.

A medida que ese plancton disminuye en número, disminuyen los peces que se alimentaban de él, y los que se alimentaban de esos peces, y así la gran cadena se debilita día a día, y existen mares, como el Mediterráneo, a los que se podrá considerar definitivamente muertos dentro de treinta años.

¿Cómo es posible que extensiones de agua tan gigantescas que alcanzan los diez mil metros de profundidad y ocupan el 70 % de la superficie del Planeta, no puedan absorber y eliminar nuestros desechos?

La respuesta es sencilla: El 90 % de la vida marina está concentrada en las plataformas continentales, a profundidades inferiores a los doscientos metros, lo que constituye menos del 10 % del área de los océanos y una cantidad muchísimo más pequeña aún de su volumen total.

En los estuarios de los ríos, en los manglares y en los mismos ríos, agua arriba, es donde desovan por lo general la inmensa mayor parte de los peces, que precisan de esas aguas muy próximas —y por lo común las más contaminadas— para su ciclo reproductivo.

Cuando las cloacas de las grandes ciudades, los residuos contaminantes de las fábricas o los restos de los insecticidas utilizados en la agricultura van a parar a esos ríos, esos manglares o esos estuarios, se está impidiendo la reproducción de millones de peces que habíamos empezado ya a considerar nuestra única y definitiva esperanza de salvación.

Hasta el presente, el hombre no había extraído del mar más que entre el uno y el dos por ciento de su alimentación, y éramos, con respecto al mar, lo que el cazador primitivo de la Edad de Piedra con respecto a la Tierra.

Nos limitábamos a cazar, y la mayor parte de las veces, a cazar a ciegas a base de lanzar unas redes y unos anzuelos y aguardar pacientes a que la buena suerte y la superabundancia compensaran el esfuerzo.

Pero ahora, cuando el hombre comienza a comprender que, de cazador tiene que pasar a convertirse en agricultor del mar, «cosechador de peces», se encuentra con la dolorosa realidad de que empieza a ser demasiado tarde, y si no pone freno a sus propios desaguisados, no encontrará en el mar, llegado el momento, nada que cosechar.

El ecosistema marino se mantiene sobre un perfecto equilibrio que nada ha sido capaz de romper desde el momento de la Creación. La cantidad de oxígeno producido por las algas y suministrado por el aire, bastan para mantener las bacterias de la putrefacción, pero, cuando dichas bacterias reciben una cantidad excesiva de desperdicios orgánicos motivados por la desembocadura de un río contaminado, o una cloaca, las bacterias comienzan a trabajar rapidísimamente, consumiendo todo el oxígeno y derrumbando por completo el sistema ecológico.

Ya ese pedazo de mar no será capaz de ofrecer nada, pese a que, en situaciones ecológicas normales, una hectárea de suelo marino puede producir siete veces más cantidad de materia orgánica aprovechable que una hectárea de tierra de cualquier cultivo tradicional.

Como ocurrirá con las selvas amazónicas, que están a punto de desaparecer antes de que hayamos podido conocerlas a fondo y disfrutarlas, el mar corre el peligro de sufrir las consecuencias de nuestra apresurada industrialización, y dejar de ser útil antes de comenzar a serlo realmente.

Cada año, el hombre extrae de los océanos unos cincuenta millones de toneladas de pescado, de las cuales, aproximadamente la mitad pasan a convertirse en harina. En un futuro próximo, si cesara la contaminación y se modernizaran los sistemas de «cosecha» de peces, dicha cantidad podría triplicarse. Sin embargo, más importante aún que la pesca puede ser en un futuro la «agricultura del mar», pues ya existen científicos dedicados a la tarea de buscar un aprovechamiento máximo de las grandes praderas de algas marinas, tanto con fines industriales como alimentarios.

Durante el tiempo que pasé como instructor en el *Cruz del Sur*, adiestramos a gran número de submarinistas que se ocuparon más tarde del desarrollo de los grandes campos de algas del Cantábrico, y podíamos advertir cómo, día a día, comenzaba a disminuir de modo alarmante la fauna del Mediterráneo, hasta el punto de que zonas que fueron antaño auténticos viveros y paraíso de los pescadores submarinos, no ofrecían ya ni el más leve rastro de vida animal.

Quizá, la pesca submarina no sea —como muchos sostienen— más que uno de los tantos factores que se han sumado a los derrames de petróleo, insecticidas, cloacas, etc., y no es en realidad tan exorbitante su importancia a la hora de la destrucción, pero no cabe duda de que, por allí donde pasa un equipo de buenos buceadores, no queda nada con vida en mucho tiempo, y por lo general, nunca se detienen a meditar si lo que van a matar es grande o pequeño, macho o hembra, o se encuentra o no a punto de desovar sus crías.

Entre unos y otros, contaminación o pesca incontrolada, lo cierto es que los mares se agotan y morirán del todo si no comenzamos pronto a «sembrarlos» y cuidarlos como se siembran y cuidan las tierras. Ya existen los planos; ya están incluso diseñados los tractores que circularán por el fondo de los océanos, y Sir Alister Hardy, de la Universidad de Oxford, lleva años trabajando en la selección de la flora y fauna del fondo del mar que deberá cultivar el hombre en su día, y la que deberá ser eliminada como perjudicial e inaprovechable.

La decisión no será fácil, y corresponderá a los ecólogos y oceanógrafos realizar una delicada tarea que puede poner en peligro todo el equilibrio de la vida marina, del mismo modo que hemos puesto tantas veces en peligro —a menudo con resultados desastrosos— el equilibrio de la vida sobre la tierra.

Un ejemplo de cómo el hombre ha comenzado a ejercer su influencia nefasta sobre la ecología oceánica es el de la curiosa historia de las estrellas de mar del Pacífico, que, de pronto, comenzaron a reproducirse en tan gigantesca escala, que iniciaron una masiva destrucción de los arrecifes coralinos de las islas del Sur. Estas estrellas de mar se alimentan de los pólipos de arrecifes, y en unas cuantas horas pueden destruir corales que han tardado medio siglo en crecer, y que una vez muertos y concluido su lento pero constante crecimiento, se parten, caen al fondo y dejan de proteger las islas contra los embates del océano.

La inusitada invasión de las estrellas puso en peligro infinidad de islas, y si se les permitía continuar adelante en su destrucción, corría peligro el futuro de la Micronesia.

Grupos de científicos de todas las nacionalidades acudieron a estudiar el curioso fenómeno, y llegaron a la conclusión de que el exceso de estrellas de mar se debía a que durante años los aficionados a las conchas habían arrancado de los arrecifes más de cien mil «tritones», un hermoso molusco cuyo alimento principal son las estrellas de mar.

El hombre intentó entonces reparar el daño que había causado, y se dedicó tenazmente a la labor de matar a las invasoras, pero resultó que, cuando cortaba en dos una de ellas, obtenía como resultado que ambas regeneraban la parte perdida y se convertían así en «dos» nuevas estrellas de mar. Como solución final, hubo que recurrir a inyectarles —a veces a cuarenta metros de profundidad— una pequeña dosis de aldehído fórmico.

Ejemplos semejantes se presentan a menudo y se presentarán cada vez con más frecuencia a causa de la depredación o la contaminación provocada por el hombre en el mar, y sin embargo, cuando, en 1974, cinco mil delegados de 149 países se reunieron en Caracas para discutir la forma de repartirse los mares, advertí, consternado, que en la gran conferencia de las Naciones Unidas sobre los derechos del mar, no se mencionó el tema de la contaminación y destrucción de los mares, porque, según parece, los barcos tan sólo contribuyen con un 10 % a esa contaminación. El resto viene de tierra adentro, y las gentes del mar creen que ese 90 % restante no les concierne...

Qué es lo que van a repartirse cuando ese tanto por ciento que «no les concierne» acabe con los océanos, nadie lo ha dicho...

Bueno: en realidad, ellos mismos lo dicen. Lo que más interés tienen en repartirse es el petróleo o los increíblemente ricos yacimientos minerales que se han descubierto a cinco mil metros de profundidad.

Vastísimas regiones del océano están cubiertas de extraños «nódulos» del tamaño de una patata, compuestos por un diente de tiburón o un hueso de ballena alrededor del cual se ha solidificado manganeso, hierro, cobalto, níquel y cobre. Fortunas inmensas, del orden de los cuatro millones de dólares por kilómetro cuadrado aguardan a quienes sean capaces de extraer tales nódulos y por eso, y por el derecho a pescar atunes o bacalaos, o simplemente, la posibilidad de prohibir el paso por sus aguas o estrechos, es por lo que los Gobiernos del mundo libran hoy una silenciosa pero furiosa lucha.

En 1609, el jurista Hugo Grotius estableció que «el océano es común a todos porque es tan ilimitado, que no puede ser poseído por nadie». «Los mares nunca podrán ser medidos ni cercados», sentenció.

Hoy día, Grotius está tan sobrepasado como la teoría de que la Tierra es plana, y los mares, tan sólo un río que la circunda.

Ahora lo que se discute es si cada nación dispondrá de las antiguas tres millas de aguas territoriales o las modernas doscientas que pretenden algunos países latinoamericanos.

También se trata de definir hasta qué punto las naciones costeras tienen jurisdicción económica exclusiva sobre sus aguas, y a quién pertenecen los recursos de las profundidades de alta mar.

Para las naciones poco desarrolladas, continuar con las leyes de Grotius significa que las grandes potencias pueden comenzar a apoderarse de lo que hay en los océanos a base de usar su moderna tecnología, enriqueciéndose aún más a costa de lo que debe pertenecer a todos.

En realidad, media docena de países y unas cien grandes compañías se han lanzado ya, más o menos abiertamente, a la conquista de esos océanos, y se calcula que las enormes inversiones que se hagan en el campo de la recogida de nódulos rendirá fabulosos beneficios de casi el 25 % neto. A un precio de 200 dólares la tonelada, calcúlese lo que se puede obtener, si únicamente en el Pacífico se dice que existen más de 1.500 billones de toneladas de dichos nódulos.

Un especialista opina que tan sólo en el fondo del mar Rojo reposan 3.400 millones de dólares en oro, plata, cinc, cobre, etc., y en Sudáfrica ya se están explotando las minas submarinas de diamantes, mientras Indonesia y Tailandia extraen estaño de su plataforma continental.

Presente está también, como siempre, el petróleo, pues aunque hoy día tan sólo el 20 % del petróleo mundial se extrae del mar, se espera que dentro de diez años produzcan más petróleo los océanos que la Tierra. Un moderno buque, el «SEDCO-445» puede perforar el fondo a 2.000 metros de profundidad, resistiendo los embates del viento y de las olas. Para la técnica industrial lo imposible deja de serlo en muchos terrenos.

¿A quién pertenecen todas esas riquezas?

Sobre ello no se pusieron de acuerdo esos cinco mil delegados, y lo más probable es que nunca lo consigan, y si lo consiguen, nunca se acaten las leyes que se den. Como siempre, los grandes se comerán a los chicos.

Capítulo VII

TIBURONES

En el *Cruz del Sur* me aficioné a la pesca submarina.

Según la mayoría de los escafandristas, la pesca submarina es a la inmersión autónoma lo que una cabaretera barata a una mujer decente. No cabe duda de que algunas cabareteras también tienen su aliciente.

En los años siguientes, y a medida que comencé a viajar por el mundo, me fue resultando más y más difícil conseguir un buen equipo de inmersión para sumergirme en los mares que recorría. Un botellón de aire comprimido con todos sus atalajes, plomos, etc., pesa más de treinta kilos. Un buen fusil corto, una máscara y las aletas, apenas pesan cuatro kilos, y caben en cualquier parte.

La necesidad, y las compañías aéreas decidieron mi dedicación a la pesca submarina.

En el *Cruz del Sur* se pescaba poco, sólo en los ratos libres y para llenar la nevera. Frente a Lloret de Mar capturamos un atún de más de cincuenta kilos, que el cocinero nos sirvió en filetes esa misma noche. Ese atún y un mero gigante de Cabo Frío, al sur de Río de Janeiro, son las piezas más grandes que he logrado en mi vida.

No se puede decir que sea un gran pescador. Al menos, en comparación con los auténticos superdotados. Recuerdo un campeonato internacional, en Almería, en el que tomaban parte —entre otros— Juan Gomis, ex campeón del mundo, y Amengual, campeón de España por aquellas fechas.

Dediqué parte de mi tiempo a observarlos. Amengual pescaba en mar abierto, a unos veinticinco metros de profundidad en un fondo de algas en el que yo —las veces que llegaba abajo— no era capaz de distinguir absolutamente nada. Era como un mar de hierba crecida y apenas tenía tiempo de rozarla cuando ya me estallaban los pulmones y tenía que salir a buscar aire.

Amengual, sin embargo, descendía pausadamente, buscaba con detenimiento, y de improviso desaparecía de mi vista introduciéndose en cuevas cuya existencia yo no había sospechado siquiera. En ocasiones le sobresalían los pies; otras, ni siquiera eso.

De pronto se escuchaba el apagado estampido del fusil, y al momento reaparecía llevando en la punta del arpón un mero de diez o doce kilos.

Ascendía tranquilamente, dejaba la pieza en la barca, tomaba aire y volvía a repetir la operación. Así pescó las seis horas que duró el campeonato. Sus inmersiones duraron —por término medio— alrededor de tres minutos.

Creía que ya lo había visto todo, hasta que me indicaron que Juan Gomis le iba ganando. Lo busqué. Había elegido como lugar de pesca la punta de un cabo donde el mar batía con fuerza. El fondo era de roca, con una profundidad media de treinta metros, y Gomis bajaba a él una y otra vez sacando sin descanso meros impresionantes.

Quien ve a Juan Gomis fuera del agua no puede imaginar, ni remotamente, que sea capaz de hacer lo que hace. Diminuto —apenas metro sesenta—, calvo, delgado..., es lo menos parecido a un atleta que existe, y la primera vez que asistió a un campeonato mundial, los participantes extranjeros se reían de su aspecto. Se coronó campeón del mundo, y él sólo consiguió más capturas que todo el equipo italiano, que quedó en segunda posición. Se diría que más que hombre, es pez y tiene agallas en lugar de pulmones. No se explica de otro modo que pueda permanecer casi cuatro minutos sin respirar, luchando a treinta metros de profundidad con un mero más grande que él.

Junto a tipos así se hace el ridículo, aunque nunca estuviera en mi ánimo imitarlos. Amengual, Gomis, Noguera, el canario Tabares... Con este último me sentía más a gusto; su forma de pescar se adaptaba mejor a mis posibilidades: aguas menos profundas, fondo de cuevas y grandes rocas...

Para pescar, a mi juicio, hay dos o tres lugares en

el mundo: la isla de Alegranza, en las Canarias; la costa de la República Dominicana cuando no abundan los tiburones; el archipiélago de las Galápagos en el Pacífico.

A mi modo de ver, Galápagos no es el mejor lugar que conozco por una sola causa: demasiada pesca. Hay puntos en los que se puede cerrar los ojos y apretar el gatillo del fusil con la absoluta seguridad de que al menos un pez resultará arponeado. El canal que separa Santa Cruz de Seymur es como un hervidero; como una sartén en la que se frieran boquerones. Un día, en la isla Hood, capturamos cuarenta meros de entre cinco y diez kilos en poco más de quince minutos. Era cargar y disparar; cargar y disparar; cargar y disparar...

Esa noche, todos los pasajeros y la tripulación del yate *Linna A* cenaron mero, pero debo confesar que no me divertí en absoluto. Lo que hace la pesca submarina interesante es la búsqueda; la persecución; el fallo si la pieza es lista. Matar por matar no tiene gracia; no se justifica ni para dar de cenar a un yate.

En ese aspecto, el mar Caribe y las pequeñas islas del norte de Canarias se llevan la palma. Hay buena pesca; toda la que se pueda desear, pero obliga a buscarla.

Al pie del faro de Alegranza, quinientos metros mar adentro, se alza un bajío que los pescadores lanzaroteños conocen bien. Sus fondos se parecen un poco a los de Cabo Codera, en Venezuela, y oscilan entre los seis y los veinte metros de profundidad. La primera vez que me sumergí en él, los peces venían a verme como a Blanca Nieves los animalitos del bosque. Luego, poco a poco, aprendieron a ser más prudentes, y pescar allí se convirtió en una delicia.

Cierto que de tanto en tanto hace su aparición un pequeño tiburón o una gran manta-raya, pero ni uno ni otra significan peligro para el pescador.

Los lanzaroteños gustan del tiburón, la tintorera o el pequeño cazón, que cortan en largas tiras y secan luego al sol, hasta formar una especie de tasajo llamado «tollo». La captura de estos animales —cuando no sobrepasan el metro y medio de largo— es realmente divertida y no entraña ningún riesgo.

Otra cosa resulta el tiburón adulto, al que se debe considerar siempre con respeto. Si bien lo normal es que no ataque, cuando se ve acosado se vuelve temible.

Mi primer «tropiezo» con un tiburón adulto fue en Guinea, una mañana que me encontraba pescando con dos amigos. Nos lanzamos al agua juntos para evitar encuentros desagradables, pero al poco tiempo —como siempre ocurre— nos habíamos separado. Acababa de dispararle a un hermoso mero de unos doce kilos y luchaba por subirlo, cuando advertí que me faltaba el aire. Ascendí, y desde la superficie di un fuerte tirón para no permitir que el animal herido se refugiara en una cueva. Fui cobrando liña y lo vi subir agitándose y removiéndose entre una nube de sangre.

De pronto, me invadió el pánico. A no más de dos metros del mero y a unos cuatro por debajo de mis pies, había surgido —sin saber de dónde— una forma gruesa y larga, aerodinámica. Mi primer tiburón de cuatro metros, insistentemente interesado en el mero y en mí mismo.

Sin poder remediarlo, la liña escapó de mis manos, y el mero, al notarlo, trató de nadar desesperadamente hacia el fondo, en busca de su cueva. Cruzó ante el tiburón, y éste, con un movimiento suave, pasó por encima. Sentí un tirón que estuvo a punto de arrancarme el fusil, y donde antes había un mero de doce kilos no quedaba ya más que un arpón vacío, doblado en la punta.

Sin el menor esfuerzo, como una dama que prueba un pastelillo, el tiburón se había zampado el mero y, no del todo satisfecho, se detenía a mirarme de un modo muy feo.

Como pude, retrocedí hasta buscar precario refugio en un entrante de la roca, sin dejar de mirar a la bestia. Por fortuna, a los pocos instantes se escuchó claramente el chasquido del fusil de uno de mis compañeros —que sin duda había arponeado alguna pieza—, y el tiburón, como si comprendiera que había comida en otra parte, desapareció tal como había llegado: se esfumó en el agua.

Salté a tierra y comencé a dar gritos, a los que contestaron los de mi compañero, al que acababan de quitar de las manos —como a mí— una «dorada» gigantesca. El tiburón había encontrado, al parecer, quien le diera de comer sin grandes trabajos.

Nos fuimos. Al día siguiente regresamos, y él volvió. Al tercer día decidimos que era una compañía demasiado molesta y lo matamos. Aún estaba agonizando, girando como loco sobre sí mismo y lanzando chorros de sangre, cuando aparecieron cinco o seis nuevos tiburones, que comenzaron a devorarlo.

Era un espectáculo dantesco; aterrador.

Nunca más volvimos al lugar.

La verdad es que no pude averiguar a qué especie pertenecía aquel tiburón, y si habría acabado o no por atacarnos. Por aquel tiempo sabía yo muy poco sobre la vida de los escualos y no me sentía capaz de diferenciarlos por su simple aspecto. Menos aún, calibrar de entrada si eran o no peligrosos.

Existen unas trescientas especies de tiburones, y de ellas, un organismo tan serio como el «Departamento de Tiburones del Instituto Americano de Ciencias Biológicas», considera que tan sólo veintiocho pueden atacar al hombre.

Sus tamaños y costumbres varían mucho, pues desde los pequeños «gatos de mar», extremadamente voraces y de uno o dos metros de longitud, hasta los inofensivos «tiburones-ballenas», de casi veinte metros del morro a la cola, se extiende toda la extensa gama de la familia.

Se ha dicho muchas veces que el tiburón no ataca al submarinista, al que teme por verlo armado y desenvolviéndose en su mismo ambiente, pero recuerdo que, en el año 1959, un tal Robert Pamperín estaba buceando en aguas de California, cuando un tiburón lo devoró a la vista de su compañero de inmersión. Meses más tarde, y esta vez en la costa atlántica, James Neal desapareció a veinte metros, y cuanto se encontró de él fue su traje de goma despedazado.

El primer caso se debió a un tiburón blanco, *Carcharodon carcharius* —el peor asesino de los mares—, al que siguen en peligrosidad el «tiburón azul» y el «tiburón tigre», de aguas tropicales.

Por fortuna, todos ellos, al igual que el «tiburón martillo» —el cuarto de los asesinos—, prefieren por lo general las aguas profundas y resulta raro que se aproximen a las costas, donde realizarían terribles carnicerías entre los bañistas.

Para protegerse de sus ataques existen realmente

pocas defensas. La más práctica es golpearlos o pincharles en la punta del morro, que tienen muy sensible. Se quedan desconcertados y se alejan momentáneamente, pero casi siempre vuelven al ataque y ya no vale el truco.

De tener un buen cuchillo o un fusil de pesca submarina, lo mejor es tratar de herirlos en las branquias. Eso los debilita instantáneamente, ya que les produce una gran hemorragia y rápida asfixia. He visto morir tiburones de cinco metros en cuestión de minutos por un simple arponazo en las branquias, mientras soportaban tranquilamente, sin embargo, un disparo en la cabeza.

Se ha comprobado que si bien sus ojos están perfectamente adaptados para ver en el mar —pues la retina está formada por un conjunto de espejos que aumentan los objetos, aclarándolos—, son, sin embargo, casi inofensivos en aguas turbias. No ven y se sienten acobardados y confusos. Poseen, además, un olfato muy desarrollado, en especial para captar la sangre, y a todo lo largo de su cuerpo se extienden unas papilas que les permiten advertir las diferencias de presión, las sensaciones producidas por productos químicos, y, en especial, las vibraciones, que se transmiten por el agua. La agonía de un pez los atrae desde dos kilómetros de distancia, a una velocidad que puede superar, a veces, los cien kilómetros por hora.

En definitiva, enemigos peligrosos con sus cuatro filas de dientes afilados como navajas de afeitar, pero mucho menos temibles de lo que se acostumbra contar.

Recuerdo que un italiano escribió un libro titulado: *Mis amigos los tiburones*, y al cabo de un año uno de ellos lo devoró en aguas de Capri, no lejos de la «Gruta Azzurra». Capri es una de las islas más civilizadas del mundo, donde normalmente se bañan, sin peligro, desde el sha a Sofía Loren. Cuantas veces me sumergí luego en sus fondos, increíblemente limpios, sin asomo ya de vida submarina, me pregunté qué demonios fue a buscar un tiburón asesino a aquellas aguas.

A veces el destino gasta bromas pesadas.

Un campeón automovilista se mató al caer de una bicicleta. Lawrence de Arabia se estrelló en una moto.

El mejor trapecista de todos los tiempos se desnucó en la bañera. Siempre hay una maceta en un balcón aguardando al más audaz de los hóroes.

O al menos pusilánime de los peatones.

Por ello, no vale la pena pensar en el peligro a la hora de bajar al fondo del mar o subir a una cumbre andina. Aún no he visto a un taxista a cien por hora por un fondo de algas, ni a un motociclista en las nieves del Cotopaxi. Mata más gente un tráfico de fin de semana que las aventuras de tierra y mar de todo un año. En un mundo que cambia tan aprisa; que vive tan agobiado; que transforma tan radicalmente los valores, la selva es la quietud; las fieras son la paz; los abismos marinos, el refugio.

¡Pobre Stanley si tuviera que buscar a Livingstone en la jungla sin esperanzas de un Nueva York! ¿Cuántos años pasaría atravesando calles, sorteando autobuses, librando batallas campales con asaltantes y drogadictos...?

Antes, los audaces abandonaban la paz ciudadana, se echaban un fusil al hombro y se marchaban a África a buscar aventuras. Hoy son los hombres de la selva los que se vienen a luchar a las ciudades, y los cansados, los hartos, los asustados ciudadanos, lo abandonan todo y se marchan al África, al Amazonas o a una isla perdida en busca de un rincón tranquilo en el que vivir en paz y sin peligros.

El siglo XX, con sus máquinas y su técnica, ha trastocado por completo los conceptos. ¿Qué podía existir más seguro, pacífico y tranquilo que una pequeña aldea campesina a orillas del lago Sanabria en el mes de enero de 1959, cuando ni guerras, ni terremotos, ni tempestades azotaban el mundo?

Sin embargo, fue allí, en Ribadelago, donde tuve mi primer encuentro con la muerte y la tragedia, y pasarían muchos años —hasta el terremoto de Perú— antes de que volviera a tropezarme con un espectáculo tan alucinante.

Ribadelago: una aldea que duerme, una técnica mal aplicada y una presa que se viene abajo arrastrando al pueblo y a todos sus habitantes a las heladas aguas del lago Sanabria.

La noticia conmovió a España y al mundo entero, aunque no fuera ni la primera ni la última de idénticas características. En Ribadelago tan sólo algo era ligeramente distinto: los muertos no podían ser recuperados porque se hallaban aprisionados en el fondo de un lago de casi setenta metros de profundidad.

Días de espera de los parientes aguardando que el agua devolviera a sus víctimas, pero éstas no volvían, retenidas en el fondo por cables, autos, carretas, vigas, postes de teléfono...

Al fin se pidió la colaboración de submarinistas voluntarios, y allí nos presentamos los viejos compañeros del *Cruz del Sur*; los hermanos Manglano, Padrol, De la Cueva, Ribera... y los del CRIS: Vidal, Admetlla, Casa-de-Just...

Fue, quizás, una de las más tristes y desagradables experiencias de mi vida sumergirnos en un agua a punto de congelación sin trajes de inmersión apropiados, con una visibilidad nula a causa del barro y los detritos, tanteando acá y allá a la búsqueda de cadáveres que se deshacían al tocarlos.

Por absurdas razones de índole política, el mando de la operación no había ido a parar a manos de Padrol, Admetlla, o Vidal, submarinistas de experiencia, sino a las de un dentista, ex alumno mío del *Cruz del Sur*, donde había obtenido un carnet de tercera clase, que a punto estuvo de aumentar la cuenta de cadáveres de Ribadelago con algunos de nosotros, a causa de su absoluto desconocimiento de las más elementales reglas de la inmersión.

Al pobre Manolo de la Cueva tuvieron que sacarlo inconsciente y a punto de ahogarse, y todo acabó como suelen acabar estas cosas: marchándose cada cual a su casa, asqueado y resentido.

Fue ése, quizás, el final de mi vida como submarinista en activo, y coincidió, también, con el final de mi vida como estudiante. Mal que bien, obtuve mi título de periodista y me encontré de pronto frente a un mundo en que tenía que abrirme paso, aunque no me sentía en absoluto preparado para ello.

No creía haber aprendido mucho en la Escuela de Periodismo. O, si lo había aprendido, no sabía cómo utilizarlo. Supongo que le ocurre a la mayoría de los graduados de cualquier Universidad o escuela especial.

A mi problema se unía, además, el de estar enamorado por primera vez en mi vida. Gloria era catalana, compañera del último curso de la Escuela, inteligente y bonita. Una muchacha extraordinaria, y mucho mejor preparada que yo para hacerle frente a la vida. Debería haberme casado con ella, pero a los veintidós años cuanto se desea es ser libre y huir de las responsabilidades.

Durante un tiempo acepté seguirla a Barcelona y giré en torno a ella y a su mundo catalán, sin lograr adaptarme por completo a él. Mucho se ha escrito —y se continuará escribiendo— sobre la aparente hostilidad del catalán hacia todo lo foráneo; pero no fue ése mi caso. Cataluña me aceptó desde un principio, y estoy convencido de que —de haber continuado allí— habría madurado más rápidamente, pues, a mi modo de ver, el ambiente literario e intelectual de Cataluña, tiene mucha más enjundia y personalidad que el del resto del país.

Sin embargo, en aquel tiempo no estaba en mi ánimo entrar a formar parte de él. Mi juventud en el desierto y el comienzo de mi madurez en el mar, habían encauzado mi carácter hacia otros derroteros, y había nombres que resonaban en mi mente: Machu-Picchu, Amazonas, Galápagos, Caribe, Chad, Nigeria, Sudáfrica, atrayéndome con la fuerza de lo fascinante, con la sonoridad de lo exótico.

De un modo u otro yo sabía que el mundo estaba allí, y había que verlo. No me parecía justo —ni para mí ni para quien lo había creado— que pasara treinta, cincuenta o setenta años de mi vida en este mundo sin conocerlo más que en una milésima parte, sin admirarlo en toda su variedad y toda su grandeza.

Hubiera sido como cruzar por la vida sin haber comido más que patatas, haber distinguido más que un solo color, conocido a una única mujer o haber percibido exclusivamente un perfume.

Presentía —aún ignoro por qué— que mi ruta de nómada ya estaba marcada, y desde el día en que murió mi madre y me enviaron al desierto a compartir mi destino con los saharauis, comenzó a brillar mi estrella errante. Aún hoy, tantos años después, escribo en la habitación de un hotel, y todo cuanto tengo —incluidas mujer e hija— caben en un coche en el que vamos de un lado a otro sin detenernos demasiado en parte alguna.

El día que elegí ser periodista no fue para encerrarme en la redacción de un diario.

El día que elegí ser periodista lo hice con la convicción de que era el camino que habría de llevarme a los lugares que yo deseaba conocer y que alguien había puesto allí para que algún día los conociera yo.

Luego, mucho más tarde, regresaría a contar lo que había visto, e incluso, si la suerte me acompañaba, tal vez sería capaz de describirlo de tal modo que interesara a aquellos que no tuvieran la oportunidad de ir.

¡Escribir! Escribir de lugares, de gentes, de historias y costumbres tan distantes y tan nuevas que hicieran soñar en su butaca a quien no había tenido ocasión de alejarse más que unos cuantos kilómetros del punto en que nació.

Era joven y estaba solo. Mi padre había vuelto a casarse al cabo de los años, y vivía en paz en Tenerife. Mi hermano había emigrado a América, y no me ataba por tanto ninguna responsabilidad para con nadie. Tenía una vida y quería vivirla a mi manera, sin preocuparme ni el futuro ni el presente. Era libre, ¡auténticamente libre!, y hubiera sido un crimen anclarme a un trabajo; a una persona, incluso a un «futuro»...

Ya en la Escuela de Periodismo había podido advertir cómo otros compañeros preparaban desde muy temprano ese «futuro», anhelando acomodarse de algún modo para el momento en que acabaran la carrera. Buscaban un periódico, una revista, un «sueldo» que significase la seguridad de comer cada día, pero que significase, también, a mi juicio, el fin de toda libertad aun antes de haberla vislumbrado.

¿Qué recuerdos podrían quedar años más tarde —cuando ya la vida tan sólo se compone de recuerdos— de ese sueldo, esa seguridad, esos puestos que habían logrado ir escalando...?

Quizá la idea de «Hacerse un Porvenir» sea la que haya castrado más gente en este mundo, pues hacerse un porvenir significa hipotecar el presente, y resulta siempre que ese porvenir no llega nunca, y en pos de esa quimera se han desperdiciado la juventud y la vida.

El porvenir tan sólo llega el último día de nuestra vida, en el último minuto, y lo queramos o no, detrás del porvenir no hay nada.

¿Podía yo dejar de ver el mundo por nada?

Capítulo VIII

LIBERIA Y COSTA DE MARFIL

Al comenzar a escribir, mi primera intención fue seguir un orden cronológico exacto en cada uno de mis viajes, pero llegó un momento en que comprendí lo absurdo y enrevesado de estar saltando constantemente de un continente a otro y de uno a otro país para relatar situaciones, aventuras, o anécdotas, que yo mismo no recuerdo con claridad si ocurrieron durante un determinado viaje, el anterior, o el siguiente.

Sin pretender pecar de presuntuoso, existen países en los que he estado más de cincuenta veces —como Venezuela— o en los que he vivido largas temporadas —como Brasil—, y de intentar seguir un orden cronológico se iría todo en relatar llegadas y salidas como un monótono altavoz de aeropuerto.

Puesto a elegir mi primer destino, decidí que fuera África, tanto por ser mi continente preferido, como, sobre todo, por el hecho de encontrarme más cerca, y parecerme, en esos momentos, mucho más interesante que cualquier otro.

En 1960 África nacía a la Independencia. Los vientos de Libertad que comenzaron a soplar cuando yo estaba en el Sáhara, se habían convertido en huracán incontenible, y de Egipto al Congo todo estaba en ebullición: nuevas ideas, nuevas palabras; guerra y confusión.

Al fin y al cabo, era mi continente. Nací en Canarias, pero antes de cumplir un año, mi padre fue desterrado a Marruecos a causa de sus ideas republicanas. A los nueve regresé a Canarias y a los doce me marché al Sáhara. En el fondo, era más africano que europeo.

Reuní, por tanto, cuanto tenía, que no era mucho, vendí lo que me estorbaba, y conseguí que un cuatrimotor «Electra» de la «KLM», me depositara en el aeropuerto de Robersfield, de Monrovia, donde llovía a cántaros, mientras de la tierra ascendía un vaho caliente, como de baño turco.

Robersfield es, en realidad, el aeropuerto de la inmensa plantación cauchera que la «Firestone» posee en Liberia y que se extiende por cientos de kilómetros alrededor. Más de dos horas tarda un taxi del aeropuerto a la capital, y durante todo el trayecto no existe más que un árbol de caucho cada tres metros, en auténtica sucesión obsesionante.

Nueve millones de gomeros forman la mayor plantación cauchera del mundo, a través de la cual el taxista conducía con lentitud desesperante sin sobrepasar nunca los cincuenta kilómetros por hora.

—¿No puede ir más aprisa? —pregunté al fin.

Me miró por el retrovisor:

—No, señor, no puedo.

—¿Por qué no...? El auto es nuevo, la carretera, ancha y asfaltada, sin curvas... No hay tráfico...

—Aun así, no puedo... Este taxi lo compré hace seis meses. Gasté en él todos mis ahorros. Si tengo un accidente o se me para por cualquier razón, perdí mi dinero.

—¿Cómo que perdió su dinero...? Puede hacerlo reparar.

—¿Por quién? En toda Liberia no hay nadie capaz de arreglar un automóvil. El que se estropea o accidenta, ¡plaff!, se perdió para siempre.

—Pero, ¡eso es increíble...! Ser mecánico no es tan difícil.

—Hay uno. Un portugués. Pero tiene tanto trabajo y cobra tan caro, que es como si nada... ¡Mire! Mire lo que le digo.

A la orilla de la carretera, tumbado en la cuneta, junto a los inevitables gomeros, aparecía un «Cadillac» último modelo, nuevo, reluciente, estrellado contra un árbol. Ya lo habían despojado de los vidrios y los asientos, pero se advertía que apenas estaba usado. En cualquier lugar del mundo lo habrían puesto a caminar en veinticuatro horas. Allí, estaba ya definitivamente perdido, guarida de culebras o nido de escorpiones.

—¿Y paga el seguro? —quise saber.

El negro rió:

—En Liberia no hay compañías de seguros —replicó—. Bueno: hay una, pero sólo para blancos. Cobra, de prima anual, la quinta parte del valor del auto nuevo. ¡No vale la pena!

Al poco rato distinguí entre los árboles un camión. También casi nuevo; también abandonado. Luego me acostumbraría a verlos por las calles de Monrovia; en cualquier rincón o en las mismas aceras. Donde se accidentaban, se quedaban para siempre como juguete de los niños.

De pronto, al borde de la carretera surgieron unas mujeres con cestos en la cabeza. La mayoría llevaban los pechos al aire y se cubrían con un simple taparrabo. Algunas se protegían del sol con paraguas y sombrillas de colores. El taxista masculló despectivo.

—¡Salvajes!

—¿Cómo dice...?

—Digo que son salvajes... Andan semidesnudos y son como animales. Nada se puede hacer por ellos.

Notó mi desconcierto. No podía comprender que hablara así de sus compatriotas, y se apresuró a añadir:

—No son auténticos liberianos. Son *wais*, gente primitiva de la que no se puede sacar ningún provecho. El Gobierno acaba de concederles la ciudadanía, pero resulta inútil. No sirven... No son como nosotros... —Se llevó el dedo a la frente—. No tienen nada aquí dentro... ¡Nada!

Yo permanecía hundido en mi asiento, desconcertado y confuso. A la media hora de haber llegado al mundo negro, acababa de hacer mi primer descubrimiento: «No hay racista más racista que un racista africano.»

Liberia es hija primogénita de la esclavitud y el racismo. Cuando, en 1820, los norteamericanos comprendieron que los esclavos y los negros se convertirían en un porblema difícil de resolver, llegaron a la conclusión de que lo más práctico sería devolverlos a África. Así se fundó Liberia, a base de descendientes de esclavos africanos que eran devueltos a sus selvas de origen cuando ya hacía tres generaciones que se habían acostumbrado a vivir en Nueva Orleáns o Alabama.

Primero cien, luego cincuenta, más tarde algunos más, fueron desembarcados cerca de lo que hoy es la capital, Monrovia, tierras habitadas por una veintena de tribus autóctonas ferozmente atrasadas.

Más civilizados, con mejor armamento y conocimientos aprendidos al otro lado del mar, los «libertos» se enfrascaron en una lucha a muerte con los «salvajes»; lucha que en parte continúa: la última gran matanza se dio en 1930, y hoy, los cincuenta mil descendientes de aquellos «libertos» subyugan a casi un millón de «salvajes», a los que tratan con un despotismo que recuerda el que utilizan los blancos sudafricanos con los bantúes.

Pedí al taxista que me llevara al «Ducor-Palace», del que me habían asegurado que era el único hotel habitable de Monrovia, situado sobre una colina, que domina el mar y la desembocadura del río Saint-Paul.

Apenas acomodado, quise telefonear a la Embajada de mi país. Un conserje italiano, amabilísimo, me respondió sonriente:

—En primer lugar, no hay Embajada. En segundo, no hay teléfono.

Lo primero me resultó fácil entenderlo. En aquellos tiempos tan sólo teníamos Consulado. Lo segundo me sorprendió. En mi habitación, sobre la mesilla de noche, aparecía un precioso teléfono de color verde.

—No funciona —señaló con naturalidad el italiano—. La mayor parte de los teléfonos de Liberia no funcionan. Llueve demasiado, ¿comprende...? La humedad se come los cables de teléfonos, e incluso las cañerías del agua. Como hay pocos técnicos, pasan meses antes de que se repare algo. Mejor vaya a pie. Baje recto; pasada la Logia masónica tuerza a la derecha; llegará a una gran plaza llena de tumbas: el cementerio. No cruce entre las tumbas porque hay mucha serpiente venenosa... Luego, a una cuadra, encontrará una casa en ruinas sobre cuatro pilotes amarillos. Es su Consulado.

Cumplí sus instrucciones, y, en efecto, todo era como había dicho, incluso el edificio del Consulado. Cuando un lápiz caía al suelo, desaparecía entre las tablas e iba a parar a la calle, dos metros más abajo. Las paredes rezumaban humedad, y trozos de techo caían sobre expedientes y pasaportes. Buscaban desesperadamente dónde mudarse, pero tardaron un año en conseguirlo. No era fácil encontrar casa en Monrovia.

Dejé el Consulado y me encaminé al puerto. Sentía curiosidad por conocer el puerto de Monrovia. De cada diez barcos que había visto en mi vida, por lo menos uno estaba matriculado en Liberia. Los astilleros y el puerto que tuvieran capacidad para tanto navío eran dignos de verse.

Dos sucios muelles y tres tristes barcos. Nominalmente, Liberia posee una flota de veinte millones de toneladas de desplazamiento, lo que significa que es la mayor potencia mundial en marina mercante con el 11 % del tonelaje total. En la práctica, no tiene más que un régimen fiscal lleno de triquiñuelas, que permite a los grandes navieros abanderar sus barcos sin pagar impuestos.

No puedo negar que mi primer día de África Negra iba de desilusión en desilusión. Empezaba a creer que todas las cosas fantásticas que había leído o imaginado sobre aquel mundo no eran más que eso: fábulas y fantasías.

A la hora de cenar entré en un pequeño restaurante, cerca del hotel.

Resultó que la camarera era española, gallega por más señas. Había poco público, y comenzamos a hablar. Acabó sentándose a la mesa, y al rato me pidió que la invitara a una copa. Le dije que sí, y al instante apareció con una botella de champaña francés ya descorchada. A la hora de pagar querían cobrarme el presupuesto de una semana y ahorro de un mes. Protesté y apareció el dueño: un «matón» francés sacado de una película de gángsters. Seguí protestando —mucho más tímidamente— y llamó a un policía negro que indudablemente era amigo suyo. El tipo de la mesa vecina me advirtió:

—No deje que intervenga el policía, o pasará la noche en la cárcel y le costará el triple mañana. Pague, pague... Esto no es Europa.

Pagué. ¿Qué otra cosa podía hacer?

El incidente limitó a diez días mi estancia en Liberia, y contribuyó a mis escasas simpatías por el país. No me gusta Monrovia; no me gusta su gente; no me gusta cómo se tratan entre sí, ni cómo tratan

a los de fuera. En los años que siguieron, volví a
África diez o quince veces, pero jamás quise poner
los pies nuevamente en Liberia.

Le conté al secretario del Consulado lo que me
había ocurrido, y no se extrañó:

—Aquí los policías tienen una costumbre —replicó—. Cuando pasas en auto, te dan el alto, suben a
tu lado y exigen que te saltes el primer semáforo en
rojo que encuentres. Te niegas, porque está prohibido, pero él insiste una y otra vez, diciendo que es la
autoridad y debes obedecerle. Al fin, lo haces, y entonces te pone una multa de veinte dólares por saltarte una luz. Luego añade que si le das diez dólares,
rompe la papeleta. Ocurre todos los días.

—Es una forma fácil de ganarse la vida.

—A veces... Uno me hizo la jugada. Cuando me
pidió los diez dólares, le advertí que yo iba en el
auto oficial del Consulado, al que había subido sin
permiso. Eso significaba violación de territorio extranjero, y estaba castigado con veinte años de cárcel. Acabó dándome veinte dólares para que le dejara
bajar sin denunciarle. Aquí hay que tomarse las cosas así, o volverse loco.

Realmente, era un país como para volverse loco.
Cuando quise enviar mi primera carta, el conserje
italiano sujetó el sello con una grapadora.

—El pegamento es tan malo —comentó—, que la
estampilla se cae. Entonces el correo no admite la
carta, y en lugar de devolverla la tira a la basura.

Creo que exageraba, pero lo cierto es que aquella
carta nunca llegó a su destino.

Sólo hubo una cosa que me llamó la atención en
Liberia: cualquiera que sea la situación del país, y
cualquiera que sea la condición moral de sus habitantes, algo está claro: quieren aprender; quieren
superarse; quieren ser algo o alguien el día de mañana.

Niños, niñas, adolescentes, adultos y ancianos llevan dentro una especie de ansia de saber, y se los
puede ver a todas horas y por todas partes con los
libros en la mano, entrando y saliendo de escuelas
diurnas y nocturnas; preguntando y preguntando cosas absurdas; leyendo textos que para muchos deben
de resultar incomprensibles, como si el mundo se fuera a acabar si no lo aprenden todo.

El camarero que se ocupaba del piso del hotel —un negro alto y barbudo con cara de urogallo— pasaba sus horas libres sentado en su banco del pasillo, devorando libros. Cuando le pregunté qué estudiaba, me miró como si la pregunta le resultase absurda.

—Leyes —respondió, como si no hubiera otra respuesta.

Tenía cuarenta años. Ya no era un niño.

—¿Por qué leyes? —insistí—. ¿No le convendría más una carrera corta...?

—¿Cuál? Si quiero ser algo, tengo que ser abogado. Todos los políticos, todos los diplomáticos, todos los hombres importantes del país son abogados...

—Pero hay otras cosas... Algún peritaje... Técnico... Este país necesita buenos mecánicos.

Me miró de arriba abajo, despectivo. Se diría que estuviera tratando de insultarle. Ahí acabó la conversación.

Más tarde, mucho más tarde —después de recorrer infinidad de países africanos—, llegué a darme cuenta de algo significativo que me hubiera permitido comprender las razones de aquel camarero: casi el ochenta por ciento de los estudiantes africanos de los años sesenta se habían matriculado en la Facultad de Leyes.

¿Por qué?

Existen dos respuestas. La primera es que leyes es la carrera de los políticos, y en la Nueva África, la forma más rápida y cómoda de llegar a algo es a través de la política. Países regidos por las metrópolis europeas se encontraron de pronto con un montón de puestos vacíos: desde Presidente de la República, a ministro o senador. El sistema más fácil de llegar a uno de ellos era a través de la dialéctica o el abuso de las armas. En la mayor parte de las naciones africanas, un título de abogado es casi certificado de poder, y a los nativos —como a todo el mundo— les gusta mandar.

La segunda razón está en la mentalidad de los africanos, mucho más dotados para la dialéctica y la palabrería que para las matemáticas, la física o cuanto requiera una especial concentración.

Por eso, hoy, África es como un inmenso gallinero en el que todos charlan y charlan, discuten bizantinamente y se enzarzan en inacabables debates sobre absurdas nimiedades, mientras permiten que sus auténticas posibilidades se pierdan y su economía se hunda.

Al propio tiempo —y esto es lo más curioso—, la mayor parte de las leyes que se discuten y se crean no sirven para nada, ya que continúan rigiéndose por ancestrales costumbres tribales.

Lejos de las capitales —y al decir lejos, digo cien kilómetros—, quien dicta la ley es el cacique de la tribu, que se basa en el Corán o en tradiciones orales que se remontan a miles de años.

Que el Congreso Nacional dicte una proclama que anule el divorcio, prohíba la poligamia o derogue la pena de muerte, les importa tanto la mayor parte de las veces, como que nieve en Moscú o truene en Acapulco.

Una mañana, muy temprano, sin despertar a nadie y sin despedirme de ningún liberiano, subí a un avión de la «Air-Afrique» y me marché al país vecino.

Debo admitir que no iba muy contento. La experiencia de Liberia me había predispuesto a lo peor durante el resto de mi viaje.

Pocas sorpresas me resultaron nunca tan agradables. Aunque fronterizos, Liberia y Costa de Marfil son como la noche y el día: como el aceite y el agua. Pocos países existen en África tan agradables y acogedores como Costa de Marfil.

Abidján, la capital, es, a mi modo de ver, una de las más hermosas ciudades del mundo, desparramada por una amplia península a la orilla de la laguna Ebrié, con largos puentes, amplias autopistas, altos edificios, flores por todas partes, increíbles árboles, césped cuidado, jardines espléndidos y calles limpias... Si por aquel entonces me produjo ya una impresión inmejorable, más tarde, en cada viaje, la fui encontrando más y más hermosa. Tiene algo de Brasilia, algo de Casablanca, incluso algo de Caracas, y su clima, aunque cálido, no resulta agobiante, refrescado por las brisas que le llegan del mar.

La gente es amable y extraordinariamente educada, sin ese odio al hombre blanco que se encuentra con frecuencia entre los africanos recién independizados.

En aquellos países que fueron antiguas colonias de Inglaterra, Alemania o Bélgica, los nativos conservan un marcado rencor contra los extranjeros y procuran expresarlo constantemente con insultos, molestias y malos tratos. Sin embargo, las ex colonias francesas del África Negra constituyen la gran excepción. En casi todas he encontrado amabilidad y casi absoluta falta de resentimientos.

Costa de Marfil es una prueba de ello, y el nativo se desvive por atender al extranjero, hasta el punto de que hoy, a los quince años de su independencia, se está convirtiendo en el primer país turístico del continente.

Durante aquel viaje de 1961, existían en Abidján tres o cuatro hoteles estimables: «Du Parc», «Plateau», «Cocody»... Diez años más tarde habían proliferado de forma increíble, y uno de ellos: el «Ivoire», de la «Intercontinental», es —sin ninguna clase de dudas— el mejor, más bello y más lujoso que haya visto en todos los días de mi vida.

Resulta curioso encontrar allí, en el corazón de África, una enorme pista de patinaje sobre hielo dentro del mismo hotel; un zoológico, cine, tiendas, salas de fiestas, siete restaurantes y dos piscinas, una de las cuales tiene casi un kilómetro de largo y se puede navegar por ella en lanchas con motor eléctrico. La alta torre, de casi treinta pisos, del hotel, clava sus pilotes dentro de esa piscina que forma recovecos, lagunas, cataratas y playas escondidas junto a la decoración y el gusto más exquisito que pueda imaginarse.

No lejos de allí, en las afueras de Abidján, el Gobierno y una empresa internacional levantan lo que se llamará «Riviera Africana», conjunto de más de treinta hoteles y urbanizaciones residenciales, que atraerán a unos cinco millones de turistas anuales.

En 1961 no era, sin embargo, todo tan plácido, y cuando alquilé un auto con la idea de dar una vuelta por el interior del país, me recomendaron que me lo pensara dos veces.

Selva adentro, la secta *poro* cometía robos, asesinatos e incluso actos de auténtico canibalismo.

La Sociedad Secreta de los Poros no es más que una de las muchas —quizá la más importante y sanguinaria— de cuantas existen en Costa de Marfil, que se destaca dentro del continente por la gran proliferación de esta clase de asociaciones, algunas exclu-

sivamente femeninas, como el «Bundú» y el «Sondé».
La mayor parte no persigue otro objetivo que proteger a sus miembros de injerencias extrañas y ayudarse mutuamente, pero en casos especiales —como en los *poros*— los fines son puramente criminales.

Cubiertos con horrendas máscaras; disfrazados con pieles de leopardo o león, los *poros* invaden de noche las aldeas, roban, violan y asesinan con exorbitante salvajismo, y desaparecen con el amanecer, llevándose a menudo alguna víctima, que les sirve de banquete al día siguiente.

¿Por qué lo hacen? Algunos científicos sostienen que obedecen a antiquísimos ritos religiosos, y devoran a sus víctimas para recibir de ese modo sus virtudes: belleza, valor o inteligencia. La Policía, por su parte, prefiere creer que se trata de simples bandas de malhechores que tratan de ocultarse tras ritos olvidados.

Un indígena se atrevería a denunciar a un ladrón o un asesino; nunca denunciaría a un *poro*.

Por mi parte, como no poseía nada que pudiera despertar la avaricia de los *poros*, ni confiaba en que mis escasos sesenta kilos despertaran tampoco su apetito, acabó por alquilar el auto y encaminarme al Norte, a Agboville y Azopé, para seguir luego a Ouelle y Bouzaké.

Durante los primeros ochenta kilómetros todo fue bien. La carretera era ancha y asfaltada, flanqueada por una selva alta y espesa cuajada de flores e interrumpida de tanto en tanto por diminutos poblados indígenas, algunos ríos con su correspondiente puente, y una línea férrea por la que corrían pequeños trenes atestados de nativos que agitaban la mano al pasar.

Era, en verdad, un paisaje idílico, con buen clima, un cielo muy azul y un sol radiante.

Un kilómetro antes de concluir el asfalto, justo en la bifurcación de la carretera que seguía hacia Ghana, me detuve en el único puesto de refrescos de todo el camino: un miserable cafetín de madera pintado de colorines.

Dos franceses de unos sesenta años —uno de ellos cubierto de tatuajes— jugaban al ajedrez. Me sirvieron un refresco más bien caliente y me senté a observar la partida. De pronto uno de ellos agarró la reina contraria sin decir palabra y la lanzó por la ventana, de modo que fue a parar al centro de la carretera. El otro le imitó, y las dos piezas quedaron allí, sobre el asfalto, separada por un par de metros. Los jugadores las contemplaban fijamente.

Yo, por mi parte, me sentía confuso. Se escuchó el ruido de un motor, y un camión apareció en la curva. Los dos hombres se pusieron tensos y adelantaron el cuello prestando atención. El camión llegó a toda velocidad, pasó rugiendo y aplastó la reina blanca. El que la había lanzado, comentó:

—Ganan las negras. Ocho a seis...

Luego comenzó a colocar las piezas para una nueva partida, mientras el compañero iba a buscar las maltrechas damas a la carretera.

Aquello me parecía absurdo:

—¿Siempre juegan así? —pregunté.

—Sólo cuando la partida se pone pesada... —contestó.

CAPÍTULO IX

NUNCA EN AFRICA

Costa de Marfil era un país sin aventura.

Lo único destacable era aquella paz; aquella tranquilidad dentro del agitado mundo negro; la simpatía de su gente. Nada que pudiera interesar a lectores futuros.

En poco más de una hora, un avión me depositó en el aeropuerto de Accra, en Ghana, donde un policía malcarado me señaló que el Gobierno de Kwame Nkrumah —de claras tendencias comunistas— no tenía el menor interés en recibir la visita de un aprendiz de periodista occidental. Cortésmente me invitaron a seguir viaje.

La próxima escala era Cotonou, en el pequeño Dahomey, y allí me quedé, aunque no tenía visado de entrada en el país. Una amable azafata de tierra de «Air France» se apoderó de mi pasaporte, entró en la oficina de aduanas, le puso tranquilamente un sello y me lo devolvió sin más problemas. Dos semanas después, la Policía me buscó para expulsarme, pero por el momento pude quedarme en la pequeña Cotonou, hospedado en un hotel de la playa y atendido por la más hermosa hotelera que haya visto en mi vida.

Michele, natural de Marsella, hija de los dueños del «Hotel France»; veintidós años... Un imposible amor de juventud.

Juntos recorrimos al caer la tarde la gigantesca playa ante el hotel, llegando hasta la punta del espigón de hierro y madera, en el que los indígenas pescaban, sin necesidad de cebo, pequeñas sardinas. Juntos paseamos por entre los gigantescos bloques de cemento armado —de extrañas formas— que habrían de constituir la base del nuevo puerto, y juntos fuimos a un cine al aire libre, en el que infinidad de nativos chillaban siguiendo las incidencias de un western calamitoso. Cuando el malo estaba a punto de violar a la muchacha, un negrazo enorme se subió a una silla y comenzó a golpear en la pantalla el rostro del canalla. Luego apareció el bueno y se tranquilizó, pero cuando de nuevo el malo pareció ir ganando la pelea, alguien le arrojó desde la última fila una botella de cerveza que reventó con fuerza contra la pared.

Como esa pared no era otra que la parte posterior del hotel resultaba difícil conciliar el sueño entre los aullidos y las risas de los espectadores.

Entrañable Dahomey; diminuto país lleno de encanto, infectado de serpientes.

—¡Ojo con ellas! —me advirtió Michele el día que se atravesó una en el camino—. No se te ocurra matarla. Si te ven haciéndoles daño, morirás antes de veinticuatro horas...

El caimán es la bestia sagrada de Costa de Marfil; la araña reina en Camerún; allí, en Dahomey, la ofidiolatría es la más firme y arraigada de todas las creencias.

En consecuencia, es también el país de los venenos y los envenenadores, que tienen fama no sólo en el continente, sino incluso en el mundo. En Dahomey existen venenos que matan al instante entre horribles dolores, y otros que actúan con el tiempo, cuando la víctima está a miles de kilómetros, tal vez en la vieja Europa.

Líbrese el hombre blanco de buscarse una enemistad profunda en Dahomey. Nunca nadie —ni aun haciéndole la autopsia— sabrá de qué murió. Un brujo cualquiera; un veneno muy especial; una enfermedad desconocida... un enemigo menos...

Fetichismo y feticheros; hechicerías y hechiceros; brujerías y brujos...

Para el hombre blanco todos son iguales, y sin embargo, nada hay en el mundo tan opuesto, tan irreconciliablemente enemigo.

Hechiceros y brujos vienen a ser lo mismo, aunque se los distinga en algunos lugares. Son los portadores del mal, practicantes de la magia negra, que atraen sobre el hombre todos los espíritus diabólicos, la enfermedad, e incluso la muerte. Entre sus poderes se les atribuye incluso el de la conversión en bestias, lo que ha dado origen a las leyendas de los «hombres-pantera» y los «hombres-leopardo».

Frente a ellos, combatiéndolos, se alzan los feticheros, también dotados de extraños poderes, pero puestos siempre al servicio del bien.

Por lo general, suelen ser curanderos y conocedores de herboristería, que sanan a los enfermos, los libran de los «ju-ju», o los «boris» —los espíritus malignos—, y forman una mezcla primitiva de médico y psiquiatra.

Se asegura —algunos blancos juran haberlo visto— que pueden resucitar a los muertos o convertirlos en el árbol que preferían en vida. Libran una feroz lucha con brujos y hechiceros, y viven de vender amuletos a los indígenas. Aún es posible verlos por las calles de Cotonou y Ouidah, cargados con mil extraños objetos —de rabo de mono a pico de loro, pasando por piedras y yerbajos secos— listos para poner en comunicación a los mortales con el Todopoderoso Vodú-Fá, señor de los cielos y la tierra.

También acostumbran colgarse del cuello grandes rosarios de cuentas negras que llaman «bokonos» y les sirven para leer el futuro arrojándolos al suelo y observando la posición en que quedaron.

Había entonces uno que se sentaba cada mañana a la puerta de un moderno edificio y daba sus consejos a todo el que lo pedía sin aceptar nada a cambio, pero en estos años han dejado de ser cosa corriente en las ciudades, y hay que adentrarse en los poblados de la selva para asistir a una ceremonia en honor a Eleg-bá la diosa de la fertilidad, o de Azoón el protector de los hogares. También se puede encontrar en Dahomey a quienes —para demostrar que no mienten— se colocan por tres veces una azagaya al rojo sobre la lengua. Si salen indemnes, son sinceros; si se queman, mienten.

Más difícil resulta hallar algún lugar en que se practique aún la ordalía del veneno, pero Michele me aseguraba que era cosa corriente en el interior del país.

Cuando dos individuos se disputan el derecho a una propiedad, o el amor de una mujer, se les invita a tomar veneno. Normalmente, el que no tiene razón se niega, pero si acaban tomándolo ambos, el que vomita y sobrevive se considera auténtico dueño o merecedor del amor de la bella. Si los dos mueren, la propiedad pasa a poder del brujo, y la muchacha tiene que buscarse otro novio.

En Ouidah —una ciudad relativamente moderna— existe aún el Templo de las Serpientes, en el que vírgenes vestidas de blanco se dedican exclusivamente a cuidar ofidios. Cuando alguna resulta mordida y muere, dicen que es debido a que perdió su virginidad y las diosas la castigaron.

Desgraciadamente, en el templo está rigurosamente prohibido tomar fotos al igual que en el lugar que muestran las mesas y los degolladeros donde se ofrecían sacrificios humanos a Eleg-bá.

En 1958, infinidad de dahomeyanos fueron expulsados de Costa de Marfil por asesinar a cientos de mujeres como culto a esta diosa sedienta de sangre.

—¿Podría ver una de esas ceremonias religiosas? —pregunté.

—Podrías —me contestó el padre de Michele—. Pero sería lo último que vieras en este mundo. Éste es el país más tenebroso de África, que es como decir del mundo. Aquí reinaron los ashantis y fue luego Costa de los Esclavos, y esos esclavos llevaron a América el Vudú, que no es más que una caricatura de los auténticos ritos dahomeyanos. En Dahomey sólo hay algo menos importante que la vida de un hombre: la vida de una mujer.

—Eso es poco galante —comenté.

Rió.

—Aquí la mujer no vale nada —añadió—. El día que murió el último gran rey dahomeyano, enterraron con él —vivas— a sus trescientas esposas. En el interior del país, docenas de muchachas desaparecen y nadie se preocupa por ellas. Casi siempre acaban sacrificadas a Eleg-bá.

—¿Tú no tienes miedo? —le pregunté más tarde a Michele.

—Soy blanca —replicó— y, como los nativos dicen, «los blancos están contados». Si uno de nosotros desaparece, interviene la Embajada, el Gobierno, la Policía... Pronto o tarde se encuentra a los culpables y se les castiga. Pero si desaparece un indígena, sobre todo una muchacha, nadie reclama. «No están contados...» Es triste, pero cierto.

—¿Aun así te gusta este país?

—Aquí he vivido desde que era niña. A veces vuelvo a Francia por unos meses, pero siempre acabo por echar de menos mi pequeño Cotonou. Aquí estoy bien.

—¿Y el miedo? Las serpientes, el veneno, los raptos... La posibilidad de que cualquier día una revolución lo barra todo... Miles de blancos han muerto en África por culpa de esas revoluciones.

—Es nuestro riesgo. El precio que debemos pagar por lo que África nos ha dado. En Marsella, de niña, vivíamos en un cuartucho y no tenía zapatos. Había guerra y miseria por todas partes... Y frío. Mi padre era estibador, con un jornal de hambre. Un carguero nos trajo. Mi padre fregaba las cubiertas; mi madre ayudaba en la cocina. Ahora tenemos un lindo hotel, me llaman «Mademoiselle» y viajo a Europa en avión, siempre que quiero. Ésta es mi tierra, y ésta es mi gente.

—¿Te casarías con un africano?

—No. Odio la discriminación, y «ellos» me discriminarían. La blanca que se casa con un africano no está bien vista, ni por unos ni por otros. Sus hijos siempre son infelices. Puedo enamorarme de un africano, pero no casarme aquí, en África. Tendríamos que marcharnos a Francia, o a América del Sur, donde la gente pudiera comprendernos. Pero no aquí. Nunca en África.

—¿Sucedería lo mismo si yo me casara con una africana?

—No.

—¿Por qué?

Meditó largamente. Estábamos sentados sobre una piragua varada en la playa, contemplando a un grupo de pescadores que remendaban sus redes. El sol se ocultaba más allá de las palmeras, a nuestras espaldas. La tarde estaba en calma, vistiendo ya su pijama de noche.

—No es fácil explicarlo —dijo al fin—. Todos parecen admitir que un blanco se pueda enamorar de una africana por algo más que su cuerpo. Puede enamorarse de su ternura, de su inteligencia, de su simpatía o feminidad... Ocurre cada día. Pero nadie cree que una mujer blanca pueda enamorarse de un africano por las mismas razones. Piensan que se trata únicamente de una cuestión sexual. Creen que anda buscando esa virilidad de la que tanto se habla; ese estar más desarrollados, ser más potentes o aguantarse más tiempo. Es el más sucio y ruin de los prejuicios humanos, alimentado, sin duda, por blancos realmente inferiores.

—¿Y es cierta esa virilidad?

—¿Cómo quieres que lo sepa? Lo único que sé es que en África también hay homosexuales e impotentes. Y problemas matrimoniales.

—Nunca se me hubiera ocurrido.

—Porque nunca pensaste en África más que como una gran pradera por la que corrían los leones. Dime... ¿Cuántos leones has visto hasta ahora?

—Ninguno.

—Exactamente... Y, sin embargo, mira a tu alrededor. Ese pescador quizá tenga problemas con su esposa. Los dos muchachitos que se paran a vender telas a la puerta del hotel son homosexuales, y el cocinero siempre anda refunfuñando porque no puede comprarse una nevera. Nuestro administrador lee a Proust, y tampoco ha visto jamás un león en la pradera. Ni siquiera ha visto la pradera...

—Esto no es lo que yo venía buscando —comenté.

—¡Oh! Lo sé —rió con amargura—. Tú quieres tipismo, brujos, leones y danzas rituales... Bien. Tienes suerte: también los encontrarás. Eso es lo bueno de África hoy. Todo está junto, revuelto, confundido.

Proust convive con los feticheros, y Freud, con los «hombres-leopardo». Lo importante es que no seas de los que tan sólo ven leones. Eso no es África. En África ya nadie lleva salacot, y ningún indígena llama «bwana» al «gran cazador blanco».

—¿Por qué me lo dices en ese tono? —protesté—. Yo no tengo la culpa...

Se puso en pie, malhumorada, y echó a andar hacia el hotel.

—Me molestan los que vienen a «descubrir África» —masculló—. Me molestan los curiosos, incapaces de comprenderla...

Se fue, dejándome desconcertado y confuso. ¿Qué había hecho yo? ¿Qué fue lo que dije?

No me dirigió la palabra ni a la hora de la cena ni en todo el día siguiente. Al otro, sin embargo, me esperaba, muy temprano, al volante de su viejo «Simca».

—Hoy verás el África que quieres —dijo.

—¿Dónde vamos? —me atreví a preguntar cuando llevábamos ya un rato de camino.

—Al poblado lacustre de Ganvié —se dignó contestar—. *Very tipical.* «Hombres blancos gustar mucho.» «Bwana estar contento viendo africanos auténticos.»

No puedo recordar cuánto tiempo anduvimos, pero sí que fue bastante, pese a que Michele corría como buena francesa en su viejo trasto. La carretera se fue haciendo cada vez más estrecha, cada vez más polvorienta, cada vez más invadida por la selva. Ya no era más que un triste caminejo a punto de desaparecer tragado por la espesura, cuando desembocamos a orillas del gran lago Nokoué.

Había un grupo de chozas indígenas, con piraguas varadas en la arena, y Michele contrató una tripulada por dos fuertes nativos que clavaban largas pértigas en el fondo del lago. Era una embarcación primitiva, labrada a fuego en un gran tronco de okumé, tan vieja y rajada que constantemente teníamos que achicar el agua con una calabaza y mantener los pies en alto.

El lago es muy poco profundo —un metro por término medio—, sin llegar a cuatro en su parte más honda. Una espesa vegetación, semejante a la totora del lago Titicaca o del Chad, lo cubría, sobresaliendo a veces hasta un metro sobre la superficie. Eso obligaba a las embarcaciones a seguir siempre estrechos canales abiertos entre la maraña de espesura y, con frecuencia, gruesas ramas rascaban la quilla, amenazando con un inesperado chapuzón.

Junto a la nuestra, marchaba otra piragua con cinco indígenas de gesto hosco, que en ocasiones se aproximaban gritando algo que no lograba entender. Me vinieron a la memoria las historias de asesinatos y desapariciones, y me pregunté —algo inquieto— qué ocurriría si aquella gente tenía la infeliz idea de apoderarse de Michele para ofrecérsela en sacrificio a Eleg-bá.

Por su parte, parecía convencida de que no la desaprovecharían de ese modo, y se limitó a espetar a los otros alguna grosería en dahomeyano para ensimismarse de nuevo en el paisaje.

Al cabo de una hora de navegar por entre aquel laberinto, salimos a aguas abiertas y al poco comenzó a distinguirse en la distancia la quebrada línea de los techos de Ganvié.

A medida que nos aproximábamos, el espectáculo sobrepasaba mis propias esperanzas. Cuanto alcanzaba la vista no era más que un bosque de chozas rectangulares construidas con troncos y hojas de palma, que se alzaban a dos metros sobre el agua, entre una maraña de delgadas y torcidas ramas.

Ocho mil habitantes viven en el poblado —el mayor del mundo en su especie—, pero más de cuarenta mil dicen que tuvo en un tiempo, cuando un poderoso rey lo edificó allí para librarse de los ataques de sus muchos enemigos.

Se necesitaría una ejército inmenso; una flota de piraguas asombrosa, para lograr tomar por asalto bastión semejante. Hoy, dormido el tiempo de la guerra, Ganvié está poblado por pacíficos pescadores de una rama de los «toffin» —los «aizó»— que viven casi exclusivamente de la pesca y la caza del pato. Hay mujeres que nacen, viven y mueren de viejas en el poblado, sin haber pisado jamás tierra firme.

La pesca es la gran riqueza del lago, y podría alimentar a una población cien veces superior. Las redes cuelgan de las casas secándose al sol, y acá y allá se distinguen —sobresaliendo del agua— los extremos de las ramas, que forman una «acadja», el sistema de captura más común. Consiste en clavar en el fondo del lago un sinnúmero de ramas verdes, formando un círculo de unos tres metros de diámetro, y dejarlo durante varios meses para que los peces se acostumbren a vivir en él. Un buen día, el indígena lo cerca con su red y quita las ramas para recoger después su aparejo. Un «acadja» alimenta a todo un pueblo.

Lo normal, sin embargo, es que el pescador, que no tiene paciencia, se asome a la puerta de su choza y lance al agua su red circular. La red cae de plano sobre la superficie y se hunde lentamente aprisionando cuanto hay bajo ella. Basta para solucionar el problema alimentario del día.

Por las anchas avenidas de agua del poblado —extraña Venecia en miniatura— docenas de piraguas marchan de un lado a otro, conducidas con mano experta por nativos de todas las edades y condiciones. Los vendedores vocean su mercancía: peces, patos o frutas de tierra firme, y las mujeres cargan agua en gruesas vasijas de barro. Es éste un pueblo que no anda; que siempre va sentado a la popa de sus embarcaciones, pues casi no existen pasarelas de una casa a otra. Únicamente los familiares se comunican por un pequeño puente entre las chozas. Los demás circulan constantemente en esas frágiles piraguas que siempre están amenazando zozobrar, y por doquier resuenan voces, gritos y cantos.

Las casas ricas —que en todas partes hay diferencias sociales— se distinguen de las pobres por el alegre colorido de sus puertas, cuajadas de extraños dibujos geométricos, y de tanto en tanto un corral se eleva sobre las aguas, guardando pequeños cerdos o pollos esqueléticos.

Me llamó la atención que junto a una cabaña enorme se amontonara un número inusitado de piraguas. Michele me explicó que se trataba de la peluquería o «salón de belleza», pues allí las mujeres eran tan coquetas como en cualquier lugar del mundo. No pudiendo ocuparse de su vestimenta —inexistente la mayor parte de las veces— dedicaban gran atención a sus peinados, a base de grandes moños entrecruzados de largos palillos.

Michele conocía al viejo cacique del pueblo —Cholok o Soloc—, que nos invitó a subir a su cabaña y comer algo. La carne, tanto de cerdo como de pollo, sabía a pescado, ya que ése era su único alimento, pero las frutas: cocos, dátiles, mangos, naranjas y plátanos eran excelentes, así como una especie de refresco alcohólico que el viejo consumía en grandes cantidades y que estaba fabricado a base de arroz.

La cabaña era amplia y sencilla, casi sin muebles, con un fuego que ardía constantemente sobre una piedra, algunos recipientes de barro y una cesta de mimbre en cuyo interior se revolvía una serpiente de poco más de un metro, «protectora» del hogar.

Un agujero en un rincón servía de excusado, e iba a dar directamente al lago en el que luego se bañaban, lo que no me pareció particularmente higiénico. Michele me indicó, sin embargo, que tenían la costumbre de ir a lavarse un poco más lejos, empleando un rústico jabón que se fabricaban ellos mismos. Me hubiera parecido más lógico bañarse bajo la casa y hacer sus necesidades lejos, pero no era cuestión de ponerse a discutir con el cacique sobre las costumbres de su pueblo.

Debo reconocer que la gente parecía muy limpia, y no existía, por parte alguna, ese penetrante olor a africano que se encuentra en casi todas las poblaciones indígenas. Me llamó la atención, no obstante, la deficiente dentadura, con abundancia de caries y falta de piezas, cosa extraña en los individuos de su raza, que suelen tener justa fama por la fuerza, tamaño y brillantez de sus dientes. Lo achaqué a las características de su dieta, que no parecía afectarles, fuera de ello, en ningún otro aspecto. Por lo general eran delgados y bien constituidos, no demasiado altos, pero de aspecto saludable. Según Michele, los hombres alcanzaban edades muy avanzadas, si bien las mujeres —que soportaban la mayor parte del trabajo— solían morir jóvenes.

Me dieron la impresión, en conjunto, de una comunidad sin excesivos problemas, que se mantenían al margen del correr de los tiempos, viviendo en su lago como vivieron sus antepasados durante cientos, o tal vez miles de años, indiferentes al siglo XX, los viajes a la Luna y los conflictos chino-soviéticos.

Caía la tarde y era tiempo de emprender el regreso. No sé por qué, el camino era distinto; más complicado entre el dédalo de canales y las altas hierbas, mientras los rumores del poblado iban quedando atrás muy lentamente. El silencio fue creciendo tanto, que podíamos verlo junto a los grandes nenúfares. Los piragüeros clavaban sus largas pértigas sin un rumor, y las blancas garzas y los patos surcaban el aire calladamente, para perderse de vista en la distancia.

De pronto una hermosa voz llegó desde la lejanía. La tarde se teñía ya de rojo, el sol me daba en los ojos y no podía distinguir al que cantaba: tal vez algún pertiguero; tal vez un pescador oculto entre los matorrales.

Nubes de insectos nocturnos comenzaron a alzar vuelo y se mezclaron con largas libélulas que jugaban a rozar el agua con sus vibrantes alas. El desconocido continuaba cantando, y nuestros remeros unieron su voz —cálida y profunda— a la del hombre. Sentí un estremecimiento. Ante nosotros, lejos, el sol —de un rojo increíble— se escondía en la orilla encendiendo el cielo y recortando contra sí mismo cada una de las ramas de los baobabs y las palmeras. Reconocí en aquél el espectáculo de mis sueños; el que venía buscando: el paisaje de África.

Paisaje africano, voces negras y una auténtica canción de remeros, tan antigua como el mismo lago...

Me volví a Michele y le dije que la amaba.

Sonrió con ternura.

—Te vas mañana —replicó—. Y no volverás.

—Por ti me quedaría —afirmé convencido—. Me gusta Dahomey.

—Pero yo no te quiero —comentó suavemente—. Hace mucho, mucho tiempo, que quiero a otro, aunque él no lo sabe. Tan sólo piensa en Proust.

—¿Tu administrador? —pregunté, sorprendido—. ¿El africano?

—Es el hombre más inteligente que he conocido.

—¿Te casarías con él?

Negó con firmeza, tristemente.

—Nunca. Nunca en África.

CAPÍTULO X

LAS CIEN NIGERIAS

«Constituidas por los caprichos de unos políticos que jamás han puesto el pie en el continente, algunas naciones africanas albergan en su seno un maremágnum tal de razas, lenguas, costumbres y religiones, que les resulta imposible convivir en armonía. Al propio tiempo, aquellos que formaron durante cientos de años auténticas comunidades, se ven separados, siendo ahora parte de dos, e incluso tres países distintos.»

«A nadie puede extrañar que, a la vista de este hecho, África tenga que sufrir hondas transformaciones políticas y las rayas de colores de su mapa oscilen hasta encajar al fin de un modo más natural y lógico en las aspiraciones de sus gentes.»

«El ejemplo nigeriano constituye probablemente uno de los más representativos. Por las características de su forma de vida y sus razas, habrá de sufrir terribles convulsiones internas antes de llegar a la paz y la serenidad necesarias para su perfecto equilibrio.»

Los párrafos anteriores corresponden a mi libro *África encadenada*, escrito y publicado a mi regreso del continente en 1963. Cuatro años más tarde estallaba en Nigeria la terrible guerra tribal de Biafra. A ésta seguían la «guerra olvidada» del Chad, e inmediatamente las de Sudán y Burundi, efectos, todas, de la misma causa; frutos de idéntico error político.

No me enorgullece haber ejercido de oráculo o pájaro de mal agüero. No tiene mérito, pues resultaba claro, para quien recorriera Nigeria en 1961, que los odios de razas, las tensiones religiosas y los intereses económicos acabarían por hacer estallar el país.

Nigeria, antigua colonia inglesa, independiente desde el primero de octubre de 1960, alberga entre sus fronteras a la quinta parte de la población total de África, y con sus cincuenta millones de habitantes constituye un país inmenso, complejo y sorprendente.

Se encuentra dividida por el río Níger y su afluente, el Benué, en tres grandes provincias: La del Norte —mayor que las otras dos juntas— es la tierra de los *hausa*, de los *fulbé*, de los *kanuri*, e incluso de los *kotoko* de las orillas del lago Chad. Nigeria comienza por el Norte en el Sáhara de los hombres de la llanura, de los tuareg y el eterno camello, y continúa luego hacia el Sur por las grandes praderas secas y las sabanas verdes, por las que corren manadas de bestias salvajes, para acabar, al fin, en las espesas, húmedas e impenetrables selvas de la costa guineana.

¡Qué gente tan distinta la del Sur!: en el Este, los *yoruba*, agrupados en grandes núcleos urbanos; al Oeste, los *ibo*, individualistas y extraordinariamente inteligentes y activos. *Hausa* y *fulbé* son mahometanos; los *yoruba*, anamitas; los *ibo*, cristianos. ¿Idiomas? Oficialmente el inglés, pero existen 250 tribus, y cada cual tiene su propia lengua y sus propias costumbres. ¿Cómo pueden formar un solo país?

Es éste, no cabe duda, un gran misterio. Misterio que yo —en mi ignorancia— trataba inútilmente de aclarar aquel 1.º de octubre de 1961 —primer aniversario de la Independencia— en que puse los pies en Lagos, la capital.

Entré en ella por la carretera de Ikeja —la más concurrida del continente—, en la que todo el mundo conduce por la izquierda como en Inglaterra.

Cuando se deja atrás la estación del ferrocarril, sorprende el enclave de la ciudad, apelotonada en el centro de una pequeña isla, con los barrios residenciales en otras dos: Ikoyi y Victoria, unidas a la península de Iddo y a tierra firme por el largo puente de Carter.

A la izquierda se extiende el barrio más miserable y sucio de África, y casi inmediatamente comienzan a aparecer enormes edificios; auténticos rascacielos que sorprenden por el brusco contraste. Luego, por un bello paseo marítimo y dejando a un lado el campo de fútbol, se llega al «Hotel Federal Palace».

¡Qué explosión de color! Las fiestas de la Inde-

pendencia estaban en su apogeo, y de todos los rincones del país habían llegado gobernadores, caciques y
reyezuelos ataviados con sus trajes típicos. La mayoría se hospedaban en el hotel e iban de un lado a
otro envueltos en sus enormes turbantes; cubiertos
con largas túnicas que arrastraban por la alfombra,
acompañados de hermosas mujeres oscuras como la
noche, pero con el arco iris completo en sus vestidos.

Y a su lado, docenas de otros africanos de bombín y paraguas —sombras de los *gentlemen* ingleses
de la City—, tan satisfechos con su indumentaria —a
todas luces inapropiada al clima— como lo estaban
los reyezuelos con sus espadas de plata a la cintura.

Días más tarde vería a un juez de color, con toga
y peluca como si en lugar del tórrido calor de Lagos
estuviera en el frío Londres. Y en el hotel se exigía
corbata para tomar el té de las cinco, y etiqueta para
la cena y el baile.

¡Oh, Inglaterra! Adondequiera que vayas llevas
contigo el espíritu y la letra; lo esencial y lo super-
fluo.

En Nigeria lo inglés está en todo: en las costumbres; en el tráfico; en el idioma..., pero todo lo inglés se odia.

Ya lo he dicho en otra ocasión. El África francesa
ama a Francia; el África inglesa aborrece a Inglaterra.

Y a través de Inglaterra, a todo lo que sea blanco,
europeo, «no-africano».

¿Por qué? Inglaterra ha dado más progreso, más
libertad, más técnica y más dinero a sus colonias que
Francia a las suyas. Les ha dado también la independencia más fácilmente, sin necesidad de revoluciones
o sangre en muchos casos. Fundó escuelas y universidades, llevó a Londres a los africanos más inteligentes y los preparó para el futuro... ¿Por qué ese
trato ahora, frente al que recibe Francia, siempre mucho más egoísta, más avara, más despreocupada por
el bienestar de sus colonias?

Sólo hay una respuesta: Racismo.

El inglés siempre fue racista, despreció al indígena y lo trató como a un inferior aunque se graduase
en Oxford. «Conservó las distancias», y ésa es la distancia que lo separa ahora de sus ex colonias. El francés fue más sencillo, más amigable, más capaz de

compartir su vida con el nativo, aunque eso era lo único que le dejara compartir y todo lo demás se lo estuviera robando descaradamente. El africano prefiere el robo a la altivez; la explotación, al racismo. África ha perdonado a Francia la expoliación, pero no ha perdonado a Inglaterra el desprecio.

Una semana me bastó para visitar Lagos; de los misérrimos barrios de Yaba y Ebute Metta —auténticos vertederos humanos— a las villas de Victory Island, pasando por el centro comercial de «Kingsway», donde se puede comprar desde un turbante de tres chelines a una lancha fuera-borda de doscientas cincuenta libras nigerianas.

Lagos no tiene mucho que ofrecer al extraño. Como la mayor parte de las ciudades coloniales africanas, parece andar buscando aún su personalidad, siempre en inestable equilibrio entre un africanismo adulterado y un falso europeísmo.

En la laguna, los nativos lanzan sus redes prehistóricas junto a los más modernos buques de todos los puertos del mundo. En el «Federal Palace» —el hotel más caro del continente— cada huésped dispone de su propio criado de librea, que cuando acaba su jornada de trabajo cambia la librea por un simple paño atado a la cintura. Las más bellas muchachas del África Occidental pasan vistiendo los últimos modelos de París, pero luciendo al propio tiempo pelucas de los tiempos del Rey Sol.

Fuera de sus contrastes, la ciudad es activa, inquieta, vivaz. Ha quedado muy lejos la decadencia de Monrovia, la paz de Abidján o el tranquilo reposo de Cotonou. Lagos es como el Nueva York de África: combativa y egoísta, comercial y aprovechada. Todos quieren hacerse ricos, y cualquier camino parece válido: la política, la especulación, el contrabando o el tráfico de esclavos.

No creí nunca que Lagos fuera la auténtica Nigeria, ni aun la más interesante de sus ciudades cuando tanto había oído hablar de la populosa Ibadan y la legendaria Kano de las mezquitas.

Ibadan, con sus setecientos mil habitantes albergados en chozas de un solo piso, está considerada, con razón, la mayor ciudad auténticamente negra del mundo; un mar de paredes de adobe y techos de cinc en el que apenas puede encontrarse media docena de hombres blancos.

Decidí conocerla, y un taxi colectivo que compartí con cuatro *yorubas* parlanchines, me llevó en tres horas a través de los ciento sesenta kilómetros de selva que la separan de Lagos.

Es, desde luego, la más africana de cuantas ciudades haya visto en mi vida; mundo negro mil por mil; un sinfín de chozas agrupadas sin orden ni concierto, abigarrado hormiguero humano; pesadilla de urbanistas.

Y por todas partes, hombres semidesnudos junto a infinidad de estudiantes de toga y birrete azul; los eternos contrastes de África que hacen que esta ciudad que nada tiene, posea, sin embargo, una de las mejores universidades del mundo, ligada directamente a la de Londres.

De ella han salido los hombres más importantes del país, y en ella enseñan los más privilegiados cerebros de piel oscura que se conocen.

¿Qué hacer en Ibadan cuando se han visto diez chozas de barro y se comprueba que todas son iguales? Los estudiantes no quieren hablarnos; no quieren saber nada de los blancos, y hasta me cuesta trabajo entenderlos. Hablan yoruba, o un inglés fuerte, rápido, despectivo, entremezclado de palabras dialectales que hacen inútil cualquier esfuerzo por seguir la conversación.

Al fin emprendí el larguísimo viaje de Ibadan a Kano, en un tren atestado de gente sudorosa, maloliente y antipática. Cuarenta horas oyendo dialectos o soportando insultos. Nada decente que comer; «Coca-Cola» caliente por toda bebida, durmiendo entre un haussa esquelético y una gorda inmensa que eructa ininterrumpidamente.

Horas y horas de selva bajo una lluvia torrencial. Luego, hierba y árboles aislados en llanuras sin límites. Al fin, la pradera secándose a ojos vistas, camino del desierto, como si en lugar de un país estuviese recorriendo una lección de geografía. Los tres paisajes de África: selva, pradera y desierto, tan seguidos, que se diría que están puestos allí, tras la ventanilla, para que yo pueda aprendérmelos de una vez para siempre.

Y en el centro, el Níger, ancho y caudaloso, aún navegable en Jabba. Me habían advertido que el puente sobre el río es una obra digna de ser tenida en cuenta, pero lo tenía bajo mis pies, bajo las ruedas, y no pude verlo, aunque lo intenté. Vi, eso sí, el río y los barcos buscando puerto. Estábamos casi a quinientos kilómetros de la costa, pero apenas a cien metros sobre el nivel del mar. Todo era llanura hasta la desembocadura, y el Níger corría pausado, monótono y cansino.

Más adelante se romperá en un inmenso delta de noventa bocas que se abren en un frente de trescientos kilómetros, gigantesco pantanal laberíntico, una de las regiones más insanas y desagradables del Planeta.

Y, al fin, Kano, puerta del Sáhara, ciudad de leyendas que, con Tombuctú, se reparte la capitalidad del mundo subdesértico.

Si el lago Chad está considerado el centro geográfico de África, Kano —a seiscientos kilómetros—, es su centro natural. Su aeropuerto era —hasta la llegada de los gigantescos reactores de largo alcance— escala obligada de todos los aviones que recorrían el continente de Norte a Sur y de Este a Oeste, y aún hoy sigue siendo la encrucijada de Nigeria y todo el centro de África.

De Kano parten las caravanas —antes de camellos, ahora de camiones— que atraviesan el Sáhara hasta Argelia, y es paso obligado de quienes vienen de la costa oeste, de camino hacia Sudán o Egipto.

Kano equidista del Senegal, de Marruecos, del mar Rojo, del lago Victoria, de Angola, e incluso, casi, de la pequeña isla de Santa Elena, último refugio de Napoleón.

Kano está enclavada, por último, en pleno corazón del mundo de los esclavos, y cerca de ella —no por ella misma— cruzan los mercaderes malditos, que han ido cazando hombres, mujeres y niños por todos los países vecinos: de Liberia al Gabón; del Mali a Dahomey, y los llevan a vender a La Meca.

Treinta mil nuevos esclavos entran cada año en Arabia —según cifras oficiales de las Naciones Unidas—, pero muchos pasan por las cercanías de Kano y no alcanzan nunca su destino. Unos son vendidos por el camino, pero la mayoría muere de hambre, sed, desesperación y malos tratos. Al esclavo que trata de huir, sus captores lo condenan a muerte.

Un millón de esclavos viven hoy en Arabia; varios

millones más, a todo lo largo y ancho de África, y los precios que se pagan por ellos —mil dólares por una muchacha virgen; quinientos por un hombre fuerte— convierten su tráfico en uno de los negocios más lucrativos del continente. La mercancía no cuesta nada —tan sólo hay que capturarla en las chozas aisladas o a la orilla de los ríos— y se conserva en magníficas condiciones con un poco de mijo y agua.

«Es como ir cortando margaritas en un prado hasta reunir un buen ramillete y venderlo a precio de orquídeas.»

Cuatro o cinco hombres salen a pie de Costa de Marfil, Gabón o cualquier otro rincón del continente. Llevan buenas armas, dinero para las provisiones y un guía experto que conoce bien los más apartados caminos. Cuando llegan a las afueras de un poblado o a una cabaña solitaria, se apoderan de una criatura, de una mujer o un hombre bien constituido. Le ponen una cadena al pie o le atan las manos a la espalda y lo obligan a caminar ante ellos. Cuando los familiares se vienen a dar cuenta, ya están lejos, muy lejos, hacia el Norte.

Nuevo poblado y nueva captura —«como cortar margaritas»..., me decía un miembro de la Sociedad Antiesclavista de Londres destacado en Kano—, «un hermoso paseo...».

Cuando alcanzan los límites de las selvas y llegan a las praderas abiertas o el desierto, tienen ya treinta o cuarenta víctimas con ellos. Demasiadas, pero deben contar con las pérdidas del viaje. En este negocio no hay Compañía de Seguros que pague la mercancía estropeada.

Viene entonces la parte más difícil. Viajar de noche y ocultarse de día. A veces emplean camiones; otras, aprovechan los ríos, que recorren en grandes almadías. Lo normal es seguir a pie, en un itinerario que puede durar meses.

Los escondidos senderos —alejados de toda ruta comercial— que siguen los traficantes de esclavos a lo largo del Sáhara o las grandes praderas africanas se encuentran jalonadas de pozos secos, anchos y profundos. Una noche de viaje separa uno de otro. Cuando llega el amanecer, los esclavos son obligados a descender al fondo de esos pozos y permanecen allí durante el día, con un calor asfixiante, sin poder respirar apenas. Una *girba* de agua y un puñado de mijo o maíz es cuanto les dejan. Como los pozos no tienen brocal y están cavados a ras de tierra, resulta imposible distinguirlos para quien pase a menos de veinte metros de distancia. Sería necesario un servicio de helicópteros que cubriese toda la inmensidad del desierto para lograr localizar a esas pobres gentes hacinadas a seis metros bajo tierra.

No tienen sitio para acostarse, y deben dormir acurrucados, peleándose y matándose por un metro de espacio o un sorbo de agua.

Con la caída de la tarde, les lanzan una escala de cuerda y se reanuda la marcha. Algunos, los más débiles, han quedado allá abajo, muertos. Los demás continúan su camino en la noche.

La mitad, tal vez la tercera parte, llegarán a Suakin, a orillas del mar Rojo. Su destino será entonces peor que el de los muertos.

Conocí en Chad a un sueco. Figuraba como miembro de la «Comisión Económica de Ayuda a los Países Subdesarrollados», pero en realidad no era otra cosa que el delegado para la zona de la «Comisión de las Naciones Unidas para la Abolición de la Esclavitud», cosa que se libraba muy bien de pregonar, pues le hubiera costado la vida. Había pasado varios años a orillas del mar Rojo al mando de las lanchas rápidas que trataban de controlar el tráfico de esclavos desde Suakin y Port-Sudán al puerto de Jidda, ya en Arabia, muy cerca de La Meca.

—Tuvimos que abandonar la lucha —confesaba amargado—. Los traficantes eran demasiado astutos. Embarcaban a los esclavos en lanchones de vela que tenían dos grandes aberturas a los costados. Los cautivos iban en la bodega, cada uno con una gran piedra atada al pie. Si nuestras patrullas aparecían por babor y se aproximaban con intención de registrar el carguero, los traficantes abrían la compuerta de estribor y lanzaban al fondo del mar a aquellos desgraciados. Cuando abordábamos la embarcación, no había en ella más que sacos de maíz e individuos que fingían inocencia. Jamás los cazamos con las manos en la masa, y éramos culpables indirectos de la muerte de docenas de inocentes. Llegamos a la conclusión de que necesitábamos detenerlos mucho antes. Por eso estoy aquí.

—¿Y ha logrado algo?

Agitó la cabeza tristemente, con amargura:

—Poco, muy poco —confesó—. No tenemos fuerza, ni apoyo, ni dinero. Las autoridades de estos países se dejan comprar por los traficantes para que hagan la vista gorda, y no hemos logrado crear nuestra propia Policía.

»Necesitamos armas, gente y respaldo de los grandes Gobiernos. Dinero para comprar información... Los indígenas saben muchas cosas sobre las rutas de los esclavos, pero no hablan por miedo. Habría que darles dinero para que denunciaran a los traficantes.

—¿Quiénes manejan ese tráfico? —quise saber.

Se encogió de hombros.

—Toda clase de gente —señaló—. Incluso europeos, aunque ellos no intervienen directamente en la caza de los esclavos. Más bien actúan como dirigentes, desde El Cairo o Addis-Abeba... También hay algunos pilotos que los trasladan en la última etapa del viaje hasta los Emiratos... —Hizo una pausa—. En realidad, la mano de los blancos suele estar más arriba, a nivel internacional. Cada vez que la ONU trata de tomar medidas contra los países que aceptan la esclavitud, alguien se interpone... La razón, amigo mío, es la que mueve el mundo... ¡Petróleo!

—¿Petróleo?

—Exactamente —recalcó—. Todos esos emires y príncipes tienen toneladas y toneladas de petróleo, y gustan de los esclavos. No es únicamente para conseguir carne fresca para sus harenes, o por el gusto de violar muchachitos... Es ya casi una tradición histórica; una necesidad de sentirse superiores... Pese a sus millones; pese a sus «Cadillac» de oro, sus doscientas mujeres y su corte de aduladores, esa gente padece en el fondo un gran complejo de inferioridad. De unos años a esta parte, el petróleo los ha convertido, de mugrientos pastores de la Edad Media, en los más poderosos señores del mundo, que se permiten poner en peligro la civilización por el simple gesto de cortarle el suministro de energía. Pero, en el fondo, están conscientes de su ignorancia, y de que sin ayuda ajena no sabrían ni extraer ese petróleo del que tanto presumen... Van a Europa y se gastan fortunas en los Casinos, pero sienten que se los mira como a monos de feria, y si de pronto la Humanidad dejase de necesitar petróleo, volverían a morirse de hambre en sus desiertos.

—¿Qué tiene eso que ver con la esclavitud? —quise saber, un tanto desconcertado por la larga perorata.

—Ser dueños de la vida de esos seres humanos; poder jugar con ellos a su antojo e incluso matarlos en un momento de hastío, es la máxima sensación de poder que se puede experimentar... A menudo compran hombres jóvenes y fuertes, buenos corredores, para divertirse dándoles caza como si fueran antílopes.

—No puedo creerlo —negué, convencido.

—Como quiera... —Se encogió de hombros—. Si algún día pasa por Londres, no deje de visitar el 49 de Vauxhall Bridge. Pregunte allí por el coronel Patrick Montgomery, secretario de la «Anti-Slavery Society», y dígale que va de mi parte. Podrá mostrarle documentos irrefutables, cifras exactas sobre el número de esclavos y sobre los tres mil harenes que aún funcionan en el Oriente Medio. Algunos, como el del jeque Suleimán al-Huzaul, cuenta con más de cincuenta esposas y centenares de esclavas.

—¿Por qué no se escribe más sobre esto? ¿Por qué no se combate...?

—¿Cuándo ha visto a una gran potencia luchando de verdad en favor de los miserables? Existió el «Escuadrón Blanco», pero lo aniquilaron.

—¿Qué era el «Escuadrón Blanco»?

—Una asociación de idealistas de todo el mundo, que se propuso combatir el tráfico de esclavos en la frontera libio-sudanesa. Jóvenes de las más distintas nacionalidades que, por amor al prójimo, sin recibir premio alguno, e incluso teniendo que pagarse sus propios gastos, sus armas y sus camellos, se establecieron en Trípoli, extendiéndose por todo el desierto, en un intento de patrullar un área de tráfico gigantesca. Los fueron matando uno a uno hasta su extinción total. Cuando vaya a Trípoli podrá visitar su Cuartel General.

Años más tarde, cuando visité el Trípoli del coronel Gadafi, me mostraron el viejo palacio que había constituido la base del Escuadrón, pero nadie quiso darme una información exacta de lo que había ocurrido con sus escasos supervivientes. Para la Nueva

Libia de Gadafi, el «Escuadrón» no era más que una muestra del «imperialismo colonialista».

Sin embargo, con los años, todo cuanto aquel día me contaron sobre el tráfico de esclavos y todo cuanto más adelante pude averiguar sobre el «Escuadrón» me daría pie para escribir *Ébano* (1), una de mis novelas que más aprecio.

Pese a ello, siempre abrigué el convencimiento de que escribir una novela o un cierto número de reportajes no bastaba. Lo lógico, lo importante, hubiera sido quedarse allí y ayudar a un sueco amargado a luchar contra el tráfico de esclavos.

Mas, para eso, me faltaba valor.

CAPÍTULO XI

EL CORAZÓN DE ÁFRICA

Llegué a Fort-Lamy, capital del Chad, una tarde de noviembre, cansado, sudoroso y cubierto de polvo.

Algo que se parecía a un autobús —se necesitaba buena voluntad para admitirlo— me había traído desde Zaría, en Nigeria.

Tuve que cambiar cuatro veces de vehículo; la última, al cruzar la estrecha lengua de tierra que —como una cuña— mete el Camerún entre Nigeria y Chad, para asomarse así al gran lago centroafricano.

Situada en plena frontera con el Sáhara, corazón geográfico del continente, blanca y recogida, Fort-Lamy es, sin duda, una de las ciudades más calurosas del mundo.

Del río le llega, a veces, una brisa fresca en los atardeceres, pero el resto del día es como un horno donde hombres y máquinas se cuecen por igual. Pro-

(1) Editado por Plaza & Janés, 1974.

116

duce calor el simple hecho de asomarse a la ventana y ver pasar a los innumerables ciclistas pedaleando cansinamente.

La bicicleta se ha convertido en el vehículo predilecto de los africanos de estos tiempos, y no deja de tener una cierta gracia contemplar a una gigantesca *yoruba* de más de cien kilos haciendo equilibrio sobre dos ruedas, mientras flotan al viento sus innumerables velos.

También se puede ver a una misionera; un negro vestido con la elegancia de un lord, o una nativa con los pechos al aire y un cántaro en la cabeza, realizando sobre su montura piruetas dignas de un circo.

En Fort-Lamy, hoy, por cada auto hay tres camellos; por cada camello, diez bicicletas.

Existen tres pequeños hoteles en la ciudad: «Chari», «Chadienne» y «Du Chad». Nunca me he puesto de acuerdo sobre cuál es cuál, y cada vez que he vuelto me he hospedado en uno distinto. En el fondo, casi en lo único que varían, es en el precio.

En aquella ocasión, siendo mi situación económica bastante precaria, me hospedé en el más barato, situado en una esquina de la Plaza Independencia y regentado por un matrimonio francés: ex legionario él, magnífica cocinera ella.

El cuzcuz de *madame* no tiene nada que envidiar al mejor de Marruecos, incluidos los sofisticados restaurantes de Tánger o Casablanca.

Comida excelente, habitación calurosa —como todo— y una ducha de la que manaba un agua marrón y espesa, llegada directamente del río Chari.

Chad es, quizás, el último país del mundo. En el corazón de África, sin salida al mar, sin apenas comunicaciones, industria, ni agricultura, sus tres millones de habitantes subsisten gracias a la ganadería y a que la misericordia de Alá es infinita.

Desierto al Norte; estepas y sabanas aquejadas de frecuentes sequías en el Centro y Sur; algunos cultivos a orillas del lago en el Oeste, y apenas dos habitantes por kilómetro cuadrado, que se disputan los oasis y dejan la mayor parte del país sumido en una espantosa desolación.

Una extraña fatiga —sensación de dejadez en que nada me importa nada— me invade cada vez que llego al Chad. Las horas pasan mirándome las puntas de las botas sentado a la sombra, en la terraza del hotel, contemplando a los vendedores *haussa* extender sus mercancías por la plaza, a la espera de algún incauto que se deje atrapar por el encanto de sus figuritas de marfil y cabezas talladas en ébano.

«*Dernier prix! Dernier prix!*», gritan constantemente, llegando con una hermosa gacela de caoba. «*Dernier prix!*, veinte francos... Bonita, muy bonita.»

Es bonita realmente, pero no puedo recorrer África con todas las cosas bellas que pretenden venderme. Terminaría pareciendo yo mismo un *haussa* con tanto objeto inútil.

Recuerdos...

Los recuerdos no están en una gacela de caoba o un colmillo de elefante. No están, la mayor parte de las veces, ni siquiera en una fotografía. Los recuerdos son cosas que se olvidan dentro, y surgen de improviso, cuando menos se espera.

A mi lado, en la terraza del «Hotel Chadienne»..., ¿era el «Chadienne»?, se sentaba a menudo uno de esos hombres que siempre son recuerdo; más personaje africano que cualquier nativa de argolla en la nariz.

No fue en aquel viaje de 1961 cuando conocí a René, sino nueve años más tarde. Regresé entonces al Chad intentando averiguar algo sobre la misteriosa guerra secreta que convulsionaba al país; guerra civil, como siempre; guerra que enfrentaba a los musulmanes del Norte —del Tibesti— con los anamitas negros del Sur. En realidad, más guerra de razas que tribal; más religiosa que política.

Sentado allí, en la terraza del hotel, René dejaba pasar las horas y los días esperando a que alguien viniera a contratarle: viniera a ofrecerle precio por su capacidad —y la de los suyos— de matar y morir.

—Pronto o tarde el presidente Tombalbaye tendrá que llamarnos —aseguraba—. Ahora los franceses le están sacando las castañas del fuego, pero Francia se cansará de que sus paracaidistas mueran aquí. Entonces vendremos nosotros.

—¿Quién es «nosotros»?

—Los profesionales. Los únicos capaces de pacificar estos países. Los ejércitos indígenas son un cuento; gente mal preparada y cobarde. Cincuenta de ellos no valen por un buen mercenario, y todos los mercenarios somos buenos en nuestro oficio.

—¿Y dónde están?

—Algunos aquí, esperando. Otros, en Sudán, el Congo o la misma Europa. Pero a la primera llamada, con un simple telegrama estarán listos para entrar en acción. Siempre nos llaman. África nos necesita. Pasarán años antes de que pueda prescindir de nosotros. Primero fue Katanga; luego, Biafra; pronto, esto o Sudán.

—Pero en Chad no hay dinero. Chad no tiene detrás los intereses mineros de Katanga ni el petróleo de Biafra. No creo que Tombalbaye pueda pagar quinientos dólares mensuales a cada mercenario que venga al país.

—Los pagará cuando no le quede otro remedio; cuando los «paras» franceses se vayan y las tribus del Norte se le echen encima con sus viejos fusiles y sus camellos. Son guerreros del desierto, gente feroz y combativa; musulmanes dispuestos a todo. Y estos del Sur, los *massa* y los *moundang* no sirven para nada. Al primer empujón, acaban con ellos. Tombalbaye lo sabe. Si Francia se va, tendrá que pagar o morir (1). Y la opinión pública internacional empieza a presionar a Francia para que deje de intervenir en África. Eso es neocolonialismo.

Hablaba como el buitre que en la rama del árbol aguarda para devorar a su víctima. No había pudor en sus palabras —ni aun en sus ideas—, e incluso se diría que sentía un secreto orgullo por su oficio.

Tendría treinta años y un aspecto agradable. No muy alto, sonrosado, pelo rubio, pecas y una sonrisa divertida. Podría pasar por dependiente de comercio, universitario o guía de turismo. Cualquier cosa, menos profesional de la muerte, y, sin embargo, me constaba que lo era, y de los buenos.

Tenía tres agujeros de bala en el cuerpo —regalo nigeriano según él— y confesaba haberse llevado por delante a doce o trece «morenitos», sin contar los fusilados en juicio sumarísimo o los agonizantes rematados.

Hablaba de ello como hablo yo de países y paisajes, y aunque me repugnaba su desfachatez, había algo

_____

(1) En 1975, Tombalbaye murió asesinado durante un golpe de Estado.

en su misma morbosidad que me obligaba a seguir escuchándole.

Confesaba —¡eso sí!— no haber matado nunca a un blanco, y daba al hecho gran importancia, como si la vida de los africanos no fuera igual a la nuestra, y no padecieran lo mismo que nosotros.

Ante la dueña del hotel —cuarentona y aún atractiva— se mostraba tremendamente tímido, e incluso azorado, pero refería sin reparos cómo él y los suyos violaron hasta el cansancio a muchachitas indígenas que apenas habían alcanzado la pubertad.

Al mismo tiempo, tenía amigos chadianos a los que trataba como a sus iguales, sin el menor asomo de racismo, por lo que se podía llegar a la conclusión de que su discriminación se limitaba a la muerte y a la violencia. Viéndolo allí, al otro lado de la mesa, tranquilo y sonriente mientras sorbía su cerveza y veía pasar a los ciclistas, parecía incapaz de hacerle daño a nadie. Imaginándolo luego de uniforme y gorra de visera, con un arma en la mano y acompañado por una pandilla de asesinos, me parecía que sí, que, en efecto, para aquel hombre con cara de bueno, matar no era problema.

¿De dónde venía y cómo había llegado allí?

—Argelia —comentó—, Argelia, ahí comenzó todo. Me sacaron del taller de mi padre, en Lyon, y me mandaron a matar argelinos. Luego estuve con los paracaidistas, pero descubrí que los mercenarios ganan más. Es una buena vida. Cuando trabajas, la emoción y el peligro no te dejan pensar en la fatiga. Cuando no trabajas, vives de los ahorros. No tienes que llenarte de grasa bajo un camión.

—¿Y el miedo? ¿Y la muerte?

—La muerte no es más que bala que equivocó el camino. El miedo es el gran enemigo. El único al que hay que vencer. Los de enfrente no son congoleños, ni nigerianos, ni tropas de la ONU... Son miedo, y hay que luchar con él en cada batalla y en las emboscadas. Eso es lo más divertido: ganarle al miedo; correr menos que él.

¿Era eso realmente lo que iba buscando en cada nueva guerra: vencer su propio miedo? Tal vez. Y tal vez sea ése también el auténtico motor de los valientes.

¿Hasta qué punto es una droga? ¿Hasta qué punto

constituye en algunos un placer casi sexual superar sus temores? ¿Cuántas hazañas maravillosas son hijas de la más escondida cobardía?

Quizá —como él mismo aseguraba— René hubiera continuado siendo un tranquilo mecánico de Lyon, de no surgir el asunto argelino. Allí le acostumbraron a matar, torturar, asesinar y violar en nombre de los supuestos derechos colonialistas, y eso habría de marcar su vida. Lo malo de Argelia, como del Vietnam, como la mayor parte de las guerras, no son los muertos —que se entierran—, sino la cantidad de desquiciados que quedan luego sueltos por el mundo.

René no era más que un inadaptado que necesitaba una guerra para sentirse «alguien». Que yo sepa, Tombalbaye no llamó en su ayuda a los profesionales. En Sudán capturaron recientemente algunos, que fueron sumariamente pasados por las armas. Nunca pude saber si René se encontraba entre ellos.

A veces, después de cenar, íbamos a dar un paseo por la ciudad, llegando hasta la orilla del río o al único bar con cerveza y billar. Cuanto tiene de espantoso Fort-Lamy bajo el calor del sol, lo tiene de agradable en la noche tibia. A partir de las nueve, las calles quedan desiertas, y en las tinieblas no se escucha más que el canto de aves nocturnas y algún perro ahuyentando a los chacales. Las voces resuenan contra las paredes de barro de las casas indígenas, o se deslizan sobre el río que corre calmoso en busca del gran lago. Cuando la luna está llena, deslumbra desde un cielo sin nubes, y es bueno sentarse entonces a contemplar las aguas y, en la otra orilla, el Camerún.

Largas charlas hasta el amanecer con el ex legionario propietario del hotel, el delegado de la «Comisión de las Naciones Unidas para la Abolición de la Esclavitud» y un importador de agua griego.

Allí, a orillas del Chari, junto a uno de los mayores lagos de la tierra, existe, sin embargo, un hombre que vive de importar agua; de traerla en botellas en largas caravanas de pesados camiones que tardan diez días en atravesar el Sáhara desde Argel. Cinco francos cuesta en Fort-Lamy una botella francesa de agua de «Evian», y no se puede soñar en tomar otra, porque la infección lleva a la tumba en poco tiempo.

Ésos, más que los leones, las serpientes o el Mau-

Máu, constituyen los auténticos peligros del África: mosquitos, infecciones, aguas contaminadas, disenterías agudas, amebas, lepra...

Pero allí, a orillas del Chari no se pensaba en ello, y se discutía durante horas de lo divino y lo humano. Del pasado de África; del presente de África; del confuso futuro de África.

Quien no conoce el Chad no conoce África.

Las orillas del gran lago no son sólo su centro, sino también su esencia. Hay un África de racismo en Johannesburgo; otra, de leones, en Kenya; una tercera, de conflictos, en Nigeria; una cuarta, de sed, en el Sáhara; una quinta, de mezquitas, en Marruecos; una sexta, de pirámides y política, en El Cairo... y una séptima, y octava y novena... Porque el continente es demasiado grande y diverso, poblado por demasiadas razas y demasiadas gentes distintas.

En Chad, pese a su soledad y lejanía, coinciden mercaderes árabes que descienden de Libia y Argelia; traficantes *haussa* —los gitanos— que llegan de Kano; sudaneses y senegaleses que vienen en busca de la sosa del lago; negros del Camerún que cruzan el río; papúes o fangs de Guinea y Gabón; pastores *fulbe*; congoleños...

En Chad chocan, se entremezclan, intercambian productos y culturas; crean una nueva raza que tiene algo de bantú, de targuí, de buduma, de árabe, de francés, de griego...

El nativo de bosque, de color betún y semidesnudo, se sienta junto a la mujer del Norte, cubierta por mil *haiques* y rostro oculto, mientras su vecina lleva tal vez los pechos al aire.

¿Cabe imaginar un punto de América en el que conviviesen indios de la selva, pastores andinos, pescadores antillanos, ejecutivos de Nueva York, vaqueros de Texas y esquimales del Canadá...? Eso es Chad para África, y por ello vale la pena —pese al calor— pasear por sus calles; detenerse en su mercado; hablar con los que pasan. Cada cual cuenta algo nuevo; cada quién tiene un problema distinto; todos desprecian a todos.

El racismo en el continente no tiene cura. No lo tendrá en siglos, lo cual no impide que convivan en la más absoluta promiscuidad. Tal vez cuando el número de mestizos supere al de las razas puras, todo se solucione por sí mismo.

Por extraño que pueda parecer, el racismo africano no es físico, sino mental. Todos están de acuerdo en que los otros son inferiores, pero todos están de acuerdo —también— en que nada de malo tiene mantener relaciones íntimas con ellos. Quizá la única excepción sea el caso de la mujer europea y el hombre de color. Aunque en el fondo —si ocurre—, los africanos se sienten satisfechos. Cuando una europea se une a un africano, es como si humillara a todos los europeos; a todos los colonizadores; a todos aquellos que durante cincuenta años humillaron a los africanos quitándoles sus tierras, sus riquezas y sus mujeres.

En cierta ocasión, en Lagos, la esposa de un funcionario inglés abandonó a su esposo y se fue a vivir con un estudiante nativo. El funcionario no protestó —dicen que a él también le gustaban más los estudiantes nativos que su esposa—, pero sus compañeros de club se ocuparon de enviar matones que imposibilitaran la vida de la pareja. Aunque cada día ellos perseguían muchachas indígenas, el «honor» de los blancos no podía consentir semejante escándalo.

Consiguieron devolver la mujer a Inglaterra y expulsar al muchacho de la Universidad. En aquel tiempo me pareció una canallada, pero cuando años después vi cómo Sudáfrica condenaba a los bantúes a muerte cuando habían mantenido relaciones con blancas, la historia de Lagos me pareció un juego de niños.

¿Puede alguien extrañarse del odio africano hacia los blancos?

Por fortuna, en Chad siempre ha habido pocos blancos, y éstos han sido en su mayoría franceses.

Debían ser franceses precisamente quienes me proporcionaran uno de los espectáculos más espeluznantes con que habría de enfrentarme en mi vida.

Fue el 10 de diciembre de 1970. Llegando desde Libia, debía reunirme en Fort-Lamy con mis compañeros de Televisión, que estaban rodando en el Tibesti parte de un reportaje sobre la guerra civil. Tenía que hacerme cargo del equipo, terminar el rodaje y seguir viaje a la Guinea de Sékou-Touré, que acababa de ser invadido por comandos mercenarios.

A media mañana, un paracaidista nos informó de que once compañeros suyos habían muerto días antes en una emboscada de los guerrilleros. Los cadáveres permanecían encerrados en un pabellón del cementerio, aguardando la oportunidad de enviarlos a Europa. Todo se mantenía en el más estricto secreto militar. Ni al Gobierno de Fort-Lamy, ni al de París, les interesaba que corriera la voz de que paracaidistas franceses estaban muriendo en Chad. Oficialmente, Francia no intervenía en la guerra civil. Hasta el presente nadie podía demostrar lo contrario.

Después de comer, con las cámaras ocultas bajo los asientos, enfilamos la carretera del Norte, bordeando el río hasta el cementerio. Éramos cuatro: Michel Bibín —uno de los mejores cameraman del mundo—; mi ayudante, Tacho de la Calle; Jesús González-Grim, jefe del equipo de Tibesti, y yo.

El cementerio aparecía desierto, y el único pabellón, cerrado con cadenas y candados. Tuvimos que recorrer todas las chozas en dos kilómetros a la redonda hasta localizar al guardián del camposanto. Nos costó cien francos CEFA que nos entregara las llaves. Arrastrándonos para que no nos vieran desde la carretera, saltando de tumba en tumba como ladrones o profanadores, llegamos al pabellón, que González-Grim comenzó a abrir.

Aguardamos, agazapados, con miedo y repugnancia. Por un lado estaba el temor a ser descubiertos, lo que nos hubiera costado años en una cárcel chadiana; por otro, la desagradable sensación de estar violando el descanso de los muertos.

Cuando la puerta se abrió, un vaho pestilente de cuerpos en putrefacción nos golpeó el rostro. Resultaba imposible soportarlo. Cubriéndonos la cara con pañuelos, saltamos dentro. Bajo el sol africano, el pabellón cerrado se había convertido en un horno a más de cincuenta grados centígrados. Los ataúdes descansaban sobre simples caballetes de madera, pero uno había reventado, dejando al descubierto un cadáver agusanado, mientras en el suelo aparecía un charco negruzco. Al no poder refrigerarlos, dentro de cada ataúd se había introducido carbón, que debía absorber los gases de los cuerpos en descomposición, pero eso no había bastado. Varias cajas más parecían a punto de reventar.

Me sentí incapaz de resistir el espectáculo, y salí al aire libre, a devolver cuanto había comido en una semana. Los otros me siguieron. Meses antes, tanto Bibín como yo habíamos acudido al terremoto del Perú, en el que perecieron más de cien mil personas. Aquello, no obstante, era distinto.

El calor, asfixiante. El olor, insoportable. La vista de la muerte, inenarrable. Nunca nada estuvo tan muerto como aquel pobre paracaidista francés en un cementerio del Chad.

Me negué a volver dentro y me fui lejos, a pasear por la orilla del río, intentando recuperar la respiración y el color. Tacho me siguió. González-Grim insistía en que aquélla era, periodísticamente, la ocasión del año. En esos momentos me importaba un rábano el periodismo y la Televisión. No quería saber nada más de todo aquello.

Regresaron, rodaron la escena y esa noche González-Grim voló a Europa con su sensacional filmación bajo el brazo. Los «altos jefes» de Televisión, temiendo meterse en problemas políticos al demostrar que Francia intervenía en la guerra del Chad, mandaron destruir el negativo.

Aquél fue un día que nunca debió existir.

CAPÍTULO XII

EL MAYOR CHARCO DEL MUNDO

Llegué a Fort-Lamy en un autobús desvencijado, y lo abandoné en una piragua que hacía agua. Chad no es país para turistas.

Había contratado los servicios de un *kotoko* de nombre Dómboro, y quedamos en el embarcadero del río cuando naciese la primera luz del día.

Dómboro debía de ser algo cegato, porque a las ocho de la mañana el sol partía las piedras y aún no aparecía. Sentado sobre mi caja de latas de agua de Evian, con una mano sobre la maleta y la otra sobre el maletín de máquinas fotográficas, aguardé durante horas a la sombra de un tingladillo, rodeado de indígenas vociferantes que llegaban del lago o del otro lado del río —del Camerún— cargados de frutas, pescados o grandes piedras de sosa.

Al fin, una mano me empujó de mi asiento, cargó la caja de agua y víveres y se encaminó con ella a una piragua. Era Dómboro, que no creyó necesario dar explicaciones por su retraso. Le seguí, y quedé sorprendido al advertir que en el fondo de la embarcación aparecían más de tres dedos de agua. No tenía intención de arruinar mi ropa y mis cámaras, y pasamos más de una hora intentando colocar unas maderas que sirvieran de doble fondo, manteniendo mi equipaje y mi persona en seco.

Dómboro parecía convencido de que resultaba inútil. Según la filosofía chadiana: «Todo el que navega, se moja.»

Pasaba de los cuarenta grados centígrados cuando iniciamos al fin la marcha, río abajo, y el termómetro se aproximaba a los cincuenta cuando el río comenzó a abrirse cansinamente, señal de que alcanzábamos la cuenca del lago.

Madame, la dueña del hotel, me había aconsejado llevarme algo que me protegiera del infernal sol centroafricano, y cuanto conseguí fue un gran paraguas negro bajo el que me sentía escandalosamente ridículo. De tanto en tanto, una racha de viento lo volteaba patas arriba, lo que hacía estallar en carcajadas a Dómboro.

A medida que dejábamos atrás Fort-Lamy, la soledad crecía, como crecían el calor y mi propia angustia ante aquel paisaje sin horizontes. Las casitas de barro de los *kotoko* que pueblan las orillas del Chari se hacían cada vez más escasas, así como las embarcaciones que encontrábamos en nuestro camino e incluso los negros pájaros carroñeros.

Tan sólo aumentaba el número de los islotes de papiro, y llegó un momento en que me pregunté si realmente Dómboro sabría encontrar un paso hacia las abiertas aguas del lago.

¡Lago!

Ambiciosa palabra para lo que no es en definitiva

más que el mayor charco del mundo: veinte mil kilómetros cuadrados de agua desparramada por la llanura, sin sobrepasar nunca los dos metros de profundidad. Cuando Dómboro se cansaba de remar, empujaba la piragua con el agua a la cintura. Me juraba que toda la parte norte del Chad puede recorrerse con el agua a las rodillas, y en grandes extensiones la piragua roza el fondo.

Antiguamente, el lago ocupaba un millón de kilómetros cuadrados y podía considerársele, con gran diferencia, el mayor existente. El mar Caspio no llega a la mitad de esa extensión. Cuando el Sáhara era una gran pradera verde, el Chad recibía infinidad de tributarios; hoy no le queda más que el Chari y algún otro de menor importancia que la mayor parte del año baja seco.

Esa falta de aportes, la carencia de lluvias y la increíble evaporación, están desecando el lago a ojos vistas, y pronto llegará el día en que no sea más que un lejano recuerdo.

El terreno en que se encuentra asentado es tan llano, que no existen orillas claramente definidas, sobre todo en su parte oeste, y cuando sopla el viento del desierto, el «harmattan», las aguas, en diminutas olas, inician un rapidísimo avance tierra adentro, ganándole hasta tres y cuatro kilómetros a la pradera.

Cuando eso ocurre, los escasos pobladores de la orilla, los *tubu*, tienen que salir corriendo perseguidos por las aguas, arreando su ganado y abandonando sus míseras chozas. No se lamentan, porque a cambio de esas chozas —que vuelven a levantar en un par de horas— obtendrán buenos pastos al retiro de las aguas.

Llegó la hora de los treinta grados —la puesta del sol—, y el paisaje gris ceniciento del Chad cobró de pronto una tonalidad dorada y ocre, realmente hermosa. No tuve ocasión de disfrutar a gusto el mejor momento del día; casi de inmediato nos asaltó una nube de mosquitos con tal sed de sangre que hubiera dejado en ridículo al mismísimo conde Drácula.

Prevenido por *Madame*, convertí mi paraguas en mosquitero con ayuda de una gasa, pero aun así se colaban por entre las rendijas, y me pasaba el tiempo dándome de bofetadas.

Dómboro también sufría el asalto, aunque en menor proporción, y optó por dirigir la piragua hacia un pequeño islote donde se apresuró a encender cinco o seis hogueras de hierba seca cuyo humo ahuyentaba los mosquitos, raspaba la garganta e irritaba los ojos.

Cenamos poco y mal: una lata de atún, queso de cabra y pan duro. Dómboro se construyó una especie de tienda de campaña de no más de veinte centímetros de alto por un metro de largo y se acurrucó dentro. Parecía imposible que pudiera caber allí, pero los indígenas del lago están acostumbrados a dormir así para escapar al asalto de los mosquitos. Duermen toda la noche de un tirón y sin mover un músculo. La menor sacudida echaría abajo el tingladillo.

Por mi parte, me las ingenié como pude clavando en tierra mi «paraguas-mosquitero», cubriéndome con una manta y con el maletín de las máquinas por almohada.

¿Era el miedo o la sensación de abandono lo que me mantenía despierto? Treinta años antes, los *buduma* —habitantes de las islillas del lago— tenían fama por su extraordinaria afición a comerse a la gente, fuera cual fuera el color, raza o religión. Las autoridades aseguraban que eso estaba olvidado, pero a mí me costaba trabajo olvidar que toda la orilla izquierda del río que había estado contemplando durante el día pertenecía al Camerún, y el Camerún tiene fama por la abundancia de sus caníbales.

¿Podría algún *buduma* hambriento recordar aún las costumbres de sus padres? Dómboro juraba y perjuraba que no; había hecho varias veces el viaje hasta las minas de sosa de Bagassola, e incluso hasta N'Guimi, en la punta norte del lago, y jamás tuvo problemas con los *buduma*. Eran «salvajes» asustados a los que el simple estampido de un disparo ponía en fuga.

Si no era miedo, era soledad.

Mi niñez en el Sáhara me había acostumbrado a las noches al aire libre, tumbado en la arena contemplando las estrellas del desierto, pero en aquellos tiempos siempre había alguien cerca que consolaba mi abandono: el inolvidable Lorca; el fiel Mulay; mi tío Mario...

Era un desierto amigo; «mi» desierto, que tan sólo se parecía, físicamente, a éste que ahora me rodeaba.

Tres mil kilómetros a vuelo de pájaro me separaban del Cabo Juby de mi infancia; tres mil kilómetros de arena, viento y soledad. Y más allá aún, estaban mis islas, mis amigos, mi familia...

Hubiera deseado sentirme explorador, aventurero, luchador indomable frente a la hostilidad del África salvaje, pero lo cierto es que me sentía cohibido, sorprendido, desconcertado. Me sentía como lo que en realidad era: un muchacho asombrado por su propia inconsciencia, que de pronto una noche, a tres mil kilómetros de desierto de su casa, se pregunta confundido: ¿Y ahora cómo vuelvo?

Llegó la hora de los diez grados —aproximadamente las tres de la mañana— y un rumor del lago me despertó pese a que parecía que acababa de dormirme. Presté atención, inquieto; efectivamente, el rumor existía. Algo chapoteaba y se arrastraba por la orilla. Las hogueras no eran ya más que una brasa. No había luna, y las estrellas no bastaban para alumbrar los diez metros que nos separaban del agua. El rumor se hizo insistente y vinieron a mi mente historias de canibalismo. Me puse nervioso y llamé a Dómboro.

—Dómboro... ¿No has oído ese ruido?

Me respondió su voz soñolienta:

—¿Qué ruido, *Monsieur*?

—¡Escucha...!

Paso un rato sin que se sintiera nada, como ocurre siempre en estos casos. Cuando comenzaba a sentirme en ridículo, sonó claramente el arrastrar y el chapoteo. Llegó, tranquilizadora, la voz de Dómboro.

—Duerma, *Monsieur*. Son cocodrilos, pero en esta parte del lago son pequeños y no vale la pena molestarlos.

¿Molestarlos? Yo no pensaba molestarlos... ¡Eran ellos los que me molestaban a mí! ¿Quién puede dormir con un cocodrilo a diez metros de su cama?

Dómboro. Dómboro dormía a pierna encogida, acurrucado en su ridículo refugio. Al día siguiente me mostró los cocodrilos de la noche antes. Medían metro y medio, tal vez dos, pero al *kotoko* tan sólo le interesaban los que —aguas adentro— pasaban de los tres metros. Ésos ya eran buena pesca; ya su piel adquiría un precio por el que valía la pena «molestarse».

En el lago —que los hombres comparten con los cocodrilos— son las fieras las que tienen que cuidarse para no acabar convertidos en zapatos de señora.

No resulta raro, sin embargo, que en las noches roben a veces una cabra enana, una oveja, e incluso, en más de una ocasión un niño *buduma* que sus padres descuidaron.

Estos *buduma* comenzaron a verse al día siguiente —de lejos— nadando la mayor parte de las veces a popa de sus embarcaciones —las «kadeyas»— que preferían empujar a remar. Las «kadeyas», construidas con un alma de troncos de ambay rodeada de miles de tallos de papiro se parecen bastante a las barcas de «totora» del lago Titicaca en el Perú.

Los *budumas* pobres que no disponen de ganado y viven únicamente de la pesca, no abandonan jamás sus embarcaciones, cuyo centro está ocupado por una laja de piedra sobre la que eternamente arde el fuego. Nacen, crecen, se reproducen y mueren sobre la «kadeya» sin poner el pie en tierra firme durante meses.

Los otros, los ricos, poseen rebaños de cabras enanas, ovejas, e incluso bueyes y cebúes, y se trasladan con ellos de islote en islote permaneciendo en cada uno el tiempo justo de arrasar con los pastos.

No construyen viviendas; todo lo más, una cerca para el ganado y un tinglado que proteja a los niños del sol durante las horas de más calor. Duermen como lo hacían Dómboro, andan casi siempre desnudos, y cuando un extraño se aproxima, huyen, perdiéndose de vista entre los islotes, llevándose a sus hijos y abandonándolo todo. Las «razzias» de los cazadores de esclavos los han vuelto increíblemente desconfiados, y están en continua enemistad con sus vecinos: los *kotoko* y los *tubu*.

Más que nadadores, los *buduma* son especialmente excelentes «vadeadores», capaces de andar a velocidad increíble aun con el agua al cuello, sin sentir el menor temor por la presencia de cocodrilos, anguilas eléctricas o rayas de venenosa picada.

La asombrosa riqueza piscícola del lago basta para alimentarlos, y al igual que ocurría en el Nokué de Dahomey, no se necesita más que una pequeña red o un sedal y su anzuelo, para tener resuelto el problema del día.

De tanto en tanto, hacían su aparición junto a la piragua tímidos hipopótamos que se apresuraban a sumergirse, y cada vez que los veía, Dómboro agitaba la cabeza y repetía incansablemente.

—Antes había millones en el lago, *Monsieur*; millones, pero los cazadores furtivos del Camerún están acabando con ellos. Son mala gente esos cazadores. No dejan nada vivo. Nada. Pronto en África no quedarán más que bicicletas.

En Fort-Lamy me habían contado que diez años atrás una compañía francesa intentó montar una línea aérea servida por hidroaviones entre Douala, en el Camerún, y el lago Chad. Tuvieron que desistir porque los aparatos capotaban al estrellarse contra los hipopótamos. Al principio, los asustaba el ruido. Se acostumbraron y les dispararon; se acostumbraron también, y les lanzaron cartuchos de dinamita, pero siguieron sin hacer caso. La línea aérea quebró cuando cuatro aparatos fueron a parar, uno tras otro, al fondo del lago.

Y junto a los ahora escasos «hipos»: cigüeñas, silbones, ánades negros, cormoranes, marbellas, pelícanos, garzas... e infinidad de otras aves que me sentía incapaz de reconocer.

A medida que nos adentrábamos en la maraña de islotes, el calor se iba haciendo más y más denso. No corría ni una ráfaga de aire que refrescara, y de la superficie del agua —tersa y casi aceitosa— ascendía un vaho denso, como de sauna finlandesa.

Dómboro, incapaz de remar, se echó al agua y comenzó a vadear empujando ante él lentamente la piragua. Busqué refrescarme a mi vez, pero el lago era como un plato de sopa o una taza de chocolate caliente. Un agua marrón, pegajosa, casi maloliente, y un fondo de limo pringoso en el que me hundía hasta las pantorrillas. Y de tanto en tanto, algas, nenúfares o peces que me rozaban las piernas y que mi imaginación convertía en cocodrilos de cuatro metros.

Le pedí a Dómboro que buscáramos un islote donde pasar las peores horas del calor, y allí me senté, bajo mi paraguas, tan desolado y abatido como no lo había estado en mi vida. Me escocían los ojos de mirar sobre la superficie que reverberaba; me ardía la garganta de aspirar aire caliente; me dolían los pulmones de intentar llenarlos de oxígeno, y todo mi cuerpo era como una inmensa esponja a la que estuvieran exprimiendo hasta la última gota de agua.

Quise descabezar un sueño y me asaltó una pesadilla. Iba a morirme de sed, allí en el centro mismo del mayor charco del mundo. No parecía que aquella agua hedionda sirviera nunca para calmar mi sed.

Me despertó el silencio. Un silencio como de mundo muerto. En el mediodía del Chad, a casi cincuenta grados centígrados, ni las chicharras cantan, ni los pájaros vuelan, ni la brisa agita siquiera los cañaverales.

Era como el fin del mundo, o como el universo antes de que naciera el primer ser viviente. El Chad está fuera de cualquier descripción.

Es el antipaisaje; la desolación total.

Tres días aseguraba Dómboro que tardaríamos en llegar a las minas de sosa de Bagassika, y comencé a creer que no sería capaz de llegar vivo hasta ellas. Mi paraguas se derretiría; mi cerebro estallaría; la última gota de mi sangre estaría ya hirviendo para entonces.

En Fort-Lamy me habían dicho que a un día de Bagassola estaban las minas de sosa de Kanem, en las que trabajaban cientos de esclavos en las peores condiciones que haya sufrido jamás un ser humano.

Durante los meses de crecida, el lago se comunica subterráneamente con las lagunas o «dayas» de Kanem, y a su paso bajo tierra encuentran ricos yacimientos de sosa. Con la sequía se inicia el trabajo de arrancar con herramientas primitivas las costras salinas en grandes panes de unos veinticinco kilos de peso que alcanzarán luego muy buen precio en los países vecinos. Esta sal de sosa no es apta más que para el ganado., pero vienen a buscarla incluso desde el Senegal.

En las dayas trabajan esclavos y *adas* —hombres libres de raza inferior— desnudos bajo el sol del desierto, que cae a plomo, reflejándose en la blanca salina; descalzos sobre las cortantes aristas, con los pies inflamados y mil heridas siempre supurantes. La temperatura sube hasta los cincuenta grados, y el viento que constantemente barre la llanura arroja a los ojos polvo de sal. El agua corrosiva que queda bajo esa sal quema como un cáustico, y ulcera de inmediato el punto de la piel que toca. Un infierno: el peor que existe sobre la faz de la Tierra y que —según todos los indicios— no había sido visitado por ningún europeo en quince años.

Kanem era el inframundo africano.

Estaba decidido a llegar allí, pero aquel mediodía del Chad empezaba a ser superior a mis fuerzas...

Eran los cincuenta grados —las cuatro y media de la tarde— cuando nos pusimos de nuevo en marcha. Aún me sentía aturdido, embotado, diría que drogado, y tan sólo recuerdo que Dómboro remaba o vadeaba a ratos. Comenzó a soplar una ligerísima brisa e izó la vela. Como si ello fuera una señal, las aves comenzaron a elevar el vuelo y el lago pareció renacer a la vida.

El atardecer fue realmente bello bajo el sol más rojo que haya visto nunca, y le pedí a Dómboro que se detuviera un instante para captar la escena en toda su magnitud.

Disparé seis o siete fotos; al sol, a las aves y a un hipopótamo que vino a husmear, y me dispuse a cambiar el rollo. Al hacerlo, me llevé la más desagradable sorpresa de mi vida. La película, una película que me habían vendido como especial para el trópico, herméticamente cerrada y precintada bajo la garantía de que soportaba cualquier calor y cualquier grado de humedad, se había convertido en una pasta gelatinosa, un pingajo que rezumaba goma retorcida como serpentina de feria.

Alarmado, busqué en mi maletín los rollos vírgenes. Todos presentaban idéntico aspecto: todos eran pura melaza.

Incrédulo, saltándoseme las lágrimas, mostré a Dómboro aquella porquería; sonrió, divertido, porque no tenía idea de lo que podía significar. Jamás había visto una fotografía.

Cuando lancé los carretes al agua se apresuró a recogerlos para adornar con ellos el mástil de su piragua. Al poco, llegó la invasión de los mosquitos y buscamos un islote para pasar la noche.

Nunca me había sentido tan abatido, tan fracasado, tan estúpido.

Afortunadamente, la mayor parte de las fotos que había hecho hasta el momento se habían quedado en el hotel de Fort-Lamy con el resto de mi equipaje, pero de los rollos que había traído al lago no se salvaría gran cosa. Continuar hasta Bagassola en tales circunstancias me pareció absurdo. ¿De qué servía hablar sobre las salinas y sobre la vida de sus esclavos si no podía demostrarlo?

«Una buena foto vale por cien palabras», me enseñaron en la Escuela de Periodismo y siempre había sido fiel a ese concepto. Nadie iba a creer que yo —un muchacho— había llegado solo al infierno de las salinas de Kanem, y si nadie iba a creerme, mejor era no ir.

Dormí inquieto y antes de amanecer ya estaba en pie, pidiéndole a Dómboro que me llevara de vuelta a Fort-Lamy. No pareció extrañarse en absoluto. Se diría que desde el primer momento había estado aguardando esa orden convencido de que un europeo, un blanco, no soportaría más de un día en el lago.

Hay que tener la piel muy oscura para aguantar aquello. Hay que haber nacido bajo el sol del desierto y haber sufrido toda una vida de calor y privaciones. Hay que ser muy fuerte, o muy insensible, o muy valiente. Hay que ser lo que yo no era.

En el fondo, ¿a qué negarlo?, me alegraba lo ocurrido. Necesitaba una disculpa para abandonar el lago y olvidar toda aquella historia de las salinas y los esclavos.

Tenía calor, miedo, cansancio, y me sentía solo, espantosamente solo pese a la presencia de Dómboro. Era demasiado *kotoko*, demasiado primitivo para considerarlo compañía. En cualquier instante, cuando menos lo esperase podía desaparecer entre los matorrales e irse en la piragua dejándome sobre un islote. Y si me abandonaba, no sabría salir de aquella maraña de papiros.

Me sentía como un náufrago en un mar dulce de un metro de profundidad. Unos rollos de película pringosa fueron mi tabla de salvación.

Cuarenta y ocho horas más tarde, estaba tranquilamente sentado en la terraza del «Hotel Chadienne», disfrutando de una cerveza helada y un buen plato de cuzcuz. A todo el que quería escucharme, le repetía mi indignada historia sobre los estúpidos que no eran capaces de fabricar un material fotográfico que realmente soportara el calor africano.

Capítulo XIII

TIERRA DE CANÍBALES

—Adonis Lotemonte, para servirle —se presentó—. Comerciante.

Me presenté a mi vez, un tanto sorprendido, y el hombre, amablemente, pidió permiso para sentarse a mi mesa.

—*Madame* —la dueña del hotel— me ha dicho que usted quiere viajar a Douala y que es periodista —dijo—. Yo también voy a Douala. Tengo un jeep, un buen vehículo, y no me gusta viajar solo por estas tierras. Podríamos compartir los gastos. Le saldrá más barato que el avión.

La propuesta resultaba interesante. El hombre —cuarenta años, grueso, fuerte, algo sucio— parecía simpático. Le prometí pensarlo esa noche y me informé con *Madame* respecto a Lotemonte.

—No sé qué decirle —replicó ella—. Viene con frecuencia, es educado y paga puntualmente. Trafica en figuras de marfil, pieles de cocodrilo, sosa del lago, ganado cebú, algodón, cacao, medias de nylon, máquinas de coser, bicicletas... Siempre busca compañero de viaje. Sólo tiene un problema: habla demasiado.

No sé hasta qué punto *Madame* conocía bien al griego, pero había algo en que sí acertó:

En inglés, en francés, en italiano, en español, en griego, en árabe y en cien dialectos nativos, Adonis Lotemonte habla demasiado, y llegué a la conclusión de que su temor no era viajar solo, sino viajar callado.

¡Dios qué buena radio si tuviera interruptor...!

Tenía, sin embargo, una ventaja: lo sabía todo y

conocía a todo el mundo. Tenía sobornados a aduaneros, policías, guardias fronterizos, alcaldes y gobernadores de Nigeria, Chad o Camerún, y cuando pasábamos por un poblado, los indígenas le saludaban amistosamente aunque no detuviera la endiablada marcha de su jeep.

Mil kilómetros en línea recta separan Fort-Lamy de Yaundé, capital del Camerún, pero la «carretera» da tantas vueltas y llega a ser tan arbitraria en la mayor parte de su trazado, que en realidad se puede decir que recorre el doble de esa distancia.

Llamarla carretera es llamarla algo. En realidad se trata de una simple pista de tierra que en los meses de lluvia —de junio a setiembre— se vuelve intransitable. Entre octubre y noviembre se espacian algunas tormentas que cortan el tránsito por un par de días, y a partir de diciembre, hasta finales de mayo, aparece tan seca y polvorienta que incluso se ruega por la vuelta de las lluvias.

Aquellos días, sin embargo, eran los mejores, a juicio de Adonis, con la sabana aún verde y poco polvo, un calor seco al principio y muy húmedo después, cuando nos aproximamos a unos doscientos kilómetros de la costa.

—Un bello país éste —comentaba el griego—. Bello y salvaje. Conozco una región más adelante, al nordeste de Ngaounderé, donde un tipo con ganas de trabajar puede hacerse millonario si no se lo comen los caníbales. Es tierra de los *fulbé* y los *bamilenké*: ¡kilómetros y kilómetros de pradera fértil ideal para el algodón y el lino! Si quieres establecerte allí, a poner en marcha esas tierras inexploradas, el Gobierno te regala miles de hectáreas. ¡Oh, el algodón! Pueden hacerse fortunas con el algodón.

—¿Y usted por qué no lo intenta?

—No sirvo para campesino. No; no sirvo. Lo mío es esto: el comercio. Viajar de un lado a otro, ver caras nuevas, conocer a todo el mundo...

»Hoy compro pieles de cocodrilo en Chad y vendo linternas para cazarlos. Mañana puedo comprar diamantes en Gabón o colmillos de elefantes... Cada día trae algo nuevo; cada lugar, una sorpresa o una posibilidad de enriquecerse de pronto. Nací nómada y nómada moriré. Los que quieren echar raíces es porque tienen espíritu de árbol. ¿Has visto algo más aburrido, más fastidioso, más «vegetal» que un árbol?

Seguimos la marcha. Horas y horas de estepas, de sabana y pradera en la que de tanto en tanto hacían su aparición grupos de ceibas. Chozas aisladas, nativos que saludaban... Luego, el paso del río Benué, tras haber dormido en un cuchitril de Maroua.

—Tierra de caníbales —aseguraba el griego—. Por aquí te comen con más gusto que a un pollo cebado. Y no es por hambre, no; es rito, superstición. Para esta gente no hay manjar comparable a las plantas de los pies de un tipo como tú, o los pechos de una mujer. Los doran a la brasa sobre un fuego de ceiba seca... Son brutos, muy brutos estos salvajes. Pero buenos. En el fondo no quieren hacer daño. Tan sólo quieren recibir tu espíritu, convertirse en ti mismo; ser rubio, y blanco... No se les puede culpar porque quieren imitarnos. ¿No crees?

—¿Y cuando se comen a otros negros?

—Lo mismo. Se comen a la mujer bonita, al guerrero valiente, al hombre rico o al anciano inteligente. Quieren recibir esas virtudes.

—En ese caso, lo mejor aquí es ser feo, tonto, cobarde y pobre...

—Tú lo has dicho. Tú lo has dicho... —rió—. Debe de ser por eso por lo que hasta ahora nadie me ha comido...

Poco después preguntó de improviso:

—¿Cómo andas de estómago? Lo que vamos a ver ahora no es bonito.

Desvió el auto de la carretera y se metió por un sendero lleno de baches. Se detuvo bajo un árbol, a la vista ya de un puñado de chozas.

—Ahí están los peores leprosos de África —señaló—. Si quieres, quédate aquí. Si vienes, guarda tus cámaras y no demuestres asco. Esta gente ya tiene bastante.

Dudé. Al fin me fui con él. Creía estar acostumbrado a los leprosos. Tan sólo en el norte de Nigeria había más de trescientos mil, y muchos andaban por las calles de las ciudades y los poblados pidiendo limosna, a veces reunidos en grupos que cantaban a coro solicitando caridad. No sé por qué la mayoría eran ciegos, y sus cuencas vacías y sus llagas me habían impresionado en un principio. Pensé que ya lo había visto todo respecto a ellos, y estaba equivocado. Durante dos noches no pude luego dormir.

También estaba equivocado —en parte— respecto a Adonis Lotemonte. Lo creía un mercachifle capaz de engañar a su padre, sin el menor sentimiento para con nadie. No era cierto. Apenas entramos en el poblado, los enfermos acudieron, felices, como si fuese Papá Noel. Abrió la parte posterior del jeep, tiró un cajón al suelo y comenzó a repartir saquitos de arroz, de azúcar, de harina, de judías; incluso de café. También regalaba tabaco, caramelos, chicle... Por último, al que parecía cacique le entregó un paquete con medicinas.

Me sentí avergonzado. Yo no tenía nada que dar.

Me miró y lo comprendió. Jamás me pareció tan humano, tan distinto.

—Seguro que te sobra alguna camisa, o un pantalón. O pañuelos para hacer vendas. No se ofenden. Todo es bueno si protege las llagas de las moscas.

De nuevo en la carretera, agitó la cabeza pesaroso.

—Es el gran problema de esta parte de África. La lepra. Ya los has visto: no hay hospitales, ni médicos, ni medicinas, ni aun comida... De tanto en tanto, alguien hace algo, como Albert Schweitzer en Lamberené, pero eso no es nada: una gota de agua. Se necesitarían mil como él para alejar la lepra de África. Si vas al Gabón, no dejes de visitarle. Es el hombre más grande de nuestro tiempo. El único que merece llevar pantalones. Si un día me canso de hacer negocios, me iré a Lamberené. (En aquel año —1962— Schweitzer aún vivía.)

Llegamos a Ngaunderé, donde pasamos la segunda noche. Cenamos en el restaurante del diminuto aeropuerto, regentado por un tipo alto y fuerte, de unos sesenta años, amigo de Adonis. Creo que era alemán, pero no estoy muy seguro. Camerún fue colonia alemana hasta 1918. Ngaunderé era pequeña y agradable, con un buen clima, al menos en la noche. Adonis me explicó que pronto —con el auge del algodón— se convertiría en una ciudad importante. Era la única ciudad digna de tal nombre en todo el norte del Camerún, y aquel territorio tenía un gran futuro.

—Un gran futuro, sí señor —repitió—. En Camerún el algodón es futuro; el marfil, pasado.

Hizo una corta pausa; estábamos de nuevo en

marcha, muy temprano, por la inacabable pista que cruzaba la pradera.

—Éste era antes país de marfil. Las manadas corrían libres por todo lo que alcanzas a ver: elefantes, cebras, búfalos, impalas, jirafas, leones, leopardos... aquí mismo, al borde del camino... Pero están acabando con ellos. Los «furtivos», ¿sabes? Matan y matan ilegalmente por unos kilos de marfil o por cortarles las patas a los elefantes para hacer papeleras. A las cabras las matan por la piel; a los impalas y los búfalos, por los cuernos; a los hipopótamos, por los colmillos. No me gusta esa gente. No; no me gusta. Están acabando con África... Con mi África.

—Pero comercias con ellos...

—Es cierto. Sí, es cierto; comercio con ellos, pero cada vez que lo hago me maldigo. Aunque si no soy yo son otros. A los turistas les gustan esas cosas. Vienen tres días al continente y quieren llevarse cien recuerdos, pieles de leopardo que dicen haber cazado ellos, colmillos de elefantes, cabezas disecadas... Son los auténticos culpables. No los traficantes ni los cazadores furtivos.

—¿Conoces a muchos?

—Más de los que quisiera. De todos los tipos, clases y colores. Aquí, en Guinea, Gabón, Congo, Nigeria y la República Centroafricana. Es una especie muy extendida en África, como las hienas y los chacales.

—¿Dónde podría encontrarlos...? Me gustaría verlos.

Aflojó la marcha y me miró con el rabillo del ojo. Pensó largo rato. Al fin asintió.

—*Okey* —dijo—. Los conocerás... ¡Pero recuerda! Yo no sé nada de esto; nunca los he visto; no tengo idea de quiénes son. Si te agarran, incluso negaré que te conozco... Es un feo asunto. Muy feo.

No volvimos a hablar de ello hasta que quedaron muy atrás los montes Mbang y enfilamos el camino de la costa y los grandes bosques. La pradera aparecía más verde, salpicada de grupos de árboles, clásico paisaje africano, con abundancia de baobabs e infinidad de otros muchos de enormes copas. Comenzaron a aparecer pequeños rebaños de ovejas y alguna que otra plantación de cacao e incluso de café. Los poblados se hacían más frecuentes, aunque no solían ser más que un puñado de chozas desparramadas por la llanura.

El río Sanaga andaba cerca, a nuestra izquierda. Pronto llegaríamos a la selva.

De improviso, antes de llegar a Yoko, el griego se adentró por un diminuto sendero, hacia el Sudeste. Durante toda la tarde corrimos junto a un río que, según unos, era el Dyerem, según otros, el mismo Sanaga, y según Adonis, ninguno de los dos. En aquel tiempo los mapas del interior del Camerún estaban plagados de inexactitudes. Aún hoy, ciudades, ríos y montes aparecen y desaparecen de los mapas con increíble facilidad. En ocasiones, lo que señalan como ciudad son dos cabañas; otras, donde debía estar un río, no hay nada.

Al atardecer, casi oscureciendo, llegamos a un poblado que se alzaba entre la selva y la pradera a un kilómetro del río. Adonis era allí tan popular como entre los leprosos, y lo saludaron como a un viejo asociado. Nos proporcionaron una cabaña ancha y cómoda, atestada de gallinas y con varios catres, en la que ya el griego debía de haberse hospedado varias veces.

La puerta trasera daba al bosque; la delantera, a un amplio patio en forma de semicírculo, alrededor del cual se alineaban las restantes cabañas, que no pasarían de una docena. En el centro del semicírculo —ancha y sin paredes— como un vagón de ferrocarril aislado, aparecía la «Casa de la Palabra», especie de casino y lugar de reunión de los hombres del poblado. Las mujeres no podían entrar en ella bajo pena de severos castigos, y cuando querían charlar entre ellas tenían que hacerlo en sus chozas o fuera del poblado, bajo una copuda ceiba.

La civilización había llegado al poblado en forma de ollas de metal, cubos para el agua, machetes de acero, algunas escopetas, pantalones de franela y vestidos de percal.

Sus habitantes pertenecían a la raza *bantú*, con incrustaciones de *fulbé* y alguna que otra gota de sangre *bamilenké* y *fang*, aunque, si quiero ser honrado, debo admitir que me resulta realmente difícil diferenciar las características propias de la mayoría de estas razas.

Un *haussa* es desde luego muy diferente a un *fulbé*, un *yoruba*, un *ibo*, un *bantú*, un *fang* o un *pigmeo*, pero en la actualidad la mayor parte de estos pueblos están ya tan mezclados, que resulta difícil distinguirlos. Las cicatrices de la cara, su número y disposición, señalan al experto —sin ninguna clase de dudas— a qué raza, tribu, poblado e incluso familia pertenece cada cual, pero, a mi entender, sería necesario andar con una especie de manual recordatorio en el bolsillo para saber quién es quién: dos cortes en la mejilla y uno vertical en la frente, *ibo* de Calabar... Uno en la mejilla, ancho y sinuoso, y dos horizontales en la frente, *yoruba* de Ilorín... Tres en la barbilla y uno en la nariz... ¡No hay memoria capaz de recordar todo eso!

Cenamos temprano. Mataron una diminuta cabra en nuestro honor, y estaba apetitosa, simplemente asada sobre las brasas. Luego Adonis descorchó con gran ceremonia una botella de coñac español traída de contrabando desde la Guinea. Era el peor «matarratas» capaz de producir las bodegas jerezanas, pero a aquella gente les pareció ambrosía; lo más exquisito que hubieran probado nunca.

Nos acomodamos a «paladearlo» en la «Casa de la Palabra», acompañados por mis últimos cigarrillos «Gitane» comprados en Fort-Lamy. Dentro del recinto de la «Casa» se sentaban con nosotros el anciano jefe del poblado, sus hijos y dos o tres «notables» del lugar. Acomodados en la baranda exterior los demás hombres, y más allá, en cuclillas, las mujeres, que seguían atentamente la conversación, comentándola con cuchicheos y risas ahogadas. Cuando escandalizaban demasiado, el viejo miraba hacia allá severamente, y se hacía entonces un silencio absoluto, que perduraba largo rato.

La mayor parte de la conversación se desarrollaba en francés, excepto cuando Adonis y los nativos se enzarzaron a parlotear rápidamente en un dialecto del que no fui capaz de reconocer más que una palabra: «nsok», elefante.

Al concluir, el griego se volvió a mí:

—Están dispuestos a llevarte de cacería, bajo mi responsabilidad de que no los vas a denunciar. Pero dicen que ahora no hay elefantes cerca. Únicamente, búfalos; muchos búfalos y algunas cabras e impalas.

Si quieres elefantes, tendrás que esperar; tal vez un par de días.

—Pero yo no quiero que maten por mí —señalé—. Ni elefantes, ni búfalos, ni nada...

—¡Oh! —rió—. No te preocupes. Los matarán contigo o sin ti. En este poblado viven de eso: todos son cazadores furtivos. Elefante que se acerca, elefante muerto. Lo mismo les pasa a los grandes búfalos de buenos cuernos.

—¿Y el Gobierno no hace nada?

—¿El Gobierno...? ¿Qué Gobierno? Acaba de cumplir dos años de independencia el primero de enero. Aún no han tenido tiempo ni de calentar la silla. Con los problemas que tienen, no van a perder su tiempo investigando de qué vive cada pueblo... Además, éstos, como todos, tienen su cortina de humo: su actividad legal: cacao y maíz, y plátanos, y aceite de palma, y pesca en el río... Saben cuidarse...

Advirtió que aún dudaba y se impacientó.

—¿Qué pasa? —inquirió Adonis—. ¿Tienes miedo ahora?

—No. Pero nunca me ha gustado matar animales... Ni verlos matar. Pero ya que estamos aquí... ¿Usted se quedará...?

—Naturalmente —respondió—. Si consiguen marfil, más vale que me lo lleve yo que otro... No tengo prisa. Ninguna prisa...

La botella pasó de nuevo de mano en mano hasta quedar vacía.

Las mujeres comenzaron a disputársela, pero el anciano les dirigió una de aquellas miradas que las hacían callar. En ese instante, llegando de la selva, se escuchó un aullido espeluznante; una especie de llanto o de lamento desgarrador. Todos se volvieron hacia allí. Una racha de miedo atravesó el poblado y lo sentí en mis propios huesos. Era como un viento helado en el calor de la noche.

—Mayo —murmuró un viejo.

Todos asintieron convencidos y asustados.

—¿Qué es Mayo? —quise saber.

—Mayo era un hombre —respondió lentamente Adonis Lotemonte—, un hombre blanco que amaba a los elefantes y odiaba a los cazadores. Aquí, en esta parte del Camerún, vivió muchos años, y aquí lo mataron. Dicen que era medio compatriota tuyo, hijo de españoles. Incluso escribieron un libro sobre él, un libro famoso.

—Oí hablar de él: *Las raíces del cielo*, de Romain Gary. Pero el protagonista se llamaba Morel.

—Los indígenas siempre le llaman Mayo. En mayo, con las lluvias, se adentraba en la selva y no volvía a aparecer hasta setiembre. Entonces, con la seca, perseguía y castigaba duramente a los cazadores. Los indígenas decían: «Cuando llegue mayo, Mayo se irá y podremos cazar...» Pero Mayo tenía espías y sabía quién había cazado durante su ausencia. Por cada elefante muerto daba cien latigazos al culpable. Por cada búfalo, cincuenta; por cada cebra, veinte... Un día los furtivos le tendieron una trampa y lo mataron a lanzazos. Cuando acabaron con él, era una masa informe, irreconocible. Luego, Moumié, el revolucionario comunista, acusó a los blancos de haberlo matado porque era partidario de la independencia del Camerún, y lo convirtió en un símbolo. Los guerrilleros se dejaban matar en su nombre, el de Moumié y el de Stalin. Él, que nunca habló de política, que jamás tuvo otra preocupación que los animales, que tan sólo pretendía conservar el mundo tal como el Creador nos lo entregó, se encontró, a su muerte, metido en un lío de mil demonios. Moumié murió hace un año en Suiza, envenenado, pero los nativos dicen que no lo asesinó un agente francés: fue el espíritu de Mayo el que se vengó de él. Y ahora, ese espíritu ronda por las selvas y las praderas, llorando como acabas de oírle, y no descansará hasta que sus amigos, los elefantes, maten a cuantos intervinieron en su asesinato. Mira los rostros de esta gente —me hablaba en español y no entendían—. Tienen miedo porque es seguro que, entre ellos, alguno tuvo que ver con aquello...

Luego la conversación se desvió hacia los «hombres-pantera» y hacia un extraño animal, mitad gorila, mitad ser humano —que habían cazado meses antes muy al interior de la selva—. Su cráneo aparecía sobre el marco de la puerta de una choza, y en verdad que no necesitaba ser un experto para admitir que pertenecía a un ser desconocido. Según los que lo habían visto, era alto —metro ochenta—, fuerte y velludo. Caminaba como un hombre, pero únicamente lanzaba aullidos, y pasaba más tiempo en los árboles que en tierra. Cuando lo hirieron, lloraba como un niño, y no paró de hacerlo hasta que lo remataron. Con la piel, que era bastante suave, la mujer del jefe forró un taburete, y las cuencas vacías de sus ojos contemplan ahora el poblado desde su sitial a la entrada de la choza.

Durante la noche, el «espíritu de Mayo» aulló por dos veces, y tumbado en mi camastro, me estremecí. Adonis Lotemonte roncaba a mi lado, pero me costaba trabajo conciliar el sueño. ¿Sería el espíritu de Mayo, o el de aquel desgraciado mitad mono mitad hombre al que habían desollado sin darle la menor oportunidad en esta vida? ¿Era un monstruo, quizá, pero un monstruo que lloraba? ¿De dónde vendría? Aquélla era tierra de gorilas, y cuentan las leyendas que a veces los gorilas raptan mujeres para convertirlas en sus esposas. ¿Podría nacer algo de esa unión? ¿Era eso lo que estaba ahora convertido en taburete, o era quizás un lejano antepasado de la especie humana que se había conservado —sin evolucionar— en lo más intrincado de la selva?

También podría ser Mayo el que aullaba... Aquél era un pueblo de cazadores furtivos, y los furtivos lo mataron. Sus asesinos podían estar durmiendo en la cabaña vecina, temblando al escucharle. África es misterio y superstición, y todo puede ocurrir en una noche de selva. Es de noche cuando los hombres se transforman en leopardos; cuando los caníbales salen a devorar a sus víctimas; cuando la fiera busca la caza... Es de noche cuando las leyendas pasan de boca en boca, el aire se las lleva, cruzan por encima de los más altos árboles, llegan a lo más intrincado de la espesura y allí se convierten en realidad.

Es de noche cuando el hombre ama a la mujer, cuando el elefante come, cuando el amigo asesina al amigo, cuando la gran serpiente silenciosa se desliza en la choza para llevarse al niño.

Pero con el día los colores de la selva revientan y revientan las risas de las mujeres que lavan en el río y el charloteo de los hombres que recogen la cosecha en el cacaotal.

Me despertó un muchachito desnudo, y me saludó el vozarrón de Adonis. Los pisteros habían salido hacia los cuatro puntos cardinales a buscar huellas frescas de «nsok» —el elefante—, y tal vez a la noche volverían con noticias de un buen macho de enormes colmillos.

Pasé la mañana en el cacaotal, viendo a los hombres recoger los gruesos frutos que otros iban partiendo con afilados machetes para extraer las semillas que una vez secas se convertirán en chocolate. Cantaban a coro mientras trabajaban, y era una hermosa escena. Me costaba trabajo creer que entre ellos hubiera asesinos y caníbales, y más aún me costaba admitir que ese trabajo no fuera en verdad más que la fachada de un pueblo carnicero.

Tal vez el griego exageró, o me había engañado. Quiso burlarse de mí contándome todas aquellas historias, cuando en el fondo eran tranquilos campesinos que cantaban mientras reunían semillas de cacao.

Fui a bañarme al río con los niños. Desde lejos, las mujeres se rieron del color de mi piel. Las muchachas se mostraban coquetas y atrevidas, y Adonis me aconsejó que invitara a alguna a pasear al caer la tarde. Si tenía que quedarme varios días, no sería malo buscarme una «novia».

Tras la cena, nueva reunión de los hombres en la «Casa de la Palabra». Nueva botella de coñac y la conversación se centró en la cosecha.

De pronto, de la noche llegó corriendo un hombre. Señaló al Nordeste y dijo:

—Nsok!

Cada cazador se dirigió a su choza a preparar sus armas.

CAPÍTULO XIV

ANIMALES EN LIBERTAD

Faltaban dos horas para el amanecer y ya estábamos en pie y en marcha a través del espeso bosque. Éramos nueve, contando al griego, y presentábamos el más abigarrado aspecto que ofreciera jamás pandilla humana alguna.

Yo «estrenaba» un viejo uniforme de camuflaje que me vendió un paracaidista francés en Chad y cuyo anterior dueño pesaba —a simple vista— sus buenos doce kilos más. Sin embargo, me sentía feliz y «aventurero» dentro de aquella especie de tienda de campaña que se me iba enganchando en cada arbusto. Adonis Lotemonte usaba una prenda parecida —pero a su medida—, y los indígenas evolucionaban del traje caqui del Ejército, al simple taparrabo.

Las armas... ¡Lindo ejército! Un «Mannlicher 475», capaz de tumbar de espaldas a un autobús municipal; un viejo «Máuser» para el que sólo quedaban cuatro balas; varias escopetas cargadas con «balarrasa» y amarradas con cuerdas, y tres lanzas de madera con punta de hierro carcomido.

Habíamos atravesado ya el tercer riachuelo con el agua a la cintura y el sol comenzaba a iluminar la selva, cuando nos sentamos a descansar y comer algo. Me entró sed y eché mano a la cantimplora, pero el que parecía jefe o guía del grupo, un negro alto y delgado que respondía al nombre de Ansok, me pidió que conservara el «agua buena» para más adelante. Buscó con la vista a su alrededor, las ramas de los árboles vecinos, se encaminó a uno de ellos y me dijo que le siguiera.

Escogió una gruesa liana de color marrón rojizo del ancho de mi brazo y la cortó a la altura de mi boca.

—Prepárese a beber cuando corte por arriba —dijo.

Con su afilado machete dio un nuevo tajo como a un metro por encima del anterior, y casi al instante comenzó a manar un agua fresca y agradable, casi carbonatada. Desde mi salida de Fort-Lamy no había probado nada tan refrescante.

—¿Cómo se llama esta planta? —pregunté.

—Liana de agua... —replicó Adonis Lotemonte—. Supongo que tendrá algún nombre científico, pero nadie lo usa. La encontrarás de aquí al sur de Angola y acostúmbrate a reconocerla, porque en más de una ocasión te puede resolver un problema. Huye del agua de los ríos y arroyos, incluso de los manantiales, por muy limpios que te parezcan...

Tiempo después recordaría sus palabras. Beber de un manantial cristalino que surgía de una roca me costó una de las enfermedades más largas y fastidiosas que he soportado nunca.

Terminado el desayuno, continuamos la larga caminata, atravesando malolientes pantanos de «nipa», un barro oscuro y blando en el que nos hundíamos hasta media pierna. «Nipa» es en realidad el nombre que se da a unas anchas hojas con las que se cubren las cabañas, pero que abundan en estos pantanos, caen al barro y allí se pudren, por lo que —a la larga— se ha terminado por denominarlos comúnmente «pantanos de nipa».

Afortunadamente, un par de horas después salíamos a terreno libre: una sabana de altas gramíneas que llegaban a medio muslo, salpicada de grupos de pequeños árboles leñosos de pelado tronco y ancha copa.

Era aquél el más típico de los paisajes africanos —larga llanura calentada por el sol, adormilada por el canto de las chicharras, agitada apenas por una brisa suave y seca—, y a medida que íbamos dejando atrás la selva se iba apoderando de mí la sensación de que ¡al fin! alcanzaba el África de los libros de aventuras de mi infancia.

De pronto Ansok señaló un punto, como a doscientos metros de distancia. Forcé la vista y advertí que algo se movía entre las altas hierbas de color trigo maduro. Todos se habían detenido, mirando hacia allí, y nos llegó, claro, el «crac» de dos objetos duros al golpearse. Comprendí lo que ocurría casi al mismo instante en que el espectáculo se presentó claramente ante mi vista: dos antílopes machos libraban una batalla por el amor de sus hembras.

Podría asegurarlo: aquélla era el África de mis leyendas.

Apresté mi cámara y avancé lentamente. Nunca me había sentido tan nervioso. Tenía la impresión de estar invadiendo un terreno prohibido; violando la Naturaleza; penetrando a escondidas en el más fabuloso de los reinos; el reino de los animales en libertad.

Un paso tras otro, calladamente, mientras mis compañeros quedaban atrás, descansando, indiferentes a un espectáculo para ellos cotidiano. Veinte metros, treinta, cuarenta, y los antílopes continuaban su lucha, avanzando hasta entrechocar sus cuernos para retroceder de inmediato y tomar nuevas fuerzas, instante en que uno de ellos aprovechaba para mugir furiosamente, amenazador, intentando asustar a su enemigo.

Seguí mi camino, disparando la cámara y procurando pasar inadvertido entre las altas matas. Llegué a unos cincuenta metros de distancia, y me detuve a observarlos, fascinado, feliz como nunca; olvidado del grupo que quedaba a mi espalda, a solas con el mundo y con dos machos que libraban la eterna lucha del amor y la muerte como venían haciéndolo sus antepasados, desde que el mundo era mundo, en la soledad de una pradera centroafricana.

Estábamos allí, los tres —actores y testigo—, bestias, Naturaleza y hombre... y el silencio. ¡Dios! Me hubiera quedado para siempre a verlos.

Alcé una vez más la cámara y de improviso se detuvieron al unísono, como si mi olor les hubiese llegado en una ráfaga.

Me miraron, y se dirían el uno reflejo exacto del otro. Apreté el disparador y logré una de las fotos más bellas que recuerdo. La cornamenta en alto, la mirada atenta, las orejas alerta, el hocico venteando... Bajé la cámara y nos miramos. Comprendieron de inmediato que no corrían peligro; que no era un cazador; que sólo quería verlos...

Por un momento fueron mis amigos... Luego, se alejaron despacio, sin miedo, a continuar su discusión algo más lejos, sin testigos, quizás a la sombra de los próximos árboles.

Volví sobre mis pasos. Los indígenas habían reanudado la marcha, y el griego Adonis me aguardaba.

—Si tanto te gustan los animales, con esta gente pasarás un mal rato... —dijo—. Para ellos, el único animal bello es el animal muerto. Los antílopes son piel y cuernos... Los elefantes, marfil; los búfalos, cuero y testuz... Esos dos antílopes siguen vivos porque cerca ronda un elefante de buenos colmillos y no quieren asustarlo disparando sobre bestias pequeñas. Pero mañana, cuando regresemos, si aún siguen allí, acabarán con ellos...

Recuerdo que un *haussa* pedía por una piel de antílope cincuenta francos CEFA —¡diez dólares!—.

¡Dios! ¿Valía la pena destruir una bestia tan hermosa por ¡diez dólares...!?

No. No la valía, pero aquellos pobres salvajes que marchaban ante mí con su desgarbado aspecto y sus armas absurdas, no tenían la culpa de lo que hacían. Para ellos, diez dólares eran una pequeña fortuna, y no inventaron el matar por matar.

Pasado el mediodía alcanzamos una quebrada por cuyo fondo corría un riachuelo. Por todas partes se distinguían huellas de animales que acudían a abrevar, y en la charca del centro, donde el riachuelo se extendía, aparecían claras, enormes, las pisadas del paquidermo.

Sus huellas eran como bandejas de más de cuarenta centímetros de diámetro, profundas y frescas, húmedas aún en su fondo; inconfundibles.

—Aquí se estuvo bañando esta mañana —señaló Ansok—. El agua aún está revuelta, porque anduvo sacando barro del fondo.

El elefante centroafricano acostumbra bañarse muy temprano, y cuando termina, busca fango y con la trompa se lo extiende por el cuerpo, para librarse así de los insectos. Esa costra se le va secando y cayendo a lo largo del día, y a la mañana siguiente él mismo se libera de los residuos, sustituyéndola por una nueva. Su «aseo diario» suele durar una o dos horas, según el calor reinante.

Otro de los indígenas, un viejo armado de una lanza, descubrió en lo alto de la quebrada un enorme montón de excrementos de la bestia, y sin dudarlo un instante, introdujo dentro la mano, intentando descubrir algún calor, para calcular de ese modo el tiempo que llevaba allí.

—No más de cuatro horas —sentenció.

—Se fue hacia el Sur...

Y desde el gran mojón de estiércol seguimos las huellas hacia el Sur, por una pradera que se llenaba más y más de vida, aunque esa vida, en el calor de la tarde, buscaba refugio bajo los copudos árboles...

África estaba quieta...

Era la hora de la siesta. Si las bestias dormían o no, no podrían decirlo, pero lo cierto era que permanecían inmóviles a la sombra, como estatuas, y a menudo varias especies distintas se agrupaban cabeza con cabeza, grupa con grupa.

Abundaban las cebras y los antílopes, que parecían convivir en la mejor de las armonías, y cerca dormitaban los ñus, cuyas colas no cesaban de espantar moscas un solo instante.

Más tarde comenzaron a hacer su aparición —sobre la copa de los arbustos— las afiladas cabezas de las jirafas que observaban nuestra marcha unos instantes para protegerse de nuevo con la sombra de las más altas ramas.

Éramos lo único que se movía en la pradera.

Bajo un sol que amenazaba derretirme las ideas, con la garganta seca y los pies ardiendo, maldije la ocurrencia de perseguir a un elefante andarín.

Me hubiera gustado quedarme allí y esperar que aquel mundo quieto comenzara a agitarse y a cobrar vida para asistir al diario milagro de África a la caída de la tarde.

Mas para mis compañeros —el griego incluido— no había tal milagro; no había más que el hecho de que pronto el sol comenzaría su descenso y eso quería decir que se perderían las huellas. Y el elefante, que nunca se detiene —que apenas duerme—, ganaría toda una noche de camino.

Apretaron el paso. Un nuevo montón de excrementos marcó el tiempo que nos llevaba por delante: apenas una hora. Tal vez si se había detenido a comer algo, estaría ya cerca. La marcha se volvió endemoniada, y por unos instantes llegué a temer que me dejarían atrás. No me sentía capaz de soportar mucho tiempo aquel ritmo inhumano.

El sol comenzó a descender; ante nosotros apareció una barrera, un terreno abrupto de pequeñas montañas de cinco metros de altura desparramadas que desalineaban la llanura. Eran las grandes termiteras africanas que aquí —no sé por qué— abundan más que en cualquier parte. Teníamos que rodearlas en un continuo zigzag, que hacía más largo el camino. En algunos puntos las patas del elefante las habían aplastado, y se podía ver las obreras luchando afanosamente para remediar el mal causado, antes de que el sol africano afectara la suave oscuridad de los mil pasadizos de sus enormes viviendas.

Al salir de las termiteras nos topamos —a no más de veinte metros— con una gran manada de antílopes de todo tipo, que pastaban tranquilamente. El viento venía de cara y no les había llevado nuestro olor, por lo que continuaron su tarea sin prestarnos mayor atención.

Seguimos adelante. Yo no había caminado tanto en mi vida. La pradera comenzó a agitarse, a cobrar vida, pero me costaba trabajo ver más allá de la punta de mis botas. Tenía el corazón en la boca, los pulmones colgados de un árbol y las piernas insensibles, andando como un autómata, sin que interviniera para nada mi inexistente voluntad.

Mi enorme traje de paracaidista, empapado de sudor, pesaba como manta mojada, y a cada minuto yo era más pequeño y el maldito traje más grande. Cuando el viento llegaba de frente, era como si anduviese por el mundo tirando de la carpa de un circo.

Un chacal acababa de cazar una liebre y nos vio pasar mientras la devoraba a la sombra de un matojo. Ansok señaló hacia unas hierbas altas, a la izquierda, y murmuró:

—Leones.

Pero por más que agucé la vista sólo distinguí algo de color pardo que se alejaba. Podía ser un león, o un antílope que arrastraba la tripa por el suelo.

Alcanzamos un nuevo grupo de árboles junto a una cañada por la que corría un hilo de agua. Ansok buscó afanosamente, estudió detenidamente las huellas del elefante, que había cruzado el arroyuelo, siguiendo hacia el Sur por la orilla opuesta y, al fin, se dejó caer abatido junto a un tronco.

—Era nuestra última esperanza de que se detuviera hoy —dijo—. Esta noche ya no lo encontraremos. Mañana, muy temprano, lo alcanzaremos cuando se esté bañando.

Me lavé los pies en el arroyo y me tumbé en la hierba, a esperar la hora de la cena, que preparaba el viejo.

Dos minutos después dormía como un tronco, y no me hubiese despertado ni el mismísimo elefante.

Capítulo XV

MUERTE EN LA PRADERA

Tenía razón Ansok, y había leones cerca.

Toda la noche rugieron, molestos porque habíamos acampado en la cañada, junto al arroyuelo que constituía el abrevadero de su territorio y su punto de caza predilecto.

No tuve, sin embargo, de sentir miedo. Me encontraba demasiado cansado y no me hubiera importado que un león me comiera, con tal de que lo hiciera en silencio; sin despertarme.

También abundaban las hienas, los chacales y toda clase de bichos, pues aquel rincón del Camerún ofrecía la mayor abundancia y variedad de bestias libres que haya podido encontrar en mi vida, exceptuando los grandes parques nacionales.

A las cuatro de la mañana estábamos nuevamente en pie; nuevamente tras la huella de «nsok», el elefante. Sobre las nueve alcanzamos la charca en que había tomado su baño diario, y muy cerca, los excrementos aún humeaban. Los indígenas se miraron, y advertí que sus expresiones iban de la satisfacción por saberse cerca de la presa, al miedo ante la realidad de que al fin iban a enfrentarse, una vez más, a la gran bestia.

Al reanudar la marcha advertí que Ansok tomaba la delantera, portando el «Mannlicher 475», probablemente uno de los rifles más potentes que existen, y a mi modo de ver, el más seguro para matar a un elefante, si éste no se encuentra demasiado lejos.

Muchos aficionados prefieren el «Springfield 220» o el «Máuser», que les permite un disparo más lejano y más rápido, pero esas armas tienen la desventaja de que si no se acierta exactamente en el cerebro, el animal suele escapar simplemente herido, para convertirse entonces en un peligroso asesino deseoso de venganza.

Esa plaga de cazadores aficionados, que casi nunca suelen tener valor para aproximarse a un elefante a menos de cincuenta metros, han sembrado África de elefantes heridos, y ello ha contribuido a darle a este inofensivo animal una injusta fama que jamás hubiera alcanzado de otro modo.

Mi buen amigo Gianni Roghi, enviado especial de *Oggi* y *L'Europeo*, magnífico periodista, brillante investigador y representante de Italia en el Primer Congreso Mundial de Actividades Subacuáticas —donde nos conocimos—, murió aplastado por un elefante al que estaba fotografiando. Se comprobó luego que el animal tenía una vieja bala incrustada bajo un colmillo, lo que debía ocasionarle tan irresistible dolor, que acabó enloqueciéndolo.

Ansok sabía muy bien que es muy difícil matar de lejos con un «475», arma de cañones paralelos y bala demasiado pesada. Sabía también que en aquellos tiempos era prácticamente imposible conseguir ese tipo de municiones en el Camerún, y debía mostrarse muy avaro con las pocas que le quedaban. Su compañero, el propietario del «Máuser», no disponía ya más que de cuatro balas, y el día que las consumiera tendría que guardar su arma, quizá para siempre. Por ello se conservaba en segundo término, listo para entrar en acción únicamente en caso de extremo peligro.

Marchamos de ese modo, en fila india, durante poco menos de una hora. Las huellas indicaban que se trataba de un buen macho; un animal que tendría por lo menos cincuenta kilos de marfil en los colmillos, lo que hoy en día es ya una cifra respetable. Los gigantescos elefantes de increíbles defensas de más de cien kilos, desaparecieron hace años de la mayor parte de la superficie de África.

Bruscamente, las huellas giraron hacia el Norte, y se adentraron en una suave colina cubierta de arbustos, matojos y unas altas gramíneas que llegaban casi a la cintura. Ansok señaló hacia la cumbre y dijo sin sombra de duda:

—Ahí está.

Luego estudió el viento y pareció satisfecho al advertir que llegaba sesgado hacia nosotros. Resultaba muy difícil que le llevase nuestro olor a la bestia.

Avanzamos en silencio. Ansok, unos metros delante; los demás, abiertos en semicírculo, procurando agitar lo menos posible la vegetación.

A los diez minutos, allí donde antes no había más que arbustos, apareció, como un fantasma, la mole del elefante, que nos observaba. Estaría a unos sesenta metros, y en verdad que no podría decir de dónde había salido: era como si de pronto hubiese crecido de la nada.

Me detuve y disparé mi cámara. Aunque parezca increíble, el ligero «clic» debió de llegar hasta él, porque agitó sus enormes orejas. Ansok y los demás indígenas continuaban avanzando. El griego Adonis se había detenido, y yo continué al paso de los indígenas, con la cámara dispuesta, aunque uno de ellos —que también había oído el «clic»— me lanzó una mirada reprobadora.

La bestia no parecía alarmada. Nos miraba, y eso era todo. Agitaba el aire con los gigantescos abanicos de sus orejas y tenía la vista clavada en Ansok, que iba primero.

Llegamos a unos cuarenta metros —tal vez menos—, y todos se detuvieron. Ansok se echó el «475» a la cara y apuntó cuidadosamente. Los restantes indígenas aprestaron sus armas, y los que llevaban únicamente lanza las alzaron sobre sus cabezas, listos para dar una corta carrera y arrojarla en el momento preciso. El gran macho pareció inquietarse por primera vez. Sus menudos ojillos iban de uno a otro. Cuando me miraron directamente, apreté de nuevo el disparador y en lugar del «clic» acostumbrado escuché el estruendo increíble del «Mannlicher», que atronó la llanura.

Di un salto; el estampido me había dejado sordo unos instantes y, aún desconcertado, hice un esfuerzo para correr la palanca de la cámara y tomar una nueva foto.

Cuando miré a través del objetivo, tan sólo había gritos.

El elefante no estaba, y en su lugar aparecía únicamente la columna de polvo que había levantado al caer pesadamente. Los gritos eran de mis compañeros, que saltaban de alegría. Un solo disparo, uno solo en el centro de los ojos había acabado con los casi cinco mil kilos de vida de «nsok». Cuando nos aproximamos, estaba definitivamente muerto y parte de su masa encefálica escapaba por la punta de la trompa. Había caído de rodillas, clavando las defensas en tierra, lo que significaba que era el disparo más perfecto que se podía lograr. Cuando el elefante se desploma de ese modo, es como cuando se apuntilla a un toro, da un salto y aterriza sobre su vientre, muerto en una décima de segundo.

La sangre aún estaba caliente, pero ya el grupo se había lanzado sobre la bestia como bandada de buitres y comenzaba por arrancarle, ante todo, las defensas. Otros, con un hacha, le cortaban las patas para convertirlas luego en papeleras, y el más viejo se entretenía en desencajarle las gigantescas muelas, que algún turista usaría más tarde como pisapapeles.

El espectáculo me pareció repugnante; habían acudido centenares de moscas, y los buitres comenzaban a girar en el calor del mediodía, listos a caer sobre el cadáver en cuanto los hombres se apartaran. Decidí alejarme colina abajo, hacia un arroyuelo que habíamos cruzado media hora antes.

Adonis Lotemonte, el griego, vino conmigo. Allí esperamos tranquilamente mientras, a lo lejos, los indígenas continuaban su macabra tarea.

Señaló hacia la nube de rapaces que giraban nerviosas en el aire.

—Éste es el peor momento —dijo—. Esos buitres pueden llamar la atención de cualquier patrulla del Ejército que se encuentre por los alrededores, y saben bien lo que significa. En un instante caen sobre los que están desollando al elefante y no se lo piensan a la hora de disparar. A veces se entablan auténticas batallas.

—Creí que el Gobierno no tenía tiempo de ocuparse de los cazadores furtivos.

—El Gobierno no, pero los oficiales sí. No intentan detener a los cazadores, sino apoderarse del marfil. El capitán del puesto de Yakadouma me vendió en cierta ocasión catorce defensas que había obtenido de ese modo... Y en el fondo... ¿Quién puede culparle? Hacía ocho meses que el Gobierno no pagaba los sueldos a sus funcionarios. De algún modo tenía que vivir...

—Acabarán con sus países antes de haber aprendido a ser independientes...

—¿Y quién ha dicho que aprenderán algún día...? —replicó—. Yo no soy racista, y los griegos nos acostumbramos, hace siglos, a no ser colonialistas. Pero, conociendo como conozco a esta gente, considero que ha sido absurdo concederles la independencia. Se comerán sus elefantes, se comerán sus antílopes, se comerán sus jirafas y sus cebras, y al final se comerán entre ellos.

—El colonialismo tampoco era la fórmula... Usted lo sabe. No era más que una explotación inicua, sin ofrecerles a cambio nada que valiera la pena.

—El que algo quiere, algo le cuesta. África estaba pagando con materias primas su aprendizaje. Cuando Europa se repartió este continente en 1885, aquí no había absolutamente nada. ¡Salvajes! Salvajes con mil años de atraso... Las metrópolis se llevaron mucho, estoy de acuerdo, pero también fue mucho lo que trajeron... No eran filántropos, y querían cobrar en marfil, oro y caucho las enseñanzas que prodigaron... Es el precio lógico que el maestro exige al discípulo. Pero los discípulos creyeron que ya lo sabían todo cuando apenas habían comenzado a leer y escribir...

—¿Y qué podían hacer...? ¿Soportar cincuenta años más de imperialismo...? Mire a su alrededor... Esto es África: el África auténtica... ¿Qué ha aportado los europeos? —señalé a los buitres—. Sólo eso: enseñar a matar inútilmente; a acabar con toda riqueza... Antes, un elefante muerto daba de comer a toda una tribu durante un mes... Ahora no es más que un par de colmillos de adorno, cuatro papeleras y un montón de carroña para los buitres... Nadie vendrá a aprovechar esa carne, porque estamos demasiado lejos de cualquier poblado, y porque los que lo han matado se librarán de dar la noticia... Resultado: carroña...

—¿Y cuánto pagará usted por ese par de colmillos...? Veinte dólares... Treinta, como mucho... En definitiva, los blancos hemos enseñado a los africanos a cambiar su comida de un mes por veinte dólares, que se gastarán luego en ginebra... La verdad; no me parece que hayan salido ganando... Y pronto no quedará en el continente un solo elefante. Ni para comer, ni para marfil...

—¡Quizá sea lo mejor...! ¿Tiene idea de lo que consume un elefante...? Cuando invaden de noche una plantación de maíz, son capaces de acabar, de una sentada, con toda una cosecha... ¡Quinientos kilos diarios se traga una de esas bestias...! También la comida de un mes de toda una tribu...

—Pero son minorías los que invaden plantaciones... La mayor parte se conforma con ramas tiernas, frutas y raíces inútiles al hombre... Es como si me dijera que porque una cabra se mete en una casa y se come un fajo de billetes, hay que acabar con todas las cabras...

Ansok y el indígena del «Máuser» regresaron. Venían cubiertos de sangre y se lavaron en el riachuelo. Luego tomaron asiento a nuestro lado.

—Debemos irnos —señaló el guía—. Ellos se encargarán de llevar las defensas y las patas al poblado... Nosotros podemos seguir las huellas que vimos esta mañana. Son búfalos... Muchos búfalos, y alguno muy grande... Van hacia el Nordeste...

Yo no había visto nada, pero di por descontado que si Ansok decía que los búfalos eran grandes, lo serían.

—Lo prefiero a ir con los de las patas y los colmillos —indicó el griego—. En marcha...

Y en marcha nos pusimos, dejando a nuestra espalda la nube de buitres y el montón de carroña, avanzando ahora mucho más aprisa que a la ida, pues el guía no siguió la tortuosa ruta que habíamos traído en pos del elefante. Cortó directamente hacia el punto en que suponía debía de encontrarse, a aquellas alturas, la manada de búfalos.

Consulté el reloj; era apenas la una de la tarde y el calor se estaba volviendo insoportable... ¡Largo día aquél! Tantas cosas habían ocurrido y, sin embargo, era la hora en que yo, a veces, cuando estudiaba, me levantaba de la cama.

Largos son los días en África, y anchas sus praderas. A veces creo que allí se vive el doble que en cualquier otra parte, porque se está más cerca de la vida y de la muerte, de la Naturaleza y aun de los mismos hombres.

Y se está más cerca de los propios pensamientos cuando se marcha en silencio, horas y horas, siguiendo los pies descalzos de un pistero que marca el paso infatigable.

Dormían otra vez cebras y antílopes, juntos, a la sombra, y de nuevo las jirafas asomaban la cabeza sobre las copas de los arbustos, redondeadas de tanto triscarlas. Un zumbido de chicharras calentaba el ambiente. De tanto en tanto, en oleadas, un rumor de miles de insectos cantando subía de tono hasta alcanzar un límite casi insoportable, para descender luego nuevamente, como si de pronto el mar se retirase.

—Es el «ruido de la muerte» —comentó el griego—. Unos productores de cine se pasaron un mes aquí captándolo con aparatos especiales, para reproducirlos luego en una película de terror. Creo que los espectadores salían con los nervios destrozados...

Me alegré cuando el ruido cesó, no sé si porque dejamos atrás la zona en que vivían los insectos o porque con el declinar del sol y las primeras brisas perdieron su deseo de cantar a coro.

Sobre las cuatro y media, Ansok se detuvo y señaló hacia delante, al otro lado de una línea de arbustos:

—Los huelo —dijo—. Están pastando allí detrás...

Dimos un gran rodeo, y cuando al fin salimos de la maleza, nos encontramos a unos doscientos metros de la manada.

Había más de un centenar de búfalos y se movían lentamente, levantando nubes de polvo de la tierra seca. Pastaban tranquilos, y sus figuras negras, macizas, de casi mil kilos en algunos casos, resultaban realmente impresionantes.

Miré a Ansok con su «Mannlicher» y a su compañero con el liviano «Máuser», y me pareció que aquello era ridículo. ¿Cómo pensaban enfrentarse, con semejantes armas, a toda una manada de búfalos salvajes...? Si se lanzaban sobre nosotros, sería como si nos pasara por encima un escuadrón de tanques...

Continuamos avanzando contra la suave brisa, y disparé un par de veces la cámara, pero dejé de hacerlo porque me dio la impresión de que su «clic» sonaba atronador y provocaría la desbandada de las bestias. Busqué un posible refugio, pero los árboles resultaban absurdamente pequeños. Estábamos totalmente al descubierto y a menos de cien metros de los primeros animales.

—Esto es una locura —murmuré—. Nos van a convertir en felpudo...

Ansok no me había entendido, pero poco a poco comenzó a desviarse hacia la izquierda, dejando a un lado la manada, buscando un enorme macho solitario que aparecía apartado hacia el Norte.

Fuimos tras él, mientras los demás seguían pastando. El animal nos descubrió cuando nos encontrábamos a unos cincuenta metros, pero no pareció inquietarse. Tenía una hermosa frente, con enormes cuernos, y era mucho más grande que el mayor toro que yo hubiera visto en mi vida.

Durante unos instantes nos observó muy quieto. Luego, cuando Ansok avanzó de nuevo hacia él, soltó un prolongado mugido de advertencia y siguió su lenta marcha. El pistero avivó el paso y nos hizo un gesto para que nos quedáramos quietos. Yo no quitaba los ojos de la manada, que había quedado a unos cuatrocientos metros. Si el disparo la atraía hacia nosotros, en cinco minutos pasarían por encima como un tren rugiente. Seguía sin existir lugar en que buscar refugio.

Ansok comprendió que no podía aproximarse más, se echó al suelo, buscó apoyo para su pesado «Mannlicher» y, tras unos segundos que me parecieron horas, apretó el gatillo.

El estampido atronó la pradera y llegó hasta la manada, que volvió grupas y se alejó trotando entre nubes de polvo.

El gran macho pateaba en el suelo, agonizando, con un enorme boquete en el cuello, del que manaba un caño de sangre. Ansok llegó hasta él y lo remató a machetazos.

Yo me senté a la sombra de un matojo, cansado de la muerte.

Capítulo XVI

DE LA CHOZA, AL RASCACIELOS

Me sentí feliz cundo dejamos atrás el poblado de los cazadores furtivos.

Adonis Lotemonte también se sentía feliz, aunque me daba la impresión de que su satisfacción se debía a llevar en el jeep —bien escondidos— los colmillos del elefante y los enormes cuernos del búfalo.

—Los venderé en Douala —dijo—. Por allí pasan barcos, y los tripulantes suelen ser buenos clientes... Sobre todo, los rusos. Compran colmillos de elefantes, pieles, figuritas de marfil, cabezas disecadas... A cambio, ofrecen caviar, vodka, whisky escocés, relojes suizos... Ya cuando se grita: «¡Que vienen los rusos!», nadie aguarda una invasión armada... Ahora todos esperan una horda de marineros cambalacheros que se gastan cuanto ganan en las tabernas y las casas de prostitución del barrio indígena... Ya verás... Douala es una de las ciudades con más prostitutas por metro cuadrado de todo el continente... Todo Douala es como una Via Véneto de Roma, pero en negro.

Tenía razón el griego, y con los años el problema de Douala aumentó. Durante mi último viaje al Camerún, en 1971, Douala había sustituido a Dakar, en Senegal, como capital del vicio africano. A partir de la caída de la tarde, las cercanías del puerto y el centro de la ciudad se convertían en una sucursal de los mejores tiempos de la parisiense plaza Pigalle, y oscuras muchachas de llamativas minifaldas, rojas y verdes, daban su precio en dólares, francos, libras, marcos o rublos.

También abundaban los borrachos y los drogadictos, pues el problema mundial de la droga no ha dejado a un lado a la juventud de color. Algunos muchachos negros apenas han salido de la selva y ya vuelan a mundos fantásticos de la mano del LSD y la marihuana.

Como resultado, la delincuencia juvenil —que hasta hace unos años parecía un lujo reservado únicamente a los países superindustrializados— está afectando también a los subdesarrollados, y no resulta difícil encontrar en las ciudades africanas pandillas de rebeldes sin causa, ladronzuelos, salteadores y explotadores de mariposas nocturnas.

El cine ha contribuido en mucho a este proceso. África admira ahora al James Dean o al Marlon Brando de hace veinte años, y sus muchachos imitan sin reservas a los duros de gesto agrio y chaqueta de cuero.

No importa que el cuero tenga que ser sustituido por plástico de baja calidad que hace sudar a mares en el calor del trópico; no importa, tampoco, que —casi siempre— la moto tenga que limitarse a la más modesta bicicleta... Lo que importa es que las condiciones: vida difícil, drogas, vicio y mal ejemplo, están a mano, y eso es lo que lleva, pronto o tarde, a hacer de los barrios africanos una triste sucursal de los puertos de Nueva York.

Sin embargo, durante mi primera visita a Douala, las cosas no habían llegado aún a tal extremo, y eran otros los problemas que procupaban a la ciudad y al país. La lucha por la independencia había sido en Camerún más violenta y sanguinaria que en ninguna otra parte del África Occidental, y en los dos o tres años que precedieron al 1.º de enero de 1960, bandas de fanáticos aterrorizaron a los residentes blancos, asesinándolos u obligándolos a salir del país. De los diez mil que existían en un principio no quedaron, al fin, más que ochocientos.

Los supervivientes de aquellos tiempos recordaban con espanto cuando en sus casas, en los automóviles o bajo el mostrador de sus comercios, debían tener siempre al alcance de la mano una ametralladora.

—A veces —contaban— veíamos llegar los comandos de la UPC (Union des Populations du Camerún) en pleno día, con su camisa azul y su pantalón caqui. Llevaban al cuello, en una bolsa de amuletos, una efigie de Stalin, otra de su jefe, Moumié, y un llavero que según ellos los libraba de la muerte. Venían como locos, borrachos de una droga que hacían a base de maíz fermentado y raíces amargas, y no les preocupaba en absoluto la muerte. Aquí, en esta esquina, en el corazón mismo de la ciudad, matamos doce una mañana.

Por fortuna, aquella época quedó atrás. Se logró la independencia, Stalin murió, Moumié fue envenenado en Ginebra, los llaveros volvieron a las tareas propias de su condición y, en febrero de 1962, Douala era como un tranquilo pueblo de montaña, con hermosos rincones en los que grandes villas se ocultaban tras frondosos jardines y tupidos árboles, todo entre rumor de hojas, susurrar de ramas y canto de pájaros.

¿Cómo es posible un lugar semejante en el corazón de África, junto a un puerto tan sucio como el de la desembocadura del río Wouri? Ése es uno de los misterios del Camerún, pero puedo asegurar que es la impresión que Douala produce al viajero. Douala no recuerda el abandono de Monrovia, la monstruosidad de Lagos o la desolación de Fort-Lamy. Altas palmeras y frondosos árboles parecen proteger constantemente los viejos caserones de piedra del barrio residencial, y en el centro, en Akwa o junto al puerto, los grandes edificios modernos lo son sin estridencias, y los comercios, los policías, el tráfico e incluso las «caminadoras», parecen querer adaptarse a la fisonomía de la ciudad y al país de las selvas y el ancho Wouri, bajo cuyos puentes dormitan cocodrilos de seis y siete metros.

En Douala apenas existen monumentos, como no los encontramos en casi ninguna otra ciudad de esta parte de África, demasiado joven aún para historia y estatuas. El más antiguo data de hace setenta años, y es la tumba del Gran Jefe Bell, viejo cabecilla rebelde, ahorcado por los alemanes. También existe un monumento a los caídos en la guerra del 14, mohoso y desconchado, frente al palacio del Gobierno.

La historia de Douala es de triste recuerdo. Aquí montaron los holandeses, a fines del siglo XVI, una factoría que luego se convirtió en puerto de esclavos, de donde salieron, encadenados, miles de infelices que jamás volverían a ver sus hogares.

La esclavitud ha sido siempre uno de los grandes males del Camerún, y los señores feudales del interior, lejos de las rutas comerciales y las carreteras, continúan disponiendo de cientos de esclavos cuyo destino no ha mejorado en cuatro siglos.

Mas, pese a ello, al canibalismo, a la lepra, a la malaria y al calor, podría decirse que Camerún es un país simpático, en el que el extraño se encuentra mucho más a gusto que en otros lugares vecinos más tranquilos.

¿Por qué? Eso es algo que nunca he podido explicarme, pero lo cierto es que Camerún me gusta, como gusta a casi todos los que lo conocen.

Pocas cosas para mí tan agradables como sentarse al atardecer bajo un cocotero y contemplar la puesta del sol sobre el estuario del Wouri, al pie del gigantesco Monte Camerún, que con sus cuatro mil seiscientos metros parece presidir siempre —sin perder un solo detalle— la vida nacional. Mosquitos enormes, como aviones de caza, vienen a molestarnos con sus largos aguijones, pero poco caso se les hace ante la fascinación de las mil tonalidades que va tomando el cielo. Durante toda la tarde suele llover sobre Douala, y la ciudad rezuma agua, pero hacia las cinco el sol se abre paso entre las nubes para teñirlas de un rojo violento.

Instantes después, cuando ya el sol se oculta por completo en el mar, más allá de la isla de Fernando Poo, el Wouri cobra una tonalidad ceniciente, rota acá y allá por las luces de las piraguas indígenas que se retiran a sus chozas de las orillas.

El «Hotel des Relais Aeriens», con su magnífica situación sobre el estuario y sus azafatas de compañías aéreas que se detenían un par de días en su eterno volar de pájaros sin nido, me pareció, por tanto, el lugar más apropiado para quedarme a poner en orden mis ideas y hacerme una composición de lugar de cuanto había visto hasta el momento.

Debía tener en cuenta, además, el estado de mis finanzas y calcular mis posibilidades de continuar adelante o la necesidad de regresar a Europa, a punto ya de liquidar mis ahorros de años.

Había reunido, a mi entender, un material suficientemente valioso como para interesar a alguna revista, aunque, a mi modo de ver, aún me faltaba algo en lo que no había sido capaz de profundizar suficientemente.

No deseaba en modo alguno que mi visión de la Nueva África se limitara a las cacerías de elefantes, el tráfico de esclavos, los problemas políticos o las secuelas de la colonización.

La auténtica Nueva África era, más bien, la que me rodeaba allí, en Douala, y que había encontrado en Monrovia, Abidjan, Lagos o la misma Fort-Lamy. Era el África del choque brutal entre el primitivo hombre de la selva y el complejo mundo de las ciudades modernas.

El África de hoy se agolpa en las ciudades, algunas reúnen en su interior más gente que cientos de kilómetros a su alrededor, y en todas pueden encontrarse los mismos barrios miserables, en los que se amontonan millares de seres humanos en ínfimas condiciones de vida.

¿Por qué eligen esta miseria en lugar de volver a sus tradicionales formas de existencia en las selvas y praderas vacías? Con un 25 % de la superficie cultivable de la Tierra, África tan sólo mantiene a un 7 % de su población total, mientras el Asia tropical, por ejemplo, tiene que mantener a un 27 % de la población del Globo con únicamente un 8 % de la superficie cultivable de nuestro planeta. Quiere eso decir que el continente negro ofrece extraordinarias posibilidades para la agricultura y el nativo no debería radicarse en las ciudades sino, por el contrario, buscar su futuro en el campo.

¿A qué se debe el éxodo hacia el hambre y los problemas de las grandes urbes industrializadas? Tan sólo existe una respuesta: el vicio.

El indígena africano no sabía lo que era el vicio, ni tan siquiera la simple diversión. En sus selvas y praderas llevaba una existencia sencilla y sin grandes fantasías, pero descubrió en las ciudades una forma de vida que por desconocida ejercía sobre él una fascinación irresistible.

El africano es como un niño al que de pronto se le han mostrado cosas para las que no estaba preparado, no por falta de capacidad, sino por falta de costumbre. Su reacción espiritual fue tan confusa, que jamás se pudo predecir cómo iba a comportarse frente a un estímulo.

El alcohol, el cine, los automóviles y su velocidad, el juego, las drogas, la prostitución... todo surgió ante el indígena de la noche a la mañana, y lo sacó de sus selvas con la misma fuerza con que un imán atrae las limaduras de hierro.

Ni siquiera la prostitución que encontró ahora en las ciudades era igual a la de su lugar de origen. En la tribu, prostitutas no eran más que aquellas mujeres —viudas o separadas de su marido— que esperaban una nueva oportunidad de contraer matrimonio.

Su actividad, necesaria para vivir, no estaba en absoluto mal considerada por sus vecinos, que tan sólo les exigían discreción, no tratar con hombres casados y procurar no tener hijos. Jamás debían intentar atraer clientes con nuevas experiencias o ropas y gestos provocativos, y tampoco padecer enfermedades, ya que la sífilis fue uno de los muchos regalos que el hombre blanco hizo, en su día, al africano.

Sin embargo, con el éxodo hacia las ciudades —sobre todo de hombres jóvenes—, las mujeres se encontraron muy solicitadas, a menudo en proporción de ocho a uno, lo que dio como fruto un desmesurado desarrollo de esa prostitución e incluso del adulterio, antes poco corriente entre los nativos. Las leyes tribales castigaban duramente, incluso con la muerte, el adulterio, pero la relajación del sistema en las ciudades dio lugar a una promiscuidad y una inmoralidad tan acentuada, que llegó a escandalizar al europeo.

Como era de esperar, las enfermedades venéreas causaron pronto estragos, hasta el punto de que hoy, siete de cada diez prostitutas africanas están infectadas.

Por su parte, el hombre, el nativo que llegaba de la selva o la pradera, se establecía en un principio en los arrabales de la gran urbe, lejos del auténtico núcleo urbano, procurando unirse siempre a los que le resultaban más afines por pertenecer a su propia tribu, raza o creencia. Conservaba aún su respeto por las viejas tradiciones, las leyes y los dioses, y esto le contenía y le ayudaba a luchar por su ideal, recordando siempre a los que habían quedado en la aldea.

Sin embargo, el tiempo, el hambre y la miseria, le hicieron ir perdiendo, poco a poco, la fidelidad a su origen para convertirse lentamente en un ser hosco y solitario al que nada importaba fuera de sus propias necesidades y su hambre.

Con la ruptura de sus raíces, venía el desmoronamiento de su moral, por lo que, al fin, la mentira, el robo e incluso el asesinato entraban a formar parte de su vida.

La ciudad había destruido por completo al hombre.

El hombre, en África, no estaba preparado para la ciudad.

Pasar de la choza al rascacielos es un salto en el que resultaba muy fácil estrellarse.

Capítulo XVII

GORILAS

A principios de junio, con el final de las grandes lluvias —si es que alguna vez acaban allí las lluvias—, me encontraba en Bata, capital de la provincia de Río Muni, una de las dos que formaban la Guinea Española, tras haber pasado una corta temporada en la otra, Fernando Poo, un auténtico lugar paradisíaco a ratos, contemplando desde la terraza del hotel el monte Camerún, justamente por el lado opuesto al que lo había estado viendo desde Douala.

¡Qué satisfacción hablar nuevamente mi propio idioma, entenderme fácilmente con blancos y negros, no tener problemas a las horas de las comidas y la posibilidad de ir al cine sin miedo a no comprender la mitad de los diálogos!

¡Qué placer encontrar el viejo sabor de los guisos, los vinos conocidos y los cigarrillos familiares...!

Era como volver a casa, aunque el clima, el paisaje y los nativos no se diferenciasen demasiado de los del resto de África que acababa de dejar atrás.

Daba gusto sentarse en un bar, cara a la playa, y pedir un chato de vino de Jerez, aunque lo sirviera un *boy* negro y no un camarero gaditano.

¡Manzanilla y camarones; calamares fritos y callos a la madrileña; valdepeñas y fabada asturiana...! Era en verdad como un pedazo de España en el corazón del bosque africano...

Encontré allí viejos conocidos, oficiales que habían estado antes en el Sáhara de los buenos tiempos; compañeros de la Escuela de Periodismo; tripulaciones de «Iberia» que hacían una corta escala de un paz de días llegando desde Madrid, o que residían permanentemente en Guinea, cubriendo el servicio diario Bata-Santa Isabel de Fernando Poo.

En la isla me había tropezado también con dos de mis antiguos alumnos de submarinismo del *Cruz del Sur* que se dedicaban a la recuperación y desguace de barcos naufragados en aquellas costas siempre peligrosas. Juntos fuimos a pescar a una preciosa ensenada, donde tuvimos un desagradable encuentro con los tiburones.

Entre los tripulantes de «Iberia» conocería a alguien con quien más tarde habría de unirme una firme amistad, y con el que recorrería en aquellos días todo el interior del territorio.

Mi primer trato con él fue a través de una partida de póquer en la que, como era normal en él, nos «limpió» a todos. Mario Corcuera —por aquel entonces comandante de «Caravelle»— era el mejor jugador de póquer con que me hubiera tropezado jamás. Frío, sereno, impenetrable, astuto, desalmado e inmisericorde, era capaz de sacarle el pellejo a quien se pusiera frente a él con las cartas en la mano, hasta el punto de que podría muy bien dedicarse al juego como profesional si no tuviera su carrera de piloto.

Lógicamente, aquella primera noche me resultó particularmente antipático, no sólo por el hecho de haberme ganado, sino porque supe que se encontraba en Guinea dedicado a su deporte favorito: cazar elefantes.

En aquellos días yo ya despreciaba, por no decir odiaba, a todo el que se dedicaba a asesinar animales, y cuando al día siguiente me lo encontré en un bar y salió a relucir el tema, no pude menos de decirle lo que pensaba.

No pareció molestarse por ello.

—Cada cual es muy dueño de tener su opinión

—admitió—. Pero si vieras lo que es perseguir durante tres días un elefante por lo más intrincado de las más espesas selvas, y acabar matándolo a menos de cuatro metros de distancia, sabiendo que, si fallas, eres hombre muerto, tal vez pensarías de otra forma.

—No veo por qué... —señalé—. Siempre es un asesinato.

—En absoluto... —negó—. Asesinato es cazar en pradera, a sesenta o cien metros de distancia, a menudo con un rifle con mira telescópica y un jeep para salir huyendo si las cosas se ponen difíciles... Eso es un crimen, y también a mí me repugna. Pero cazar en selva, no... En selva el animal tiene tantas o más oportunidades que tú, pues está en su ambiente y cuenta con todas sus defensas. El elefante averigua pronto que le vienen siguiendo la pista, y desde ese momento pone en práctica todas sus artimañas para sorprender. Y en el momento supremo, cuando tienes que aproximarte metro a metro para lograr distinguirlo en la espesura de la selva, la bestia cuenta con su oído y su increíble olfato. Si en este instante ataca a través de la vegetación, lo arrasa todo y te aplasta sin tiempo de echarte el fusil a la cara.

—Bien... —admití—. Aunque así sea... ¿Por qué tienes que perseguirlo y matarlo? ¿Qué mal te ha hecho...?

—Ninguno, desde luego —reconoció—. Pero todos los elefantes que yo cazo están condenados a muerte. Únicamente persigo aquellos que acostumbran asaltar los campos de los indígenas, arrasando sus cosechas. Los que descubren esa comida fácil, se convierten en un peligro para los agricultores y hay que acabar con ellos. Si no lo hago yo, lo hará un cazador profesional pagado por el Gobierno, o los mismos indígenas, que expondrán la vida porque no tienen armas apropiadas.

—Es un trabajo de verdugo, entonces... —objeté.

—Lo sería si me limitara a matarlos —replicó—. Pero yo les doy siempre su oportunidad... Te juro que cuando me meto en el bosque a seguirle las huellas a un macho, nadie puede asegurar cuál de los dos saldrá con vida.

—Es posible... —dije—. Muy posible. Pero lo cierto es que cada año se matan más de treinta mil ele-

fantes en África y raro es que muera un cazador...
¡Treinta mil elefantes! ¿Te das cuenta de la barbaridad de la cifra...? A ese ritmo pronto no quedará uno solo ni como recuerdo. Será triste que la historia futura diga: «El frío hizo desaparecer a los mamuts, y el hombre, a los elefantes.»

—Bueno —sonrió—. No sigas por ese camino. Yo también he leído *Las raíces del cielo*. También conozco los argumentos que daba Morel, pero también sé que hay cosas que nadie puede evitar, y una de ellas es el hecho de que África se está quedando pequeña y no hay sitio en ella para animales y civilización. Poco a poco los elefantes tendrán que ir desapareciendo, y creo que más vale que los maten gente como yo, que los respeta, los admira y les da una oportunidad de defenderse. Lo hago limpia y rápidamente de un tiro en el cerebro, sin que sufran. Los indígenas son chapuceros la mayor parte de las veces. Los hieren de mala manera, los acosan a lanzazos e incluso prenden fuego a los pastizales para abrasarlos. Los pobres animales sufren durante días y semanas. Se vuelven furiosos, locos y sumamente peligrosos. Los matan como a perros sarnosos, no como a las bestias magníficas que son.

Me pareció inútil continuar la discusión. Teníamos puntos de vista muy opuestos y no me parecía probable que ninguno de los dos cambiara de opinión, aunque, en mi fuero interno, reconocía que algunas de las razones que daba resultaban, hasta cierto punto, válidas. Continuaba, sin embargo, repugnándome el hecho de que alguien pudiera encontrar placer en matar un elefante.

Dejamos, pues, las cosas como estaban y no volvimos a encontrarnos hasta tres días después, en una nueva partida de póquer en la que, para no perder su costumbre, Mario Corcuera ganaba.

Sobre la medianoche llamaron a la puerta. Un indígena traía la noticia que Corcuera esperaba desde hacía una semana: un gran macho estaba arrasando plantaciones en el Norte, cerca de la frontera con el Camerún, más allá de Sevilla de Niefang. Las autoridades habían dado orden de matarlo antes de que causara más daños.

Mario dejó las cartas y cambió sus fichas.

—Me voy —dijo—. Mañana tengo que madrugar...

—Luego se volvió hacia mí—. ¿Por qué no me acompañas? Eso te convencería.

Al amanecer estábamos en marcha en una ranchera «Peugeot» que Mario tenía alquilada desde el día de su llegada. A media mañana atravesamos Micomeseng, donde comimos algo, y pasamos la noche en casa del comandante de Infantería de Sevilla de Niefang.

Allí teníamos que esperar la llegada de Alfredo —según Mario el mejor «pistero» de toda la Guinea— y esperar también nuevas noticias del elefante, que ya podía estar a cien kilómetros de donde se le vio dos noches antes.

Alfredo apareció a media mañana, con su viejo fusil, sus ojos eternamente inyectados en sangre y su gesto hosco; gesto de estar siempre odiando al mundo y en especial al hombre blanco.

Apoyó su arma en un árbol del patio y se sentó a la sombra, a esperar. Mario me lo señaló a través de la ventana:

—Puede pasarse ahí tres días —dijo— o caminar, siguiendo una pista, otros tres días... Es un tipo extraño. Nunca habla, y se diría que no tiene sentimientos; que no le importan el frío, el calor o la fatiga. Es como una máquina, pero una máquina que jamás pierde un rastro.

Luego llegaron las noticias. El elefante había arrasado una nueva plantación, cincuenta kilómetros al Norte. Buscamos el lugar en el mapa. La plantación pertenecía a un poblado que se alzaba al borde de una pista de tierra utilizada por una compañía maderera. En opinión del comandante, si no llovía esa tarde, nuestra furgoneta podría llegar fácilmente hasta allá.

Aún era de noche cuando nos pusimos en camino, y de noche también cuando nos adentramos en la pista de tierra, apenas algo más de un sendero fangoso que se abría camino a través de una selva de cuarenta metros de alto. No había llovido, pero, de hacerlo, a buen seguro que nos hubiéramos quedado clavados en el primer kilómetro o hundidos en cualquiera de los riachuelos que cruzaban la pista.

Sobre las siete llegamos al poblado. No se diferenciaba mucho de cuantos he encontrado en mi camino de Liberia al Camerún, de Gabón a Costa de Marfil. Un grupo de cabañas formando semicírculo, con la selva a la espalda, un patio en el centro y la «carretera» al frente. Los habitantes eran papúes o *fang*, del grupo de los *ntumos*, directamente emparentados con los cazadores furtivos del Camerún, por lo que sus costumbres eran casi las mismas. Estaban, sin embargo, algo más civilizados y, sobre todo, mucho más cristianizados, hasta el punto de que apenas vieron mis cámaras fotográficas, el jefe se apresuró a traerme a su hijo para que le hiciera una foto, pues acababa de hacer la primera comunión. Realmente resultaba un espectáculo un tanto curioso ver a aquel negrito vestido de marinero, con unos guantes que le quedaban enormes, junto a toda una serie de familiares semidesnudos.

Apenas había concluido de fotografiar al muchachito, cuando llegó una mujeruca malhumorada. El elefante había destrozado esa noche su campo de maíz. Meses de trabajo y esperanzas habían quedado reducidos a nada, en menos de dos horas. El gran macho se había tragado trescientos kilos de maíz de una sola sentada.

—¿Ves lo que te decía? —señaló Mario Corcuera—. Ese animal ya no perderá nunca el vicio de alimentarse de maíz tierno. Hay que matarlo, o condenará al hambre a toda esta gente.

Realmente el campo daba lástima. Ni una sola planta había quedado sana, y era como si hubiera sufrido el embate de un huracán. Alfredo lo recorrió de punta a punta con la vista fija en el suelo, y al fin señaló un punto, hacia el Norte, a través del bosque, que se abría casi en las mismas lindes de la plantación.

—Por allí se fue —indicó—. Nos lleva cinco horas de ventaja.

Y por allí iniciamos la marcha.

Alfredo en primer lugar, unos metros delante, siguiendo el rastro. Detrás, Mario y yo —él con su «30/06»; yo, con un «Express 500» que me había prestado el comandante de Sevilla de Niefang—, y en última posición, dos muchachos indígenas que habíamos contratado en el mismo poblado como porteadores y que no parecían muy felices con la aventura.

En realidad —y eso es algo que iría aprendiendo con el tiempo, y con sucesivos viajes al continente—, al negro africano no le gusta la selva. Aun viviendo en ella, el indígena aborrece adentrarse en la espesura, lejos de los caminos que le son familiares, y raramente se aparta de los límites de su poblado y sus campos de cultivo.

Caza en el bosque y pesca en los ríos, pero siempre en los estrechos límites de su territorio, pues en su primitivismo cree que más allá de lo que conoce habitan los espíritus malignos.

Siembra sus senderos de peligrosas trampas, en las que hará caer al venado, al mono o al jabalí, pero raramente se enfrentará a los grandes animales con el arco o la lanza en la mano como suelen hacer sus hermanos de las praderas. Se encierra cuando ruge el león, escapa cuando encuentra la huella del leopardo y tiembla cuando presiente o huele la proximidad de una familia de gorilas.

Los gorilas constituyen, quizá, la peor pesadilla de los *fang* del bosque guineano, pese a ser en realidad animales pacíficos y poco amigos de meterse en pendencias. Su principal peligro estriba aquí en su extraordinario número, ya que la región, y sobre todo, el cercano «monte Chocolate», es uno de los lugares del mundo en que más abundan.

Un gorila macho adulto puede superar fácilmente los dos metros de altura y los ciento cincuenta kilos de peso. Su fuerza es tan enorme, que de un solo abrazo aplasta a un hombre, destrozándole todos los huesos, y de un mordisco puede quebrar un cráneo.

Cuando grita airado, produce escalofríos de terror, y cuando se golpea el pecho, resuena como un tambor en kilómetros a la redonda. Sin embargo, se alimenta de frutos, raíces y tallos tiernos, y resulta totalmente inofensivo si no se le molesta.

Pese a ello, muchos indígenas y bastantes blancos han muerto en Guinea a manos de los gorilas, debido al arraigado sentimiento de comunidad y autodefensa que tienen estas bestias.

Los gorilas recorren la selva formando grandes familias de veinte a cincuenta individuos, en un constante nomadeo en busca de alimentos. Cuando llega la noche, las hembras y las crías se suben a los árboles, mientras los grandes machos montan guardia en el suelo, en los extremos del campamento.

Cuando, con la amanecida, un intruso atraviesa sin advertirlo los límites de ese territorio, está prácticamente condenado a muerte. Desde los árboles y desde los cuatro puntos cardinales, le caen encima gorilas furiosos y asustados, que lo destrozan sin darle tiempo a reaccionar. En cierta ocasión, todo un grupo de cazadores murió de ese modo. Por lo general, ningún cazador de la selva se moverá al amanecer, antes de haberse cerciorado de que ya los gorilas han abandonado sus campamentos nocturnos.

Por mi parte, únicamente tuve un encuentro con ellos, encuentro que me sirvió para averiguar hasta dónde llegaba la sangre fría de Mario Corcuera.

Llevábamos dos días persiguiendo al elefante, y de pronto, a menos de seis metros, apareció un gorila gigantesco que comenzó a aullar y golpearse el pecho, amenazador. Era el espectáculo más espantoso que hubiera visto en mi vida; los porteadores, que venían unos metros detrás, salieron huyendo, y no regresaron en dos horas. Uno de ellos se llevó mi rifle, por lo que me encontré sin más armas que un bastón y una máquina fotográfica frente a aquella gigantesca mole de músculos y dientes.

A mi lado, Corcuera permanecía tranquilo, casi indiferente. Ni siquiera hizo ademán de empuñar su rifle.

—¿Qué haces? —le susurré—. Dispárale.

—¡Estáte quieto! —ordenó—. No puedo disparar... Luego te explicaré.

Me pareció que aquel «luego» no iba a llegar nunca y que la bestia iba a acabar con nosotros de un solo manotazo. Sin embargo, a los pocos instantes, como cansado de gritar y golpearse el pecho, la fiera dio media vuelta y desapareció tal como había surgido.

Me apoyé contra un árbol. Sudaba frío y estaba furioso con Mario.

—¿Por qué no disparaste? —exclamé—. Pudo habernos matado.

—No es probable —replicó—. Era un macho viejo, de los que ya han abandonado las familias y viven solos, esperando la muerte. Seguramente dormía y lo molestamos, pero no nos hubiera atacado sin crías que defender. Además, está prohibido matar gorilas.

—¿Incluso en defensa propia?

—No. En caso extremo de defensa propia, no; pero lo peor que podía hacer era dispararle.

—¿Por qué?

—Tengo el fusil cargado con bala de acero, buena

para matar elefantes, porque les atraviesa la frente y penetra en el cerebro, pero mala para matar un gorila. Un macho como ése puede soportar que le atraviesan de parte a parte cinco o seis balas calibre 30/06, y aún le quedan fuerzas para echarse sobre nosotros y liquidarnos. A un gorila hay que detenerlo con balas de plomo, que se aplastan al golpearle y le tumban de espaldas. El plomo es prácticamente inútil contra el elefante, y el acero, contra el gorila. Calculé que no tenía tiempo de cambiar mis balas de la recámara y no disparé.

—¿Pensaste todo esto en ese instante...? —inquirí, asombrado.

Sonrió:

—El piloto de reactores y el cazador de elefantes, o piensa rápido, o pronto deja de pensar para siempre.

Ese día, en ese instante, comprendí por qué Mario Corcuera jamás perdía una partida de póquer.

No volví a jugar con él.

CAPÍTULO XVIII

MUERTE EN EL BOSQUE

Durante tres días perseguimos al gran macho de más de seis mil kilos.

Teníamos la cara y las manos detrozados por los espinos, los pies deshechos de tanto caminar por lo más intrincado de un bosque sin otro camino que las huellas de la bestia y el cuerpo molido de pasar las noches bajo una lluvia que a veces se convertía en diluvio.

No había luego la oportunidad de calentarse al sol, que nunca llegaba al suelo en aquella selva, ni en un buen fuego, que no ardía con la madera empapada. Y aunque hubiera ardido, mis compañeros no habrían consentido en encender una hoguera que alertara al fino olfato del elefante la presencia cercana del hombre.

A veces pienso que la humedad de esos días se me quedó en los huesos para siempre; el cansancio, en las piernas; la fatiga, en el pecho.

Pero ni Alfredo, el «pistero», ni Mario Corcuera, ni aun los porteadores, parecían darse cuenta de que llevábamos cuarenta horas caminando sin apenas descanso, sin comida decente, sin siquiera un respiro.

Para ellos nada contaba más que el elefante; la «pieza», para Mario; diez dólares de comisión, como guía, para Alfredo; montañas de carnes fresca, para los porteadores...

Pero a mí no me interesaban los colmillos, ni llevaba comisión, ni pensaba comer jamás carne de paquidermo, y empezaba a maldecir una vez más mi estúpida manía de meter las narices en todo lo que no me conducía más que a increíbles caminatas y docenas de malos ratos.

Perdí la cuenta de los pantanos en que nos hundimos hasta las rodillas, y los riachuelos que vadeamos o por los que anduvimos durante horas.

Cuando el elefante siente calor en la selva, busca un arroyuelo en el que el agua le llegue a la tripa, y comienza a recorrerlo aguas abajo, dejándose arrastrar a veces por la sueve corriente mientras va arrancando de las orillas, acá y allá, los frutos más apetitosos.

Para seguirlo, no queda entonces más que el mismo camino, con el agua al cuello, nadando y vadeando con las armas y la comida sobre la cabeza, buscando atentamente el lugar por el que al dichoso animal se le ocurrió salir al fin.

Luego, sacudirse como un perro mojado y reemprender la marcha, confiando en que no aparezca demasiado pronto un nuevo riachuelo.

La selva, a nuestro alrededor, permanecía en calma. Al rumor de la lluvia golpeando contra las hojas de las altas copas sucedían el grito de los monos, el canto de infinidad de pájaros y el pesado vuelo de las faisanes gigantescos que surgían de nuestros mismos pies y nos obligaban a dar un respingo. De tanto en tanto, alguna culebra —venenosa o no—, y al cruzar diminutos senderos de caza, huellas de jabalí, de antílope y leopardo.

A veces —no demasiado a menudo por fortuna—, la alta selva de grandes árboles de ancha copa y suelo llano y claro, poco tupida, dejaba pasar al *bícoro*, la selva primaria, hecha de matojos, espinos y caña brava, donde el elefante se adentra siempre, irremediablemente, buscando tallos y frutos tiernos.

El *bícoro* se forma en lo que han sido antiguos campos de cultivo de los indígenas, que talaron los árboles, plantaron allí durante años y lo abandonaron luego a merced de la selva baja y densa.

Para el elefante no es ésa su zona predilecta únicamente por la abundancia de buenos bocados, sino porque constituye, además, su mejor refugio, ya que entre la vegetación puede esconder mucho más fácilmente su enorme corpulencia.

Cuando se sabe perseguido, y de algún modo lo averigua casi siempre, busca el *bícoro* y allí se queda, muy quieto y en silencio, con el oído atento y venteando el aire con la trompa en alto, porque para un animal que ve poco y mal, no hay mejor campo de batalla que aquel en el que su enemigo nada ve.

Luego, a la hora de la verdad, si un elefante se lanza a la carga a través del *bícoro*, lo destroza todo a su paso, se abre camino fácilmente y aplasta a su perseguidor, que no tiene posibilidad de escapar, atrapado por los mil brazos de la selva primaria.

Y cuando un elefante pasa sobre un cazador, cuando lo ha lanzado al aire con su trompa una y otra vez, golpeándolo contra los árboles y machacándolo con todo el peso de sus seis mil kilos, de ese cazador no queda más que una pasta informe, ensangrentada e irreconocible.

No podía evitar el pensar en ello, cuando, al tercer día de marcha, un nuevo bosque primario apareció ante nosotros y Alfredo susurró convencido:

—Debe de estar ahí dentro... No nos lleva más que media hora de ventaja, y ésa es buena zona para él.

—No hay viento —hizo notar Mario—. Esperemos que llueva.

—¿Por qué? —quise saber.

—El ruido de la lluvia cubrirá el rumor de nuestros pasos... Si intentamos aproximarnos ahora, nos oirá inmediatamente.

Nos sentamos, sobre un tronco caído, a esperar la lluvia, y transcurrió lo que me pareció la hora más larga de mi vida. Comenzaba a caer la tarde; si no llovía pronto, se haría de noche y el elefante escaparía con las sombras. Eso significaba otro día más de caminata.

Miré a mis compañeros. Alfredo permanecía inmóvil, como un árbol, muerto. Mario se había dormido. Yo rogaba para que la lluvia cayera, y al mismo tiempo me aterraba ante la idea de lanzarme a la búsqueda del gran macho.

De pronto me llegó, primero imperceptible casi, luego cada vez más claro, un rumor extraño, como de motor lejano y asmático. Miré a Alfredo con sorpresa, y éste despertó de un codazo a Mario. Prestaron atención, interesados, y Corcuera se inclinó sobre mi oreja.

—Son sus tripas —susurró apenas—. Está haciendo la digestión. Es un ruido clásico de los elefantes en libertad, que se alimentan de ramas leñosas y frutos duros... Está muy cerca... Si no llueve pronto, le llegará nuestro olor y escapará.

Pasó un largo rato. Algo se movió allá delante, y se oyó luego chasquido de ramas rotas y cañas que se agitaban. A los pocos instantes, la selva se cubrió de un rumor monótono, un repiqueteo insistente, que cubría cualquier otro ruido del bosque.

Llovía.

Mario Corcuera se puso en pie y amartilló su arma:

—Bien —comentó—. Como dicen los toreros: «Que Dios reparta suerte.»

Y echó a andar hacia donde habíamos oído por última vez al elefante. Alfredo le siguió a dos metros de distancia y yo cerraba la marcha aferrando con fuerza el enorme «Express 500» que rogaba a Dios no tener que usar.

Un metro, luego otro, luego otro... Juraría que no íbamos a llegar nunca, porque a cada instante nos deteníamos a escuchar, intentando captar algo más que el rumor de la lluvia.

Pero si la lluvia servía para cubrir nuestros pasos, también servía para cubrir los ruidos del elefante.

Seguimos adelante. No veía a tres metros de distancia, y a menudo, incluso Mario y Alfredo desaparecían como tragados por la espesura, y me sentía entonces terriblemente solo; el único ser sobre este mundo.

—¿Y si el macho estuviera a mis espaldas?

Me volví, pero a mis espaldas no había más que vegetación. Aun así, los árboles se me antojaban elefantes; las ramas, colmillos.

De improviso Mario se detuvo e hizo un gesto con la mano señalando un punto. Indicó que esperáramos allí, y continuó solo, apartando con cuidado las zarzas y lianas. Lentamente comenzó a echarse el arma al rostro. Agucé la vista, pero continuaba sin distinguir nada. Me pareció que Mario iba a disparar al vacío, pero en ese instante advertí una sombra gris que se movía ante él, a no más de cuatro metros de distancia. Fue sólo una especie de espejismo intangible, porque, en ese mismo instante, Mario Corcuera movió su rifle a la derecha y apretó el gatillo una sola vez.

Al estampido siguió un ruido sordo, como si el mundo se hubiera venido abajo, y Mario tuvo que dar un salto atrás para evitar que la trompa del animal, en la agitación del último estertor, le golpeara las piernas.

Un minuto después, todo había pasado. El gran macho ya no era más que un montón de carne inerte: seis toneladas de piel, grasa y músculos, adornados con treinta kilos de marfil amarillento. Lo rodeaba una vegetación tan espesa, que para fotografiarlo tuvimos que cortar todo cuanto crecía a su alrededor.

Esa noche dormimos allí, acurrucados junto a la pequeña colina gris que había sido un elefante, y al amanecer, con las primeras luces, comenzaron a llegar —nunca supe de dónde— indígenas cargados de grandes cestos y armados de enormes y afilados machetes, que acudían al reclamo de la carne fresca.

Nadie había dado la noticia; nadie había hecho sonar el «tan-tan» que tanto gusta a la gente de cine, pero allí estaban, como si el ruido del disparo hubiese atravesado cientos de kilómetros, gritando de pueblo en pueblo, de cabaña en cabaña, que los blancos habían matado un elefante.

—Vamos a tener problemas —comentó Mario—. Ver tanta carne fresca y sentir el olor de la sangre, los excita... Comenzarán a pelearse por los mejores trozos...

Y tuvimos problemas. Tantos, que llegó un momento en que fue necesario amartillar las armas e imponer toda nuestra autoridad para evitar que el descuartizar la bestia se convirtiera en una auténtica carnicería humana.

Afilados como navajas de afeitar, los machetes volaban intentando atravesar la gruesa y dura piel, sin que sus propietarios se inquietaran demasiado ante la posibilidad de cercenarle un brazo o la cabeza a su vecino.

Primero le cortaron las orejas; luego, la trompa, que una mujeruca se llevó corriendo como si fuera el más preciado de los tesoros, y después cada cual se preocupó de desollar su parte y alzarse con la mayor cantidad posible de carne, grasa e, incluso piel, pues los papúes son capaces de comerse el cuero de un elefante tras haberlo cocido durante días enteros.

Un machete rebotó contra la dura cabeza del animal, saltó al aire, cruzó como una flecha por entre el grupo y fue a clavarse en la pierna de un indígena, llegándole al hueso. El hombre soltó un aullido, maldijo al mundo, se vendó la herida con mi sucio pañuelo y continuó, cojeando, su macabra tarea.

De pronto alguien gritó, y todos buscaron refugio o se tiraron al suelo. Instintivamente los imité, justo a tiempo.

Un negro enorme había llegado con su machete al estómago del paquidermo, que reventó como un balón o una bomba de mano, cubriéndolo todo de excrementos y alimentos a medio digerir.

Hombres, mujeres y niños se alzaron lentamente, se sacudieron toda aquella hediondez y continuaron una vez más su trabajo chorreando, de pies a cabeza, sangre, suciedad y barro.

Me alejé a lavarme en un riachuelo. Mario me siguió, y al poco llegaron Alfredo y los dos porteadores, cargados con los colmillos del animal. Traían también una de las muelas, de casi treinta centímetros de largo por quince de alto. Pesaría por lo menos tres o cuatro kilos, y se encontraba ya muy estropeada.

Alfredo me explicó que los elefantes de la selva,

al alimentarse casi siempre de ramas y frutos duros, desgastaban muy rápidamente las muelas, que llegan a mudar hasta tres veces a lo largo de su vida. Ya viejos, cuando se les agotan las últimas, quedan irremediablemente condenados a morir de hambre.

Durante años tuve aquella muela como pisapapeles sobre mi escritorio. Luego, en alguna mudanza, se perdió.

Horas más tarde, cuando ya no quedaban restos de elefante sobre los que pelarse, emprendimos lentamente el camino, hacia Sevilla de Niefang. A medio camino encontramos a un indígena que venía a nuestro encuentro.

—Me envía el comandante —dijo—. Un macho viejo está arrasando los campos del Oeste... Pide que lo maten.

Volvimos atrás, y Mario cazó un segundo elefante, y luego otro, y aún otro más... Cuando quince días después regresamos a Bata, yo me sentía muerto de cansancio, tiritando de malaria y con unos terribles dolores de estómago que no sabía si atribuir a que habíamos bebido agua de un riachuelo cuajado de bichos, o me había indigestado para siempre con un pedazo de trompa de elefante que me dieron para cenar cierta noche como si se tratara de lo más exquisito del mundo.

Fuera lo que fuese, me encontraba casi con un pie en el otro barrio, y recuerdo que todo el viaje de vuelta me lo pasé temblando, devolviendo y creyendo que, justo hasta allí, habían llegado mis andanzas.

Como se vería años más tarde, habría de escapar por un pelo.

CAPÍTULO XIX

LOS LLANOS

De Bata continué viaje al Gabón; de allí volé nuevamente a Nigeria —donde no me permitieron poner

180

pie en tierra por carecer de visado— y seguí luego hasta Senegal, en un itinerario de escaso interés, debido a que me encontraba muy mal de fondos y bastante quebrantado de salud.

Decidí, por tanto, que era hora de regresar a casa. Hicé una corta escala de descanso en Tenerife, y llegué por último a Barcelona sin un centavo en el bolsillo, pero con una maleta llena de fotografías y experiencias.

Una buena mañana me presenté ante José Vergés, propietario entonces del semanario *Destino*, y le mostré mis trabajos. Como catalán de pura cepa, Vergés se limitó a prometer que leería la larga serie de reportajes que yo había titulado «Momento Africano».

El día de Año Nuevo me trajo la maravillosa sorpresa de abrir *Destino* y encontrarme —ocupando todas las páginas centrales— mi primer trabajo sobre África.

Quince días después, Vergés me llamaba para ofrecerme una nueva serie de reportajes a realizar en Sudamérica.

De la noche a la mañana me había convertido en un auténtico periodista, e incluso a mí me costaba trabajo admitirlo. Interiormente, continuaba siendo el muchacho de la chaqueta a rayas que deambulaba por la Escuela de Periodismo sin aprender demasiado, pero, a la vista de los demás, era ya todo un «Enviado Especial» de la más prestigiosa publicación española.

Era, además, uno de los pocos «no catalanes» a los que *Destino* abría sus puertas, y ni yo mismo acababa de explicarme el porqué. Los reportajes sobre África habían tenido una buena acogida, pero, en el fondo, no me consideraba capacitado para representar en el exterior a una publicación que contaba con firmas como las de José Pla, Néstor Luján o Miguel Delibes.

Fue el mismo Vergés el que se encargó de disipar mis temores.

—Precisamente —dijo— lo que quiero es traer a la revista juventud y espontaneidad... La frescura de una obra hasta cierto punto inmadura...

No sabía si mostrarme orgulloso u ofendido. Fuera como fuera, no estaba en mi ánimo pensar demasiado sobre la oportunidad que se me daba, sino tan sólo aprovecharla.

Para empezar, el dinero no era mucho, pero estaba acostumbrado a los apuros económicos, y no me preocupaban. Me dieron un billete de avión que me llevaría al confín de América; al mismo Chile; con la posibilidad de llegar a Santiago por un lado y regresar por el otro. Era más de lo que había tenido nunca.

Así fue como una mañana —no recuerdo el día, no recuerdo el mes— subí a un avión que me depositó en Caracas, ciudad que había elegido como primera escala, no sólo por el hecho de que en ella viviera mi hermano, al que no veía desde hacía años, sino porque, para mí, Venezuela tenía, desde siempre, un extraño atractivo.

En Venezuela habían vivido mis tíos y mis abuelos, que llenaron mi imaginación de muchacho con infinitas historias de emigración y ciudades que surgían de la noche a la mañana y en las que el dinero corría por las calles tras los peatones.

En Venezuela habían encontrado refugio los desesperados de todos los países, que descubrieron en ella una segunda patria y una forma de rehacer sus vidas tras las catástrofes que asolaron Europa.

Y en Venezuela tenía un amigo, Miguel Ávalos, «el loco Ávalos», que ya el primer día me habló del encanto de los llanos, en cuyas quietas noches podríamos cazar al tigre, de largos colmillos y «mano de plomo».

—Más allá de Puerto Nutrias, el mundo es otro —me aseguraba—. Más allá de Puerto Nutrias es como si acabara el siglo xx. ¡Vamos a verlo!

Era una locura; una locura en opinión de todos, que aseguraban que al llano no se podía ir nunca en un solo vehículo, pero a media mañana del día siguiente se presentó Miguel con su camioneta «Ford», aprovisionada para quince días de viaje.

—Ni siquiera he tenido tiempo de ver a mi familia —protesté.

—La familia siempre es la misma, y esperará a que vuelvas —replicó—. ¡Andando...!

Y enfilamos una larga, larguísima carretera que parecía no acabar nunca, y que nos llevó, en toda esa tarde, la noche y parte del día siguiente, hasta Puerto Nutrias, a orillas del río Apure.

Tenía razón Miguel. En Puerto Nutrias era como si hubiera acabado el siglo XX.

En verano, con las aguas bajas, un cuarto de hora de camino separa aún el pueblo de la orilla del río y el punto donde atraca la balsa; pero en invierno, cuando las lluvias dan al Apure toda su fuerza y esplendor, la balsa y el pequeño remolcador navegan por sobre ese terreno y las copas de sus árboles, y va a atracar a la ribera misma de Puerto Nutrias.

Para cruzar el Apure hay que tener paciencia y también una cierta simpatía. La balsa y el remolcador pertenecen a un solo dueño —el mismo que los maneja—, y si alguien no le cae en gracia, no lo pasa a la otra orilla, así ofrezca todo el oro del mundo.

Al otro lado, Bruzual, el primer pueblo del llano, o, tal vez, el último del mundo. Más allá no sé de ningún otro, y de encontrarse, ha de ser por casualidad, pues no existe carretera, ni camino, poste o señal alguna que indique cómo se llega a él o a cualquier otra parte de aquel universo dilatado y sin accidentes.

El llano no es siempre el mismo; ni tan siquiera semejante, y no se lo reconoce de una estación a la siguiente, de un mes al próximo. Con las grandes, las torrenciales, las inconcebibles lluvias de los meses de invierno —que empiezan por abril o mayo—, los arroyuelos, los caños, los torrentes y los ríos comienzan a correr, la tierra va empapándose, y un día tras otro de caer agua, de no cesar ni un instante, hace que los caudales se salgan de madre, que la llanura entera se anegue, que el nivel suba poco a poco y alcance los diez, veinte, treinta centímetros de altura en cuanto abarca la vista, y más allá del nuevo horizonte, y del otro, y del otro.

Todo el llano se convierte en un inmenso mar, del que sobresalen acá y allá los troncos de los árboles o las copas de los arbustos, y en el que flotan los cientos de cadáveres de cuantos animales no pudieron ponerse a salvo, y que pronto son devorados por los insaciables cocodrilos, los caimanes y las babas.

Como islotes, los pequeños desniveles del terreno aparecen un poco más secos, y en ellos se alzan, a veces, las viviendas de los hombres, y hasta allí acude ahora el ganado, las bestias libres de la llanura y las fieras que no han encontrado otro refugio.

La inmensidad del llano queda, pues, reducida a islas que destacan en la monotonía del agua, y en las que se dan cita y tienen que convivir amigos y enemigos, serpientes y ratones, tigres (1) y venados y, a menudo, el hombre.

Y la lluvia continúa cayendo, y el nivel del agua asciende más y más, y el precario refugio resulta insuficiente, va perdiendo terreno metro a metro, y al final las bestias han de encaramarse a los árboles o echarse a andar en busca de otro islote más seguro. Muchas mueren ahogadas en el camino, o sufren el ataque de los saurios, o, raramente, de alguna anaconda, las enormes serpientes de agua que han acudido desde el Orinoco o el Meta al olor de la presa.

Pero, al fin, un día cesa de llover. Podría ser un descanso que se toman las nubes; pero no, todos en el llano lo saben, desde el hombre a la última bestia; todos miran al cielo y comprenden que el sol, ese ardiente sol del trópico, se ha adueñado otra vez de la situación, y con su poder hará cambiar el paisaje y las cosas.

Las aguas comienzan a retirarse; el espacio disponible es mayor día a día, y todo parece renacer a la vida. Muchos animales salen de su letargo invernal, de sus cuevas protegidas, o sus refugios, mientras otros —cuyo apetito y furia pareció disminuir en ese tiempo— recuperan ahora uno y otra y miran a su alrededor con los ojos encendidos, con la mirada ávida, con las fauces entreabiertas. Es el momento de la desbandada; apenas se vislumbra una oportunidad, los venados emprenden la carrera, saltan sobre las aguas, se pierden en la distancia, seguidos por todos aquellos que temen la voracidad de sus vecinos, el hambre desatada de las serpientes, de los tigres, de cualquiera de las otras fieras que pueblan el llano.

Aún pasará tiempo antes de que el agua desaparezca por completo, antes de que el fango deje de agarrarse a las patas; pero el sol cumple aprisa su cometido, va secando y secando, mientras los ríos, los caños, los arroyuelos y los torrentes continúan arrastrando hacia el Orinoco, el Meta o el Apure, su tumultuosa carga líquida, que correrá durante miles

---

(1) Entiéndase tigre americano; para el europeo, jaguar.

de kilómetros hasta llegar al mar.

Los árboles se visten de verde, y de verde se cubren también las tierras ya al descubierto; cientos de flores surgen aquí y allí, y la primavera estalla con una fuerza y una belleza deslumbrante. El hombre abandona, al fin, la protección de su chamizo, cava un pedazo de terreno y planta su cebada, su maíz, su yuca o sus patatas. Después, deja a la mujer y a los pequeños al cuidado de esas faenas de la minúscula huerta y, montando su yegua, rápida y nerviosa, se lanza por la llanura a la búsqueda de su ganado, a contarlo, a reunirlo, a saber cuántas reses perdió en el invierno.

Durante días, el hombre galopa solo, completamente solo, y, en ocasiones, no regresa a casa en algún tiempo. Lleva consigo lo poco que necesita para su frugal alimentación, el «chinchorro» que colgará entre dos árboles y que es su cama, y envuelto en la funda de cuero —la «maleta» para él— una manta, una toalla y un pedazo de jabón.

A la cintura, el machete, un largo cuchillo impresionante, cuya hoja mide casi treinta centímetros; en la cabeza, un ancho sombrero y, probablemente, escondido entre las ropas, un revólver de gran calibre.

El llano no se presta a bromas.

Al llanero no le importan las serpientes, grandes o chicas, cascabeles que tiene a tres pasos de su casa, mapanares que se le atraviesan en el camino o víboras que se ocultan entre los matojos. Está acostumbrado desde niño, y anda descalzo sin temor alguno, sin pensar siquiera en ellas.

El llanero no teme tampoco a los tigres que rugen de noche, y lo único que le molesta es que se aproximen demasiado y le inquieten el ganado o asusten a los niños si están solos. No es por ellos por lo que lleva un arma; pero es que al llanero no le gusta, ni soporta, ni confía en los cuatreros, los ladrones de ganado que constituyen la maldición del llano, una más entre las muchas que ya tiene, y que contribuye a hacerlo más duro y difícil.

Los cuatreros. Tan sólo la palabra indigna a los habitantes de la llanura, que ven, impotentes, cómo todos sus esfuerzos, toda su lucha contra la Naturaleza para lograr criar su ganado, aumentarlo poco a poco, año tras año, se estrella contra esos grupos de bandoleros que recorren sus tierras llevándose a las bestias y que en un solo año robaron casi la quinta parte de las reses del llano venezolano. Todo es inútil contra ellos; nada hace la ley, que aquí no tiene fuerza ni alcance, y nada pueden hacer los mismos llaneros que se ven solos frente a bandas numerosas y bien armadas, dispuestas a todo.

Los cuatreros trabajan de noche y se esconden cuando amanece; son como sombras, y nadie sabe de dónde vienen, ni adónde se llevan las reses. A veces, las grandes cuadrillas forman una manada importante, atraviesan con ella el territorio como ganaderos y acaban cruzando la frontera e internándose en Colombia con cientos de cabezas. Otras, son pequeños ladrones, vagabundos que, en grupos de dos o tres, van afanando los animales que encuentran más alejados de los ranchos de sus dueños, y otras muchas son los mismos rancheros que se roban entre sí y cambian luego los hierros, marcándolos de nuevo con el suyo encima.

Una historia del Oeste, en fin, en este llano en el que todo es igual y todo parece salido de una película americana, con la diferencia de que aquí no hay sheriff ni se trata de saber quién saca el revólver con más rapidez.

El llano es tierra para hombres muy duros. Porque después llega el verano, las aguas comienzan a descender, desapareciendo bajo el sol, o llevadas por los desaguaderos, y tan sólo aquí y allí, en pequeñas hondonadas, quedan ahora lagunas que también, día a día, van perdiendo su altura. Lo que antes fueron ríos se convierten ahora en caños, en los que apenas existe corriente, aunque aún conserven agua.

Sus orillas están pobladas de árboles, y forman la parte más bella y fértil del llano; algunas de sus riberas son verdaderas selvas vírgenes, en las que la maraña se vuelve impenetrable y a cuyo alrededor, en inmensas extensiones, las hierbas alcanzan una altura de dos metros. Los caños forman en el horizonte una línea inequívoca; una línea de árboles y vegetación que serpentea sobre la tierra, y que el hombre conoce a la perfección: Caño Guarítico, Caño Setenta, Caño Balsa, que parecen rivalizar con verdaderos ríos de renombre: Capanadaro, Matiyure, Arauca, Apure, Meta, pues de ellos no los diferencias más que la cantidad y el movimiento de sus corrientes.

Pero aquí, en el llano, todos saben que si el verano es largo; que si es tan sólo «normal» y las lluvias no llegan antes de lo previsto, los caños quedarán secos, totalmente secos, y la tierra se abrirá entonces al sol, resquebrajada, y ni una gota de líquido se encontrará en cientos de kilómetros alrededor. A medida que el calor aumenta, las hierbas, antes verdes, se secarán, los árboles aparecerán quemados y sin hojas, todo se convertirá en un infierno de polvo, abrasado, asfixiante, y las bestias, los animales salvajes e incluso los hombres, si no lo remedian, morirán de sed.

Se puede ver entonces a las reses vagando por la llanura mugiendo desesperadas, buscando acá y allá una gota de agua con la que aplacar la sed que comienza a hacerse insoportable, mientras bandadas de zamuros, de aves de rapiña negras y tétricas, vuelan formando círculos o se posan en las ramas de los árboles, esperando que la bestia caiga rendida y muera ahora por falta de ese agua de la que unos meses antes tuvo que librarse porque sobraba.

Ése es el panorama que se presenta ante el recién llegado y, sin embargo, no sentirá deseos de volver atrás; su entusiasmo no disminuirá un ápice, y tan sólo lamentará que el calor sea tan agobiante, que el sol brille con tanta fuerza y el llano todo está ya tan seco que se alcen de continuo nubes de polvo; un polvo ligero, casi impalpable, pero que pronto lo invadirá todo e irá levantándose tras la camioneta una columna tan densa que ocultará el sol.

Miguel, ¡increíble Miguel!, no conocía bien el camino; estuvo aquí tan sólo una vez, hace ya más de un año, acompañado por otros que sabían la ruta; pero eso no es un grave problema para él. De momento había que continuar hacia delante, siempre hacia el Sur, y cruzar un río o un caño, y después otro, y aun después otro que, si los cálculos no fallan, debe ser ya Caño Setenta. Desde allí, hacia el Sudoeste, deja muy a la izquierda Merecure y Mantecal, hasta alcanzar la parte más lejana de Caño Guarítico. Por aquellos andurriales encontraríamos algún rancho, un vaquero, la forma de llegar hasta la casa de Sebastián, el llanero que mejor conocía la zona.

La conclusión, ¡increíble Miguel!, fue ésa: El llano es nuestro y ya regresaríamos por donde buenamente pudiéramos.

Caño, caño, caño... La palabra se repetía una y otra vez, y llegamos al primero, y pude verlo con mis propios ojos. Es como un río —a veces más ancho, a veces más estrecho—, pero no corre. En realidad, algunos más importantes sí que lo hacen e incluso van a desembocar a algún río caudaloso, pero, por lo general, el movimiento del agua en la mayoría es tan ligero que apenas si se advierte.

Sin embargo, están poblados, y mucho. Cientos de peces saltan en ellos, y tanto más saltan cuanto menos agua queda a medida que aumenta el verano y la persecución de los caribes, la terrible «piraña», los hace agitarse más y más. Parece mentira, pero es así: las «pirañas» del Amazonas, capaces de devorar una res en pocos minutos, de dejar en los huesos a un ser humano en menos tiempo del que se tarda en contarlo, y que siempre había creído privativos de los grandes ríos —Orinoco, Amazonas, Paraná—, abundan en estos tristes caños como arena en el mar; se lanzan implacables sobre cuanto se pone a su alcance, y cualquiera que se eche al agua, hombre o bestia, en especial si lleva alguna herida de la que mane sangre, no tardará en sentirse atacado por cientos de estas pequeñas fieras de mandíbulas de una fuerza y una constitución inaudita, de dientes de sierra, que acabarán con él todo lo aprisa que se lo permitan los cocodrilos, los caimanes y las «babas», que no tardarán mucho en acercarse al festín.

Atravesar el llano es ver transcurrir las horas iguales unas a otras sin distinguir más que sueltas cabezas de ganado que pastan cansinas acá y allá, un caballo que galopa, salvaje, nadie sabe hacia dónde, y una bandada de zamuros que revolotean sobre una res muerta. A veces, cada treinta, cuarenta o más kilómetros, un grupo de árboles se alzan sin razón alguna en el centro de la llanura y, entre ellos, las cuatro paredes de barro y un techo de paja que forman la vivienda de un llanero.

Eso es todo; pero, más tarde, cuando se llega a la orilla del agua, cambia. La hierba aparece aún casi verdosa en contraste con la sequedad que alcanzaba antes; los árboles inclinan sus ramas sobre la corriente o adornan sus copas con cientos de aves, entre las que destacan por su número el «garzón-soldado», blanco, de largo pico y altas y delgadas patas, de alas ribeteadas de negro y que lo mismo aparece encaramado de forma inverosímil en una rama a punto de quebrarse, que se alinean por docenas, unos junto a los otros, formando lo que parece una verdadera parada militar, de donde les viene el nombre.

Y además las garzas, y los patos, y las zancudas; y en los árboles más altos, los loros verdes, las cotorras de colorines, los guacamayos de un rojo violento; y volando de acá para allá palomas y paujiles o muchas otras especies difíciles de reconocer y clasificar.

Y en la arena húmeda, en el fango, en la tierra, aparte de los cocodrilos y galápagos, las huellas de otras muchas bestias: de zorros, de dantas, de jabalíes, de monos araguatos; de venados grandes y pequeños; de tigres...

En los caños se reúnen los habitantes del llano; en los caños se toma el pulso a su vida.

Durante el día, el llano arde bajo un sol de fuego y se diría que se está en el mismo infierno, pero en la noche, el frío es tan intenso que hace dar diente con diente. Es el mismo, idéntico fenómeno que en el desierto, y nos cogió desprevenidos.

Pasamos la noche tiritando, y al día siguiente llegamos al fin a casa de Sebastián —un baquiano que conocía el llano como nadie— y se alegró al vernos:

—Habéis llegado a buena hora —dijo—. Me ronda la casa un tigre y ya me apetecía despacharlo.

Nos extrañó que necesitase ayuda para tal faena. Contaba con más de quince en su haber, pero hacía tiempo que se había quedado sin munición.

Comenzó a preparar el «coroto». En Venezuela «corotos» son, en general, un conjunto de cachivaches, pero en lo que se refiere a la caza del tigre, el «coroto» es una especie de calabaza hueca, cortada por su parte alta y baja, hasta formar una especie de megáfono. El «coroto» se sitúa a cuatro o cinco dedos del suelo —lo más, a un palmo— y por arriba se emite algo semejante a un rugido que, al reflejarse en el suelo, se expande, imitando al del tigre, y constituyendo un magnífico reclamo.

El macho y la hembra tienen distintos tonos, pero un buen baquiano los conoce ambos y es capaz de reproducirlos perfectamente.

Preparado el «coroto», listas las armas, no quedaba más que esperar, pero el tigre no se presentó la primera noche, ni la segunda, ni aun la tercera.

Cuando ya habíamos perdido toda esperanza, cuando llegué a pensar que jamás hubo tigre alguno en aquella zona y todo eran sueños de Sebastián, surgió al fin de la noche, quedó deslumbrado por el foco de la linterna, se aproximó despacio como perro atraído por el olor de un hueso, y cuando se encontraba a menos de treinta metros, dos disparos lo alzaron en el aire, y lo dejaron tumbado panza arriba, muerto.

No fue una muerte digna para una bestia libre, que había sido en vida el rey de la llanura; no me gustó lo que vi esa noche, y me pareció un engaño solapado y sin gloria; un frío crimen nocturno y alevoso.

Lo comenté allí mismo, ante la piel manchada y sangrante; dejé que otros la despellejaran para convertirla en triste trofeo que se apolillara lentamente, y a la mañana siguiente, con las primeras luces, abordé una «curiara» de asmático motor que descendía el cauce del viejo Apure hasta San Fernando, y de allí continué el lento camino de las cenagosas aguas hasta desembocar en el primer gran río de mis sueños: el sonoro Orinoco, hermano de sangre y tierra del inmenso Amazonas, con el que a veces lo confundieron los viejos exploradores que buscaban las tierras de ELDORADO.

Capítulo **XX**

DIAMANTES

Al sur de ese río Orinoco, para mí tan sonoro, para mí tan soñado, se extiende la inmensidad de un universo portentoso, de una selva sin sueño, de una Guayana que se pierde hacia hasta las márgenes mismas de la Amazonía, sin que hombre alguno la haya violado por completo, sin que nadie la conozca y sin que se pueda saber hasta ahora —y probablemente en mucho tiempo— cuántas maravillas, cuántos misterios y cuántos tesoros guarda en su seno.

Llegando del interior de esas selvas, de lo más recóndito de sus altiplanos o sus montañas, tras correr calmosos, bravos o torrenciales por entre la floresta y tras caer una y otra vez por cortaduras que forman las más altas cataratas conocidas, los ríos afluyen al Orinoco, y en su andar, en su desgastar orillas lejanas, van arrastrando consigo lo más preciado de cuanto el hombre ha encontrado en la Naturaleza desde que el mundo es mundo: diamantes, esos cristales duros, fascinantes, deseados, que se han convertido en el símbolo de la riqueza y el poder.

Cientos, miles de diamantes llevados por los ríos de la Guayana y que duermen en el fondo de sus lechos, que ruedan calmosamente hacia el mar, que se esconden entre el fango y el limo, o en una pequeña gruta, tal vez entre las raíces de un viejo árbol.

El Caroní, el Carrao, La Paragua y docenas de otros ríos menores, minúsculos, pero que les son tributarios, algunos apenas arroyuelos y que, sin embargo, constituyen el sueño dorado, la meta, el ideal de los buscadores de diamantes; de los buceadores libres o de «libre aprovechamiento», que no necesitan aquí más que una pala, una «suruca», una batea y un valor sin límites para adentrarse en ellos, para subir aguas arriba desde los campamentos y perderse solos en la selva, en pos de la piedra que brilla, en pos de la «bomba» que les hará ricos, en pos de ese diamante grueso, tallable, perfecto, que llegará a convertirse en uno de los «grandes», de los «famosos», y que llevará tal vez por años y aun por siglos su propio nombre.

«Cinco Ranchos», «El Polaco», «El Infierno», «La Milagrosa», «Hasa Hacha», «La Faisca», «Salva la Patria», tantos y tantos puntos de esa verde, lujuriante y dura geografía en la que los hombres encontraron al fin la satisfacción a su anhelo, dieron con lo que por tanto tiempo habían buscado, y sintieron que el sacrificio valía la pena, al contemplar entre sus manos aquella fortuna fabulosa que en un trabajo normal no hubieran conseguido jamás.

Pero eso sólo unos pocos lo logran.

Cuando recorrí el Caroní y el Carrao hasta su parte más lejana, ya al pie del Salto Angel, las aguas estaban aún muy altas, había llovido mucho y los ríos bajaban crecidos.

Sin embargo, los mineros habían comenzado ya su tarea y, exceptuando a los buzos —es decir, los que buscaban las piedras a gran profundidad valiéndose de una escafandra—, los demás habían empezado ya a abandonar el campamento.

Eran los «buscadores» de «suruca» y batea, los más numerosos; los que armados de un gran tamiz, un cacharro y una pala se internan en la espesura, emprenden largos días de agotadora marcha a pie o interminables jornadas de remar en una frágil «curiara», y se establecen después a la orilla del río o de un arroyuelo, a lavar las tierras, a escarbar los fondos o explorar las márgenes «picoteando» acá y allá, con los ojos siempre muy abiertos, fijos en el más mínimo detalle que escaparía a la vista de quien no estuviera muy acostumbrado y que aun a veces escapa a la suya, pues se da el caso de que hermosas piedras de gran valor estén a los piés mismos del minero, éste no las vea, y más tarde, mucho más tarde, venga otro y en el mismo punto la encuentre.

Un buscador llamado Jaime Hudson, de sobrenombre *Barrabás*, descubrió en la abandonada mina de «El Polaco», un diamante de 155 quilates, el *Libertador*, famoso en el mundo entero, y por el que pagaron más de tres millones y medio de pesetas, aunque *Barrabás*, ansioso por desprenderse de él y cobrar, no percibió más que quinientas mil; medio millón de pesetas, que apenas le duraron un par de meses. «Hombre libre», hombre acostumbrado a la selva, lo derrochó en un abrir y cerrar de ojos; lo tiró por la ventana gastándolo en las cosas más absurdas y en borracheras y juergas inverosímiles, como es costumbre entre los buscadores, como es normal en estos seres a los que el dinero parece quemarles el bolsillo; que lo buscan, y si lo encuenran no es más que para volver a quedarse sin él y lanzarse de nuevo a la maravillosa aventura de dar con otra buena piedra, otro yacimiento; otra «bomba» natural, un hueco en el lecho del río, en el que el tiempo y la Naturaleza han ido depositando los diamantes que las aguas arrastran.

Así, pues, *Barrabás*, a los dos meses, estaba ya de regreso al campamento, con las manos en los bolsillos delgado y macilento, con una resaca de las que hacen época y pidiendo prestado un nuevo equipo con el que iniciar una vez más la tarea de siempre.

Al poco tiempo descubrió otra piedra mucho más grande, mucho más hermosa por su tamaño y color, pues era negra. Durante meses, las discusiones de los técnicos tuvieron en vilo al mundo entero. ¿Era o no era un diamante? Las opiniones aparecían contradictorias, pero al fin se llegó a una dolorosa conclusión: el «Zamuro guayanés» no era un diamante; no había acabado de formarse; era un «casi-casi» tan perfecto, que estuvo a punto de engañarlos, pero, en definitiva, no tenía valor alguno. Después de meses de angustia, *Barrabás* volvió a la selva, pidió un nuevo préstamo para sus «peroles» y se internó en la espesura, río arriba, a la búsqueda de esa piedra fabulosa que le haría rico una vez más.

Allí continúa.

Diez años después de aquel mi primer viaje al mundo de los buscadores de diamantes, encontrándome de paso por Venezuela de regreso de Amazonía, tuve conocimiento de que en un lugar llamado San Salvador de Paúl se acababa de descubrir una auténtica «bomba» o yacimiento, en torno al cual se había construido un pueblo.

Conseguí que la Corporación Venezolana de la Guayana me prestara una avioneta y a su mejor piloto, Pedro Valverde, y una mañana, muy temprano, despegamos de Ciudad Guayana, cruzamos sobre la Gran Presa del Guri —que ni siquiera existía durante mi primera visita— y nos tropezamos, media hora después, con los escarpados farallones de los Tepuís, mesetas rocosas que surgen como gigantescos castillos en la llanura de la Gran Sabana. De uno de ellos, el Auyantepuí, cae, impresionante, la más alta catarata conocida; el Salto Angel con sus mil metros de altitud.

A mitad de camino en el aire, el chorro desaparece, se evapora, convertido en una nube de minúsculas gotas de agua que, más tarde, vuelven a condensarse abajo, dando nacimiento al Carrao, uno de los muchos afluentes del Caroní, rico también en diamantes.

Conan Doyle situó en esos Tepuís su famosa novela *El mundo perdido* y, en realidad, no resultaría extraño que algún pequeño animal desconocido en el resto del mundo subsistiera allí, aislado desde que, en la Era Terciaria, los Tepuís se alzaron bruscamente sobre la llanura.

Jimmy Angel, el piloto norteamericano que, en 1936, descubrió el Salto que lleva su nombre, intentó, años más tarde, aterrizar con su avioneta en la cumbre del Auyantepuí, y lo consiguió aun a costa de clavar las ruedas en el fango y capotar, dejando allí su avión. Más tarde, una pareja de aventureros norteamericanos, convencida de que Jimmy había dejado arriba una auténtica fortuna en diamantes —leyenda que aún corre por la región—, intentó también el aterrizaje, y también se estrelló. Los restos de ambos aviones seguían en la cumbre del Tepuí y era posible verlos bajo nosotros.

Valverde dio entonces una lección de lo que es pilotar, y tras sobrevolar a muy baja altura el Auyantepuí, se lanzó con su endeble aparato por entre las altas paredes del cañón que se forma en su parte sur, en uno de los vuelos más impresionantes y majestuosos a que he asistido en mi vida. Apenas cien metros separan las paredes cortadas a cuchillo; y a mil bajo las ruedas, la selva parecía subir hacia nosotros a velocidad de vértigo. Valverde tuvo que reducir el régimen del motor, y éste tosió cuatro o cinco veces como si amenazara pararse.

La avioneta parecía una hoja de papel sacudida por las fuertes corrientes que circulan por aquellos precipicios, y no creí que tuviéramos esperanza alguna de salir de allí. Sin embargo, ya muy cerca del suelo, Valverde dio nueva fuerza al motor, enderezó el morro y, al girar a la izquierda y doblar la esquina del farallón, el Salto Angel apareció frente a nosotros, tan cerca y tan alto, que se diría que gotas de agua salpicaban el parabrisas del aparato. Aún ignoro cómo pudimos ascender nuevamente para salir de allí, y lo único que recuerdo fue la sensación de terror —y, al mismo tiempo, de placer— que me produjo aquella especie de gigantesca montaña rusa.

Cuando nos alejábamos, Pedro Valverde sonreía,

aunque se le advertía ligeramente pálido. Más tarde confesó que también él sentía ese extraño miedo y atracción por el cañón del Auyantepuí y que, habiéndolo atravesado ya en cuatro ocasiones, estaba convencido de que algún día se estrellaría a sus pies. Luego señaló, a unos dos kilómetros de distancia, una pequeña planicie sobre la que destacaba el esqueleto de un avión.

—A ésos también les atraía el cañón —comentó—, y allí fueron a matarse.

Resulta sintomático advertir que, en esas tierras en las que el avión es casi el único medio de transporte, rara es la cabecera o el final de pista en el que no aparece algún resto de aparato, y los dejan allí abandonados, no sé si por pereza, o como advertencia a los pilotos de que algún día acabarán de igual modo.

El Auyantepuí comenzaba a quedar a nuestras espaldas, cuando Valverde señaló un punto en el horizonte, hacia el Sudoeste.

—Allí hay una Misión de franciscanos españoles —dijo—. ¿Le gustaría hacerles una visita?

La idea me pareció simpática, y veinte minutos después aterrizábamos en una altiplanicie de clima fresco, frente a un gran edificio de piedra y un poblado indígena de no más de treinta casas: Kabanayen.

Al bajar, dos frailes acudieron a saludarnos: fray Quintiliano de Zurita, superior de la Misión, y el padre Martín de Armellana.

El primero, un anciano de barba blanca y rostro bondadoso, llevaba treinta y dos años en Venezuela, en las soledades de la Gran Sabana, y nos confesó que su nombre en el mundo era Julio Solórzano Pérez, natural de Zurita, una aldea de Santander cercana a Torrelavega. Del segundo, no recuerdo el lugar de origen; pero sí que había recogido en un libro una serie de cuentos y leyendas que le habían ido refiriendo los indios de la Misión.

Estos indios, que se autodenominan «pemones», son gente pacífica que viven al amparo de la Misión, plantando arroz, criando ganado y cazando lo poco que de caza hay por aquellas latitudes. Cuando pregunté al padre Armellana de qué vivían en la Misión, respondió, sin pestañear:

—De puro milagro, hijo mío.

No pude por menos de reír la salida, aunque, en realidad, exageraba. La Misión cuenta con unas quinientas cabezas de ganado, y las plantaciones de arroz son importantes. Su problema estriba en que no existe comunicación por tierra con el resto del mundo, y todo cuanto les llega ha de serlo por avión, desde los alimentos más imprescindibles (el azúcar, el aceite, la harina o el café), hasta el cemento con el que han levantado la Misión y las viviendas de los indios.

El lugar habitado más cercano es el tristemente célebre penal venezolano de El Dorado, del que, últimamente, se ha hablado mucho, gracias a la descripción que de él hace Henri Charrière en su obra *Papillon* (1).

El Dorado se encuentra a una media hora de vuelo hacia el Norte. Hacia el Sur, sólo existe la inaccesible y desconocida Sierra de Paracaima y las inquietantes cumbres de Roraima; cumbres y sierra en las que jamás ningún hombre blanco ha puesto el pie, y de las que se asegura son el último refugio de aquellas tribus de mujeres guerreras, «las amazonas», que dieron nombre al gran río que descubrió Orellana.

Pasamos el resto de la mañana con los misioneros de Kabanayen, y emprendimos el vuelo para cruzar de nuevo junto al Auyantepuí y el Salto Angel, que ya aparecía cubierto por la bruma, y aterrizar en uno de los más bellos rincones del mundo: las cataratas y la laguna de Canaima, que constituyen, en mi opinión, lo más parecido al paraíso que puede hallarse sobre la faz de la Tierra.

Arena blanca, aguas limpias y ni rastros de animales peligrosos; clima agradable y altas palmeras moriche que se inclinan sobre el agua como para dar sombra al bañista.

A lo lejos, más allá de los dos saltos, el «Hacha» y el «Sapo», se distingue, apenas recortada, la silueta del Auyantepuí; y en días muy claros puede verse la espuma del Salto Angel. Alrededor, praderas, algunos árboles, interminables hileras de palmeras y una soledad y un silencio majestuosos.

Reemprendimos el vuelo, y al poco rato alcanza-

(1) Publicado por esta Editorial.

mos el hidroavión de unos buscadores de diamantes que se dirigían, como nosotros, a San Salvador de Paúl. Un cuarto de hora después, aterrizábamos en la magnífica pista de tierra que cinco mil mineros habían construido en un solo día. No les quedó otro remedio; el aire es el único camino que puede unir San Salvador de Paúl con el resto del mundo, y por él llega, a base de un puente aéreo de veinticinco aviones diarios, todo cuanto la ciudad necesita, desde el pan y la carne, a los picos, las palas y la sal.

Apenas detenida la avioneta en la cabecera de pista, nos rodeó la Guardia Nacional. Querían asegurarse de que ni una sola gota de licor, ni la más inocente cerveza, entraba en el campamento minero. El alcohol está rigurosamente prohibido en Paúl y, por experiencia, se sabe que es la bebida la que provoca los grandes conflictos en estos lugares.

En menos de dos semanas, Paúl —apenas tres cabañas perdidas en la Gran Sabana— se había convertido en una ciudad de más de diez mil habitantes enloquecidos por la fiebre del oro y del diamante, infestada de aventureros, buscadores, mujerzuelas, contrabandistas y joyeros: un mundo en el que el alcohol no podía hacer más que aumentar los muchos conflictos que ya surgían de por sí. La Policía y el Ejército procuraban, por tanto, que en la ciudad —que contaba en el momento de nuestra llegada con casi quince mil habitantes— no pudiera encontrarse más que refrescos y café. Las escasas bebidas alcohólicas que los contrabandistas conseguían introducir de matute alcanzaban precios tan astronómicos, que resultaba imposible emborracharse, a no ser que se estuviese dispuesto a consumir en un día el trabajo de una semana.

La calle principal, o calle Mayor de Paúl, estaba formada por casuchas de madera y cinc, en las que se sucedían los almacenes, las tabernas que ofrecían comidas y bebidas no alcohólicas, las casas sospechosas ante cuyas puertas se lucían las «buscadoras de buscadores de diamantes», las tiendas de compradores que se disputaban las piedras encontradas cada día y, por último, los cines, porque, aunque parezca mentira, en aquella ciudad que no tenía más que cinco meses de vida y estaba condenada a desaparecer, existían ya diez salas de cine que no eran, en realidad, más que simples barracones al aire libre.

Y por aquella calle, con sus grandes «surucas», sus palas y sus cubos al hombro, cruzaban los mineros, hombres y mujeres, jóvenes y viejos, y los compradores los llamaban al pasar, intentando quedarse cada uno de ellos con el fruto que hubiera dado la mina en el transcurso de la jornada. -

En sus tres primeras jornadas de existencia San Salvador rindió unos setenta millones de pesetas en diamantes, y aunque cuando yo llegué la producción había descendido mucho, aún le resultaba fácil a un buen minero obtener un jornal de diez mil pesetas diarias. Se calculaba que si continuaba la avalancha de gente, el yacimiento quedaría agotado rápidamente.

Las piedras que se encontraban no solían ser ni demasiado grandes ni de excesiva calidad, pese a lo cual, a menudo aparecían buenos diamantes de más de doce quilates. El precio normal del quilate en la mina o en las tiendas de la calle Mayor variaba entre las cinco o las seis mil pesetas, aunque debería tenerse en cuenta que esas piedras necesitaban luego ser talladas.

Al final de la calle comenzaba el «yacimiento», que no era, en realidad, más que una llanura de arena blanca y fangosa, en la que resultaba fácil hundirse hasta la pantorrilla. Los «cortes» en que los mineros trabajaban extrayendo el cascajo sucedían a los montículos de material de desecho, y con su color blanco intenso, el conjunto resultaba extraño y se diría que semejante a las fotos de la Luna.

Los buscadores se afanaban incansablemente y, por lo general, trabajaban en grupos. Mientras unos llenaban los cubos de cascajo, otros los transportaban, y el último lo lavaba en pequeñas piscinas que habían construido al efecto. Utilizaban, para ese lavado grandes cedazos redondos llamados «surucas», superpuestos entre sí en número que variaba de tres a cinco, y que iban del más ancho, que dejaba pasar las piedras del tamaño de un garbanzo, al más fino, que tan sólo podía atravesar la arena.

El buscador hacía descender —con ayuda del agua— el cascajo de uno a otro cedazo, y a cada nuevo pase, sus experimentados ojos advertían de inmediato si lo que quedaba en la «suruca» era una piedra buena, o simple material de desecho. De tanto en tanto, su atención aumentaba, rebuscaba con los dedos y acababa alzándose con un pequeño diamante que mostraba a sus compañeros.

En realidad, era una tarea agotadora; trabajaban desde que amanecía hasta el nochecer bajo un sol implacable; un sol tan sólo concebible para quien conozca a fondo esta Guayana de Venezuela.

¿Merecía la pena?

Resulta difícil dar una opinión. Conocí en Paúl a mineros que en cinco meses, habían ganado más de un millón de pesetas; pero también es cierto que muchos yacían bajo tierra, y bajaron a ella sin un centavo.

Las fiebres, la fatiga, los insectos y las serpientes solían acabar pronto con las más fuertes constituciones, y si a ello se une una pésima alimentación y una vida desordenada, se comprenderá por qué nunca se ha sabido de ningún buscador que haya salido de la Guayana con dinero en el bolsillo.

En realidad, a San Salvador de Paúl no podía considerársela un típico campamento de buscadores de diamantes. Lo era en efecto, pero demasiado grande, demasiado espectacular. La importancia de la «bomba» o yacimiento corrió de tal forma por el país, alcanzó tal notoriedad, que acudieron a aquellas tierras gentes que antes nunca habían soñado siquiera en dedicar su vida a la persecución de una fortuna en diamantes.

Estudiantes, obreros, oficinistas, incluso amas de casa, habían dejado su Caracas de origen para tomar un avión y lanzarse, sin más experiencia ni más bagaje que su entusiasmo, a la hipotética aventura de encontrar en Paúl un diamante que los hiciera ricos para siempre.

Por ello, su crecimiento fue monstruoso; todo se desorbitó y llegó un momento en que la Guardia Nacional tuvo necesidad de intervenir. Era imposible que allí imperara, como en otros campamentos, la ley de «los hombres libres».

Normalmente, los buscadores suelen ser nativos de la región, hijos de otros buscadores, o aventureros llegados desde los más lejanos rincones del mundo. Durante los tiempos de mi primera estancia, abundaban en la Guayana nazis fugitivos que intentaban esconderse de nadie sabía qué persecuciones, y evadidos del penal francés de Cayena, pues Venezuela había adoptado la actitud de permitir a tales evadidos vivir en libertad en su territorio, siempre que no atravesaran el río Orinoco hacia el Norte.

Todo eso basta, quizá, para indicar qué clase de gente se encontraba en los pequeños yacimientos de las orillas de los ríos y qué recuerdos me habían quedado de ellos.

Ahora, sin embargo, me encontraba con un Paúl sin borrachos, sin aventureros, sin asesinos o ex convictos, en el que pululaban estudiantes de Medicina, empleados de Banco u obreros de la construcción. Era, en verdad, un campamento de buscadores un tanto especial.

Esto no quiere decir que en Paúl no estuvieran también todos los aventureros, nazis o evadidos propios de la Guayana. La importancia del yacimiento los había atraído también, pero su presencia era menos notoria, puesto que se esforzaban por pasar inadvertidos.

Durante mi estancia en San Salvador tan sólo encontré a un viejo conocido de mis primeras andanzas por la Guayana: *el Ruso*, personaje exótico y pintoresco, que años atrás trató de venderme una espada española del siglo XVI que había encontrado mientras buscaba diamantes en el más alejado rincón del Sur de Venezuela.

Cómo llegó al fondo de un río guayanés aquella espada, y qué increíble periplo debió de recorrer su propietario para ir a perderla allí, fue siempre para mí un misterio; misterio que tan sólo empecé a comprender el día que decidí seguir las huellas de Francisco de Orellana a todo lo largo y ancho del Amazonas, y me di cuenta de la capacidad que tenían los españoles de su tiempo para ir hacia delante, con su armadura, su casco y su espada a cuestas.

CAPÍTULO XXI

MANAOS

Hay muchas cosas que contar sobre Venezuela, admirable país de contrastes, crisol de todas las razas y todas las nacionalidades, pero creo preferible dejarlo para más adelante, pues a través de los años fui aprendiendo a conocerlo mejor, gracias a innumerables visitas y, en especial, a que en 1971 me trasladé a vivir a Caracas y allí nació mi hija.

Durante aquellos primeros días mi impresión fue la de que era un mundo que ofrecía infinidad de posibles aventuras en sus llanos, sus selvas o sus islas, con una capital confusa y desconcertante, que no había adquirido aún el aplomo y la estabilidad con que cuenta hoy.

Mi estancia en Caracas se vio, además, dominada por el hecho de que en ella se encontraban mi hermano, mis tíos y mis abuelos.

Mi abuelo, José Rial, escritor y torrero de faro nacido en Filipinas, exiliado voluntario que había recorrido innumerables aventuras en el Sáhara, Senegal, Francia y México, salió huyendo de España al final de la guerra, vagabundeó como escritor y periodista por medio mundo, tuvo que escapar de la persecución del dictador Trujillo, al que acusó desde una de sus propias emisoras en la República Dominicana, y al fin acabó reuniéndose de nuevo con mi abuela, veinte años después, en Venezuela.

Personaje mitológico en la familia, había sido siempre para mí una especie de héroe y guía, y me sentía ansioso por conocerle para que me contara de países, andanzas, personajes y aventuras femeninas, que también me constaba que había tenido en abundancia.

Habló de todo ello, y difícil resultaba detenerlo,

porque era capaz de enlazar un tema con otro sin el menor resquicio; sin oportunidad de que su interlocutor metiera baza; sin dar tregua durante horas y aun días, pues eran tantos y tan dispares sus conocimientos, y tan extrañas y pintorescas sus infinitas aventuras, que si por él fuera, hubiese pasado toda mi estancia en Venezuela sin salir del salón de su casa, reuniendo datos que hubieran bastado para esque en otro tiempo actuó Sarah Berhardt.

Pero yo tenía una misión que cumplir para *Destino*, que era, al fin y al cabo, el que pagaba, y así, un buen día, dejé a mi abuelo con la palabra en la boca, e inicié el vuelo que había de llevarme al corazón de uno de los lugares que había soñado conocer desde que tenía las orejas pegadas a la cara: la selva amazónica.

En tres horas de vuelo, un avión de la «Varig» me trasladó a Manaos, capital de la Amazonía y cuyo solo nombre me traía maravillosas evocaciones de ciudad fabulosa, que fuera en otro tiempo capital mundial del caucho, con su teatro forrado en oro, en el cual durmieron en un tiempo los jaguares, y en el que en otro tiempo actuó Sarah Bernhardt.

Me alojé en el único hotel digno entonces de tal nombre: «El Amazonas», me eché a descansar un rato, y cuando, a las cuatro de la tarde, el hambre me despertó y salí a buscar algo de comer, no había un alma en las calles.

La ciudad aparecía muerta, como si nadie, absolutamente nadie, la habitase; se diría que no había allí más que edificios que habían crecido por quién sabe qué extraño milagro, y tuve que andar largo rato para encontrar un solitario bar en el que me sirvieran un bocadillo y un vaso de agua.

Y es que cuando en Manaos —como aquel domingo— no sopla la suave brisa del río, la ciudad se vuelve realmente inhabitable.

El lunes se presentó, sin embargo, distinto. Desde muy temprano pude escuchar el ir y el venir de las gentes, el ruido de los coches, el rugir de los motores y el sonar de las bocinas. Cuando me asomé al balcón, advertí que el viento del río había hecho su aparición, y la temperatura, si no agradable, resultaba por lo menos soportable.

Bajé al río por el gran muelle fluctuante, el mayor

del mundo, construido por los ingleses a finales de siglo en los tiempos de la fiebre del caucho, y del que Manaos se siente orgullosa, pues resulta una obra notable, capaz de adaptarse a los cambios de nivel de las aguas que en ocasiones —de la máxima crecida a la época más seca— supera los diez e incluso los trece metros.

A su entrada, un alto muro, que contiene el río cuando baja lleno, muestra las marcas y las fechas que señalan los puntos máximos que alcanzan las aguas cada año, y sobre todas ellas, en un bloque que hubo que colocar más tarde, una raya recuerda que en 1953 la crecida fue tan espectacular y sin precedentes, que superó cuanto podía preverse, de modo que la plaza de la Catedral y las casas de las calles vecinas quedaron anegadas.

Manaos no se alza, como muchos creen, sobre el mismo Amazonas, sino sobre la orilla izquierda de su afluente, el Negro, a poca distancia de la unión de ambos, y sorprende la espectacularidad con que las aguas negras chocan con las fangosas del Amazonas y, sin mezclarse, forman una frontera perfecta, delimitada al centímetro. Extendiendo la mano sobre la superficie de esas aguas se puede señalar con exactitud qué dedos están ya en el Amazonas y cuáles siguen en el Negro. Luego, sin transición alguna, sin que pueda saberse cómo, las aguas limpias y negras desaparecen, tragadas por la inmensidad de la fangosa corriente del Amazonas, que lo domina todo.

En Sudamérica pueden distinguirse dos tipos de ríos claramente definidos: los «ríos blancos» de aguas sucias y lechosas, que arrastran enormes cantidades de limo y fango, y los llamados «ríos negros», de extraordinaria limpidez y transparencia, aunque sus aguas, en conjunto, adquieran un color oscuro, como de té muy cargado. Los ríos blancos suelen atravesar zonas blandas, y son lentos, mientras los negros corren por regiones rocosas, precipitándose a veces en forma de rápidos y cataratas. Su pigmentación les viene dada por una planta con aspecto de alga que crece entre las rocas de su lecho, en las torrenteras.

Hasta hace unos años, decir Manaos era decir caucho. Nada era, más que un villorrio que trepaba sobre las lomas o hundía los altos pilotes de sus casas de madera en el fondo del río, y nada hubiera sido más que eso, si en 1893 Charles Goodyear no hubiera descubierto que el caucho, combinado con azufre, resistía tanto las bajas temperaturas como las altas.

El mundo empezó a pedir caucho, más y más caucho, y el alto y liso árbol que lo proporcionaba no se daba más que en la selva amazónica.

Comerciantes, aventureros y desesperados llegaron desde los cuatro puntos cardinales, desde los confines del mundo, y se desparramaron por aquellas junglas, sedientos de riqueza, dispuestos a sangrar los árboles al máximo, sacándoles hasta la última gota de su leche blanca y elástica. Y lo hicieron con tal ímpetu que, al poco tiempo, por Manaos corrían ríos de oro, lo que la convirtió de la noche a la mañana en la ciudad más rica, más excéntrica y más loca de toda América y casi del mundo.

El caucho creó fortunas; fortunas de nuevos extravagantes millonarios, que hicieron levantar allí, sobre la más orgullosa de las colinas de la selva, el más orgulloso de los teatros, decorado con panes de oro, espléndido y absurdo, como absurdas fueron mil cosas de aquel entonces, como absurdo podía pensarse que fuera la aventura de traer desde Inglaterra —transportándolo en cuatro viajes de la primera a la última piedra— el enorme edificio de la aduana que aún domina la entrada de la ciudad.

Cuanto más avanzaba el siglo hacia su fin, más y más loco era todo en Manaos, que comenzaba incluso a aspirar a la capitalidad de la nación, tal era su dinero y su influencia.

En las afueras de la ciudad rugían los jaguares, pero en su centro un rico cauchero mandó construir en el jardín de su casa una fuente donde manaba champaña francés, y las más famosas compañías de ópera y ballet del mundo llegaban hasta allí, a mil quinientos kilómetros del mar, en plena selva, para deleitar a los nuevos millonarios.

De una de esas compañías teatrales murieron ocho de cada diez componentes, víctimas de las fiebres y epidemias, pero eso no impedía que otros intentaran la aventura, pues en ningún lugar del mundo se podía ganar tanto en un mes como en Manaos en una sola noche.

Era la pequeña París de la selva, que soñaba ser tan famosa como la auténtica, sin saber que tiempo atrás, en 1876, un inglés establecido río abajo, Henry Vickham, había conseguido —contraviniendo todas las leyes y exponiéndose a la muerte— organizar una expedición al interior para apoderarse de una gran cantidad de semillas del árbol que manaba dinero. Consiguió sacarlas clandestinamente del país, para que —atravesando el mundo; del Brasil a Londres; de Londres a Java— dieran como fruto el nacimiento de las plantaciones caucheras del sudeste asiático; plantaciones que, de inmediato, superaron el rendimiento de los salvajes árboles de la espesura amazónica. En 1900, Asia producía cuatro toneladas de caucho por las treinta mil de Amazonía, mientras que, en 1930, Asia había subido a las ochocientas mil toneladas, en tanto que Amazonía sólo exportaba catorce mil.

Tal como nació, murió Manaos. De la ilusión perdida quedaron un teatro, una catedral, una aduana, y tantas y tantas cosas que espléndidos locos hicieron edificar con un dinero que les sobraba, pensando que la locura no terminaría nunca.

Y quedaron también los cientos, los miles de cadáveres de aquellos a los que el beriberi o las otras mil enfermedades y peligros de la selva se habían llevado por delante.

CAPÍTULO XXII

LA DESTRUCCIÓN DEL AMAZONAS

A partir del momento en que me asomé al río Negro por Manaos y descendí luego hasta su confluencia con el Gran Amazonas, se inició una de las etapas más importantes de mi vida, marcada por un interés por cuanto se relaciona con el Gran Padre de los Ríos, que habría de llevarme a estudiarlo en todos sus aspectos y recorrerlo repetidas veces, una de ellas, de punta a punta, del Pacífico al Atlántico, siguiendo las huellas de su descubridor, el tuerto Francisco de Orellana.

Llegaría a escribir tres libros sobre Amazonas: *Manaos* (1), *Orellana* y *Tierra virgen* (2), y empecé a preocuparme por el futuro de la selva más extensa del mundo —en la que se encuentra uno de cada cuatro árboles de nuestro planeta— el día que vi cómo los grandes «bulldozers» destrozaban esos árboles en la absurda y estúpida aventura que significaba la Gran Carretera Transamazónica.

A un costo de cuatrocientos millones de dólares en sus primeros cinco años, fue justificada por el Gobierno brasileño como necesaria para lograr arraigar en esa tierra semidesértica a gran parte de la población del sufrido Nordeste, que posee más del 15 % de los habitantes del país, con menos de un 13 % de su extensión total, mientras la Amazonía cuenta con el 60 % de la superficie nacional y sólo un 8 % de sus habitantes.

Sin embargo, pronto quedó demostrado que ese intento de «colonización» no fue nunca el auténtico motivo de la construcción de la carretera, y tras él se escondían, en realidad, tanto objetivos políticos como fuertes intereses económicos de origen externo, lo que obligó al senador Emilio Moraes, de Pernambuco, a declarar recientemente: «Estamos construyendo la Carretera Transamazónica para beneficiar únicamente a los inversionistas extranjeros.»

Para nadie es un secreto que la dictadura militar brasileña, enfrentada desde el derrocamiento de João Goulart a la opinión pública de un país que ha sido tradicionalmente amante de la democracia, lanzó sobre el tápete la «Gran Aventura Nacional de la Transamazónica» como una fórmula llamada a distraer la atención de sus acuciantes problemas internos.

En un principio podría pensarse que se trataba de una jugada política arriesgada y aparentemente afortunada, pero pronto quedó al descubierto que capitales toráneos habían concebido la idea y habían presionado intensamente a las autoridades para que se llevara a cabo a cualquier costo.

Empresas como la «Bethleen Steel», «Georgia Pa-

(1) y (2) Publicados por esta Editorial.

cific», «Dutch Bruynzeel» y «Tocomenya», ostentan derechos de la Amazonía brasileña que oscilan entre un millón y dos millones y medio de acres de terreno, derechos que les permiten no sólo llevarse los minerales que ahí encuentren, sino incluso árboles, animales o cualquier otra riqueza que pueda proporcionar la tierra.

El Gobierno brasileño ha puesto en subasta su región amazonica a razón de 32 centavos de dólar el cuarto de hectárea, y ya los inversionistas y explotadores internacionales han caído sobre esas tierras como la plaga de la langosta. Sobre 1860, cuando los Estados Unidos comenzaron a vender sus territorios del interior a 31 centavos la hectárea, se registró un destrozo calculado en unos diez millones de hectáreas por año, lo que estuvo a punto de provocar la aniquilación del país.

Si se tiene en cuenta que de las hachas de 1860 se ha pasado a los tractores y las sierras mecánicas de 1970, resulta evidente que el destrozo que puede sufrir el mundo amazónico en los próximos años no tiene límites.

Hay quienes sostienen la teoría de que el desmonte de esas selvas no sólo no es perjudicial, sino incluso beneficioso, con lo que demuestran un total desconocimiento de las características del suelo amazónico y de la ecología en general.

Y es que, pese a lo lujuriante de su vegetación, pese a sus árboles de ochenta metros, y a la maleza que impide dar un paso, no existe en el mundo una tierra más estéril e inaprovechable que la amazónica una vez se han tumbado esos grandes árboles y se ha quemado esa maleza.

Cuando los campesinos limpian un pedazo de terreno para agenciarse un *conuco*, saben de antemano que obtendrán una primera cosecha excelente, una segunda mala, y una tercera prácticamente inexistente.

Al tercer año, han de reanudar de nuevo el ciclo más allá, y se da el caso paradójico de que muchos indios amazónicos son, a la vez, campesinos y nómadas, por lo que acostumbran vivir en casas flotantes o en chozas fáciles de desmontar.

Las razones de la pobreza de esas tierras son varias. En primer lugar, su corto espesor, ya que se encuentra asentada sobre una capa de arcilla roja casi impenetrable, a lo que se une su extremada acidez; viene luego el exceso de calor y, por último, el hecho de que se encuentra poco poblada por toda esa diminuta fauna que en otros climas hace la tierra rica y productiva: lombrices, gusanos, ácaros, ciempiés, saltamontes, termites y larvas que fertilizan los campos. En Amazonía su número es ínfimo, por lo que sobre la superficie se extiende siempre una ancha capa de vegetación, y la formación de nuevos suelos resulta, por tanto, tan lenta, que todo intento de cultivo se convierte en inútil.

Nada crecerá allí donde los árboles sean derribados. Nada más que maleza estéril, porque los nuevos árboles tardarán cientos de años en alcanzar su tamaño original. Ni la agricultura, ni la silvicultura, ofrecen futuro a la Amazonía, y los que la están destruyendo lo saben.

Convertirán en pasto los gigantescos bosques, sustituirán los árboles por vacas, pero las primeras lluvias torrenciales se llevarán la escasa tierra porque ya no estará afirmada por raíces, y la primera sequía hará que el viento arrastre esa tierra seca creando un cuenco de polvo semejante al que arrasó el Medio Oeste norteamericano a principios de siglo.

Sobre 1850 pastaban en Norteamérica unos cien millones de bisontes, y el famoso coronel Dodge pudo ver en 1870 una manada que cubría la pradera por más de quince kilómetros en todas direcciones formando una inmensa alfombra de piel oscura. Bajo aquella alfombra, la tierra era verde, de excelente pasto... Luego comenzó la «Gran Matanza»... Unos dicen que el Ejército acabó con los bisontes para aniquilar así a los indios; otros, que los campesinos querían apoderarse de sus praderas; los más, que se trató tan sólo de un negocio de venta de pieles... Lo cierto es que en 1885 apenas pastaban ya bisontes en las praderas... Tan sólo escaparon de la muerte los que se refugiaron al Norte, en Canadá. Y, de los cien millones de muertos, no se aprovechó más que la piel — y en algunos casos— la lengua. El resto, carne de primera calidad, mejor que la de vaca, se pudrió al sol. Calculando un mínimo de trescientos kilos de carne por animal, se puede asegurar que en esos años los norteamericanos desperdiciaron unos treinta mil millones de kilos de carne... Y lo más triste del caso, lo más cómico, es que cuando los campesinos se lanzaron sobre aquellas praderas, las destrozaron. Eran regiones inmensas y sin accidentes, de pocas lluvias y fuertes vientos, donde únicamente la hierba sujetaba la tierra al suelo. Cuando la hubieron arado y llegaron las primeras sequías, el viento comenzó a llevarse la tierra, transformándola en polvo y marchitando las cosechas... De ese modo se formó, al fin, el famoso «Cuenco de Polvo», que durante años azotó Norteamérica, convirtiéndose en la peor catástrofe que sufriera jamás el continente.

Para muchos autores, el *crack* del año 29 y la Depresión, tuvo su origen en el hundimiento de la agricultura a causa del polvo. La ruina de las empresas agrícolas provocó la ruina industrial y bancaria y el desmoronamiento total de la economía. Por extraño que pueda parecer, la «Gran Depresión» nació de la matanza de los bisontes. La Naturaleza se vengó así de los hombres que la habían atacado.

Las viejas praderas ya nunca podrán recuperarse. Han pasado a formar parte de los quinientos millones de hectáreas de tierra útil que el hombre arrasó para siempre. ¡Quinientos millones!, cuando las reservas cultivables del Planeta se calculan en menos de dos mil millones de hectáreas... Hemos inutilizado, pues, la cuarta parte de lo que Dios nos dio para que nos alimentáramos y dejáramos en herencia a nuestros hijos. Y el culpable de todo ello no es otro que el hombre blanco... ¡Únicamente el hombre blanco! El indio, el negro, e incluso en muchos casos el amarillo, tienen un concepto totalmente distinto de lo que es la tierra y para lo que sirve... Cuando los europeos llegaron a América, las tierras no pertenecían a nadie; eran un bien común de la tribu, heredado de sus antepasados, que cada generación disfrutaba en usufructo cuidándola para las generaciones venideras... Mas, para el blanco, la tierra era poder. Ambicionaba inmensas extensiones que explotar en poco tiempo sin preocuparse de lo que pudiera ocurrir después... Le tenía sin cuidado que se agotaran, que la erosión se las llevara o se convirtieran en desiertos...

En Norteamérica, los madereros desmontaron uno tras otro inmensos bosques que transformaron en eriales, y de los que apenas utilizaron el 30 % de su madera. Para evitarse el trabajo de cortar árboles, los volaban con pólvora, lo que destrozaba a los mayores que, al caer, arrasaban a los pequeños. De ese modo, en cinco años, un equipo de leñadores acabó con los bosques de Pensilvania.

Cuenta la tradición, que al igual que en la España de 1500 una ardilla podía ir de los Pirineos a Gibraltar sin tocar el suelo, saltando de rama en rama, en los Estados Unidos del siglo pasado podría haber recorrido los Estados de Pensilvania, Ohio, Indiana, Illinois, Kentucky, Wisconsin y Minnesota... Si de esos bosques ya no queda nada, ¿podremos imaginar lo que quedará de la selva amazónica cuando la «Carretera» abra un camino fácil hacia el guancare, el cedro, la teca o la balsa...?

De 1950 para acá, el tanto por ciento de aumento de la industria ha sido del 200 %, mientras que en el conjunto de los cuarenta años anteriores tan sólo fue del 5 %. Eso quiere decir que agotamos los recursos a una velocidad devastadora. En lo que va de siglo, hemos consumido más energía que en los 2.000 años precedentes, y los científicos calculan que ese gasto aumentará en proporción geométrica.

Se necesitarán en el futuro tantas materias primas, que la Amazonía, incluidos árboles y minerales, habrá sido devorada antes de que nos demos cuenta.

Sudamérica está viviendo hoy la destrucción que sufriera hace ochenta años los Estados Unidos y la que padeció anteriormente Europa. Como siempre, las cosas llegan con retraso, pero llegan, y desgraciadamente allí no existen conservacionistas de la categoría de un Muir o un Pichot, dispuestos a luchar por la preservación de Yellowstone, Yosemite o el Cañón del Colorado.

Lo que la Naturaleza tardó un millón de años en crear, unas cuantas empresas y una política mal aplicada pueden destruirlo en el transcurso de nuestra generación, con lo que la Amazonía habrá pasado de virgen a muerta sin transición alguna, sin que el hombre haya tenido tiempo siquiera de amarla y disfrutarla. Y que eso está empezando a ocurrir lo demuestran las recientes inundaciones brasileñas, que arrojan un saldo de más de mil muertos, destruyendo 60.000 casas y ahogando cien mil cabezas de ganado. Quedaron a la intemperie más de 300.000 personas, y se destrozaron cosechas enteras de maíz, arroz, frutas y mandioca. Las pérdidas materiales resultaron incalculables, y los expertos que estudiaron el fenómeno llegaron a la conclusión de que la causa de las inundaciones no fue otra que la deforestación de las grandes selvas.

El profesor Piquet Carneiro, presidente de la «Fundación Brasileña para la Conservación de la Naturaleza», afirmó que las inundaciones habían sido previstas por varios ecólogos, cuyas advertencias fueron desoídas por las autoridades.

Carneiro demostró que la tala indiscriminada provoca la erosión del suelo y el taponamiento de los lechos de los ríos. Por ello, con lluvias superiores a lo normal, los ríos se desbordaron, ya que su curso estaba impedido por las tierras arrastradas.

Diariamente se talan en Brasil algo más de un millón de árboles, y apenas se replanta la tercera parte. Los técnicos de la «Organización de Estados Americanos» han llegado a la conclusión de que las deforestaciones de Pantanal, en el Estado de Matto Grosso, provocará en años sucesivos nuevas inundaciones y pérdidas en vidas y bienes mucho más importantes. Zonas como las cabeceras del río Turbarão, que hace diez años estaban pobladas por árboles gigantescos, los cuales contenían la bajada de las aguas de los cerros vecinos, se han convertido en desierto, y ésta fue la causa por la que en Turbarão se ahogaran en las últimas inundaciones más de ochocientas personas.

Por su parte, el profesor Eberhad Bruening, catedrático de Silvicultura de la Universidad de Hamburgo, acaba de declarar que, según sus estudios, la conversión de esas selvas en zonas de pasto o labranza puede traer consecuencias catastróficas al medio ambiente del continente y aun del mundo. El roturado de los montes de la cuenca alterará el clima de la región, por cuanto la acumulación de partículas de humo en la atmósfera hará que se concentren allí unos 275.000 millones de toneladas de bióxido de carbono.

Pese a todo ello, pese al abrumador número de datos provenientes de los más dispares orígenes, coincidentes todos en la denuncia del peligro que se corre al destruir la Amazonía, las «Clases Dirigentes Brasileñas» continúan y continuarán ciegas y sordas a todas las llamadas y todas las advertencias, ya que, para ellas, los intereses económicos y políticos están, y estarán siempre, por encima de los intereses de la Humanidad o de la Naturaleza.

Capítulo XXIII

RÍO DE JANEIRO

Como ocurre, por desgracia, con demasiada frecuencia, existe una notable diferencia entre el pueblo brasileño y las «Clases Dirigentes Brasileñas», ya que, probablemente, sean éstas las más egoístas, despreciables, hipócritas y rastreras de todas las Clases Dirigentes del mundo.

En pocos países he podido encontrar un cuerpo tan sano con una mente tan sucia, mente que rinde culto al dinero por sobre todas las cosas de este mundo; mente capaz de venderse a sí misma por la mitad de un plato de lentejas.

El tan pregonado «Milagro Económico» brasileño no ha sido en definitiva más que el «Milagro Económico de un puñado de brasileños» que han amasado algunas de las más importantes fortunas del mundo a costa de uno de los pueblos más descaradamente explotados del mundo.

Todo eso habría de aprenderlo con el tiempo, pues cuando salí de la selva amazónica para ir a caer con los ojos dilatados por el asombro en la fantasía desbordada de Brasilia, aún continuaba siendo, en muchos aspectos, el muchacho soñador y sin malicia que se había criado en la soledad del mayor de los desiertos y mantenía firmemente arraigado el convencimiento de que la mayoría de la gente es honrada, sincera, y actúa de buena fe.

Cuándo perdí ese concepto de las cosas, nunca pude saberlo. En realidad, no estoy muy seguro aún de haberlo perdido por completo, pues, de lo contrario, no continuaría escribiendo con la idea de que alguien llegue a conocer y amar, a través de mí, los lugares y las gentes que yo amé y conocí.

En el mundo en que vivimos hay que mantener una gran dosis de inocencia si no se pretende acabar completamente loco, y después de viajar tanto y asistir a guerras, guerrillas, terremotos o revoluciones, aún me esfuerzo por continuar viéndolo todo con los ojos que veía aquel primer camello que me sopló en el pescuezo, o aquel saharaui tuerto·que me infundía fascinación y pavor al mismo tiempo.

Y esos mismos ojos de asombro se abrieron una tarde a la magnificencia y excentricidad de una Brasilia absurdamente lógica, por la que un taxi se lanzó a más de cien kilómetros por hora sin disminuir ni un solo instante en su velocidad, ya que no existía allí ni un solo semáforo, ni un cruce al mismo nivel, ni un simple «stop»; tan maravillosamente complicada y perfecta es su concepción urbanística.

Por nacer la ciudad de la nada, por no existir problema alguno de espacio o economía, el urbanista Licio Costas puso en práctica con absoluta libertad sus geniales conceptos de lo que debe ser el tráfico en una gran ciudad para que resulte rápido y fluido.

Resulta inútil preguntar la fórmula: nunca llegué a comprenderla ni en ése ni en posteriores viajes, pero lo cierto es que se hace necesario un nuevo concepto de lo que es conducir un automóvil; un revolucionario estudio de lo que significan la izquierda y la derecha; el adelante y el atrás.

Y luego la ciudad, sorprendente por su audacia; por el ingenio de su arquitectura; por la deslumbrante fantasía de sus edificaciones y plazas públicas; por la fría inteligencia de su concepción.

Fría es, quizá, la palabra que mejor designe Brasilia; asombrosa en tantos aspectos, pero carente al propio tiempo de toda alma; de cualquier clase de espíritu; de esa vida propia y ese calor humano que dan los hombres, las mujeres y los niños a tantas otras ciudades mucho menos imponentes, mucho menos sofisticadas, pero mucho más habitables.

Se entiende, viéndola, por qué ministros, funcionarios y diplomáticos se aterrorizaron cuando el presidente Juscelino Kubitschek decidió convertir su sueño en realidad y se lanzó a construir en el centro del país, en plena selva del Planalto, la capital de la nación.

Todos cuantos vivían junto a las playas de Copacabana, disfrutando de la más hermosa ciudad del mundo, sintieron que ese mundo se les caía encima el día que tuvieron que abandonar su adorada Río de Janeiro para trasladarse a la soledad de una ciudad nueva, yerma y sin alma.

Stefan Zweig escribió que Río es la Naturaleza hecha ciudad, y no cabe duda de que la definición es acertada. En ninguna otra capital desempeñará la Naturaleza un papel tan importante de decorado, de telón de fondo, de pieza clave y razón de ser de la configuración urbana; y las playas, la bahía, los morros, cada cerro, y la laguna, la vegetación en todas sus formas, las islas que, a docenas, la circundan, son para la ciudad de los cariocas más importantes que las grandes avenidas, que las plazas, que los edificios, que los habitantes mismos, puesto que todo está sujeto al capricho de los elementos, y el hombre no ha logrado —como en otras partes— transformar el paisaje, hacerlo irreconocible, sino que ha tenido que adaptarse a él, aprovechando el espacio que la tierra y el agua quisieran dejarle.

El ser humano ha luchado a conciencia, ha intentado imponerse y aun, en ocasiones, ha conseguido grandes victorias, pero, en el fondo, cuando se la contempla desde cierta distancia entre la bruma del atardecer o la calina de algunas mañanas, se advierte que Río podría muy bien no estar, que si se la abandonase, pronto la Naturaleza sería de nuevo dueña de todo y que tan sólo la silueta del Cristo del Corcovado, con sus sesenta metros de altura, destacaría sobre la cresta de rocas.

Y, sin embargo —y esto parece una absurda contradicción—, el espíritu del hombre es lo que le da a Río su propia personalidad, su estilo; podríamos decir que su alma.

Tal vez resulte por ello tan hermosa. La Naturaleza, más fuerte, más portentosa, más llena de contrastes y de belleza aquí que en ninguna otra parte, le da su forma externa, y el hombre, el carioca, más alegre, más emotivo, más lleno de matices que también en parte alguna, le inculca el soplo de la vida.

Ha sido necesaria, por tanto, la comunión perfecta

de las dos grandes fuerzas terrestres, Naturaleza y Hombre, para dar como fruto un hijo complejo y portentoso: un hijo llamado Río de Janeiro.

Botafogo, Leme, Copacabana, Ipanema, Leblon, cualquiera de esas playas bastaría para adornar la mejor ciudad, para darle atractivo y color, luz y encanto, y en Río se suceden, se amontonan, compiten entre ellas por ver cuál es la más animada, la más hermosa y acogedora, la que tiene un agua más transparente y tranquila. Y los cariocas son de tal o cual playa, aman más a ésta o aquélla, la defienden contra los gustos de los otros, casi con tanto entusiasmo como ponen en pertenecer al equipo de fútbol del Bangú, el Botafogo o el Flaminense.

Copacabana, la más famosa, la más fotografiada, la más filmada de las playas del mundo, se lleva sin duda la palma, tanto por su extensión —casi tres kilómetros de punta a punta— como por el color de sus aguas —un verde esmeralda increíble— y su animación: cientos, miles de bañistas que se remojan o toman el sol en verano y en invierno, de la mañana a la noche.

Copacabana es bella, portentosamente bella a cualquier hora, sin distinción alguna, circundada por la avenida Atlántica, en la que se elevan gigantescos edificios que, a veces, parecen apoyarse en otros diminutos, como agachados y de estilos opuestos. La arena se ilumina de noche con el resplandor de infinidad de luces: de las ventanas, de los automóviles, que no dejan de pasar y repasar; de los escaparates que compiten los unos con los otros por llamar la atención; de los letreros luminosos de los cabarets y los restaurantes y las esplendorosas terrazas de los hoteles de lujo que se alzan aquí a docenas.

Y en el paseo, ese paseo a la orilla de la playa que todo el mundo ha visto alguna vez con sus mosaicos negros y blancos formando ondas, las más bellas mujeres, las más graciosas muchachas de alegre sonrisa, de minúsculos bañadores, de un andar que parece hecho, por sus oscilaciones, para seguir el ritmo que marcan en el suelo los ladrillos.

Y la arena blanca, suave, repleta de bañistas, que toman el sol hora tras hora, corren en pos de una pelota o entran y salen del agua entre salpicaduras y risas.

Y en esa misma aréna, papeles; papeles aquí y allí, a cada metro, casi a cada centímetro, y con ellos se mezclan trapos, algas, botellas y otros mil objetos, y esto resulta inconcebible, sencillamente monstruoso en una ciudad tan fabulosa como Río, que debería lucir Copacabana como se luce una joya de incalculable valor.

En las playas de la Costa Azul: en Cannes, Jean-les-Pins, Golfo Juan o cualquiera otra —ridículas, estrechas, atestadas hasta límites increíbles—, cada tarde, cuando los bañistas desaparecen, llegan patrullas de obreros armados de rastrillos, y tras limpiar hasta el último papel o desperdicio, proceden a remover y alisar por completo la arena, con lo que ésta ofrece siempre un aspecto impecable. Resulta comprensible que en Río, por la extensión de sus playas, no se pueda hacer otro tanto, puesto que necesitarían para ello un verdadero ejército, pero, al menos, Copacabana, Botafogo y algunas de las playas más concurridas deberían cuidarse.

Afortunadamente, en Copacabana, por cada tres papeles y una botella vacía hay un carioca, y eso hace olvidar el resto. La muchacha carioca, la *carioquinha* —estatura media, cintura estrecha, piernas un poco gruesas, pelo negro, sonrisa rápida, silueta más que proporcionada y, sobre todo, un andar como no existe otro— constituye uno de los mayores encantos de las playas, las calles y las plazas de la ciudad del Pan de Azúcar, y es aquí donde de nuevo se advierte la influencia de la Naturaleza en la fascinación irresistible de Río. Simpática, vivaz, sin complejos, pero tampoco descaro, cada muchacha es aquí como una ráfaga de alegría despreocupada, una bocanada de aire fresco que invita a reír, a sentirse dichoso, aunque sea tan sólo por verla tan peripuesta, tan saltarina en sus pasos, tan llena de vida. Respira feminidad, tal vez, incluso, sensualidad, pero se puede pensar que es una sensualidad sin malicia, algo a lo que está acostumbrada desde que nació, desde que vio cómo se movían las demás mujeres y comenzó a imitarlas. Después, haciéndose muchacha y también mujer, no pensó en lo que había de provocativo en sus gestos, de insinuante en su figura, y continuó con ello, porque era algo consustancial a su persona, a la de las que la rodeaban, a todas las mujeres de la ciudad.

Y allí están, paseando por las calles, sentadas en las playas y en los parques, acostadas cara al sol en Copacabana, Botafogo o Leme, blancas junto a negras; mulatas junto a chinas; rubias junto a indias, mezcla absoluta y perfecta de todas las razas y todos los colores.

En Río, como en todo Brasil, no existe discriminación racial. Está rigurosamente prohibida, y se castiga con duras sanciones a quien no obedece la ley. Un negro, cualquier negro, puede ir adonde le apetezca, y nadie, por nada del mundo, le dirá que no puede entrar o quedarse allí; todos son libres ciudadanos, y la armonía es perfecta, sin sombra alguna.

Sin embargo, no se ven a los negros en los mismos lugares que a los blancos. Tarda uno en darse cuenta de que se ha cansado de tropezarse gentes de color en las calles y que, no obstante, no las encuentra en los restaurantes, en las salas de fiestas o en determinados hoteles. Al fin llega a extrañarse e investiga las causas; nadie les impide entrar; pueden hacerlo libremente y serán bien recibidos, sin inconvenientes de ninguna clase, pero son ellos mismos los que no lo hacen, en parte por propio convencimiento, y en parte, porque esos lugares son caros, no al alcance de todos los bolsillos, y en Brasil el negro es pobre. Pobre de solemnidad, salvo rarísimas excepciones; tan raras que no se sabe de ninguna. Por ello las gentes de color permanecen al margen y no se pueden permitir ciertos lujos. Trabajarán en las mismas oficinas que los blancos, se tutearán, e incluso serán vecinos, pero nunca frecuentarán los mismos lugares.

A menudo es posible ver en Río magníficos palacetes junto a los que se alzan las tan conocidas *favelas*, las miserables chabolas de los negros más pobres, y no es raro que entre los habitantes de ambas construcciones exista una cierta relación, se conozcan, se saluden e incluso se hagan a menudo favores mutuos. En eso el carioca es un hombre libre y sin complejos, y considera que la diferencia de color o de posición social no constituye un grave problema, ni algo que distancie notablemente a las personas dentro de unas ciertas relaciones de convivencia y buena armonía.

Sin embargo, no es raro advertir que, aun allí, contemplan con cierta sorpresa la pareja formada por una mujer de raza amarilla y un hombre blanco, o viceversa. No dicen nada, pero se vuelven a observarlos y cuchichean entre sí, cosa que no ocurre en São Paulo, donde nadie se preocupa de ello, pues la colonia japonesa es tan numerosa que no es extraño ver por todas partes novios o matrimonios de distinta raza.

Río, como Brasil todo, es una fuente de contrastes, un mundo distinto y portentoso en el que el europeo se siente a gusto, maravillosamente a gusto y como en su propia casa, pero con la ligera impresión de que vive un sueño: el sueño de la subida al Corcovado, el espectáculo fascinante que se contempla desde lo alto, la calma de la bahía salpicada de barcos cuando se observa desde la cumbre del Pan de Azúcar; la ciudad toda que sube y baja, entra y sale, se acopla a la Naturaleza, respira, palpita y llena el ambiente de una personalidad propia y acusada en los atardeceres en calma, cuando las crestas de las montañas se recortan contra un cielo de un azul intenso.

Río es distinta, tan distinta, que faltan palabras, faltan ideas y adjetivos con los que describirla, dar una impresión exacta de cuanto se encuentra en ella. Es necesario un lenguaje propio, muy preciso, el lenguaje lánguido, cariñoso, repleto de diminutivos y grandiosas ampulosidades con que el carioca habla de su ciudad, y se hace necesario escucharlos a ellos, fijarse en cada frase, en cada matiz, porque en esto está, en los detalles, el verdadero duende de Río.

Y, como en los sueños, también en Río todo es posible. No iba a ser de otro modo en la ciudad del Carnaval, en la ciudad en que las gentes se preparan durante semanas, durante meses, durante el año entero, para derrocharlo todo —alegría, fuerza y dinero— en cuatro días de fiestas y bailes en los que podría decirse que todo Río se ha vuelto loco, pues ha estallado el Carnaval, ha nacido de pronto, sorprendente, pese a que hace semanas y meses que tres millones de cariocas vienen preparándose para recibirlo con todo su entusiasmo.

A las doce del sábado, todo se cierra: oficinas, comercios, Bancos, centros oficiales y no oficiales; todo, en una palabra, incluso la mayor parte de los bares y restaurantes, y no se abrirán ese día ni al siguiente, ni al otro. Hasta el miércoles por la mañana —es decir, durante tres días y medio justos—, Río de Janeiro, la fabulosa Río, se entrega en manos de Momo, el viejo Rey del Carnaval, el barbudo borrachín y bonachón, y no quiere saber nada, absolutamente nada de nada. Se olvidan, entonces, la política, los negocios, los problemas, incluso el hambre y la miseria que amenazan al país. Jamás en toda su historia habrá en Brasil en las fechas del Carnaval, ni en las que lo anteceden ni lo siguen, movimiento de masas de ningún tipo; es ése un tiempo sagrado en que nadie quiere oír hablar de otra cosa que no sea su «fantasía», la *escola de samba* a que pertenece o los bailes a que piensa ir.

El ser humano se libera entonces de todas las formalidades a que se ve sujeto por causa de una sociedad demasiado evolucionada. En esas jornadas tiene carta blanca, una gigantesca carta blanca que le permite hacer lo que le apetezca y lo mismo puede pasarse las horas tocando la trompeta que colgado de un árbol, o vestido de indio y convencido plenamente de que ha regresado a la selva ancestral.

No cabe duda de que esto, psicológicamente, es una gran cosa; una tremenda liberación. Al hombre del siglo XX no se le presenta muy a menudo la posibilidad de disponer durante tres días de su propia persona, y si lo hiciera, correría el peligro de que al segundo lo encerraran en un manicomio. Un buen señor que se pasa toda su vida en una oficina entre papelotes y números, se siente dichoso de vestirse de payaso, embadurnarse la cara y, tras ponerse una narizota y teñirse el cabello, pasarse las horas tirando confetis o polvos de talco a los demás, sin que los demás se enfaden por ello. Otro, en traje de Charlot, prefiere buscarse un gran cepillo e ir limpiando el polvo y los confetis que el anterior ha lanzado; un jefe de negociado se disfraza de caballo y galopa como alma que lleva el diablo a todo lo largo de la avenida Río Branco, mientras un señor muy serio, tal vez secretario de Ministerio, lleva un orinal lleno de chocolate, moja en él bizcochos y va ofreciéndoselos a quien se encuentra.

Y todos gritan, gritan y cantan y tocan trompetas, tambores, saxofones, latas, bombos y cuanto se les ocurre. Y poder gritar hasta desgañitarse, hasta que ya no dé más de sí la garganta, es una buena y sana liberación. ¡Cómo disfrutará entonces la pobre bibliotecaria que se pasa la vida con el cartel de «silencio» ante los ojos, que tiene que andar de puntillas y hablar en susurros!

Y qué gusto cantar a voz en cuello los que lo hacemos tan mal y que no nos dejan nunca pasar de la tercera estrofa. ¿Y la maravilla de encontrar en algún rincón una trompeta y soplarla en plena calle sin que vengan a quitárnosla? No creo que nadie —sea cual sea su edad— haya dejado de sentir alguna vez el deseo de tocar algún instrumento, convencido de que no sabe hacerlo, pero curioso por ver si es capaz de extraerle, por casualidad, un grupo de notas acordes que se parezcan a algo conocido.

Y sobre todo existe un detalle que compensa, que resulta maravilloso: de Río de Janeiro huye en Carnaval el «Sentido del Ridículo», y eso, esa idea tan pequeña y tan tonta, constituye, sin embargo, una de las que con más fuerza esclavizan al hombre en sociedad y le impiden sentirse totalmente libre, dueño absoluto de sus actos.

El fenómeno es curioso si se observa con detenimiento. El primer día, el sábado, tan sólo los cariocas, los brasileños que ya conocen el Carnaval, o los extranjeros que han venido otras veces, se lanzan a la calle con sus disfraces. Los demás, no; los demás observan sonriendo tímidamente y conservan aún sus posiciones, se encierran en su propio caparazón, asomando apenas la nariz. El domingo, mirando a su alrededor, los más decididos comienzan a destaparse, a comprender que también ellos pueden divertirse, disfrazarse, hacer lo que les venga en gana, y ya el lunes, en algún avión de la mañana, a primera hora, el «Sentido del Ridículo», ese señor tan estúpido y tan estirado, emprende el viaje, dejando a Río libre y alegre.

No sería muy aventurado imaginar que deben de ser muchos los que en Río, en Carnaval, se encuentran por primera vez a sí mismos.

Capítulo XXIV

ARGENTINA, CHILE Y BOLIVIA

Desde Río, y tras un corto recorrido por São Paulo, que no me gustó en absoluto, y las cataratas de Iguazú, que me parecieron uno de los más grandiosos espectáculos del mundo, continué viaje a la Argentina no sin hacerle una cortísima visita al Paraguay del general Stroerness, donde no quise quedarme, pues no tenía el ánimo para dictaduras de gorra y sable.

Justo es reconocer que también andaban de gorras y sables en la Argentina, y tal vez eso hacía que me sintiera un poco predispuesto contra el país, y en especial contra su capital, de la que me habían asegurado que era tan extensa y monótona como las Pampas que la circundan.

Se enorgullece Buenos Aires de poseer la calle más larga del mundo —Rivadavia— y, tal vez, la más ancha —9 de Julio—, y, sin embargo, en mi opinión más le valiera tener la más corta o la más estrecha y que poseyera, además, un auténtico sabor, un espíritu, eso de que carecen las dos anteriores, pues de nada sirve un récord semejante si no hace más felices a los que allí habitan ni más agradable el conjunto.

En un principio Buenos Aires me pareció verdaderamente hermosa, pues sus largas y anchas calles y algunas de sus plazas me impresionaron. Pero más tarde, a medida que pasaban los días y fui conociéndola más a fondo, me di cuenta de que todo era igual, que no había nada detrás de Corrientes, Lavalle, Florida o la Avenida Mayo, tan sólo repetición de la misma igualdad, calles rectas, cortadas cada cien metros por nuevas calles rectas también, como si cada barrio fuera un calco exacto de otro barrio, y de otro, y de otro.

¡Qué pocas cosas diferentes tiene Buenos Aires! Qué pronto nos cansa, nos fatiga, nos abruma cuando la recorremos a pie o en automóvil, y durante horas no vemos nada que llame nuestra atención. Al final, tenemos que cerrar los ojos, nos distraemos o pasamos por alto plazas, calles, cuadras, como cuando cae en nuestras manos un grueso volumen que habla siempre de lo mismo; una guía de teléfonos en la que tan sólo varían los nombres y los números. Eso es Buenos Aires: una inmensa guía telefónica.

Según esto, y en mi opinión, el noventa y cinco por ciento de la capital de la Argentina y más de cinco millones de habitantes resultan totalmente inaprovechables desde el punto de vista del viajero y del escritor.

Nos queda, por tanto, un cinco por ciento que merece la tención. Ese cinco por ciento formado por la plaza de Mayo con su Casa Rosada, por la Avenida Corrientes, la calle Lavalle, la Boca con su sabor de puerto de vida distinta, de tipismo, un tipismo un poco trasnochado, un poco pasado de moda, pero existente aún, con el paseo de la Costanera, allí donde, bordeando el Río de la Plata y sus aguas sucias, se extienden infinidad de casetas de madera, a las que acuden los porteños en los días de fiesta a atiborrarse con esos *baby-beef* o esos enormes *churrascos* tan de su gusto.

Aquí, mientras unos pescan, otros, en oposición, no se preocupan más que de comer carne, y hay que reconocerlo, qué extrordinaria carne se come en la Argentina, que constituye, sin duda, el paraíso de quienes adoramos esos enormes bistés de más de un kilo, altos, casi crudos, sangrantes, o esas parrilladas en las que se encuentra de todo y que perfuman el ambiente con un olor picante, fuerte, que abre el apetito a un muerto.

En la calle Lavalle —una de las más concurridas de la ciudad, tanto que se ha prohibido el tráfico rodado—, allí, donde en una extensión de unos cuatrocientos metros se abren las puertas de más de una docena de cines, se encuentran también infinidad de restaurantes, y cuando un gaucho —bastante sofisticado, con un largo cuchillo al cinto, su sombrero y sus altas botas— coloca ante nosotros un inmenso pedazo de asado, un asado que hemos visto dorarse ante nuestros propios ojos en el escaparate, ante la mirada también de cuantos pasan por la calle, comprendemos que se les pueden perdonar muchas cosas a los argentinos y muchas cosas, también, a Buenos Aires.

Pero, en definitiva, ¿me gusta o no me gusta la Argentina? ¿Me gustan o no me gustan los argentinos...?

Respuesta difícil que nunca he sabido aclarar cabalmente, del mismo modo que tampoco he llegado a la conclusión de si me gusta o no Santiago de Chile, ciudad tan parecida a Europa en muchos aspectos, que se tiene la impresión de haber perdido el tiempo en realizar un viaje tan largo para encontrar lo mismo que se dejó en casa, aunque existe algo en Chile que afecta al extraño, que le incomoda, y que no depende ya del país, sus gentes o su política, feroz e incomprensible hoy en un pueblo que siempre tuvo fama de civilizado y pacífico.

Y ese algo no es otra cosa que el miedo a los terremotos, al movimiento constante de una tierra inquieta, de unas montañas que parecen tener vida y que hacen que el temor no cese y, unos tras otros, se van sucediendo de tal forma, que no es difícil ver cómo de pronto alguien se queda muy quieto, angustiado, y volviéndose a los que le rodean, pregunta: «¿Se está moviendo?», como si él mismo no quisiera creerlo, como si temiera que le respondieran afirmativamente que la tierra comienza a estremecerse, que un nuevo temblor se aproxima, pues en las memorias, en todos, está la visión dantesca de aquel 1960, en que este país estrecho y largo, esta especie de cinta que se extiende por la costa del Pacífico, se vio sacudido por una mano gigantesca y portentosa; una mano que lo abrió, que lo rompió, desgarrándolo, segando vidas, destruyendo cuanto había, sumiéndolo en la miseria y en la desesperación.

Chile, la de los mil volcanes, la de los largos desiertos, nieves y hielos; la de la geografía extraña e inquietante, en la que todo puede encontrarse y en donde el mar reina a muy pocos kilómetros de donde reinan las altas montañas, Chile de hombres activos, de finas y elegantes mujeres; de europeos trasladados de continente, extraordinario país, en fin, que vive, sin embargo, bajo esa carga, bajo ese miedo, bajo esa constante amenaza del movimiento sísmico, de no sabe qué fuerzas que se esconden en su interior y que pueden acabar de pronto, de la noche a la mañana, con cuanto el esfuerzo humano levantó en el transcurso de los años.

Podría estudiarse si en el chileno existe una psicología del terremoto o si, por el contrario, lucha él mismo por no tener esa psicología; por olvidarlo, por fingir que se ha acostumbrado. Resulta muy difícil llegar a saber qué piensa verdaderamente ante el hecho de que en cualquier instante, cuando menos lo espere, todo puede venirse abajo, y no llega uno a convencerse de si lo acepta con filosofía, resignadamente, o si se niega a pensar en ello, confiando siempre, como ocurre con la muerte, en que no puede afectarnos a nosotros.

Pero mejor que Santiago, mucho más intensamente, es Valparaíso, el antaño fabuloso puerto del Pacífico, el que representa en verdad el alma de Chile, su vida, porque, en el fondo, Valparaíso es como una maqueta, una miniaturización de Chile. Una cadena de cerros que imitan a los Andes, se alzan frente al mar, dejando una estrecha faja entre ella y las aguas, de tal modo que los edificios se ven obligados a trepar por sus laderas, afincarse en ellas mismas, clavándose en la pared hasta tal punto, que se diría que algunos están construidos sobre el aire mismo, precipitándose al vacío, sin apoyo alguno, como en un milagro no de arquitectura moderna, sino de inventiva, de ingenio popular.

Y en estos cerros donde se apiñan, se amontonan, se revuelven casas, gentes, valles y plazas, como si uno de los tantos terremotos de Chile los hubiera mezclado en una gigantesca batidora, está, sin embargo, la verdadera personalidad, lo que diferencia realmente a Valparaíso de otras muchas ciudades y otros muchos puertos.

Viejos, portentosos e increíbles ascensores, suben hasta allí, evitando, a veces —no siempre—, el tener que hacerlo a pie; y son tan arcaicos y trepan por las paredes de forma tan impresionante, que quien no esté acostumbrado a ellos sentirá un temor irrefrenable, aunque a su lado, chicos y mayores, suban y bajen de continuo, con la misma indiferencia con que aquí tomamos un tranvía. El ascensor constituye el medio esencial de transporte en Valparaíso, sin el cual serían necesarios tales rodeos y semejante esfuerzo que harían imposible en ella la vida moderna. Apenas son algo más que un destartalado cajón chirriante, sucio, quejumbroso que, de continuo, amenaza quedar parado a mitad de camino o, lo que es peor, abalanzarse de una vez para siempre, definitivamente, al vacío. Algunos son famosos, como *Artillería*, *Prat*, *Esmeralda*, e incluso uno de ellos trepa por un pozo en el centro mismo de un cerro, de tal modo que abajo es necesaria después una larga galería para alcanzar el aire libre.

Y arriba, en la cumbre de esos cerros, se extienden los barrios más humildes de la ciudad: de obreros y pescadores, aunque también éstos habiten a veces abajo, en el «plan», o en las laderas, entremezclándose con los burgueses, con la clase media, un poco como ocurre en Nápoles, aunque no tanto, porque aquí los ricos prefieren alejarse hacia las zonas residenciales, a Viña del Mar, e incluso más lejos.

Es ésta, pues, una ciudad en el aire, una ciudad colgante, una ciudad que no tiene acá y allá, donde no se anda, sino que se sube y se baja; una ciudad, en fin, que parece exhibirse, formando un inmenso anfiteatro sobre la bahía, mirando siempre al mar y dejando siempre que los que vienen por el mar la miren, la puedan ver en su totalidad con su abigarrado colorido, con sus extrañas formas, con sus salientes y entrantes, plazas y callejas, palacios y chabolas.

Desde Valparaíso, y tras una corta aventura en el Casino de Viña del Mar que me proporcionó algún dinero extra gracias a que el número 8 salió tres veces seguidas en la ruleta, continué viaje a Antofagasta y Arica, en los desiertos del Norte, donde un minúsculo tren que trepaba cansinamente por los contrafuertes de la Cordillera Andina me condujo hacia Bolivia y hacia la que habría de considerar luego, por mucho tiempo, una de las noches más solitarias, impresionantes y extrañas de mi vida.

El tren se había ido deteniendo, de tanto en tanto, en alguna de las minúsculas estaciones del recorrido; pueblos miserables, apenas algo más que media docena de casuchas de barro y paja, y en las estaciones, niños indios y mujeres de sombreros hongos ofrecían dulces, frutas, mazorcas de maíz tostado y algún que otro objeto de cerámica típico del lugar. También vendían —baratísimas— mantas de alpaca o vicuña, gorros de lana de colorines y figuritas de llamas labradas en plata. Eran indios silenciosos, que colocaban su mercancía sobre una mesa o en el suelo, o que la mostraban esperando la oferta.

Nada parecía que se pudiera obtener de ellos, de su mutismo, de sus ojos inescrutables, pero era mi deseo verlos de cerca, observar su vida, y abandoné el tren internándome a la aventura por entre las callejas, sin que nadie pudiera aclararme cuánto tiempo tardaría en pasar otro en el que pudiera continuar mi viaje.

El lugar se llamaba —según me dijeron— Caracoto, y decidí quedarme en él porque advertí que era día de mercado, y pensé que es en los mercados donde puede observarse, con más claridad, la forma de vida de las gentes.

Me llevé una decepción. Si esperaba oírles hablar, ver cómo se expresaban, captar su modo de pensar, me equivoqué. Discutían, sí, uno a cada lado de la mercancía que se trataba de vender o comprar, pero ni el vendedor hacía alabanza alguna de lo que poseía, ni el comprador trataba de convencerle de que le interesaba mucho menos de lo que podía parecer. No había palabrería ni ponderación de tipo alguno; cuando el comprador interrogaba sobre el precio, el otro daba una cifra y entonces todo se limitaba a aceptar o negar o, en todo caso, a disminuir la cantidad.

Podía darse la circunstancia de que existiera el regateo, pero, eso sí, tan sólo un regateo en el que se decían los números secamente, sin añadir palabras inútiles, hasta que, al fin, llegaban a ponerse de acuerdo y se efectuaba la transacción.

Me hubiera divertido enormemente ver la desesperación de un gitano en semejante lugar, sin poder hacer uso de su oratoria, de sus métodos de convicción, pues allí se diría que los hombres no sólo no hablan, sino que ni siquiera escuchan.

A menudo, las operaciones se efectuaban sin que mediara el dinero, mercancía por mercancía, bestia por bestia, y las llamas y vicuñas pasaban de una mano a otra sin que yo pudiera llegar a enterarme por qué se efectuaba aquel cambio y cuál valía más o cuál menos. Ellos las conocían al primer vistazo o, todo lo más, las miraban con detenimiento unos instantes para dar después la cifra o hacer el cambalache. La llama, más que la alpaca, la vicuña, la oveja e incluso el buey, es el animal por excelencia del Altiplano, y no sólo resulta útil por su lana o su carne, sino que constituye una magnífica bestia de carga, aunque no soporta, por lo general, un peso superior a los cuarenta kilos, y cuando se sobrepasa éste, opta por sentarse, sin que nadie sea entonces capaz de hacerla ponerse en pie.

Más adelante alcanzaría a ver largas caravanas de llamas transportando pequeños sacos sobre sus lomos, incansables en la fatiga y parcas en el comer y en el dormir, al igual que sus dueños, esos indios que parecen dotados de una resistencia inconcebible, que son capaces de los mayores esfuerzos aquí donde hasta el oxígeno escasea, donde para el ser humano no acostumbrado a la altura, lo más nimio constituye un increíble y supremo esfuerzo.

Para estos indios delgados, sarmentosos, a veces incluso esqueléticos, la vida a los cuatro mil metros se ha convertido en algo natural, una costumbre, y tienen tras sí generaciones y generaciones de antepasados que se fueron aclimatando poco a poco, aun llegados de la lejana Asia, del nivel del mar y que, con el tiempo, desarrollaron su capacidad pulmonar hasta medidas que pueden advertirse hoy en estos seres de pequeña estatura, y, al parecer —engañosamente—, de débil constitución.

Vestidos a veces con no más que un simple poncho que se meten por la cabeza, son, de igual modo, resistentes al frío, a este tremendo frío del Altiplano, que ayuda notablemente a que el indio sea de por sí sucio, muy sucio, y rara vez llega a darse el caso de que uno de ellos se lave.

Duermen vestidos sobre montones de paja que no cambian nunca, en el interior de sus chozas de barro, sin ventilación que la puerta, que también por el frío permanece cerrada, hacinados, sin separación alguna entre padres e hijos, hombres o mujeres, en una existencia atrasada, tan primitiva, que, a veces, parece más propia de animales que de seres humanos.

Caracoto no se diferencia mucho de todas aquellas aldeas que había de encontrar más tarde en mi camino: Guaqui, Puno, Tiahuanaco, La Raya, una reunión de chozas sin ventanas, de sucios y mohosos techos de paja, coronados todos ellos por una diminuta cruz de madera.

Caracoto se encuentra situada a más de cuatro mil metros de altura y, aunque no sé su altitud exacta, me consta que supera la del Mont-Blanc —la más alta montaña de Europa—, y me producía una extraña sensación advertir que estaba paseándome tranquilamente por allí, cuando el hecho de subir a la cumbre del Mont-Blanc constituye una notable empresa deportiva.

A pesar de que me había quedado solo, de que el tren se había alejado y hacía esfuerzos por conseguir una aproximación a ellos, los indígenas continuaban tan esquivos como antes, y en los días sucesivos llegué a convencerme de que no hay fuerza humana que los saque de su mutismo. Sentados o de pie, en las casas o en las calles, andando o parados no abren jamás la boca, y se diría que ésta no les sirve más que para comer y mascar coca, la eterna coca de los indios andinos, sin la cual parece que no comprendan la existencia.

Capaz de aplacarles el hambre, de calmar la fatiga, de tranquilizarlos o excitarlos, según los casos, la coca es para ellos una planta sagrada que se hacen traer desde lejanos puntos, desde los cálidos valles de los Andes, y mezclándola con cal, la mastican, incansables, y no es raro verlos pasándose la pelota de un carrillo a otro; hombres y mujeres, viejos y casi niños, hallan en ella el remedio para sus miserias y calamidades.

Porque, qué triste es la vida de esos indios, afincados en una tierra que, con mucho esfuerzo, apenas les produce algo más que patatas; esas patatas que conservan tras haber helado y desecado después al sol, y que junto a la quinua, un cereal del Altiplano, constituyen su exclusivo alimento.

El maíz, la cebada y las cebollas son para ellos manjares extraordinarios, y pocas, muy pocas veces en su vida, llegan a probar la carne.

Muchos indios, incluso los niños, andan descalzos sobre la tierra, a menudo encharcada; encharcada de un aguanieve fría hasta lo increíble, y son éstos los seres humanos más duros y de existencia más difícil que he llegado a encontrar en mi vida.

El frío es a veces insufrible, y los vientos llegan desde las nevadas crestas cortando como cuchillos, y no hay en todo el Altiplano un solo árbol, un pedazo de leña o de madera que sirva de combustible, y han de emplear para ellos el excremento de las llamas y las vicuñas que, al arder, lanza un humo apestoso que invade por completo las cerradas chozas sin ventilación.

Al caer la tarde, cuando la llanura tomaba ya una tonalidad entre gris y violeta y, allá a lo lejos, las cumbres nevadas de los Andes destacaban más blancas que nunca, comenzaron a regresar a la aldea los rebaños, conducidos por pequeños pastores, también descalzos, también de rostro serio e inescrutable, que desaparecieron por entre las callejas y pronto, con la llegada de las tinieblas, todo quedó en silencio, como si allí, en aquella inmensidad, no habitara ser humano alguno.

Conseguí un refugio —precario refugio, desde luego— y un lecho y, tras cenar lo poco que pudieron darme, me acosté dispuesto a pasar lo que debía ser mi primera noche de Altiplano.

Antes contemplé largamente el cielo, limpio, sin una nube, y me pareció que me encontraba más cerca que nunca —y en realidad así era— de aquellas estrellas que brillaban por millones. La temperatura no era demasiado fría; podía resistirse, pero pronto comenzó a correr un viento que cortaba la carne, que incluso hería en los ojos, y tendido después sobre el camastro, mirando al techo, pasé largo rato escuchando cómo gemía el viento en el exterior, cómo lloraba contra el tejado de paja, cómo se lamentaba al pasar por entre las calles, con tal insistencia, con tal ímpetu, que se diría que, en cualquier instante, iba a llevarse, volando hasta muy lejos —nadie sabe dónde—, aquellas frágiles construcciones de barro.

Más que en las más intrincadas selvas, más que en el desierto, más que en los llanos, más que en el fondo del mar, comprendí que estaba en ese momento fuera de mi mundo; muy lejos de cuanto había conocido, como si habitara, en verdad, otro planeta, como si me hubieran trasladado a la Luna, pues así debe de ser su paisaje: frío, claro, silencioso, sin un arbusto, sin vida vegetal alguna y poblado de seres tan callados, tan lejanos, de rostro y aspecto tan diferente al nuestro, que podrían ser, en efecto, habitantes de otro universo.

Pero no debe creerse que esa forma de ser y de comportarse de los indígenas del Altiplano puede encontrarse tan sólo en remotos pueblos como Caracoto, abandonados en la inmensidad del Altiplano Andino. Días más tarde, cuando un nuevo tren me condujo, de igual forma lenta y cansina, hasta La Paz, advertí, ya sin sorpresa, que allí en las calles de la capital boliviana muchas cosas seguían igual que en Caracoto.

El viajero que, dotado de una cierta sensibilidad, llegue a La Paz, no podrá por menos que experimentar una extraña inquietud, como un desasosiego, que le hará convencerse de que no es una ciudad cualquiera, sino que en ella están fijas las miradas de los dioses, porque se diría que, pese a su tristeza, a su aire abandonado y su miseria, por todo ello, la rodea un ambiente como de predestinación, y en los atardeceres en calma se respira un aire tan extraño que hace creer que algo, algo portentoso, tal vez una tragedia ni siquiera soñada, tendrá lugar algún día, pues hasta la música del viento —de ese viento que llega del Illimani y de los Andes— es como una preparación, como un preludio, e incluso su silencio estremece y habla de nuevos, de fuertes, de inexplicables peligros que la acechan.

Y sus habitantes, esos indios mustios, silenciosos como dormidos, que ni a alzar la cabeza se atreven, están también convencidos de que el Sino, un Destino que nadie torcerá, se ha apoderado de ellos y los encierra entre sus dedos, sin que nunca, por más que lo intenten, puedan escapar.

No es alegre, ni aun viva La Paz y, sin dejar de poseer una indudable belleza, es una belleza inquietante, y el extraño —a la vez atraído y rechazado— siente deseos de permanecer allí, de esperar que algo ocurra, porque algo habrá de ocurrir, pero, al propio tiempo, le invade el ansia de salir, de huir de tantas sombras —tantas sombras humanas, tantas sombras fantasmagóricas— que cruzan por las calles o por los cielos de La Paz.

Sombras son cada uno de sus quinientos mil habitantes o, al menos, cada uno de sus indios, indios aymará de pura raza, de rostro oscuro, de nariz aguileña, de ojos que resultan a la vez penetrantes y turbios y que jamás sostienen la mirada; que parecen ajenos a cuanto les rodea, que se diría que no habitan este mundo, sino tan sólo su secreto mundo interior; sus propios pensamientos.

Hombres vestidos de oscuro, también oscuras las mujeres, indefectiblemente tocadas con un curioso bombín —¿por qué no podrán vivir sin él las mujeres andinas?— y todos van y vienen, y una triste india toma asiento en la acera de cualquier calle —no importa que sea o no céntrica—, coloca ante sí un cesto repleto de dulces o empanadas que ha hecho ella misma, y espera, paciente, como esperan pacientes otras miles como ella que venden de todo: frutas, verduras, refrescos, cigarrillos, zapatos, telas, jabones e incluso guisos —guisos de no sé qué, cuyo olor repugna—, y así invaden las aceras y las plazas, y es ése el único comercio existente y posible en La Paz; pues allí compran los indios, que jamás buscan un local cerrado, y se alimentan de esos dulces caseros, de esas empanadas y de cuantas cosas pueden obtener al aire libre.

Ése es el comercio de un país cuyas gentes tienen uno de los más bajos niveles adquisitivos del mundo, y es pena tener que confesarlo, La Paz constituye, sin duda, uno de los lugares en que he visto una miseria más acusada y, aunque en ciudades como Lagos, Ibadan, Dakar, e incluso algunas marroquíes, haya encontrado a veces barrios más pobres y de peores condiciones de vida, otros, sin embargo, aparecen florecientes, mientras que en La Paz, el conjunto es de extrema languidez, como si tan sólo se subsistiera sin la menor esperanza, sin posibilidades de que nadie alcance la fortuna, porque el país no dispone de recursos y porque sus habitantes —esa mayoría indígena— parecen carecer también de espíritu; del espíritu que les haga buscar su propio progreso y su bienestar. Son una raza que no desea más que ir viviendo, vegetar, y no aspira a nada, como ocurre en muchos países africanos; como se puede ver sobre todo en Marruecos, donde los individuos parecen aquejados de una extraña enfermedad, un sentimiento de fatalismo en el que no esperan poder llegar a más con sus solas fuerzas.

En Bolivia existe una minoría —criolla o descendiente de españoles en su mayor parte— que lucha y se esfuerza para que su país se coloque a la altura de sus vecinos, del resto del mundo, pero que se estrella siempre, indefectiblemente, contra la pasividad, la tristeza, la falta de carácter y decisión de esa gran masa indígena de la que se podría decir que perdió hace mucho tiempo el ansia de vivir o de superarse, como si creyeran que desde el día que fueron conquistados, que dejaron de ser por completo señores de sus tierras, ya nada mereciera la pena, sin olvidar lo ocurrido y sin comprender tampoco que todo ha cambiado; que son una nación libre e independiente que tiene ahora que luchar —más que nunca— por sí misma.

Capítulo XXV

DEL TITICACA A MACHU-PICCHU

«...y fue aquí, en el Titicaca, donde Viracocha, Supremo Hacedor, dio por terminada su primera creación del mundo, y, concluida su tarea, recomendó a los hombres que se amasen entre sí, que obedecieran y respetaran sus leyes y que fueran temerosos de sus actos.

»Sin embargo, pronto los humanos se volvieron crueles, salvajes y pecadores, y Viracocha los maldijo, lanzando sobre ellos todos los males y enviando, por fin, las aguas que transformaron el mundo; aguas que cayeron durante sesenta días y sesenta noches y de las que tan sólo se salvaron sus tres siervos más fieles.

»Regresó más tarde Viracocha y, ayudado por los tres justos, procedió a la nueva creación del mundo, la segunda, y en ésta decidió dotarlo de luz; esa luz que había faltado en un principio; y allí, en la isla llamada Titicaca, y que dio más tarde nombre al lago todo, ordenó que apareciera el sol; ese sol que la alumbra con sus primeros rayos, que caen en ella despidiendo luces y que antaño iluminaban el templo de oro que allí se alzaba.»

Miles de años han transcurrido desde entonces, y de las ruinas de ese templo no quedan más que desperdigadas piedras que no llegan a tener forma siquiera y sin embargo, en el amanecer sobre el lago, cuando se lo atraviesa de noche de parte a parte y la primera luz nos coge sobre las aguas, vemos cómo el sol, abriendo paso entre las nubes de la distancia más allá de la cordillera de los Reyes, se eleva al fin sobre las altas montañas, sus rayos se deslizan por la blancura de las nieves, y van a herir la tierra sobre la isla Titicaca, que parece recibir la luz con más alegría, con más naturalidad, en un espectáculo más portentoso que en ninguna otra parte de la Tierra.

Quien tenga la suerte de subir al Titicaca, a sus 3.800 metros de altura y navegar por sus aguas, ora quietas, ora agitadas, no podrá nunca dar una clara idea de lo que vio por más que se lo proponga. Es necesario levantarse muy temprano antes de que claridad alguna se anuncie en el horizonte y acodarse después en la borda de ese pequeño y viejísimo navío que atraviesa el lago, para esperar, con paciencia, a que el cielo comience a estallar en luces, en colores distintos, en mil tonalidades que se inician con los grises —increíbles grises—, en los que destacan montañas oscuras, nubes negras, de una negrura que atemoriza y, allá al fondo, a cien kilómetros de distancia, la serranía de los Andes, la inmensa cordillera en la que aún no se dibuja el blanco, porque el blanco tardará en aparecer. No se centra aquí la lucha entre la violencia del azul del cielo y las rojas nubes; se ciñe, más bien, en los matices, en los detalles, y la silenciosa contienda que se establece cada día entre las sombras y la luz, dura minutos, largos minutos hasta que al fin, a lo lejos, aparece un amarillo disco que lanza sus rayos uno a uno y el primero de ellos va a iluminar aquella isla del centro del lago, en la que el dios Viracocha creó el astro rey y la luz, hace miles de años.

Frente a ella, a no más de una milla, Coatí, la Isla

de la Luna, se alza también; y también en ella se elevaron los templos, porque no quiso el dios que el Sol estuviera sin compañera, como no debía estarlo tampoco el hombre, que no es buena la soledad, y el astro debía tener una esposa.

En total, son veinticinco las islas que se alzan en el pequeño mar que es este lago, que en su parte más larga, de Norte a Sur, llega a contar más de doscientos kilómetros de longitud. Pero de esas veinticinco, tan sólo las dos mencionadas tienen importancia. Las restantes surgen aquí y allí, algunas sin elevarse casi sobre la superficie de las aguas, como un bosque, o apenas algo más que un hacinamiento de plantas acuáticas —*totora* en su mayor parte—, esa *totora* que resulta imprescindible a los habitantes del lago, a las dos razas de indios que viven aquí, en las orillas o sobre las mismas aguas: los aymarás y los urus, que han llegado a formar una verdadera cultura de la *totora* y que con ese junco, que es para ellos como un don divino, un «maná» inagotable, construyen sus casas, sus balsas, con las que irán a pescar, y crían su ganado, fabrican esteras e incluso se alimentan de sus raíces tiernas.

La tierra es aquí infértil, demasiado alta para que se pueda cultivar en ella, y los urus viven aún como lo hicieran cuando llegaron los españoles tantos siglos atrás, y no existe diferencia alguna en sus costumbres, en su forma de existencia, ni casi en sus creencias, pues aunque el cristianismo los haya atraído, conservan, sin embargo, infinidad de sus propias supersticiones, de sus propias ideas, de todas aquellas que heredaron de sus antepasados. Y aún Viracocha continúa siendo un dios importante, y aún se teme a los espíritus de los muertos, y raramente un indio se atreve a cruzar cerca de las tumbas de una necrópolis de los «chipayas».

Es difícil que cambien de forma de pensar los indios del Titicaca, es difícil que los urus dejen de ser tan increíblemente vagos, tan portentosamente perezosos, que en tiempo de los incas les impusieron un tributo especial: «el tributo de la pulga», por el que cada uru tenía que entregar mensualmente un canuto lleno de ellas, pues era ésta la única forma de obligarles a hacer algo, aunque sólo fuera buscárselas.

El transcurso de los siglos no los ha cambiado, y aún se les puede ver junto a sus chozas, muy oscuros de piel, casi negros, sin decidirse a hacer algo más que vivir de la *totora*, criar unas cuantas gallinas y pescar en las aguas del lago esos diminutos peces, los «boga», de carne fina y exquisita. Satisfechas las mínimas necesidades, dejan transcurrir las horas contemplando el lago, viendo nacer o ponerse el sol sin hacer absolutamente nada, sin deseo alguno de progresar, de unirse a la vida moderna y salir de su triste condición.

A pocos kilómetros al norte del Titicaca, ya en la orilla peruana, nace el Urubamba, un río frío, oscuro, impetuoso, que se abre camino por entre riscos que causan vértigo, altas montañas, de los altos Andes, luchando contra las rocas y los meandros; luchando contra la vegetación toda, para formar primero un hermoso valle: el Valle Sagrado de los Incas, fértil vega abierta, pero abierta a las altas montañas, a los altos Andes, que parecen guardarlo; que lo protegieron durante siglos de la mirada de los hombres, que continúan haciéndolo, aunque ya los hombres lo atravesaron una y mil veces.

Más tarde, el Urubamba se estrecha y lucha ahora con la selva, una selva que hace subir hacia el cielo un vaho espeso de humedad, como en un baño turco en que todo, todo es denso.

El Urubamba, río de los incas, dejó atrás cultivados campos, maíz y cebada, rincones de paz, prados donde pastaba un ganado tranquilo y soñoliento, retorcidos caminos; viejos caminos incaicos y antiguas fortalezas como Ollantaytambo, Sayamarca, Puyutapamarca y aisladas ruinas de torreones, palacios, ciudades enteras que se alzaron en este lugar, el predilecto de aquella raza poderosa que, durante años, durante siglos casi, formó uno de los mayores Imperios conocidos.

Destrozado ese Imperio, vencido por un puñado de hombres —de locos— que llegaron de lejanas tierras después de atravesar muy lejanos mares, las fortalezas, las ciudades, los palacios, fueron arrasados, hollados por el conquistador, que no respetó nada, ni nada le detuvo, que fue dueño absoluto hasta de lo más sagrado: el Sagrado Valle de los Incas.

Y al fin, aunque la selva no logró detenerlos —esa

selva por la que el Urubamba continúa su camino—, les hizo creer que más allá de la espesura, de la floresta impenetrable, más allá de los increíbles precipicios, de los riscos que se alzaban hasta tocar las nubes, no había ya nada, nada que pudiera interesarles; nada que hubieran dejado los hombres que les precedieron en el dominio de toda aquella región, extensa zona, vasto Imperio incaico, que llegaba desde el lejano Quito, en Ecuador, hasta la baja Chile en el río Maule, extendiéndose por parte del Brasil y la Argentina, agrupando bajo una sola mano, un solo cetro, más de doce millones de individuos.

Y así, ni esos conquistadores ni los que les siguieron, creando un país libre e independiente, supieron nunca de la existencia, allá en el corazón de los Andes, en el corazón de la selva, en la cumbre de uno de aquellos riscos, de uno de aquellos precipicios que se alzan al borde del Urubamba —río frío, oscuro, impetuoso—, de una ciudad portentosa; de una ciudad que había sido —nunca se sabrá cuánto tiempo atrás, cuántos siglos antes— joya entre las del reino o, tal vez, ¿por qué no?, tal vez fue ésta también ruina que incluso los mismos incas ignoraron y que perteneció a aquellos otros que ellos tuvieron que vencer, que destrozar igualmente, para crear sus vastos dominios.

Un tren cansino, lento, que comienza a ascender muy de mañana desde Cuzco y avanza junto al río, junto al Urubamba —frío, oscuro, impetuoso—, conduce hoy, en un recorrido de unos cien kilómetros —en los que el tren invierte a veces tres horas—, hasta el punto que llaman Puente de las Ruinas, al pie de la que fue escondida ciudad de las cumbres.

Esa tren, que va como desperezándose por lo que fuera Valle Sagrado, se detiene aquí y allí, y a él suben y de él bajan seres que en sus rostros, en sus facciones, en su mirada, tienen aún sangre de aquellos que crearon —tanto tiempo atrás— un Imperio.

Por fin, tras muchas y pequeñas estaciones se llega a la que buscamos —Puente de las Ruinas—, y allí se deja que el ferrocarril continúe por la orilla del Urubamba —ese río frío, oscuro, impetuoso—, que, naciendo en la costa del Pacífico, pudiendo ser corto, de nombre propio y propia personalidad, prefiere adentrarse en el inmenso continente, escarbar las selvas, abrirse paso entre las montañas, recorrer los llanos y unirse, al fin, al inmenso Amazonas, dejando que su nombre, sonoro, de extraña sonoridad, quede en la geografía como un simple afluente.

Un puente lo cruza —Puente de las Ruinas—, tan estrecho, que impone el atravesarlo, viendo abajo la revuelta corriente, y después trepa el camino con tantas vueltas y revueltas, que, visto desde allí, el inmenso risco parece inaccesible, y nadie supondría que existe un sendero capaz para un vehículo, y menos aún que en lo alto se esconde una ciudad entera, y tan insospechable es, que, durante siglos, los hombres pasaron por el valle una y mil veces y, mirando hacia las alturas —tantas alturas semejantes hay en aquel lugar—, no vieron nunca, no pudieron imaginar que el nido de águilas de Machu-Picchu los estuviera contemplando con sus inmensas piedras y sus portentosos edificios.

Sube el camino, y siento vértigo. En el fondo, el cañón del río; a los lados, los altos precipicios, las montañas que ocultan sus cumbres entre las nubes densas; nubes como algodón, de un gris que se torna azulado, y en las laderas, una vegetación que es todo selva, increíble, en el corazón de los Andes.

Han sido seiscientos metros de ascensión hasta llegar allí donde, en la falda del Machu-Picchu, el «Pico Viejo», se alza la ciudad que lleva su mismo nombre; ciudad que descubriera, sacándola de su largo sueño de siglos, un explorador incansable, Hiram Bingham, que en aquel día de 1911 contempló, por vez primera, con ojos de asombro, con incredulidad, los muros y las piedras. Porque todo en Machu-Picchu es piedra: porque nada hay que buscar más que piedra, porque la piedra es la representación pura y exacta de lo que el inca nos dejó de su genio. Ninguna otra iguala la construcción incaica y, aún hoy, el hombre con su técnica se pregunta cómo fue que tales moles de granito —de este granito casi blanco que es posible encontrar en todas las ciudades, en todas las fortalezas del Imperio— llegó a obtener su forma, a encajarse en sí mismo, bloque con bloque, con tanta precisión que aún ahora, tantos siglos después, no resulta posible introducir entre dos de ellos la hoja de un cuchillo.

Han pasado sobre la ciudad los terremotos, las lluvias y los vientos. Han pasado tantas cosas, que del recuerdo de los hombres que hicieron posible tal maravilla, nada queda, pero Machu-Picchu continúa.

Debieron de ser necesarios miles, tal vez millones de esos hombres que trabajaron incansables para levantar sus murallas y sus templos, labrar sus escalinatas y montar y llenar de tierra las terrazas de cultivo que la circundan. Miles de seres humanos que desconocían el uso de la rueda y que, sin embargo, llevaron hasta aquella increíble altura —600 metros sobre el encajonamiento del río— las inmensas piedras que pesaban toneladas. ¡Cuántos debieron de morir en el esfuerzo y qué poder era capaz de obligarles a semejante tarea! Y todo ello, todo ese sacrificio, estaba encaminado a lograr una ciudad de no más de dos mil habitantes; dos mil elegidos, probablemente la corte de un monarca y sus servidores, pues el espacio de Machu-Picchu, sus edificaciones, su configuración toda y su situación en la cumbre, no hacen posible una mayor población.

Nos lleva esto una vez más al pensamiento de siempre, al pensamiento que en tantas ocasiones ha hecho sufrir a la Humanidad: unos pocos capaces de esclavizar, de avasallar, a una masa sin número; pero también a esos pocos les llegó el momento y, no sabemos por qué, un día, sin que se puedan adivinar los motivos, sin que nunca llegue a tenerse una certeza, la ciudad privilegiada se despobló, fue abandonada, y los hombres, esos dos mil —no más— que habían hecho de ella su retirado orgullo, la dejaron, huyeron y, sin ser destruida, sin sufrir daño alguno, quedó sola, perdida allá en lo alto, aguardando durante siglos a quienes habían de venir a descubrirla nuevamente, no para habitarla, sino para contemplarla como un misterio fabuloso, desvistiéndola primero y librándola de aquella capa de vegetación lujuriante que el tiempo había echado sobre ella, que escondía sus muros, que ahogaba sus piedras, que llegaba a hacer que el granito blanco se volviese oscuro por la humedad y el musgo.

Tal vez fuera una epidemia, un miedo colectivo de esos que, de tanto en tanto, se apoderan de los hombres, o quizá murió por orden de olvidados dioses, por algún terremoto que, sin dañarla, alejó de ella a los habitantes, o por una señal del cielo, que los brujos juzgaron de mal agüero. Es posible que los dos mil elegidos y sus esclavos marcharan hacia lo desconocido huyendo de una invasión, o buscando algo que invadir, y no regresaron más; pero lo cierto es que aquí quedó sola, languideciendo, inaccesible, construida para que no pudieran hollarla nunca.

Y así se cumplió, pues nadie pasó por ella, la sospechó siquiera, y permaneció perdida; pero sus muros se conservaron intactos, sus edificios se elevaron como siempre, y tan sólo las vigas de madera y los coloreados techos de paja desaparecieron llevados por el viento, por las aguas y por los siglos. Y cuando, más tarde, mucho más tarde, el hombre llegó a la ciudad, ya no lo hizo como conquistador, sino tan sólo para inclinarse ante ella, sorprendido. No destruyó, sino que, por el contrario, se esforzó en devolverle su antiguo esplendor y hacer que otros hombres vinieran a admirarla, a rendirle homenaje, a extasiarse ante la obra de aquellos que la edificaron sólo para ellos mismos.

No puedo analizar cuáles eran mis sentimientos en el momento de entrar, al fin, en Machu-Picchu. Durante años, su nombre había tenido para mí un extraño significado. Era la representación de lo lejano, de aquello que estaba perdido en las montañas de un país del otro lado del Atlántico, vuelto a la vida después de un largo sueño, en el corazón de las selvas y los Andes.

Era para mí —repito— la más pura imagen del misterio; de lo que deseaba, de lo que había sido siempre mi anhelo: viajar, ver; llegar a mundos tan fantásticos y fascinantes como Machu-Picchu.

Por ello no quise saber nada de aquellos indios que ofrecieron mostrarme los mil recovecos de la capital de sus antepasados. No me gustó la idea, porque en mis sueños de niño, en mis sueños de hombre, siempre me había visto solo, caminando por entre las ruinas, tocando con mis dedos, sin ningún testigo, las viejas piedras que me hablarían de seres que desaparecieron; que allí tuvieron una existencia tan distinta a la mía; que allí adoraron a un dios, allí se odiaron, y allí también llegaron a amarse. No quise saber nada de los que descendían de aquellos que habían construido para mis sueños, tantos siglos atrás, un portento como la ciudad «nido de águilas».

Y así marché solo y subí increíbles escaleras talladas en la roca, crucé por estrechos pasadizos y me interné en las casas que, en otro tiempo, fueron casas de no podía saber quién, donde habían nacido hijos, donde habían muerto ancianos, donde se habían amado un hombre y una mujer de los que me separaban tanto tiempo, tantas cosas...

Y una plaza inmensa se abrió ante mí, verde de hierba crecida, y en su centro, un monolito al que tal vez adoraron. Era la plaza del Sol, del Inti-Pampa, donde en mis sueños podía ver a los incas vestidos de relucientes trajes y a las mujeres con cien colores en sus ropas, rindiendo culto a un señor, todopoderoso, que era todo oro del cetro a las sandalias, y junto al cual, extraños sacerdotes permanecían como petrificados. Y allá, en la cumbre, las voces se elevaban pidiendo al Sol, su dios, bienes para ellos, mal para el enemigo, buena cosecha, hijos, felicidad, en fin, para los que construyeron, tanto tiempo atrás, una ciudad para mis sueños.

Subí. Había muchos —más de los que yo recordaba en mi imaginación—, muchos más peldaños, y en la cima, el borde del precipicio que por la espalda también protege la ciudad, se alzaba el Inti-Huatana, un bloque de granito blanco —blanco es siempre el granito de Machu-Picchu— y en el que dicen, y también lo recordaba de mis sueños, que morían las víctimas que eran sacrificadas al Sol.

Pero no, tal vez no fuera piedra de sacrificio, tan sólo, como otros —¿qué saben otros de mis sueños?—, como otros pretenden, tan sólo reloj solar o simplemente rosa de los vientos, pues en su parte más alta, la forma cuadrangular que toma, señala en cada una de sus esquinas hacia uno de los puntos cardinales con extraña exactitud.

No me había mostrado nunca, sin embargo, mi imaginación, y es que ni tan siquiera la imaginación es capaz de suponer o crear tal portento, la maravilla del Templo de las Tres Ventanas, al pie mismo del Inti-Huatana y que abre los grandes huecos que dejan entre sí increíbles bloques, a tres puntos tres panoramas sin igual, sobre el cañón del Urubamba y sobre el Huayna Picchu —el Pico Joven—, que lo domina todo.

Cuentan las leyendas —¡cuántas leyendas hay en

la historia incaica, que no supo nunca escribirlas!—
que desde esas ventanas salieron los pueblos que habitaron el Valle Sagrado y, de la última, los ocho
hermanos Ayar, dos de los cuales —Manco Cápac y
Mama Ocllo— crearían la estirpe de dominadores
que llegaron a formar el increíble Imperio de los
incas.

Muchas son las leyendas sobre la creación de ese
reino, pero lo cierto es que aquí, en Machu-Picchu,
el majestuoso templo exhibe con orgullo las gigantescas ventanas, y resulta extraño, pues en las restantes construcciones no se advierte nada parecido,
porque huyeron siempre de los detalles inútiles, de
todo aquello que no fuera imprescindible.

¡Qué pocos adornos existen en esta arquitectura!,
¡qué poco abundan los grabados o bajorrelieves de
que tan amigos eran los mayas y los aztecas, incluso
aquellas mismas razas más antiguas, que se extendieron por este territorio, siglos antes, creando la extraña civilización de Tiahuanaco!

Los modernos proyectistas que van a la línea esencial, que han creado estilos que imaginan propios y
nuevos, deberían detenerse a considerar cuántas enseñanzas pueden hallar en esas edificaciones gigantescas, en las que unos hombres salvaron, sin técnica
alguna, problemas que, aún hoy, parecen irresolubles.

Debió de ser éste, sin duda, un pueblo guerrero o
un conjunto angustiado que temía por su superviven-
cia y que confiaba más en la solidez de la roca que
en la suya propia. Buscaron siempre una majestuosa
sobriedad, pero huyeron al mismo tiempo de todo lo
que fuera frágil, y se podría decir que en verdad lo
hicieron pensando en que aquella ciudad —su ciudad
predilecta— debía durar, resistir el paso de los siglos,
escondida, ignorada, para que algún día los hombres
pudieran encontrarla.

Sin embargo, poco dice Machu-Picchu de la vida
de los que en ella habitaron. Sólo dejaron muros,
piedras, edificios y cientos de miles de escaleras, pero
nada que pudiera aclararnos quiénes eran, cómo vivían, cuáles fueron sus sueños, sus ambiciones y sus
temores. Existen, sí, las casas y los palacios; existen
incluso barrios a los que hombres nuevos les han
dado nuevos nombres: de los Agricultores, de los
Intelectuales, de la Nobleza, pero, ¿fueron así en

verdad? No lo sabemos. También esos descubridores pusieron, como yo, todo de su parte.

Ver Machu-Picchu, recorrer sus calles, subir sus incontables escalinatas, entrar en sus palacios, rozar apenas con los dedos la piedra donde se sacrificaba a los seres humanos, es dejar que cada cual tenga también algo que soñar; es darle un telón de fondo, un decorado, a la imaginación.

Porque resulta inútil visitar Machu-Picchu sin imaginación. Las piedras nos hablan de seres que desaparecieron, pero no dan detalles, no dicen cómo eran ni cómo pensaban, y por ello, aquí, en el «nido de águilas», es necesario que cada cual se esfuerce en crear por sí mismo los personajes, en darles vida, pues de lo contrario se encontrarían tan sólo ante algo inanimado, sin fuerza ni interés, porque es siempre el recuerdo de los hombres, del espíritu de los seres humanos, lo que hace que las ruinas signifiquen algo más que un amontonamiento de piedras.

CAPÍTULO XXVI

RAMADÁN

De mis sueños de Machu-Picchu regresé, tres días más tarde, a la realidad de Cuzco, la única ciudad que se atreve a disputarle a Quito el título de «Joya Arquitectónica de América», y que la recuerda en muchos aspectos, pues no debe olvidarse que llegaron a ser, al mismo tiempo, capitales del Reino del Norte, y Reino del Sur de los Incas.

Cuzco es como dos ciudades superpuestas: la antigua, la Incaica, cuyos muros de piedra aún pueden encontrarse por todas partes, y la Colonial, la Hispánica, construida a veces sobre esos mismos muros que le sirven de cimientos, con los mismos sillares, y resulta difícil distinguir dónde acaba el Templo de la Luna, o dónde empieza la Iglesia de los Dominicos.

Luego, un avión en el que debía chupar de un tubo de goma el oxígeno que faltaba al sobrevolar la gran cordillera —avión no apto para cardíacos— y a mis pies, tras dejar atrás los enormes nevados y las lagunas color esmeralda, aparecieron las gigantescas figuras geométricas de la llanura de Nazca, hacia la cual el piloto quiso desviarse para mostrarnos ese portento de ingeniería que muchos científicos quieren atribuir a seres extraterrestres que construyeron allí sus pistas de aterrizaje.

Pistas de sesenta kilómetros de largo en una planicie de color de hierro; extraños dibujos que tan sólo pueden percibirse en su total dimensión desde muy alto, más incluso de lo que nosotros volamos, y mi mente se volvió a llenar de fantasías que me asaltaron en Tiahuanaco, al borde del Titicaca, ciudad misteriosa con sus templos gigantes y su colosal Puerta del Sol, donde los autores de *El retorno de los brujos* situaron el punto de partida de una civilización de gigantes llegados de los cielos.

Luego, Pisco, y en sus acantilados, el dibujo de un tridente de más de doscientos metros de altura que parece señalar directamente, a quienes vengan del Pacífico, el rumbo a seguir hacia las pistas de aterrizaje.

¿Qué creer? ¿Es aquélla la obra de Viracocha, el dios de larga barba que un día llegó de lejanos mares y volvió a marcharse prometiendo regresar, o fueron los «marcianos», los mismos cuyas imágenes viera Lorca en las cuevas de Tassili y que entonces me negué a creer?

Nunca he querido encontrar explicación, porque en lo más profundo de mi mente, ha estado siempre el convencimiento de que semejante misterio, como el de Dios, como el de la vida y la muerte, no tendrán jamás una respuesta clara; al menos una respuesta que yo pueda encontrar por mí mismo, y siempre fui partidario de no preocuparme por nada que no pueda solucionar.

Aterricé en Lima con la mente repleta de fantasía, pues Tiahuanaco, Cuzco, Machu-Picchu y Nazca son demasiadas maravillas para poder asimilarlas fácilmente todas juntas, y permití que un microbús me llevara a velocidad suicida hasta el «Hotel Bolívar», desde cuya ventana distinguía la plaza y la estatua ecuestre de San Martín.

Agradable hotel, buena comida, gente simpática, pero se acabó el tiempo; se acabó el dinero y un largo vuelo con apenas unos días de escala en Bogotá y San Juan de Puerto Rico, justo lo necesario para conocerlas, fotografiarlas y tener algo más que contar a los lectores de *Destino*.

De nuevo Barcelona y el tiempo para ordenar y escribir todo lo que traía en la cabeza. Vergés, contento; los lectores, contentos, y yo, contento... Aportaba la «espontaneidad e inmadurez que querían...», y muchos aseguraban que eso era como la lluvia que reaviva una publicación demasiado seria; demasiado localista; demasiado exclusiva y perfeccionista.

Los tiempos fueron buenos, quizá de los mejores que puede soñar alguien que ama los viajes, los países, la posibilidad de una aventura.

Luego, un largo recorrido por la vieja Europa que aún no conocía, y algo que puede considerarse un peregrinaje: Marruecos, donde había transcurrido la primera parte de mi infancia.

Regresé al restaurante «Revertitos» de Tetuán, donde mis padres me llevaban cada domingo a tomar el aperitivo y almorzar. Allí probé a los cuatro o cinco años mis primeros salmonetes fritos, y volví a pedirlos. Un decorado de taberna andaluza; sillas rojas y blancas con asiento de paja; «chatos» de vino y un viejo camarero que aún recordaba a don José y doña Margarita... Reviví todo casi con lágrimas en los ojos, mientras fuera llovía a cántaros en la más terrible tormenta que Marruecos recordaba en muchos años.

A las cuatro de la tarde me avisaron: «El río Martín se está desbordando, y cortará la carretera con Tánger. Los últimos taxis están saliendo.»

Alcancé exactamente el último, en compañía de dos comerciantes, que se sentaron atrás, teniendo al alcance de la mano sus cestas de comida, pues estamos en el mes del Ramadán.

Yo, delante, junto al conductor, y, entre nosotros, también su cesta de comida.

Llovía, llovía y llovía, y la carretera era ya como un mar ante nosotros. El río se desbordó, a punto de arrastrarnos, y los cuatro rezábamos; ellos, a Alá; yo, a quien quisiera escucharme, pues creíamos llegado nuestro último momento y nada podíamos hacer frente a la furia de un río que bajaba tumultuosa e incontenenblemente.

Al fin, empujando con el agua a media pierna para salir del atolladero, alcanzamos una pequeña colina en la que nos sentimos relativamente a salvo, y desde allí, muertos de frío y hambre, contemplamos el río, que rugía a nuestros pies.

Sudaba y tenía sed. Bebí y comí, pero no así mis compañeros, calados hasta los huesos, helados, hambrientos y sedientos, pues no habían probado bocado desde el amanecer: «Desde que se puede distinguir un hilo blanco de un hilo negro.» Los veía desfallecidos y ansiosos, lanzando desesperadas miradas a sus cestas de comida, y al reloj, que no parecía querer avanzar, pero ninguno de ellos, ¡ni uno solo!, hizo gesto alguno para acabar con semejante suplicio; romper su ayuno o beber un simple trago de agua.

Pasaban tan lentos los minutos, que yo mismo me desesperaba.

—¿Cómo es posible? —me asombré—. ¿Hasta qué punto absurdo lleváis la fe?

El conductor señaló el río embravecido:

—Hoy, Alá nos ha dado muestras de su amor, impidiendo que nos ahoguemos —replicó—. Si nos pide que por amor a Él aguardemos hasta las seis para comer..., ¿seríamos tan desagradecidos como para no hacerlo?

Comprendí que jamás entendería una fe semejante, y comprendí por qué los católicos hemos perdido nuestras creencias y nuestra capacidad de sacrificarnos por Dios. Durante años se nos han ido facilitando más y más las cosas, exigiéndosenos menos, y dejando que nuestra fe se enfríe y se transforme, al fin, en nada.

A veces creo que Dios es como las mujeres, o como todo en este mundo: si nada pide; si no exige y recuerda constantemente su presencia, acabamos por olvidarlo, y día a día le prestamos menos atención.

La fe musulmana continúa siendo hoy tan rígida e intransigente como el día en que Mahoma la pregonó. Los mahometanos mantienen su mes de ayuno en Ramadán, rezan diariamente, se encuentren donde se encuentren, y —la mayoría— cumplen el precepto de no beber alcohol y no comer cerdo. Nadie les ha concedido bulas o dispensas; nadie ha sido benevolente con ellos cuando no acataron los preceptos... El resultado estaba allí; en aquellos tres hombres helados, fatigados y hambrientos, que aguardaban a que la radio del taxi transmitiera el cañonazo de las seis, para, ¡sólo entonces!, lanzarse a devorar cuanto llevaban.

Tánger, Rabat, Casablanca, Marrakech, Sidi-Ifni, y de nuevo el Sáhara de mis doce años; el desierto en que me hice muchacho y luego hombre; el que llevaba grabado, más que ninguna otra cosa en este mundo, en el fondo de mis ojos.

Pero, ya lo he dicho, se había convertido ahora en tierra de legionarios y militares que no lo amaban, que no lo conocían; que preferían el jeep al camello, la gacela muerta, a la gacela libre.

Recorrí El Aaiún, Smara, varios fuertes perdidos en la frontera, y recalé, por último, en Villa Cisneros, donde pasé la noche jugando al póquer con tres tenientes de la Legión. Al amanecer, el avión que debía llevarnos de regreso a El Aaiún, aguardaba con los motores listos. Dimos la última mano, recogimos nuestro dinero y el teniente Ramirito y yo salimos corriendo hacia la cabecera de la pista de arena.

El aparato era un viejo «Junkers» trimotor, de los que Hitler retiró del servicio por viejos, justamente en los días en que yo nacía. Veintiséis años más tarde, allí estaba, sin embargo, demostrando que hasta en eso se había equivocado el Führer, desafiando al tiempo y al desierto, con las puertas amarradas con cuerdas, la mayor parte de las ventanillas rotas y sin cristales, y un tembleque nervioso que le corría de la cola a los motores.

Tan sólo tenía dos largos asientos adosados a la pared, de los que usan los paracaidistas, y allí se amontonaban media docena de legionarios, cuatro o cinco moros asustados, dos cabras, un enorme barril de pescado y el pequeño zorro mascota de Ramirito.

Si en tierra hacía calor, a mil quinientos metros de altura, con las ventanillas abiertas al viento, estábamos a punto de congelarnos bajo nuestras ligeras camisas.

La noche de póquer había sido larga sin embargo,

y me dormí en un rincón y Ramirito en otro. Cuando un bache me despertó, miré el reloj y comprobé, asombrado, que deberíamos estar en tierra desde hacía cuarenta minutos.

A mi alrededor, todos, salvo Ramirito, que dormía, aparecían verdes de miedo, y varios moros vomitaban, al igual que una cabra y el zorro, mientras la otra cabra se entretenía en comerse la correspondencia oficial que había encontrado en una saca de cuero.

A gritos, porque el estruendo de los motores penetraba por las ventanillas a su gusto, pregunté lo que ocurría y me respondieron que estábamos perdidos. Era el primer vuelo sobre el desierto del piloto, y había extraviado el rumbo, pese a que no tenía más que seguir la costa. Nos encontrábamos en medio del Sáhara, volando a «ojímetro» y rezando para que durase el combustible, cuyo marcador no funcionaba desde el año en que yo hice la primera comunión.

El piloto viraba a un lado, buscaba, no encontraba nada, y luego giraba acrobáticamente hacia el otro, lanzando a legionarios encima de cabras y moros encima de zorros.

Pero El Aaiún no aparecía.

Pasó media hora de incertidumbre, en que subimos, bajamos y fuimos a derecha e izquierda como en un portentoso tiovivo, hasta que uno de los nativos señaló alborozado hacia el suelo:

—¡El río de dunas! ¡El río de dunas...!

—Efectivamente... Un río de dunas... ¿Y qué?

—El único río de dunas que hay por estas zonas pasa por El Aaiún.

Comunicaban la feliz noticia al piloto, que la aceptó convencido, y se limitó a preguntar:

—¿Pero tenemos que seguirlo hacia el Norte, o hacia el Sur?

El moro no lo sabía, y optamos por el Norte. Quince minutos después aterrizábamos sanos y salvos en El Aaiún. Desperté a Ramirito, que no se había enterado de nada; bajó, estiró las piernas, consultó su reloj y se volvió, asombrado, al piloto, que descendía en ese momento:

—¡Oiga...! —exclamó—. ¿Se ha dado cuenta de que traemos casi dos horas de retraso...?

Se cayeron a bofetadas allí mismo, y cuando logramos separarlos me llevé a un Ramirito sucio de tierra, vino, sangre y vomitaduras de cabra, a la terraza del «Club de Oficiales», donde pedimos un par de cervezas y unas almejas que nos estaban haciendo mucha falta.

Aún no habíamos terminado la primera docena, cuando pasó un coronel. Ramirito se cuadró, y el coronel lo miró con asombro, arrugando la nariz ante la peste a vómitos, pescado y alcohol.

—¿Y usted qué hace aquí? —vociferó.

—Estoy de paso, señor... Voy a casa con permiso...

—¿A casa? ¿Usted...? ¿Con ese uniforme y esa pestilencia...? Usted es la deshonra del Ejército, teniente... Nunca, ni en los peores tiempos de la guerra en Rusia, vi a nadie tan sucio y apestoso... ¡Un mes de arresto!

—¡Pero, señor!

—Una palabra más y lo subo a tres meses... Preséntese ahora mismo al oficial de guardia...

Nunca volví a ver a Ramirito. Llevaba año y medio en un fuerte perdido en la frontera sur, sin ver a una mujer, tomarse un trago o jugar una buena partida. El día anterior había llegado a Villa Cisneros en la primera escala de lo que esperaba sería un maravilloso mes de vacaciones en Santoña.

Por mi parte, esa misma tarde volé a Lanzarote, una de las islas más extrañas y entrañables del mundo, y tras una corta estancia y una nueva visita a la Montaña del Fuego y los Jameos del Agua, embarqué hacia la diminuta isla de La Graciosa, donde su alcalde, don Jorge Toledo, viejo amigo que me había enseñado años atrás dónde se encontraban las mejores pesquerías de los alrededores, me recibió con los brazos abiertos y me acogió en su casa por el tiempo que quisiera quedarme.

No hay lugar en el mundo como La Graciosa para un buen descanso; sin luz, sin teléfono, radio o televisión; nada más que una isla de arena solitaria; un mar lleno de vida, y la gente más sencilla, agradable y servicial que pueda existir.

Me dediqué a leer, pasear y practicar mi deporte favorito: la pesca submarina. Luego navegué en solitario hasta la isla de Alegranza, donde mi abuelo había sido durante años torrero de su faro, y antes de emprender el regreso a Tenerife, hice también una corta visita al faro de la isla de Lobos, donde nació mi madre: única persona —que se sepa— que vino al mundo en ese peñasco abandonado entre Lanzarote y Fuerteventura.

Mi abuelo fue torrero también allí durante años, y a poco de nacer mi madre el faro se automatizó, por lo que quedó abandonado. Cuando recorrí sus patios y descubrí en ellos viejos juguetes olvidados, no pude menos que preguntarme si habrían pertenecido, quizás, a mi madre y mis tíos.

Ya en Tenerife, una de mis primeras visitas fue a un viejo y querido amigo, José Badía, por aquel entonces abogado de la Cámara de Comercio, quien me invitó a unirme a un grupo de miembros de dicha Cámara que marchaban a África Central a realizar un estudio económico sobre las posibilidades de un intercambio comercial entre el continente y las islas.

Me agradó la idea, tanto por viajar en compañía de Pepe, con el que sabía que me ocurrirían infinidad de anécdotas e incidentes, como por el hecho de volver a países que siempre me interesaron.

Las anécdotas con Pepe no se hicieron esperar. Con su tradicional despiste, perdió por dos veces los pasaportes, los billetes de avión y toda la documentación del grupo aunque, con su tradicional buena suerte, los volvió a recuperar cuando ya nos considerábamos definitivamente condenados a quedarnos en el Gabón —donde no existía Embajada española— para toda la vida. Luego, en Dakar, confundió a un «travestista» francés con una dulce e ingenua transeúnte, y al comprender su garrafal error, confesó desolado:

—Mi vida se divide en dos etapas: antes de haber piropeado a un hombre, y después de haber piropeado a un hombre.

El viaje duró algo más de un mes, y cuanto se puede decir de él es que trabajamos mucho, corrimos mucho de un lado a otro y nos reímos mucho también en lo que fue un itinerario puramente comercial, pero que habría de marcar el camino de las relaciones canario-africanas, con lo que Pepe Badía dejó bien demostrado, una vez más, que poseía un extraordinario olfato comercial y un gran sentido del momento político.

Por mi parte, el viaje sirvió, entre otras cosas, para que se me revolviera la malaria, y, sobre todo, para que me volvieran, ahora de forma realmente insoportable, los terribles dolores de estómago que yo ya comenzaba a considerar definitivamente «de trompa de elefante», y que me traían por la calle de la amargura.

En realidad, no tenía derecho a quejarme; aquellas enfermedades constituían, sin duda, el precio más bajo que se podía pagar por la maravillosa vida que estaba viviendo, por el mundo que estaba viendo y por la tremenda suerte que significaba ver cumplirse, de un modo tan perfecto, la mayoría de mis deseos.

Ni en mis más locos sueños podía haber imaginado, tan sólo unos años atrás, que en tan poco tiempo habría de recorrer tantos lugares, conocer a tanta gente o disfrutar de tantas aventuras, grandes o pequeñas, pero que para mí tenían siempre un significado; me daban algo, me llenaban de vivencias que —presentía— habrían de servirme de mucho años más tarde.

¿Cómo escribir sobre el mundo si no se ha conocido? ¿Cómo describir África y el espíritu de sus cazadores, o Amazonía y la vida de sus indios si no se ha visto con los propios ojos?

Yo admiraba a aquellos novelistas que habían sido capaces de lanzarse a recorrer el mundo antes de considerarse verdaderamente capacitados como para contárselo a otros, y me había lamentado siempre de que los escritores españoles hubieran sido tan poco dados a tales experiencias, limitando la mayoría de las veces sus relatos al pequeño campo de sus ciudades, sus provincias, o aun sus calles, en una literatura demasiado localista que estaba perdiendo, justamente por eso, su influencia en el mundo.

En el siglo de los viajes interplanetarios, en unos tiempos en los que el mundo se había quedado tan pequeño que se podía recorrer tan sólo en unas horas, me parecía imprescindible que los escritores fueran —más que nadie— los que mejor lo comprendieran, porque sería a través de ellos, y del cine, como podrían llegar a comprenderlo quienes se habían tenido que quedar para siempre en sus casas.

¿Cuándo nace la vocación de un escritor?

En mi caso resulta realmente imposible asegurarlo; tal vez —probablemente— nació ya conmigo, no puedo asegurarlo; pero lo que sí es seguro, es que

—quizás inconscientemente— todos mis esfuerzos se encaminaban a intentar llegar a serlo. Si lo conseguiría o no algún día, era algo que estaba por ver.

Y que aún sigue estándolo.

CAPÍTULO XXVII

UN MALDITO EMBROLLO

De regreso a Barcelona me encontré con una nota del entonces subdirector (ahora ya director) del diario *La Vanguardia*, Horacio Sáenz Guerrero, pidiéndome que fuera a verle.

Lo hice en cuanto me sentí un poco aliviado de mis enfermedades, y grande fue mi sorpresa al recibir, de parte del diario más importante y prestigioso de España, la propuesta de ser nombrado corresponsal fijo en Sudamérica, con un sueldo que entonces se me antojaba fabuloso, y gastos pagados en todos mis desplazamientos.

Acababa de cumplir veintiocho años; dos nuevos libros míos habían sido publicados, y me consideraba, en verdad, dueño del mundo. Ahora tenía una auténtica categoría, y por primera vez no andaría con angustias de dinero.

Pedí un tiempo para reponerme de todas mis calamidades, y a finales de año, aún doliéndome el estómago, pero bastante mejorado de los ataques de malaria, emprendí viaje a Venezuela para pasar la Navidad con mi familia y continuar a Río de Janeiro, donde pensaba establecer mi base de operaciones para viajar desde allí a los países vecinos.

En Caracas mis «dolores de trompa de elefante» se agudizaron, y al llegar a Río, a mediados de enero de 1965, me sentía morir. Me establecí en un cómodo hotel de Copacabana, y comencé a buscar apartamento por los alrededores; pero una noche, a las cinco de la mañana, los dolores se volvieron tan insoportables, que comencé a dar gritos.

Apareció un médico, le repetí mi cuento de la trompa de elefante, me examinó a fondo y diagnosticó:

—¡Qué trompa de elefante ni qué infección de aguas estancadas...! Lo que usted tiene es una apendicitis supurada que se lo está llevando...

Carreras, sirenas, ambulancias, y una hora después me operaron de una peritonitis supurada y gangrenada de aquí te espero. Cuando desperté, el cirujano se inclinó sobre mí y comentó:

—Amigo mío... Media hora más, y «fecha el paletó, y parte embora», que traducido quiere decir, más o menos: «se cierra la chaqueta y se va para siempre».

Me quedó una cicatriz de treinta centímetros y un mes de convalecencia que coincidió con la llegada del Carnaval cuatricentenario de la fundación de Río de Janeiro, el más grande, apoteósico e increíble Carnaval que se haya celebrado jamás en la historia de la Humanidad.

¿Qué se puede hacer en Río con veintiocho años, mil dólares mensuales, gastos pagados y veinte horas diarias de tiempo libre...?

Las mañanas en la playa, las tardes, para dormir la siesta y escribir una crónica, y las noches, para disfrutarlas en buena compañía hasta el amanecer. De tanto en tanto, un viajecito a Matto-Grosso, Amazonas, el Nordeste o los países vecinos cuando ocurría algo que merecía un traslado y una crónica.

De México para abajo todo el territorio era mío, con excepción de Argentina y Chile, y aunque fuera un espacio muy grande, no existía lugar al que un reactor no me llevara en menos de doce horas.

Fue entonces cuando a los dominicanos se les ocurrió la absurda idea de iniciar una guerra civil, y a los norteamericanos la más estúpida aún de intervenir en ella y desembarcar sus Marines en las costas de la República Dominicana.

La «Revolución» había sido iniciada por el pueblo, que deseaba la vuelta al poder del escritor Juan Bosch, el único presidente elegido constitucionalmente en el país desde los tiempos del dictador Leónidas Trujillo.

Bosch había sido derribado por un golpe de tipo fascista, respaldado por los norteamericanos y comandado por un triunvirato que presidía un rico hombre de negocios: Donald Reid Cabral.

Ahora Juan Bosch se encontraba en Puerto Rico, aparentemente exiliado, pero, según rumores, prácticamente «secuestrado» por los norteamericanos, que le impedían el regreso a Santo Domingo en aquellos momentos de inquietud.

Volé, pues, de Río a San Juan, y aunque Bosch se negaba sistemáticamente a hacer declaraciones a la Prensa, existía una vieja amistad entre él y mi abuelo José Rial desde la época en que este último se enfrentó a Trujillo, y eso me permitió el acceso a su villa custodiada por Marines en las afueras de San Juan.

Cuando le pregunté si era cierto que se encontraba secuestrado, lo negó:

—Me vigilan hasta en el pensamiento —replicó—. Pero no creo que eso sea un secuestro, aunque los norteamericanos no me permiten trasladarme a Santo Domingo, como es mi deseo.

—¿Cree que su presencia complicaría las cosas...?

Sonrió con tristeza:

—Allí todo es muerte, violencia, asesinato y caos. No creo que ya nada lo complique más. Ni aun mi presencia.

—Pero, ¿cree usted que es necesaria? —inquirí—. ¿Cree que Caamaño, Aristy y cuantos defienden la vuelta de la Constitución no pueden valerse por sí solos?

—Sí, creo que sí —admitió—. Ellos se bastan, y yo he transferido el poder nominal que tengo al coronel Caamaño. Él es el Presidente ahora, y yo soy tan sólo un civil más. Mi deseo sería no regresar nunca; no tener jamás nada que ver con la política y con tantas amarguras como trae consigo.

—¿Y no le importa verse así, relegado, apartado a un rincón, cuando es usted el hombre más querido del país?

—Lo importante —me respondió— es hacer frente a la vida con auténtica virilidad. Ser hombre es de las cosas más difíciles de este mundo. Un hombre en todos los sentidos.

Me agradó esa respuesta. Me agradó, aunque hubiese, sin embargo, en Bosch, algo que hiciese recelar, como si tuviera que estar siempre prevenido, como si su actitud fuese fingida, y su posición, estudiada. No era político; bastaba hablar un rato con él para comprenderlo; no era hombre de acción, capaz de dirigir un país, con lo que eso requiere de firmeza, de violencia, a veces, casi de brutalidad. Su puesto no estaba en la presidencia; su puesto tenía que estar allí, en un despacho, tras una mesa, escribiendo; escribiendo sobre cosas utópicas y democracias perfectas que nunca llegan a convertirse en realidad. Era un intelectual, un intelectual puro, lleno de hermosos ideales, de maravillosos deseos para su pueblo y su país. Pero, a la hora de llevarlos a la práctica, tendría que encontrarse con la muralla de un mundo hecho de realidades, de ambiciones, de miles de problemas a los que él no podía enfrentarse sin más armas que su inteligencia y su voluntad.

Quizá lo que le había faltado siempre era un brazo; un brazo fuerte, una mano que supiera medir y llevar a la práctica lo que él había imaginado. Al no tenerlo, había fracasado en su empeño.

Gobernar un país no es cosa de intelectuales, o, al menos, de intelectuales puros. Juan Bosch se olvidó de que la razón está siempre del lado de los que ganan. Teniendo la razón y la justicia de su parte, las perdió desde el momento en que, para defender la democracia y la paz, permitió que los militares le depositaran en San Juan de Puerto Rico.

De mi entrevista con Juan Bosch no saqué demasiadas cosas en claro, pero sirvió para convencer a *La Vanguardia* de que me permitieran ir a la República Dominicana. La aceptación llegó en mala hora, pues, el día anterior el llamado Gobierno de Reconstrucción Nacional, del «general» Imbert Barrera, en cuyo poder se encontraba el aeropuerto, había ordenado que no se permitiera la entrada en el país a quien no tuviera un permiso especial. Esa orden iba destinada, preferentemente, a los periodistas extranjeros.

Ello se debía a que habían sido precisamente periodistas quienes descubrieron que dicho Gobierno se dedicaba a la tarea de librarse de sus enemigos políticos por el procedimiento del tiro en la nuca y arrojarlos a un río. A la vista del escándalo internacional que ello provocó, los militares no querían que nuevos corresponsales vinieran a meter las narices en sus asuntos.

Pese a ello, un día de mayo puse el pie en la República Dominicana volando en un avión que transportaba víveres y medicinas.

El aeropuerto se encontraba custodiado por soldados de metralleta en mano y gesto hosco, pero nadie pareció reparar en mí cuando salté del avión en compañía de los pilotos, me encaminé al edificio hablando con ellos amigablemente y me colé luego en un taxi que me condujo directamente al «Hotel Embajador».

Si algo ha habido alguna vez realmente parecido a lo que debió ser la torre de Babel, ese algo fue, sin duda, el «Hotel Embajador» en aquellas fechas.

Situado en la falda de una colina, dominando la capital, Santo Domingo, había sido escogido por las tropas norteamericanas de invasión como cuartel general de su Alto Mando, y allí se encontraban hospedadas, también, la mayoría de las Delegaciones diplomáticas que habían tenido que desalojar sus Embajadas en plena línea de fuego, los miembros de las Comisiones Pacificadoras de la ONU y la OEA; los enviados especiales de todos los periódicos y televisiones del mundo; e infinidad de dominicanos que vieron sus casas ocupadas por los constitucionalistas o los militaristas.

La situación en la capital era realmente confusa.

Las tropas populares, acaudilladas —no desde el primer momento— por el oscuro y grueso coronel Caamaño, habían derrotado en toda la línea y cercado en la Base Aérea de San Isidro, a las tropas de la Dictadura, comandadas por el general Wessing y Wessing, de quien se aseguraba que —casi analfabeto— había obtenido sus estrellas gracias a su inquebrantable fidelidad al dictador Trujillo.

Al verse acorralado, Wessing recurrió al gastado truco de acusar a Caamaño de ser un nuevo Castro, y convenció al embajador norteamericano para que hiciera intervenir inmediatamente a los Marines si no querían ver en la República Dominicana una nueva edición de la Cuba de Fidel.

Llegaron los Marines, y con ese refuerzo, los militares contraatacaron, encerrando a los constitucionalistas en el centro de la capital, donde éstos amenazaron con volar todos los edificios públicos, Bancos y comercios si continuaba la ofensiva.

Fue entonces cuando los políticos norteamericanos comprendieron el lío en que se habían metido, y que la opinión pública mundial se estaba volviendo contra ellos por «intervencionistas» e «invasores» en un regreso a la dorada época del «Gran Garrote», de Teddy Roosevelt. En un intento de cubrir las apariencias, los yanquis llamaron en su ayuda a la Organización de Estados Americanos, pidiéndoles que enviaran tropas a «pacificar» y poner orden en Santo Domingo. La mayoría de los países se negaron, pero Brasil, Paraguay, Honduras y Nicaragua, cuyas dictaduras militares dependían de las maniobras de la CIA, se apresuraron a enviar sus soldados para echar así un leve capote a la metedura de pata yanqui.

La situación, pues, el día de mi llegada, era bien curiosa. En la «Ciudad Nueva», el pueblo armado al mando de Caamaño; a su alrededor, un pequeño anillo de tropas de la OEA que los separaban de los militares de la «Ciudad Alta» ahora bajo la denominación de «Gobierno de Reconstrucción» de Imbert Barrera, un hombre que había llegado a «general» no por haber sido amigo de Trujillo, como Wessing, sino por haber asesinado a Trujillo.

Desde la colina, contemplándolo todo, periodistas de los cuatro puntos cardinales, políticos y diplomáticos que no sabían cómo componer aquel lío, y una colonia china que, huyendo de los tiros, se habían establecido en el jardín del hotel y cocinaban, fregaban y se bañaban con el agua de la piscina.

El hotel era un mundo realmente pintoresco. Durante seis meses ocupé la habitación 518, mientras las 511 y 513 estaban arrendadas por un rufián exiliado de Cuba, que las dividió con mamparos y estableció en ellas a cuatro prostitutas, a cuyas puertas hacían cola todos los Marines, muchos periodistas norteamericanos y un buen número de clientes de todas las nacionalidades.

Como, al fondo de ese mismo pasillo, se encontraban las oficinas de la Organización de Estados Americanos que intentaban arreglar aquel embrollo internacional, no era extraño ver a los políticos, mediadores y diplomáticos discutiendo si la intervención para aplastar a Caamaño podría provocar o no un confrontamiento con los rusos que degenerara en un conflicto mundial, mientras cruzaban ante una larga fila de soldados que aguardaban su turno con las putas.

Algunas noches el escándalo de los borrachos y el corre-corre de gente desnuda por los pasillos era tan exagerado, que resultaba imposible pegar ojo.

Recuerdo que una de ellas, particularmente ruidosa y caliente, ya que no funcionaba el aire acondicionado, bajé a tomar el aire al jardín, y me tropecé con el embajador norteamericano ante la OEA, Bunker (que más tarde fuera embajador en Vietnam), seguido como siempre por sus dos fieles guardaespaldas.

«Veo que tampoco puede dormir —comentó con su amabilidad de siempre, ya que fuera de la política era un hombre encantador y algo absurdo, lo que le había valido el cariñoso sobrenombre de *Bugs-Bunny* (Bunker)—. Venga, caminemos un rato, y me contará qué opina de todo este maldito embrollo.»

La verdad es que aquel «maldito embrollo» lo entendían muy pocos, y aún hoy, diez años después, son pocos los que en verdad han llegado a comprenderlo en toda su magnitud.

En la zona constitucionalista o «Ciudad Nueva», el ambiente era mitad de feria, mitad de caos, mitad de campo de batalla, y raro era el edificio que no mostraba las huellas de la metralla, mientras los cables y postes telefónicos aparecían caídos, sin que nadie se preocupara de ponerlos en pie nuevamente.

Por las calles, la gente, armada hasta los dientes, constituía un espectáculo abigarrado y estrafalario. En su mayoría eran muchachos jóvenes, que se vestían como les venía en gana, con improvisados uniformes o detalles que creían que les proporcionaría un porte militar: un casco, un quepis, una gorra de oficial o una guerrera de cazador.

Là mayor variedad estaba, sin embargo, en las armas: docenas, cientos de armas; desde el corto revólver policíaco hasta el largo «45» que algunos llevaban al estilo del Oeste, amarrado a la pierna, sin olvidar los fusiles, metralletas, escopetas de caza, pesadas ametralladoras, e incluso cortos cuchillos que ignoro para qué servirían en una guerra como aquélla.

En su mayoría, daban la impresión de que vivían días inolvidables; su gran aventura; la que les permitiría sentirse hombres para siempre y tener algo que contar cuando fuesen viejos. No se separaban de sus armas ni un instante, pese a que todo estuviese en calma y el calor invitase a dejar tan pesada carga en casa. No podían hacerlo, ni lo harían nunca, pues las armas lo eran todo; el juguete que no habían tenido y con el que siempre soñaron, y también el símbolo de la Revolución, de que estaban en guerra, de que defendían algo.

En cuanto abandonasen esas armas, aunque tan sólo fuese un instante, perderían toda razón de seguir allí, porque, sin el arma, ignoraban qué estaban defendiendo. Tal vez fuese eso mismo, esas armas: defendían el derecho a tener un arma con que defenderse. ¿Defenderse de qué? Quizá de las injusticias sufridas durante años y años de Dictadura, aunque la mayoría no parecían saberlo con exactitud.

Un día pregunté a uno de los jóvenes «constitucionalistas» por qué se encontraban tan ansiosos de emprenderla a tiros y no estuvieran dispuestos a aceptar las negociaciones que se llevaban a cabo para conseguir la paz. Su respuesta me ayudó a comprender un poco mejor a los dominicanos:

—Somos un pueblo que tiene complejo de frustración revolucionaria —dijo—. Durante treinta años, soportamos la más cruel dictadura de la historia de la Humanidad, y aunque en el ánimo de todos estaba aplastar al Tirano y arrastrarle con nuestras propias manos por toda la ciudad, lo mató de improviso la CIA, burlando nuestras ansias de venganza. Ahora, cuando iniciamos una auténtica revolución contra cuanto queda del trujillismo, llegan los Marines y la abortan. Por eso tenemos dentro esa revolución y no pararemos hasta llevarla a cabo.

Me pareció que, hasta cierto punto, tenía razón. Los dominicanos se dan cuenta de que no han conseguido nada por sí mismos; siempre han venido a interrumpirles.

Durante tres décadas, tres millones de seres humanos asistieron, impotentes, al hecho de que el «clan» Trujillo los humillara, y ahora la familia Trujio vivía cómodamente en el extranjero disfrutando de los catorce mil millones de pesetas que se llevaron de la isla. Parecía lógico, pues, que tuvieran ese complejo de frustración revolucionaria y estuvieran ansiosos por tomarse la revancha.

Conocí a una muchacha —Marion— que vivía con tres hermanas en la pequeña ciudad de Puerto-Plata, al otro lado de la isla. Me contaba que cada vez que un miembro de la familia Trujillo visitaba Puerto-Plata, las cuatro hermanas, todas jóvenes y bonitas, se veían obligadas a caer en cama con gripe y a no salir de la casa durante el tiempo que durara la visita. Si, por casualidad, se las hubiera visto, habrían corrido el riesgo de pasar a formar parte del harén trujillista.

Para mis desplazamientos al interior de la zona revolucionaria, había alquilado un viejo «Volkswagen». Cierto día, vino a verme al hotel el propietario de «Radio Tropical», cuyo nombre siento no recordar, que me señaló que por el mismo dinero, ocho dólares, que pagaba por el «Volkswagen», estaba dispuesto a alquilarme un magnífico «Thunderbird» deportivo que tenía encerrado en un garaje.

Me pareció que el cambio resultaba interesante y, al día siguiente, apareció con un magnífico automóvil rojo y negro que pasaba de los 200 kilómetros por hora e incluso tenía aire acondicionado.

La razón que me dio para alquilarme semejante coche por ese precio era que todo su dinero se encontraba en los Bancos, y los Bancos seguían cerrados por culpa de la guerra civil.

Con mi nuevo automóvil salí a pasear por la ciudad, y advertí que todo el mundo me miraba sorprendido. Lo achaqué a la admiración que producía mi reciente adquisición. Sin embargo, apenas penetré en la zona revolucionaria, un jeep con cuatro o cinco muchachos armados me detuvo y, obligándome a descender, se dispusieron a prenderle fuego al coche. Ni mis protestas, ni mi credencial de periodista acreditado ante la Organización de Estados Americanos y ante el Gobierno Revolucionario podían disuadirles. Cuanto obtuve de ellos fueron denuestos y la declaración de que aquél era el coche de la «oligarquía» y el símbolo de la tiranía en el país.

Pronto se apelotonaron en la esquina más de cien personas, y yo estaba viendo que mi flamante «Thunderbird» iba a quedar reducido a chatarra, cuando dio la casualidad de que acertó a pasar por allí Héctor Aristy, vicepresidente del Gobierno revolucionario, con el que me unía cierta amistad. Le llamé a gritos, y le expuse mi problema.

Cuando logró abrirse paso y llegar hasta el coche, lanzó una exclamación de asombro. Luego, se volvió hacia mí:

—¿De dónde lo has sacado? —me preguntó.

Se lo expliqué, y se llevó las manos a la cabeza.

—¡Estás loco! —exclamó—. Éste era el coche preferido de Ramfis Trujillo, el hijo del dictador. En él se paseaba por toda la ciudad e iba señalando a las mujeres que tenían que llevarle, o a las gentes que había que liquidar. Es el coche más odiado del país, y su actual propietario —el que te lo ha alquilado— lo tenía encerrado, porque cada vez que lo sacaba querían quemárselo.

De todos modos, yo me había encaprichado ya con él y no estaba dispuesto a perderlo. Conseguí que Aristy me diera un permiso especial para poder circular, y lo pintarrajeé por todas partes de letreros que decían: «Prensa», «España», «Recién comprado», «Déjeme en paz», «Ya lo sé», etc., pese a lo cual, en más de una ocasión me tiraron piedras y, con frecuencia, le escupían.

Cuando. al fin, optaron por desinflarme las ruedas cada vez que lo dejaba aparcado, me di por vencido y se lo devolví a su dueño, acudiendo de nuevo a los servicios de mi asmático, pero fiel, «Volkswagen».

Para dar una idea de la rapacidad de que era capaz el «benefactor» Rafael Leónidas Trujillo, baste con decir que, habiendo empezado como hijo de un modesto funcionario de Correos, y con el sueldo de policía, un estudio estadístico declaraba que, en el último año de su vida, era dueño absoluto del 70 % del azúcar, el 75 % del papel, el 70 % de la industria del tabaco, el 67 % del cemento y el 22 % de todos los depósitos bancarios del país. Es decir, que en conjunto, más de la mitad de la República Dominicana le pertenecía, así como la vida y la libertad de todos sus habitantes.

Capítulo XXVIII

UNA GUERRA CÓMODA

No cabe duda de que, desde el punto de vista periodístico, la guerra civil dominicana fue, ante todo, una guerra cómoda.

Hospedados en un buen hotel con aire acondicionado, casino de juego, sala de baile y piscina desde que la colonia china levantó el campo, disfrutábamos de ello durante la mayor parte del día, hasta que en la ciudad comenzaban a sonar los tiros.

Solía ocurrir a la caída de la noche; con frecuencia, incluso en noche cerrada, cuando la mayoría nos encontrábamos cenando o en el Casino, perdiendo a la ruleta cuanto ganábamos exponiendo el pellejo.

Si lo que sonaba eran tiros sueltos, nadie se movía; pero si seguían las metralletas, la cosa se animaba, cada cual agarraba su cámara o su grabador, y en el momento en que comenzaban a sonar las ráfagas de pesadas ametralladoras calibre cincuenta, seguidas de inmediato por las explosiones de los morteros, nos lanzábamos calle abajo, hacia la Avenida Duarte, que era donde, casi siempre, se armaba el jaleo.

Recuerdo que una noche en que me encontraba cenando con los embajadores del Ecuador en el jardín de su residencia, que daba a una calle que servía de frontera, se lió tal tiroteo, que tuvimos que meternos bajo la cama del cuarto del chófer, pues era el único lugar al que no llegaban las balas.

Allí estábamos, Marion, los embajadores, el servicio, el chófer y yo, apretujados en dos metros cuadrados, muertos de risa, calor y nervios, oyendo cómo las balas entraban y salían de la casa, y rogando para que no se les ocurriera pegarnos con los morteros.

Ese día la cosa no pasó a mayores, pero un mes después, cuando tres militares intentaron vengarse de un constitucionalista al que llamaban *el Comehombres*, la aventura no resultó tan inocente. Los militares llegaron en un jeep, tocaron a la puerta, y cuando la esposa del guerrillero les abrió, le dispararon, sin más un tiro en el vientre. *El Comehombres*, que cenaba con la metralleta sobre la mesa, comenzó a disparar, mató a un teniente, dejó tuerto a otro y los obligó a refugiarse tras el jeep. Inmediatamente se organizó una tremenda refriega, apagaron las luces de la ciudad, como ocurría cada vez que se liaba el tiroteo, y acudieron unos diez periodistas, acompañados del Nuncio de Su Santidad, que trataba de poner paz.

Cuando intentábamos que los ánimos se tranquilizaran para atender a los heridos, apareció en la esquina un jeep brasileño, montó su ametralladora y, sin preguntar nada a nadie, comenzó a barrer la calle en largas ráfagas.

Allá fue el Nuncio, con su metro noventa de estatura, totalmente vestido de blanco, a tirarse bajo un auto, seguido por periodistas y curiosos, sin excepción de nacionalidad, raza o creencia religiosa.

Surgió entonces en el otro extremo de la calle otra patrulla, esta vez norteamericana, y comenzó a disparar a su vez a los brasileños, sin averiguar si se trataba de amigos o enemigos, y sin detenerse a meditar en que estábamos en medio.

El jeep de los militares saltó en pedazos y comenzó a arder, iluminándonos ahora a los que nos escondíamos, que corríamos como conejos mientras el Nuncio exhortaba:

—¡No disparéis, hijos míos...! No disparéis, por el amor de Dios...

Alguien, no sé quién, aullaba:

—¡Ahí van los hijos de puta...! ¡Mátalos...! —y le metieron más de cien balas al coche del corresponsal de la «Agencia Reuter», un simpático inglés gafudo que milagrosamente salió ileso, aunque el vehículo quedó convertido en un auténtico colador.

El balance de la noche fueron cuatro muertos, siete heridos, tres autos destrozados y un Nuncio Apostólico cubierto de grasa de los pies a la cabeza.

Creo que, en definitiva, hubo dos periodistas muertos y tres heridos en el total de la guerra civil dominicana, lo que quiere decir que, aunque indudablemente cómoda, no dejaba de tener sus riesgos.

Por lo que a mí se refiere, significó una inolvidable experiencia y, sin duda alguna, el mayor éxito profesional que hubiera obtenido nunca ni obtuviera en el futuro.

Mi relación con Juan Bosch me había servido para entrar con magnífico pie en el campo constitucionalista y mantener una cierta amistad con Caamaño, Aristy y su gente. Pronto se demostró, a través de mis crónicas, que me inclinaba abiertamente en su favor, ya que estaba claro que eran los que defendían la Constitución y la voluntad popular, y optaron por concederme la mayoría de las primicias informativas de su sector.

Al cabo de un mes, pasada la primera oleada de reporteros, quedamos en la isla únicamente los corresponsales fijos, de los cuales ningún otro era de origen latino, y eso favoreció más aún mi posición.

El Gobierno de Reconstrucción Nacional, celoso tal vez de mi actitud, optó por intentar atraerme proporcionándome también información de primera mano, y así, sin casi darme cuenta, me encontré de improviso con el hecho absurdo de que, en un determinado momento, era la persona más enterada de cuanto ocurría en la República Dominicana. Grandes periódicos mundiales se dedicaban a reproducir las informaciones en exclusiva que daba *La Vanguardia* de Barcelona a través de su corresponsal.

Debo admitir que gran parte del mérito debía atribuirse a mi amistad con el embajador de España, Ricardo Giménez-Arnau, con el ex ministro del Petróleo de Venezuela, José Antonio Mayobre, enviado especial del Secretario de las Naciones Unidas, U-Thant, y a mi amiga Marion, que conocía a todo el mundo en la isla.

Un buen día comenzó a correrse el rumor de que la Comisión Pacificadora de la Organización de Estados Americanos había encontrado ya al hombre que pudiera unir al país en un Gobierno provisional previa renuncia de los dos «Presidentes» existentes en el momento: Caamaño e Imbert Barrera.

El hombre elegido era un brillante abogado que hasta ese momento se había mostrado neutral en política: Héctor García-Godoy, y absolutamente nadie

sabía cuál era el punto de vista político de García-
Godoy y cómo sería su gobierno si subía al poder.
Imbert Barrera aceptó en un principio, debido, más
que nada, a la presión de los norteamericanos que
amenazaron incluso con quitarle su apoyo, pero Caamaño sospechaba que todo era un enredo y no acababa de decidirse a dimitir.

Lógicamente, todos los periodistas andaban tras
García-Godoy, que se negaba a mostrarse en público
y no daba una sola declaración, pero una mañana, Marion me telefoneó para decirme que García-Godoy
aceptaría recibirme solo, o todo lo más acompañado
de un fotógrafo.

Dos días antes me había ocurrido una curiosa anéc-
dota: al entrar en el cuartel general de Caamaño,
descubrí en la puerta, con cara compungida, a un camarógrafo de Televisión cuyo rostro me resultaba
familiar. Le pregunté de qué nos conocíamos y me
respondió que se llamaba Antonio Ciafarello, de la
RAI italiana. Recordé entonces que había sido un
famoso galán del cine, que llegó a hacer películas con
la Loren, la Lollobrigida y Sarita Montiel.

—¿Cómo es que ahora te dedicas a esto? —me ex-
trañé—. Eras un buen actor.

—Me cansé de aguantar estrellas gordas, viejas y
estúpidas —replicó—. La última película que hice en
España acabó mi paciencia, y ahora hago esto, que
es lo que de verdad me gusta. ¿Podrías conseguirme
una entrevista con Caamaño?

Le hice entrar y lo entrevistó al instante. Luego,
por varios días nos hicimos inseparables, y años más
tarde me llevé un gran disgusto al leer que lo habían
matado en las revueltas de Zanzíbar.

Llamé, por tanto, a Antonio, y le pedí que me sirviera de fotógrafo esa tarde. Aceptó amablemente, y a
las tres en punto nos recibió en su jardín Héctor
García-Godoy, acompañado por el embajador domini-
cano en Londres, Reid-Barreras, que se suponía iba a
ser su ministro de Asuntos Exteriores, aunque luego
renunció al puesto.

Héctor García-Godoy era un hombre extraordinariamente amable e inteligente, pero muy poco acostumbrado a las entrevistas. De hecho, probablemente
era la primera que concedía en su vida, y yo, al notarlo, decidí prescindir del lápiz, el papel o el grabador

y confiarlo todo a mi memoria, dedicándome, simplemente, a mantener una charla que parecía intrascendente, pero en la que se demostró que las simpatías del futuro Presidente se inclinaban abiertamente hacia el lado de Caamaño y los constitucionlistas.

Me encontraba en verdad asombrado de su libertad al hablar, cuando su posición de equilibrio era tan crítica aún, ya que su nombramiento no estaba ni siquiera asegurado, y más me sorprendió cuando afirmó seriamente:

—Yo sé que Caamaño tiene sus dudas en aceptarme, y los norteamericanos no me permiten entrar a verle, pero si mantuviera una charla a solas con él lo convencería...

—Fuera está mi auto —dije—. Como periodista, nadie me registra al cruzar la frontera entre ambas zonas. Si quiere, le llevo.

—¿Se atrevería usted?

—Desde luego... ¿Se atreve usted?

Consultó con la mirada al embajador, y cinco minutos después estábamos cruzando ante las narices de los Marines americanos, que se limitaron a saludarme con la mano, sin reparar en mis pasajeros.

La puerta del Cuartel General Constitucionalista, en la calle de El Conde, hervía de guerrilleros y periodistas cuando detuve mi «Volkswagen», abrí la puerta e hice salir al nuevo Presidente, mientras Antonio Ciafarello tomaba una foto tras otra. La Prensa y la Televisión de todo el mundo se volcó sobre nosotros, que subimos, protegidos, hasta el despacho de Caamaño:

—El coronel Caamaño —dije—. El doctor Héctor García-Godoy...

Se estrecharon las manos y quedaron a solas. Esa misma tarde, Caamaño anunció que aceptaba los términos del armisticio y la designación de García-Godoy para el cargo de Presidente Provisional de la República Dominicana.

A las ocho de la noche, sin embargo, vino a visitarme al hotel un individuo del que yo sospechaba que era agente de la CIA, pues había allí más de cien, entre ellos el famoso Don Mitrione, al que ajusticiarían años después los tupamaros de Uruguay.

Me dijo que el «general» Imbert Barrera quería que fuera a verle y le diera mi opinión sobre la forma de pensar de García-Godoy, al que tampoco conocía. Respondí que lo que yo pensaba podría leerlo al día siguiente en *La Vanguardia* de Barcelona, que era la que me pagaba y tenía derecho a todas mis primicias informativas.

Al día siguiente, en efecto, la mayoría de los grandes periódicos del mundo reproducían las declaraciones que García-Godoy había hecho al corresponsal de *La Vanguardia*, y se extrañaban de que un hombre que aspiraba a ser mediador y llegar a Presidente neutral de un país envuelto en una guerra civil se inclinara tan abiertamente por uno de los bandos.

El revuelo que se armó no tiene descripción. El «general» Imbert Barrera se volvió atrás y declaró que él no cedía su puesto a un enemigo político de tal magnitud, mientras los miembros de la Comisión Pacificadora veían desmoronarse meses de trabajo y discusiones, y algunos periodistas comenzaban a insinuar que yo había falseado las declaraciones de García-Godoy debido a mis simpatías constitucionalistas.

De pronto me vi, sin quererlo, en una situación peligrosa. No había ni cintas grabadas ni un solo papel escrito que atestiguase que aquello era lo que García-Godoy había dicho, y si él quería desmentirlo, se trataba simplemente de su palabra contra la mía.

El mundo se me vino encima cuando esa tarde apareció en mi habitación el mismo García-Godoy, que me pidió copia del cable que yo había enviado a mi periódico. Se lo entregué, lo leyó, y salió al pasillo, donde los periodistas aguardaban. Mi corazón pendía de un hilo.

—Señores —dijo—. Reconozco que he sido imprudente en mis declaraciones, pero admito que, en esencia, el señor Vázquez-Figueroa no ha hecho más que transcribir el espíritu de nuestra conversación.

Nunca un hombre me pareció tan noble. Le hubiera bastado una palabra para hundirme y salvar una posición que le llevaría a la Presidencia de un país, pero no la dijo y fue honrado hasta un límite realmente inconcebible. El día que murió —unos dicen que de un ataque al corazón; otros, que envenenado, pues era el único capaz de derrotar en las nuevas elecciones a Joaquín Balaguer— tuve la certeza de que había muerto uno de los hombres más decentes que había conocido nunca.

La nueva declaración de García-Godoy a los periodistas reafirmó la posición del «general» Imbert Barrera y su negativa a cederle su parte del sillón presidencial. Se llegó a pensar que entrábamos de nuevo en un compás de espera, cuando, una noche, los norteamericanos le dieron media vuelta a sus cañones que apuntaban contra Caamaño y los pusieron a apuntar contra los soldados del «Gobierno de Reconstrucción Nacional».

Al día siguiente, Imbert Barrera renunció, y Héctor García-Godoy fue nombrado Presidente de la República Dominicana.

Capítulo XXIX

UNA CARCEL DE MÉXICO

No quedaba nada que hacer en Santo Domingo, y conseguí visado de turista para la vecina Haití. Un corto vuelo me depositó en el aeropuerto de Puerto-Príncipe, pero las «Tomtom Macoute» de «Papa Doc» Duvalier me impidieron el paso más allá del edificio de Aduanas. Protesté, alegando que mi visado y toda mi documentación estaban en regla, y colocaron un enorme revólver sobre la mesa asegurándome fríamente que se «defecaban» en mi visado y mi documentación. No querían periodistas en la isla, y, o me apresuraba a seguir vuelo en el avión en que había llegado, o me pegaban un tiro.

Inútil resulta decir que continué viaje hacia Miami, aunque nada se me había perdido allí. Pasé una semana en la capital de los cubanos en el exilio, auténtico «Cementerio de Elefantes» al que van a morir todos los viejos millonarios americanos, me bañé en la playa, disfruté de un merecido descanso y regresé a Río de Janeiro, tras una corta estancia en Caracas.

En Río recibí carta de *La Vanguardia* concediéndome unas largas vacaciones y una jugosa prima extra por el éxito obtenido en Santo Domingo, y fue así como regresé a España para comprarme el más caprichoso auto deportivo del momento y alquilar un coqueto y discreto apartamento de soltero en el edificio de peor fama de Madrid, donde era tradición que vivían todas las «mantenidas» de banqueros, comerciantes y gente importante de la capital.

Durante siete años mantuve ese apartamento, y en verdad que valió la pena pagar lo que entonces se consideraba un precio exagerado, pues las «relaciones» que conseguí con lindas vecinitas aburridas compensaba el gasto.

¡Dulce época de crápula junto a mi buen amigo Frank García-Sucre, juerguista y mujeriego empedernido, hoy retirado a la soledad del yoga y la vida contemplativa en las selvas del interior de Venezuela! Dinero, auto de lujo en una España invadida ya por el turismo desprejuiciado, liberalizada en sus costumbres y sin complejos sexuales.

¡Qué distinto aquel Madrid al de mis años de estudiante, sin dinero ni para el autobús y ni una mujer a la que tomarle la mano...!

Las cosas funcionaban bastante bien hasta el momento en que, al llegar a casa, recibí una llamada desde Barcelona ordenándome salir para Santo Domingo, donde los ánimos se habían alterado de nuevo, cubrir una conferencia en Río, entrevistar a un tipo en Bogotá, o simplemente, realizar una serie de reportajes sobre México.

Y hacia México salí una de esas veces, dispuesto a pasarme un mes recorriendo el país de los aztecas y escribiendo una serie de grandes reportajes. Llevaba mi documentación en regla y varias cartas para gente conocida; me instalé en el «Hotel del Prado», y a los pocos días un amigo insistió en presentarme a la directora local de la revista *SP*, que se publicaba conjuntamente en México y Madrid. No recuerdo su nombre; tan sólo, que me propuso entrevistar a los exiliados guatemaltecos y conseguir que éstos me pusieran en contacto con los guerrilleros de Guatemala, que se encontraban en aquellos días en plena efervescencia.

Le respondí que no pensaba visitar Guatemala hasta un año después, y para publicar algo sobre los exiliados debía consultarlo con *La Vanguardia,* pero que, de todas formas, algún día podría charlar con ellos. De momento, mi máximo interés estaba en volar a Acapulco, donde el famoso capitán Etayo acababa de encallar con su no menos famoso barco *Olatrane.* Entre la tripulación de Etayo se contaban mis dos antiguos compañeros de profesorado en el *Cruz del Sur,* los hermanos Manglano, y ya habíamos quedado en que les ayudaría en el salvamento del barco.

A la mañana siguiente, muy temprano, la señora volvió a llamar señalando que había concertado una entrevista con los exiliados guatemaltecos, pero le hice saber que ese día iba a almorzar con los Manglano, y luego saldríamos para Acapulco, por lo que tendríamos que retrasar la cita hasta mi regreso.

Efectivamente, Gonzalo y Vicente, con sus enormes barbas de cinco meses, vinieron al hotel, comimos juntos, subí a preparar mis cosas, y apenas había entrado en la habitación, se presentaron tres policías de paisano «pidiéndome» que les acompañara.

Sin más preguntas, me ficharon y me metieron en la cárcel. Esta noche me «interrogaron hábilmente» sobre mis contactos con los comunistas, los guerrilleros guatemaltecos y los agitadores castristas con los cuales sabían que mantenía relación, gracias a que tenían intervenido mi teléfono.

Uno no es ningún héroe de película, y «canté» lo poco y mal que sabía sobre mi inocente charla con la directora de *SP.* Se fueron, y al día siguiente el comisario, rodeado de todos sus agentes, me informó de que yo había tenido la mala pata de ir a caer en medio de un grupo de agitadores comunistas culpables de las guerrillas de Guatemala, las revueltas estudiantiles que habían tenido lugar recientemente en la Universidad de México, y, casi, casi, la muerte del pobre Manolete.

Por lo visto era toda una gente «malísima», aunque a mí la directora de *SP* me había parecido muy buena persona, preocupada tan sólo por hacernos un mutuo favor.

Al fin, el comisario concluyó, muy serio:

—Esta noche vamos a empezar a detener a esa gente. Usted tiene dos caminos: quedarse, servir de testigo y esperar el juicio, que puede durar meses, en los que tendré que mantenerle encerrado, o salir del país antes de que detengamos al primero de ellos.

—Por favor... —repliqué—. ¿Hacia dónde queda el aeropuerto?

Sonrió:

—Firme aquí, comprometiéndose a no regresar a México en cinco años...

No le respondí que no pensaba regresar a México en la vida y podía metérselo donde le cupiera, porque sería un lugar muy negro y sucio para enviar allí a millones de mexicanos que no tienen la culpa de que su Policía sea una de las más hipócritas, corruptas y rastreras del mundo.

Entre cuatro agentes me llevaron al hotel, donde me vieron pasar como al hijo de Al Capone o poco menos. El recepcionista me tendió un papel, en el que un ex compañero de la Escuela de Periodismo, Peláez, residente desde años atrás en México, me pedía que le llamara. Arrugué el papel e intenté guardármelo para no comprometer al pobre muchacho en qué sé yo qué nueva historia, pero uno de aquellos gorilas me retorció la muñeca, lo agarró y se lo metió en el bolsillo.

—Ya nos ocuparemos de éste —prometió.

Luego, en la habitación, y mientras cerraba mis maletas, comenzaron a meterse en el bolsillo cuanto les vino en gana: encendedor, reloj, dinero, plumas... Uno de ellos ofreció «comprarme» una de las máquinas fotográficas, pero le aseguré muy serio que pertenecían al periódico y no podía venderla.

De allí salimos derechos al aeropuerto. Al llegar, preguntamos cuál era el primer avión que despegaba, y al saber que era en dirección a Houston, Texas, el que parecía mandarlos sonrió:

—Tuviste suerte —dijo—. Si llega a salir para Tokio, mañana te veo hablando japonés.

Me sacaron un billete, que pagaron ellos, y eso tengo que agradecerles, y me acompañaron hasta la escalerilla, permaneciendo allí hasta que se cerraron las puertas. Los pasajeros me miraban como a un gángster o un secuestrador aéreo, y no me sentí seguro y tranquilo hasta que alzamos el vuelo.

A las dos de la mañana aterrizamos en el insoportable calor de Houston. Pasé dos días en la ciudad, me cansé de ella, me fui a Nueva Orleáns, y escribí a *La Vanguardia* contando mi odisea y pidiendo instrucciones al «Hotel Shelborne» de Miami. Recorrí la ciudad del jazz y me fui a Miami.

Al llegar al «Shelborne» me encontré con un enorme letrero que rezaba: «AQUÍ SE ESTÁ CELEBRANDO EL CONCURSO DE MISS UNIVERSO.»

Bendije mi suerte y la maldije cuando el recepcionista me juró que no había una sola habitación. Las chicas más lindas del mundo iban y venían ante mis ojos y yo no podía quedarme. Recordé que en el viaje anterior había hecho amistad con el jefe de relaciones públicas del hotel, Roberto La Cruz, un simpático exiliado cubano, y acudí a su oficina a llorarle que me permitiera quedarme en el hotel aunque tuviera que dormir en la mesa de billar o compartir mi habitación con cualquiera de las misses.

Los amigos están para las ocasiones, y ésta era una ocasión única en la vida. Logré quedarme, y al día siguiente me sentía como el lobo en medio de un rebaño de ovejitas, aunque pronto descubrí que, para feroces, las «chaperonas» o «carabinas» que cuidaban de las misses y las mantenían lejos del alcance de tipos como yo.

Por cada dos misses que compartían una habitación, había una de estas guardianas que no les quitaba ojo ni un minuto, pero pronto me las ingenié, con ayuda del maletero del hotel, un estudiante cubano, y así, nuestras maniobras conjuntas iban siempre destinadas a una determinada pareja, con lo que conseguíamos separarla, y entonces la guardiana no tenía forma de partirse en dos. O él o yo salíamos beneficiados, y hasta el día que me casé aún mantuve correspondencia y buenas relaciones con muchas de aquellas misses del año 65, encerradas en un hotel donde los únicos jóvenes lanzados al ataque con furia exclusivamente latina éramos un maletero cubano y yo.

En parte, ese mismo maletero fue el culpable de un grave problema que tuve más tarde. El día de la semifinal del concurso salimos a tomarnos unas copas. Jamás bebo, y me basta un whisky para marearme. Ese día fueron varios, de tal modo que cuando llegué al teatro cargado con mis máquinas fotográficas no podía enfocar muy bien a las muchachas.

Como periodista acreditado me dieron un magnífico puesto, junto a la pasarela; dejé la chaqueta sobre la butaca y comencé a fotografiar a las chicas. De pronto, vino hacia mí la representante española, Paquita Torres, que luego fuera electa Miss Europa, y traía tanto garbo y tanta gracia al andar, que en medio de mis vapores alcohólicos agarré la chaqueta, la lancé al centro de la pasarela y le grité en plan chulapo: «¡Pisa, Paquita!»

¡Para qué fue aquello!

Todos los fotógrafos se abalanzaron a tomar la escena, y todos los periodistas corrieron a saber quién era yo y si aquélla era una costumbre *very tipycal* de España.

Me serené en el acto y deseé que la tierra me tragara. Esa noche acudió al hotel el encargado de la transmisión en color por Televisión de la C.B.S. para decirme que, desgraciadamente, sus cámaras no habían podido captar la escena porque les tomó de improviso, pero que me agradecería muchísimo que la repitiera al día siguiente, en la final, porque les parecía un detalle que entusiasmaría al público.

Naturalmente, le respondí que eso no lo volvía a hacer yo, ni borracho, ni loco. Me ofreció entonces dos mil dólares y me aseguró que si lo hacía me convertiría en un tipo popular en los Estados Unidos de la noche a la mañana.

Repetí mi negativa y se fue muy compungido. A la mañana siguiente, la mayoría de los periódicos del país, e incluso de Inglaterra y Japón, traían mi foto lanzándole la chaqueta a Paquita Torres, y asegurando que el corresponsal de *La Vanguardia* había resultado un nuevo Sir Walter Raleigh.

Algún gracioso le mandó el recorte al propietario de *La Vanguardia*, y el conde de Godó puso el grito en el cielo asegurando que él no pagaba a sus periodistas para que anduvieran por el mundo tirando chaquetas a las misses. Gracias a Sáenz-Guerrero la cosa no pasó de una reprimenda, teniendo en cuenta el mal rato que había pasado en México.

Visto que me encontraba en América y se había venido abajo el proyecto de escribir sobre México, propuse al periódico realizar un estudio a fondo sobre el que yo consideraba el principal problema de Hispanoamérica: la subalimentación de unos pueblos que no podrían nunca superar su estancamiento y atraso si no se les fortalecía previamente. Con la mayor tasa de crecimiento demográfico del mundo, 2,8 % —mientras Europa Occidental apenas alcanza el 0,8 %—, se puede predecir que en el año 2000 serán unos seiscientos los millones de habitantes de la América de habla hispana, de los cuales tan sólo una tercera parte podrá alimentarse con normalidad. El resto, es decir, cuatrocientos millones de almas, están condenadas de antemano a perecer. ¿Es que no puede una tierra —que sus descubridores creyeron privilegiada— alimentar a los que en ella viven?

Podría, pero se da el caso de que, pese a poseer el 16 % de la superficie habitable del Planeta, y tan sólo un 6 % de sus habitantes, no se encuentra cultivada más que un 5 % de su extensión total, y en algunos casos, como el Brasil, en un ridículo 2 %.

En el mismo Brasil, un destacado miembro de la FAO me redondeó la información:

—De ese 2 % cultivado —señaló—, más de la mitad se dedica a productos de exportación: café, azúcar y algodón, que enriquecen a sus propietarios pero representan el hambre y la miseria para la mayoría. Debería usted darse una vuelta por el Nordeste. Le impresionará lo que verá.

Y lo hice. En la zona del «Gran Sertão» —donde las sequías llegan a convertir las tierras en un infierno— los motines que el hambre provoca entre los campesinos degeneran a menudo en auténticas batallas campales, que originan docenas de muertos. De tanto en tanto, masas famélicas de esos campesinos se lanzan al asalto de las ciudades en busca de algo que comer, y, en más de una ocasión, se ha disparado a matar contra ellos.

A tal extremo llega la miseria, que muchos campesinos se venden a sí mismos o a miembros de su familia como esclavos de las plantaciones, con la esperanza de subsistir. Hace unos diez años, un diario de Bello Horizonte certificó que existían unos cincuenta mil de esos esclavos, y para demostrarlo, el reportero compró uno de ellos. Pregunté si podría hacer lo mismo. No; no podía, como extranjero y periodista, pero me resultaría muy fácil como terrateniente de la región.

Me proporcionaron, sin embargo, la lista de prohibiciones que uno de esos terratenientes imponía a sus semiesclavos trabajadores. Éstos, por orden de su amo no podían:

1.º Jugar a las cartas.
2.º Llevar armas.
3.º Beber.
4.º Pelearse.
5.º Bailar.
6.º Visitar a los enfermos.
7.º Reunirse en grupos o celebrar fiestas.
8.º Criar cualquier clase de ganado sin consentimiento previo.
9.º Abandonar la hacienda sin permiso.

A un trabajador que fue sorprendido con una cabra que se había conseguido para proporcionar leche a sus hijos, se le castigó matándole la cabra e imponiéndole una fuerte multa.

Pregunté la estadística de los niños muertos por hambre, pero no pudieron darme más que datos aproximados. Lo que sí me proporcionaron fue la cifra exacta de las toneladas de azúcar que se exportaban cada año y lo que producía en divisas.

El vicio o la fiebre del azúcar constituye, sin duda, la más triste de cuantas herencias dejara la colonización en Hispanoamérica. En su afán de enriquecerse, los grandes terratenientes dedicaron —y dedican— la mayor parte de sus mejores tierras a la caña, y ésta —absorbente— acaba por destrozar y empobrecer los más fértiles suelos, lo que a la larga acarrea el hambre. Probablemente, al azúcar y al café se deben las más grandes fortunas, pero probablemente también, a ellos se deba el mayor número de los hambrientos.

Si esos productos dejaran de alcanzar sus altas cotizaciones en el mercado y dejaran de constituir auténticas minas de oro para los hacendados, éstos emplearían sus tierras en producir alimentos, lo que contribuiría a aplacar el hambre de sus compatriotas.

—Pero eso no ocurre únicamente aquí —me señaló uno de esos hacendados brasileños—. En Guatemala es aún peor.

Y fui a Guatemala. El 98 % de las tierras cultivables está en manos de unos ciento cincuenta propietarios —contando a la «United Fruit» norteamericana—, y el país, pese a su pequeño tamaño, exporta anualmente un millón de sacos de café. Sin embargo, la inmensa mayoría de la población —india o mestiza en su 80 %— anda descalza y pasa hambre, mientras en la residencial Zona Diez, barrio de los potentados del café en la capital, el «Cadillac» es tan común como el utilitario en Europa. ¿Cuántos «Cadillac»...? No más de ciento cincuenta, naturalmente.

En uno de ellos, un terrateniente, Roberto Alejos —ex candidato ultraderechista a la Presidencia del país, mezclado, al parecer, en el secuestro del arzobispo de Guatemala—, me llevó a conocer su finca, con aeropuerto privado, finca donde se habían entrenado los cubanos anticastristas que participaron en el desembarco de la bahía de Cochinos.

—¿Es cierto —pregunté— que ustedes compran las fincas con indios y familias incluidas?

—Lo es —admitió—. Y muchos nos acusan por mantener ese tipo de «servidumbre», pero, créame, hoy por hoy no se le puede dar aquí nada mejor al indio. Los que pretenden independizarse y se marchan a la ciudad encuentran allí algo peor. No hay industria, no hay puestos de trabajo, no hay nada. Tan sólo el espejismo de unas diversiones y una forma de vida para la que no están preparados. Entre la pobreza de la hacienda y la miseria del suburbio, creo que es preferible la primera.

La mayoría de los indios piensan lo mismo. Nacieron resignados a su suerte, y tan sólo en los últimos tiempos las nuevas generaciones comienzan a alzarse contra ese estado de cosas. No es tan sólo que prefieran no sentirse «siervos», aunque pasen más hambre; es que se rebelan ya contra el hecho de que el país y todos ellos continúen siendo propiedad privada de ciento cincuenta personas.

Si lo lograrán o no, es una cuestión difícil de saber. Son muchos los intereses extranjeros en Guatemala, y por tanto son muchas las fuerzas empeñadas en conseguir que nada cambie por ahora.

Otro tipo de servidumbre o esclavitud puede hallarse con frecuencia en Hispanoamérica, especialmente en el norte de Brasil, Colombia, Perú y Ecuador. Es el conocido como la «deuda», y sobre el cual y referido a Ecuador, la UNESCO dio a luz recientemente un informe escandaloso. Según dicho informe, gran cantidad de propietarios obligan a sus peones a contraer con ellos extrañas deudas —deudas que los pobres analfabetos ni siquiera advierten— y que ya nunca, por más que trabajen, lograrán pagar.

Pasan de ese modo a depender para siempre del «amo», que puede disponer de ellos a su antojo, y que el día que lo desee, está en su derecho de traspasarlos o cederlos a otro, deuda incluida.

De ese modo, los peones son llevados y traídos sin que su voluntad cuente, en una forma de esclavitud velada, tanto más odiosa cuanto más hipócrita.

Pregunté a un indio ecuatoriano qué había comido el día antes.

—Un vaso de hierbaluisa, un plato de arroz de cebada y otro de puré de maíz, señor —respondió.

—Y anteayer.

—Lo mismo, señor. Nosotros siempre comemos lo mismo, señor.

Se puede calcular en unas 1.300 las calorías que consume diariamente aquel hombre, es decir, bastante menos de la mitad de lo que se precisa para una alimentación mínima, dada la zona, el clima y la altitud.

Teniendo en cuenta que el número de calorías que diariamente necesita el ser humano en ese continente varía entre las 2.800 y las 3.000, podremos hacernos una idea de hasta qué punto llega la desnutrición si nos fijamos en las cifras de consumo que admiten los propios Gobiernos o proporciona la UNESCO. En el Norte brasileño es de 1.700; en Amazonía, 1.800, en Ecuador, 1.600, y en Bolivia, 1.200.

Perú y Bolivia constituyen, por derecho propio, los países del frío, el hambre y la coca. En el primero de ellos se calcula que cinco millones y medio de *cholos* —mestizos— se encuentran totalmente fuera de cualquier sistema económico, produciendo ellos mismos sus escasísimos alimentos y sus burdos vestidos.

Para soportar la dura existencia que llevan, deben recurrir a mascar hojas de coca mezcladas con cal, lo que les calma el hambre y la fatiga y les ayuda a combatir el frío.

De creer al norteamericano Gerassi, los campesinos de los Andes peruanos y bolivianos apenas consumen un término medio de unas seiscientas calorías diarias, sustituyendo el resto por coca, aunque, en mi opinión, resulta totalmente imposible subsistir con tal régimen en la altitud —superior a los tres mil metros— de esta región.

Pero, en realidad, ¿cuántos subsisten? Eso nadie podría decirlo, porque nadie lleva aquí estadísticas de los que mueren de inanición ni de los que se extinguen lentamente, pese a ser ésa una de las razas más duras y sufridas del Planeta.

La sierra peruana, y, sobre todo, el Altiplano de Bolivia constituyen, a mi entender —y con gran diferencia sobre el resto—, uno de los lugares más inhóspitos e inhumanos de la Tierra, y en ninguna otra parte se puede experimentar tal sensación de abandono, de desolación, de fatalismo ante el destino y la Naturaleza adversos, como en esta región que parece maldita de los dioses.

Por fortuna, en Perú, ni la costa ni la vertiente amazónica padecen idéntica penuria que la sierra, y ello se debe, más que nada, al consumo de pescado.

Tanto los mares peruanos como las aguas amazónicas son muy ricas en pesca, y este alimento básico viene a paliar, en parte, la deficiencia de calorías de un gran número de peruanos.

Sin embargo, el consumo de pescado no se encuentra extendido en la América Latina tanto como debiera y sería aconsejable. Pese a disponer casi todos los países —salvo Bolivia y Paraguay— de amplias y ricas costas, la industria pesquera apenas si se ha desarrollado, dándose el caso curioso de que el iberoamericano apenas si consume unos cinco kilos de pescado al año, por término medio, mientras en Europa se pasa de los diez, y en Japón, de los quince.

Ahí, en el desarrollo masivo de la industria pesquera estaría una de las grandes soluciones del continente. Según la FAO sería necesario que la producción agrícola aumentase a un ritmo de un 4 % anual durante los próximos veinte años para que se pudiese alimentar a la población que habrá entonces, y eso —lo sabemos— es imposible. Se precisaría, para poner en marcha las tierras inexplotadas, una inversión de más de cincuenta mil millones de dólares, lo que nunca se conseguirá. Si las cosas siguen como ahora, apenas se llegará a la centésima parte de esa cifra.

No obstante, así como la selva, el *sertão*, el desierto o el altiplano resultan difíciles de poner en marcha, el mar, el inmenso mar está ahí, al alcance de la mano, y para dominarlo, para extraerle su fruto, no se precisan más que buenos barcos y gente preparada.

Sorprende el abandono en que vive la industria pesquera de esta parte del mundo, sobre todo si se tiene en cuenta que existen aguas tan increíblemente ricas como la corriente de Humboldt, que sube desde el Antártico a lo largo de las costas chilenas. Pese a ella, pese al inmenso Pacífico, al Atlántico Sur o al Caribe, Hispanoamérica no contribuye hoy más que con un absurdo 2 % a la producción pesquera mundial.

La rápida conquista de sus mares y la nutrición urgente de los hambrientos de ahora, constituye, a mi entender, la única salvación posible de esta parte del hemisferio.

Debemos convencernos de que no hay que esperar ayuda exterior. Nunca se reunirán esos cincuenta mil millones de dólares, y por tanto a Sudamérica la deben poner en marcha los propios sudamericanos.

Ahora bien; de lo que no debe caber duda es de que, pase lo que pase, una población desnutrida y macilenta jamás llevará a término tal labor. Para comprender mejor esto, conviene leer a Josué de Castro, máxima autoridad mundial sobre el tema del hambre:

«Una de las consecuencias más graves del hambre crónica de la población de América Central es su notoria apatía, su tradicional indiferencia y falta de ambición. Este estado psicológico ha sido considerado por muchos como una especie de melancolía racial, pero una de sus causas es seguramente el hambre crónica a que esos grupos humanos han estado sometidos desde la era precolombina.

»Este estado de hambre crónica, con sus déficits de ciertas vitaminas, comienza por embotar el apetito, y cuando el nativo no sufre ya hambre física a causa de la falta de alimentos,

ha perdido el más fuerte estímulo en la lucha
por la vida: la necesidad de comer.»

«GEOGRAFÍA DEL HAMBRE»

Eso opinaba Josué de Castro, pero, según he podido comprobar, cuando estos hombres desnutridos
reciben una alimentación racional, se encuentran a
los pocos meses en condiciones de rendir tanto como
el mejor trabajador europeo.

He visto, en la industriosa São Paulo, «nordesti-
nos» que llegaron a la ciudad casi como despojos humanos, prácticamente incapacitados para todo esfuerzo o para comprender los rudimentos de un oficio, y
que, sin embargo, al año competían eficazmente hasta
con los inmigrantes japoneses, que tenían justa fama
de buenos trabajadores.

De igual modo, cualquier iberoamericano, desde
México al sur de Chile, podría ser «recuperado», mas
para ello sería necesario, ante todo y sobre todo, ali-
mentarle y proporcionarle esas vitaminas de que siempre ha carecido.

El futuro del continente no depende, pues, tanto
de los millones de dólares como de los millones de
calorías.

CAPÍTULO XXX

EL FIN DE LOS ANIMALES

Regresé a Madrid tras un nuevo largo viaje que me
llevó prácticamente a todos los rincones de una Hispanoamérica que empezaba a tener pateada de punta
a punta, pero de la cual nunca llegaría a cansarme,
así como, a menudo, me cansa África tras una larga
estancia.

Volé a Capri, donde rememoré los maravillosos días que pasé con mi hermano durante unas largas vacaciones, en las cuales hicimos el itinerario París-Capri-París en dos meses sensacionales, y de nuevo en Madrid, un día, en un restaurante, descubrí en la mesa vecina a una de las muchachas más atractivas que hubiera visto en mi vida.

Amor a primera vista, tórrido romance pese a sus dieciséis años apenas cumplidos, y cuando llegó la hora de regresar a Guatemala me fui rápidamente tras ella, dispuesto a conocer a su familia, pedir su mano y casarnos.

Mi sorpresa fue grande al descubrir que vivía en la Zona Diez, que su padre era un potentado del café, e incluso les unía una firme amistad con Roberto Alejos. Vi de pronto que mi futuro como esposo era ponerme al frente de una de las «haciendas» de café, cualquiera de ellas, paseando a caballo látigo en mano, por entre la peonada de indiecitos sumisos y comprando y vendiendo fincas con familias de esos indios incluidos.

Todo mi yo se rebelaba contra semejante perspectiva, pero en verdad me sentía profundamente enamorado de Malena, y su familia me hacía notar que con mi sueldo de periodista no podría nunca mantener el tren de vida a que estaba acostumbrada, ni era cosa de llevarla de aquí para allí en mi constante nomadeo.

Decidimos, por tanto, aplazar la boda, ya que, por otra parte, era muy joven aún, y aproveché mi estancia en Guatemala y las muchas relaciones de todo tipo de su familia, para escribir una serie de reportajes sobre el país, que se encontraba sumergido en lo más violento de su agitación guerrillera, bordeando la guerra civil.

Entrevisté tanto a la ultraderecha de la Mano Negra, como a los guerrilleros de Yon Sosa, prochino, y Turcios Lima, procastrista. Fui de un lado para otro de uno de los más hermosos y pintorescos países del mundo; el de cielo más azul y más limpio; el de los más cristalinos lagos y los más tristes indios; el de la violencia más insana y los odios más absurdos, y creí haber conseguido un nuevo éxito profesional casi tan importante como el de la República Dominicana.

Mi indignación no tuvo límite, sin embargo, al descubrir, a mi regreso, que ni una sola de mis crónicas enviadas desde Guatemala se había publicado.

¿Por qué? Nadie lo sabía. Simplemente, habían desaparecido tragadas por ese monstruo que se llama la Redacción de un gran Diario. Había arriesgado la vida jugando con la izquierda y la derecha en un país en un momento en el que nadie se lo pensaba para asesinar a un periodista; me había esforzado por conseguir una visión clara y objetiva del problema, y «alguien» cómodamente sentado en una sala de teletipos, a miles de kilómetros de distancia, había escamoteado mis envíos, dándolos por no llegados.

Meses después se publicaron unos magníficos reportajes sobre Hispanoamérica, y concretamente sobre Guatemala y sus guerrillas, escritos por un periodista que jamás había puesto los pies fuera de España. La Administración juzgó entonces que resultaba mucho más económico un redactor de segunda que se sacaba de la manga entrevistas *in situ* con los guerrilleros, que un corresponsal volante bien pagado, y cuando señalé que eso dañaba mis intereses y los términos de nuestro contrato, se me recordó que, pese a llevar dos años trabajando, todavía no habían tenido tiempo de firmarme el contrato.

Me quedé en la calle.

De golpe y porrazo, mi ascendente carrera de periodista se vino abajo estrepitosamente y no me quedó el consuelo de regresar a *Destino*, ya que por aquel entonces los intereses de ambas empresas estaban muy unidos, y Vergés nunca tomó a bien que yo le dejara para irme al periódico.

Para Vergés, y en eso tenía razón, yo había sido un poco creación suya; me había descubierto y lanzado; me mimó durante un tiempo, y mi pase a *La Vanguardia* lo juzgó un error y casi una traición.

Quedaba claro que había sido un error, aunque no, a mi juicio, traición. Fuera como fuera, siempre tuve abiertas las puertas de *Destino* cuando quise colaborar, pero ya nunca volvió a ser lo que era antes, ni me pagaron como me habían pagado, ni me enviaron a ningún nuevo viaje.

Acababa de cumplir treinta años cuando me encontré con que era un periodista sin periódico del que se murmuraba que tenía excesivas simpatías izquierdistas, y ningún contacto con personeros del Régimen, o tan siquiera con miembros del Sistema que maneja la Prensa en España.

Cierto es, y eso debo admitirlo, que en mis años de vacas gordas no había hecho esfuerzo alguno por relacionarme con los de mi misma profesión, limitándome a actuar más bien como francotirador que viaja, hace su trabajo, regresa y se dedica a divertirse en lugar de perder el tiempo en politiquerías.

Me quedaba, pese a todo, algún dinero, y el periódico me había liquidado un par de meses de indemnización, por lo que no tenía una prisa excesiva en buscar trabajo —que por otra parte nadie iba a darme— y preferí dedicar mi tiempo a lo que en verdad me gustaba, me venía preocupando desde años atrás y no había tenido ocasión de estudiar porque los viajes y la diversión ocupaban todo mi tiempo.

Se trataba de algo que yo denominaba «Operación Arca de Noé» y se refería a lo único que en este mundo me interesaba casi tanto como los viajes y las mujeres: los animales.

Gran parte de mi vida había transcurrido en África, y recordaba que, siendo un muchacho, los rebaños de antílopes, gacelas y avestruces correteaban libremente por las inmensas llanuras saharianas, pero durante mi último viaje a esas mismas llanuras, no encontré, durante días de marcha, ni una gacela, ni un antílope, ni rastro alguno de avestruces.

Y no es que aquella parte del Sáhara hubiera cambiado, empeorando el hábitat de las bestias; era, simplemente, que los hombres se dedicaron a exterminarlas.

En lo que va de siglo, los animales salvajes han dejado de ocupar la mitad de sus territorios originales en el Continente Negro, y donde aún subsisten, su número ha quedado reducido a la cuarta parte.

Hasta el advenimiento del hombre blanco, el africano no cazaba más que por necesidad, para alimentarse y vestirse, y las grandes manadas cubrían desiertos, sabanas y praderas, sin que el ser humano soñara acabar con ellas. Pero el blanco trajo al continente el vicio de la muerte por la muerte, de la caza por diversión, y el africano aprendió —con asombro— que los animales tenían un nuevo valor como adorno o trofeo. En su mentalidad no cabía la idea de que matar un animal indefenso fuera algo digno de admiración, ni que colgar su piel en la pared pudiera halagar la vanidad de su asesino. Tan sólo las verdaderas fieras, muertas cara a cara, con riesgo de la vida, merecían ese honor.

Pero llegaron los «héroes» blancos; los príncipes, reyes y millonarios que se extasiaban ante los grandes trofeos, y los africanos se dijeron:

«Si quieren trofeos, les daremos trofeos...»

Y ya hoy día no sólo los príncipes y reyes tienen trofeos. Hoy el último turista que hizo escala accidental en un aeropuerto africano puede comprar una piel de leopardo o una cabeza de antílope, y pagarla a plazos con su tarjeta de crédito. Luego la colgará en el salón de su casa y contará a sus amigos que la cazó con grave riesgo y maravillosas incidencias.

Por ese motivo, unos treinta mil elefantes son derribados cada año en países como el Chad, Camerún, Congo o Gabón, lo que nos da una idea de la masacre que se está llevando a cabo con ellos, en todo el continente, en el que ya sobreviven menos de doscientos mil ejemplares.

Pronto, al ritmo que se lleva, el elefante entrará en su etapa de «mínimo crítico de población», punto desde el cual los científicos calculan que le resultará realmente imposible recuperarse, y pasará a formar parte de las cuarenta especies de animales salvajes que han desaparecido de la faz de África desde que el hombre blanco puso el pie en ella.

Primero fue en el Norte, donde el número de los pequeños y resistentes elefantes de la antigüedad que llevaron a Aníbal a través de los Alpes, comenzó a disminuir hasta que el último murió a principios de este siglo en una aldea de Túnez.

Más tarde, en 1930, caía también el último león de Berbería, incomparablemente más hermoso que su hermano del Sur, dotado de una increíble arrogancia y una enorme melena negra que le bajaba hasta la mitad del pecho. Se diezmaron luego las gacelas egipcias, de las que apenas quedan ya un centenar; el «ñu de cola blanca», conservado tan sólo en cautiverio; la «cebra de Burchell» y el «antílope azul», extinguidos por completo; el «antílope lira» —el *bontebok*— desaparecido con su pariente el *blesbok*, de los que tan sólo quedan ejemplares disecados, pese a que hace cien años cubrían las praderas de África del Sur...

Pero todas esas matanzas no están motivadas ya por el ansia de cazar o la búsqueda de trofeos, sino, también, por esa ineludible ambición del hombre de extenderse más y más; de ganarle terreno a la selva o a las praderas; de ir empujando hacia tierras inhóspitas los grandes rebaños que reinaron durante siglos en el continente.

Fuera de las Grandes Reservas o Parques Nacionales como el Serengueti de Kenya, o el Kruger de la República Sudafricana, pocos rincones quedan ya en los que cebras, jirafas, ñus, impalas y elefantes puedan merodear a su antojo, y difícilmente sobrevivirán al año 2000.

Para desgracia mía asistí en gran parte a esa tragedia, y vi cómo se asesinaban miles de elefantes para convertir sus patas en papeleras o sus colmillos en bolas de billar. Un elefante produce por término medio unos diez kilos de marfil... ¿Vale la pena acabar con una bestia libre y noble, de cinco mil kilos de peso por obtener tan magro beneficio?

Está claro que el ser humano no aprendió nada aniquilando cien millones de bisontes americanos. Apenas había concluido la matanza, caliente aún la sangre de los bisontes, los norteameriacnos se lanzaron sobre los cinco mil millones de palomas migratorias que alegraban sus cielos, y en menos de cincuenta años las exterminaron, hasta el punto de que la última murió a finales de siglo en el Parque Zoológico de Cincinnati... ¿Se puede esperar algo de una especie que acaba con ¡CINCO MIL MILLONES DE PALOMAS...!?

De 1850 a nuestros días, 57 especies de mamíferos, pájaros o peces de los Estados Unidos se han extinguido para siempre, y en todo el mundo los mamíferos están desapareciendo al ritmo de una especie por año.

Actualmente se admite de forma oficial que más de cuatrocientas especies de animales se encuentran en «situación muy peligrosa», es decir, al borde del «nivel mínimo crítico», de las cuales 109 pertenecen a Norteamérica. «Seriamente amenazadas» pueden considerarse casi un millar, y los ecólogos sostienen que una de cada diez especies de plantas, muchas de ellas de suma importancia para la vida animal, corren también grave riesgo.

Más de ochenta naciones se reunieron el año 1973 en Washington, en un intento de buscar una fórmula que regulara el tráfico de animales vivos o pieles, pero aunque cuarenta de ellas firmaron un tratado al respecto, no se ha impedido que el comercio con las bestias, sus pieles o sus cuernos continúe aumentando.

En el año 1972, ciento veinte millones de animales salvajes o peces fueron arrancados de su medio ambiente y transportados a Parques Zoológicos y colecciones particulares, lo que constituyó para algunos un magnífico negocio de miles de millones de dólares.

En un solo año, la ciudad de Iquitos, en la Amazonía peruana, exportó cuarenta mil animales vivos y más de doscientas mil pieles de ocelote, jaguar, cocodrilo y nutria, y se sabe que puntos como Leticia, en Colombia; Puerto Ayacucho, en Venezuela; Tena, en Ecuador, y Manaos o Belén de Pará, en Brasil, igualan cuando no superan dicha cifra.

Todo ello forma parte de un bien estudiado tráfico clandestino que está introduciendo en los Estados Unidos ingentes cantidades de pieles, cuernos, conchas de tortuga o bestias vivas, aprovechando el *boom* de atracción hacia todo lo exótico que se ha desatado en dicho país.

Pasearse con un ocelote vivo por el que se han pagado tres mil dólares; exhibir una colección completa de loras y guacamayas; gastarse mil dólares en una montura de lentes de auténtico carey o casi doscientos en un par de zapatos de piel de cocodrilo, es algo corriente en un país acostumbrado a que el dinero está hecho para pagar los caprichos, sean éstos cuales sean.

El FBI, la Inteligencia Militar y la Asociación Internacional de Jefes de Policía, han declarado que existe una poderosa banda implicada en dicho tráfico, que se preocupa de financiar a los cazadores furtivos de África y Sudamérica encargados de proporcionarles la materia prima que necesitan.

Cuando el problema adquiere semejantes características y —como parece— existen en verdad fuertes intereses económicos empeñados en la destrucción sistemática de la fauna silvestre, las esperanzas de salvarla se reducen notablemente.

Se puede perseguir y castigar a un cazador furtivo; se puede dar normas e incluso establecer una prolongada veda que permita recuperarse a las bestias con la seguridad de que la inmensa mayoría de los aficionados a la caza deportiva la respetarán por mucho que les duela, pero, contra lo que no se puede hacer nada es contra la avaricia de los que incitan a esos cazadores furtivos, o utilizan los aparentemente inocentes comercios de animales como puente para sus mercancías.

¿Qué control tienen realmente los Estados sobre esos negocios abiertos al público en los que se venden desde guacamayos a peces exóticos como si fueran tomates o zanahorias...? ¿Quién regula «auténticamente» cuántos permisos de importación o exportación obtienen, y cuántos animales salen de un país al amparo de dichos permisos?

¿Es cierto que por cada animal que llega definitivamente a su destino, mueren cuatro en el camino? ¿Cuántos loros, pericos, monos o peces de colores mueren también, durante la primera semana de adaptación a sus nuevos dueños?

Grosso modo puede calcularse que tan sólo el 10 % de los animales salvajes capturados y trasladados a Parques Zoológicos, a domicilios particulares, logran sobrevivir, y de ellos, aproximadamente el 5 % consigue reproducirse alguna vez. Eso quiere decir que cada vez que atrapamos a un animal, cualquier que sea su destino, no sólo lo estamos condenando a él, sino también, en parte, al futuro de su especie.

No debemos culpar únicamente, sin embargo, a los depredadores, conscientes o inconscientes, por todo el mal que se causa a las bestias. En realidad, ellos no son más que uno de los muchos factores que colaboran a la desaparición de las especies.

Cada vez que un monte es talado y arrasado y se priva a cientos de animales de su refugio natural, éstos mueren o huyen, con lo cual perjudican a otras especies que se alimentaban de ellos, y éstos, a su vez, a otras, porque en la Naturaleza todo está encadenado y una reacción sucesiva puede llegar a exterminar por completo la fauna de toda una región.

Roturación de campos; deforestación de bosques; construcción de carreteras, ciudades o presas; desecación de pantanos y manglares... todo ello afecta a la vida de los animales y llegará un momento en que dejen de alegrar nuestros campos y nuestros montes.

Durante mucho tiempo mantuve el convencimiento de que era ésta una ley de vida irreversible, y no quedaba lugar sobre la Tierra para los animales salvajes. Sin embargo, durante uno de mis viajes a la Gran Sabana venezolana advertí, sorprendido, que se podía marchar por ella durante horas y horas sin encontrar un solo animal viviente.

Me detuve a pensar entonces que en todos mis viajes a través de Sudamérica (Guayana, Amazonas, Andes o Llanos) había encontrado siempre idéntica penuria de fauna, pese a que, aparentemente, sus condiciones de habitabilidad eran óptimas, puesto que allí existían praderas, selvas, montañas y ríos totalmente desiertos.

Comencé a estudiar con cierto detenimiento ese hábitat, y a lo largo de los años y las comparaciones llegué al casi absoluto convencimiento de que, por clima, tierra, forrajes, aguas e incluso paisaje, no existía diferencia básica alguna entre la Gran Sabana venezolana o las praderas de África, del mismo modo que no la existía tampoco entre la selva amazónica o la selva guineana, o entre los llanos y ciertas zonas del Sáhara.

Había, por tanto, en Sudamérica millones de hectáreas de tierra vacías; tierra por la que el hombre no sentía ningún interés ni lo sentiría en treinta o cuarenta años más, y que podría convertirse, perfectamente, en el hábitat ideal de todas aquellas especies de animales que ya no tenían en el continente africano esperanza alguna de salvación.

Dediqué parte del tiempo que me quedaba libre a estudiar las posibilidades de un trasplante de animales, y comprobé que todas las especies que, por una u otra razón, se habían llevado al continente, consiguieron aclimatarse a la perfección. No se trataba ya de la vaca, la gallina o cualquier animal doméstico. Otros, como el búfalo o la capra hispánica, se habían desarrollado y reproducido en libertad sin ningún problema.

Pese a todos los ejemplos, y pese a mi convicción absoluta de que la «Operación Arca de Noé» podía y debía llevarse a cabo, necesitaba conocer la opinión de auténticos expertos, y consideré que nadie mejor que los encargados del Parque Kruger, de Sudáfrica, para sacarme de dudas.

Acababa de leer que en dicho Parque estaban matando tres mil elefantes, porque no tenían agua y alimentos suficientes, y calculaba que si pudiera llevármelos a la Amazonía tardarían un millón de años en comérsela.

Así, pues, armado con muestras de tierra y forrajes que había obtenido de uno de mis viajes a la Gran Sabana, un buen día me subí a un avión y me dirigí a Sudáfrica.

Capítulo XXXI

CATORCE MILLONES DE ESCLAVOS

Cuando bajé del avión en el hermoso aeropuerto James Smut, de Johannesburgo, lo primero que me molestó y llamó la atención fue advertir que sobre las puertas de entrada campeaban dos letreros: «SÓLO BLANCOS»; «SÓLO NEGROS».

Casi inmediatamente un rubicundo empleado malencarado estudió con sumo cuidado mi documentación, comenzó a llenar papeles y preguntó, sin hacer mucho caso de mis ojos azules y mi pelo castaño:

—¿Raza...?

Dudé, pero al fin, no pude contenerme:

—Humana...

Su mirada brilló de furia y con el lápiz apuntó al final de la larga cola de pasajeros.

—Si tiene ganas de hacer chistes, póngase allí y luego le atenderé... ¿Raza?

Comprendí que tenía las de perder.

—Blanca, creo yo...

Rellenó mis papeles y me dejó pasar. A la salida,

tomé un taxi, pero el taxista, un mulato, negó convencido:

—Lo siento, señor —dijo—. No puedo llevarle. Éste es un taxi para negros. Usted tiene que tomar un taxi para blancos, con chófer blanco.

—¡Ah! Vamos. A mí eso me da igual —protesté.

—Pero a mí no, señor. Si le llevo, paso un año en la cárcel.

Pensé que exageraba, pero luego supe que para encarcelar a alguien en Sudáfrica por tiempo indefinido y sin tener en cuenta su raza, credo o nacionalidad, la Policía no necesita más que asegurar que está bajo «sospecha de sabotaje».

Un taxi «sólo para blancos» me llevó rápidamente al espléndido y lujosísimo «Hotel Presidente». Eran apenas las diez de la noche y ya no se veía un alma en las calles. Los negros habían regresado a sus ghettos, y los blancos no gustan salir de noche. El miedo, un miedo casi histórico a esos catorce millones de negros constituye una especie de constante pesadilla para los cuatro millones de afrikaaners blancos.

Sin embargo, la *boîte* del «Hotel Presidente» atrae a infinidad de parejas jóvenes, y en los minutos que tardé en rellenar mi ficha de entrada cruzaron el *hall*, camino de los ascensores, cuatro o cinco muchachas que lucían las más exageradas minifaldas y las más hermosas figuras que haya contemplado en toda mi vida.

En honor a la verdad, el atractivo de la mujer sudafricana no admite discusión posible, y en ningún otro país del mundo he podido encontrar tantas mujeres hermosas, auténticas diosas de carne y hueso que me hacían perder la cabeza tan sólo de verlas pasar.

Rubias, morenas, trigueñas, altas, esbeltas, elegantes, espléndidas y casi cinematográficas, contribuyen en gran parte a convertir Sudáfrica en el auténtico paraíso del hombre blanco.

Pero, eso sí, hay que tener mucho cuidado a la hora de elegir a una mujer con la que tener relaciones, para no rozar, ni de lejos, la temidísima «Ley sobre moralidad», que castiga con seis años de cárcel la relación sexual con una negra, una china, una hindú o una mulata.

Cuando me lo advirtieron, calculé que, según esas

cuentas, me tocaba no volver a poner los pies en la calle en toda mi vida.

—Pero, ¿cómo puede uno saber cuándo una mujer es lo suficientemente blanca como para acostarse con ella? —quise saber, por si las moscas.

—Eso está muy claro —me respondieron—. La blanca es blanca, y la negra, negra.

—Fíjate en aquélla —indiqué—. La que se besa con el rubio al final del salón. Si estuviera un poquito más tostada por el sol, parecería mulata...

—Sobre ésa no hay duda —replicó mi anfitrión, sin inmutarse en absoluto—. Es mi esposa... Pero la pregunta tiene su interés, aunque la Policía ha estipulado ya en la documentación de cada cual quién es blanco, y quién, negro o mestizo.

—Sin embargo —opinó un tercero—, Kikí, mi cocinera, es mestiza, pero a su hermana la consideraron blanca... Si me acuesto con Kikí, que es soltera y se deja, me meten en la cárcel, pero si lo hago con su hermana, que es casada y no quiere, no me ocurre nada... ¿Usted qué opina?

Me encogí de hombros:

—Si ustedes mismos no comprenden sus leyes, ¿qué puedo decir yo?

En realidad, qué se podía decir de un país donde la discriminación no es tan sólo ley y costumbre, sino incluso religión.

Según la Iglesia Reformada Holandesa, oficial en Sudáfrica:

«Dios predica la discriminación racial y la sumisión del negro al blanco, porque —como dijo nuestro amado mariscal Smuts— el negro no sólo tiene diferente la piel, sino también el alma.

»El cristiano blanco está investido de autoridad divina frente al negro, y éste ha de soportar nuestras órdenes y nuestros castigos, infligidos en nombre de Dios.

»Porque cuando Dios comprendió el error que había cometido creando al negro, lo compensó concediendo al blanco una total autoridad sobre él, sus actos y sus pensamientos. Nuestra Iglesia Reformada es la única que ha sabido aceptar esa Revelación divina, y por ello ha decidido no sólo impedir la entrada de los negros en nuestros templos, sino, también, excomulgar a todos aquellos que profanan la Casa de

Dios permitiendo la presencia de un miembro de la Raza Maldita.»

Quizá cueste creerlo, pero ésa no es más que una plática normal de un obispo en una iglesia sudafricana un domingo corriente, y lo más sorprendente es que, quienes escuchan, no se asombran, sino que, por el contrario, asienten convencidos de que ellos, blancos, son dueños absolutos de la voluntad, la vida y las ideas de los millones de negros que los rodean.

Y es que nacer blanco, en Sudáfrica, es ya nacer rico, nacer jefe, y sean cuales sean sus aptitudes, lo convertirán automáticamente en un dirigente, porque el último blanco tiene siempre bajo su mando un puñado de negros sobre los que descargar su trabajo o su mal humor.

En todos mis días de estancia en Sudáfrica, tan sólo vi una tarea «algo dura» realizada por blancos: plantar flores en un parque público de Pretoria, aunque, desde luego, unos metros más allá, una legión de negros los precedía desbrozando la maleza, preparando la tierra y llevando los sacos. Al parecer, la jardinería es un trabajo demasiado bonito o demasiado delicado para que un negro pueda realizarlo. Los afrikaaners odian la idea de que los bantúes realicen cualquier labor que requiera la menor preparación. Para ellos, el negro debe saber lo justo para ser útil al blanco, pero nada más.

Como dijera el asesinado Primer Ministro H. F. Verwoerd: «No hay lugar para el indígena en la sociedad europea más allá de cierto nivel. ¿De qué sirve enseñar Matemáticas a un niño bantú, si en la práctica no podrá utilizarlas?»

El sistema se basa, pues, en mantener al negro en la ignorancia, para que jamás sueñe siquiera con ocupar un puesto de importancia, un puesto del que algún día pueda desplazar a un blanco.

¿Qué hacen contra eso los negros? Nada en absoluto. Su supeditación al poder blanco es total, sin posibilidad alguna de protesta. Las leyes —infinidad de leyes de una arbitrariedad inaudita— se han encaminado, desde hace veinte años, a la conversión del hombre de color en un mero objeto de uso: un semiesclavo sin derecho alguno.

Con la amenaza de enviarlos de nuevo a sus tierras de origen, las «reservas», que no son en realidad más que campos de concentración donde se morirán de hambre, tienen siempre pendiente sobre ellos la auténtica espada de Damocles de la deportación.

Para comprender mejor hasta qué punto llega el *apartheid*, he aquí algunas leyes tomadas al azar:

a) Un africano nacido en una ciudad, que ha vivido y trabajado en ella durante cincuenta años, pero que la abandona por más de dos semanas, no tiene ya derecho a regresar y permanecer en ella más de setenta y dos horas.

b) Un africano que desde los 14 años habita y trabaja ininterrumpidamente en una ciudad, no está en el derecho, sin embargo, de permanecer fuera de ella por más de setenta y dos horas.

c) Un africano que desde su nacimiento ha vivido sin interrupción en una ciudad, tiene sólo derecho a recibir durante setenta y dos horas a su hija casada, a su hijo de más de dieciocho años, o a sus sobrinos.

d) Un africano nacido en una ciudad, donde ha vivido y trabajado sin interrupción durante cincuenta años, puede en todo momento ser obligado a abandonar esa ciudad si el ministro de Administración bantú cree que el número de africanos que viven en la ciudad excede de las necesidades de mano de obra.

e) Un «funcionario de trabajo» puede en todo momento despedir a un empleado africano sin tener en cuenta la antigüedad de éste, y aunque el patrón se oponga a ello.

f) Ningún africano tiene derecho a adquirir bienes raíces en África del Sur.

g) Cualquier agente de Policía tiene derecho a entrar y registrar sin mandato judicial y a cualquier hora del día o de la noche el domicilio de un africano, si tiene la sospecha de que su hijo de más de dieciocho años ha ido a visitarlo.

h) Si un africano acepta buscar empleo a través de una agencia de colocación, no puede rechazar ninguna oferta que se le haga, sea cual sea su naturaleza.

i) Todo africano que no tenga trabajo es deportado de inmediato a las «reservas» o «tierras de origen».

Como se puede advertir a través de este pequeño muestrario de «leyes», los negros africanos no pueden ni moverse, y para que eso resulte efectivo, cada uno de ellos ha sido dotado de un pase, el célebre «pass», en el que figuran todas sus circunstancias y sin el que no pueden ser sorprendidos jamás, bajo pena de los más duros castigos.

A la vista de esto cabe hacerse dos preguntas: ¿Cuánto tardarán los negros en estallar?, y ¿Qué medidas toma el mundo contra la Unión Sudafricana?

La respuesta a la primera pregunta resulta difícil. Los africanos se alzarán un día contra sus opresores y los pasarán a cuchillo, eso es seguro, pero nadie sabe aún la fecha. Probablemente tardarán años.

Frente al potencial de los blancos —sus ametralladoras, tanques y aviones—, no tienen más armas que sus manos desnudas y la seguridad de no recibir ayuda exterior alguna. Aun así, pese a saber que no tienen arma alguna y que ninguna ayuda recibirán, los afrikaaners viven con el temor de una revuelta, y por ello vigilan constantemente las ciudades negras.

Entre Pretoria, Johannesburgo, Cape Town o cualquier otro núcleo urbano y los correspondientes barrios indígenas, los afrikaaners han procurado dejar siempre un amplio espacio abierto, una «tierra de nadie» de varios kilómetros de ancho, lisa como la palma de la mano, colocando entre ambas los jeeps y tanques del Ejército.

Por si fuera poco, los helicópteros sobrevuelan todo el día las ciudades sospechosas, y de noche la Policía dispara en ellas contra cualquier sombra.

Como se comprenderá, resulta sumamente difícil, por no decir imposible, luchar en semejantes condiciones. Cuando lo han intentado, las matanzas han sido espantosas.

Con respecto a la segunda pregunta: ¿Qué medidas toma el mundo contra semejante estado de cosas? La respuesta resulta también negativa.

Tanto la ONU como los restantes organismos internacionales no han dudado en condenar la política de *apartheid*, pero nunca han ido mucho más allá. Tras la matanza de Sharpeville, en 1960, en que la Policía disparó contra una masa de negros pacíficos y desarmados, los intentos de tomar medidas de bloqueo económico se han sucedido, pero, por desgracia, aunque sobre el papel existe tal bloqueo, la realidad es que no se trata más que de una gran mentira.

África del Sur es demasiado importante económicamente para que las grandes potencias sacrifiquen sus intereses en aras de cualquier clase de sentimiento humanitario.

No debe olvidarse que la Unión Sudafricana posee el 50 % de la producción mundial de oro, el 17 % de la de uranio, y controla el 95 % del mercado de diamantes.

Ese oro, esos diamantes, ese uranio y las otras mil riquezas sudafricanas resultan imprescindibles para el llamado «mundo libre», que continúa, por tanto, sus contactos con el país del *apartheid* como si el problema de catorce millones de negros, chinos, japoneses, malayos e hindúes no existiese.

A tal punto llega el racismo en Sudáfrica, que racistas son incluso los mismos blancos entre sí, y los afrikaaners de origen holandés odian y desprecian a los «intrusos» de origen inglés, sus vencedores de la cruel «Guerra de los Bóers».

La mayor parte de los letreros de las ciudades están escritos en los dos idiomas, y en los dos idiomas se publican diarios, revistas, libros y documentos oficiales.

En conjunto, resulta válido pensar que Sudáfrica no es, en ningún aspecto, una nación, ni lo será nunca, pues nunca tendrán sus habitantes el menor sentimiento común, ni el deseo de permanecer unidos, perseguir idénticos objetivos, ideales o deseos de luchar por su tierra. Sudáfrica no es más que el resultado de un sinfín de ambiciones individuales, que se han aliado en el deseo de continuar explotando una situación cada día más insostenible.

Hasta dónde los llevarán sus egoísmos y sus odios, resulta difícil predecir. Recuerdo que cierto día, almorzando en un restaurante de lujo en compañía de algunos miembros del Gobierno, me permití el «increíble delito» de gastarle una pequeña broma al viejo camarero negro que me servía con sumisión de esclavo. Inmediatamente, mi compañero de mesa se volvió hacia mí, enfurecido:

—Que sea la última vez que hace usted algo así —indicó en el más grosero de los tonos en que me han hablado jamás—. Los negros están para servir, y por ningún concepto se debe confraternizar con ellos... ¿Acaso es usted simpatizante de las causas negras...?

—Bueno —repliqué, sorprendido—. Siempre me enseñaron que negros y blancos son iguales, y en el mundo del que vengo no es nada malo gastarle una broma a quien nos sirve.

—Éste no es el mundo del que usted viene —señaló en el mismo tono—. Está en Sudáfrica, y debe respetar nuestras leyes... Si no está de acuerdo, lo mejor es que se marche, o se arriesga a dar con sus huesos en la cárcel...

Me levanté de la mesa y me fui. Como no quería problemas antes de tiempo, ese mismo día abandoné Johannesburgo con sus minas de oro y su infatigable actividad, y me encaminé a la cercana Pretoria, la capital.

Me pareció una bella ciudad, de infinitos parques y jardines, de hermosas quintas, donde los más humildes blancos vivían con lujo de millonarios europeos y donde rara era la familia que no contara con piscina y campo de tenis en su chalet de las afueras.

Visité la Universidad, rebosante de bellas muchachas de aire desenvuelto y avanzadas costumbres, y de muchachos sonrientes y bien comidos, de aspecto deportivo. Intenté entablar conversación con ellos, pero de inmediato rechazaban cualquier trato con un extranjero cuyas preguntas se les antojaban molestas y sospechosas.

Las Universidades sudafricanas son las únicas que conozco donde los estudiantes no estén contra el Sistema; no protesten; no quieran cambios; no luchen por un mundo mejor.

¿Es que puede haber un mundo mejor que el de los blancos en Sudáfrica?

Los universitarios sudafricanos pasan su tiempo estudiando un poco, haciendo el amor «un mucho» y disfrutando a sus anchas del ejército de esclavos de color que les proporcionaron sus padres y abuelos.

Resultaría estúpido renunciar a ese pequeño paraíso; soñar siquiera que hay algo más que lo que está a su alcance; preocuparse por los problemas de unos negros a los que se han acostumbrado a contemplar como un escalón intermedio entre el hombre y la bestia.

Para el sudafricano importa más, infinitamente más, el bienestar de sus animales domésticos, e incluso del último león de sus parques nacionales, que el de su población de color, y alguien me aseguraba, en cierta ocasión, que si las autoridades del Parque Kruger se quedaran un día sin carne con que alimentar a sus fieras, no se lo pensarían para darles como merienda a unos cuantos bantúes de las reservas.

Si en Sharpeville ametrallaron cientos de negros indefensos, asesinándolos a mansalva sin razón alguna, ¿por qué iban a dudar a la hora de arrojárselos a los leones...? Los odian tanto y les tienen tanto miedo, que los asarían a fuego lento si pudieran...

Las famosas «reservas» en las que vive casi el 55 % de los negros de Sudáfrica, no son, en realidad, más que míseros poblados de la edad de piedra, arrinconados en los lugares más pobres, alejados e inhóspitos.

Se diría que por ellos no ha pasado el siglo XX, ni el XIX, ni aun el primero de nuestra Era. El atraso es tan grande, el aislamiento obligatorio, tan espantoso, y la tierra, tan miserable, que se puede asegurar, sin miedo, que desde la existencia del *apartheid*, esos pueblos marchan con paso seguro hacia la prehistoria en lugar de andar al ritmo de nuestro tiempo.

En el Parque Kruger, sin embargo, una de las mejores reservas de animales que existen en el mundo, toda una red de magníficas carreteras, perfectamente pavimentadas, permiten a los blancos pasar un hermoso y cómodo fin de semana observando cómo miles de animales disfrutan de mucha más libertad, espacio, comida y atenciones, que millones de negros.

Fue en uno de los refugios de ese parque, sentado una noche en el restaurante al aire libre, junto a un hermoso río, al otro lado del cual, más allá de las empalizadas, rugían los leones, donde conocí a un viejo «hombre de África», un francés veterano de las colonias que había llegado hasta allí a contemplar por última vez las grandes manadas que en otro tiempo vio correr libremente por el continente.

—Vea esas cebras que cruzan la carretera —dijo—, esos leones que vienen a comer a los autos; esos búfalos y esos elefantes que están matando porque agotan el agua del parque... Cuando yo llegué a África, hace cuarenta años, África era de ellos y nadie se atrevía a disputársela... Las manadas tardaban horas en pasar, las cebras eran millones, y los impalas manchaban de marrón la pradera más verde... En África,

el mundo estaba en paz consigo mismo, y el Creador
bajaba aquí cada mañana a contemplar su obra y per-
donarse el error de haber creado también al ser humano... Pero mírela ahora; en el transcurso de una
generación, África ha pasado de espléndida virgen a
vieja prostituta; desvergonzada ramera que vende a
sus animales. No hay crimen más grande... Ni las
guerras, ni las muertes, ni las bombas atómicas, ni el
exterminio de los judíos puede equiparársele... No;
la Humanidad no ha cometido jamás canallada comparable a la violación de África... Después de esto,
no nos queda ya esperanza alguna. Nadie podrá pa-
rarnos hasta que nos hundamos para siempre en nuestra propia mierda.

A veces, cuando me detengo a contemplar el problema que acosa a la Humanidad: la posibilidad de
autodestruirse por culpa de sus propios residuos y su
inagotable capacidad de destrozarlo todo, pienso en
aquel francés cuyo nombre he olvidado, recuerdo sus
palabras y me invade el más profundo pesimismo:

Si hemos sido capaces de destruir África, si ya se
muere, si ya no existen en ella verdes colinas... ¿qué
esperanza nos queda?

CAPÍTULO XXXII

«ARCA DE NOÉ»

Los afrikaaners tienen muchos defectos, pero una
indudable virtud: gracias a su ascendencia holandesa,
inglesa y alemana, son terriblemente eficientes, y tras
unos detallados análisis, llegaron a la conclusión de
que no existía impedimento alguno para que la mayor
parte de los animales de sus parques se aclimataran
a las tierras y la vegetación de la Gran Sabana venezolana.

De regreso a Madrid me fui a visitar a un viejo

conocido, Juan Viniegra, secretario general de «Iberia Líneas Aéreas», y le propuse que fuera «Iberia» la patrocinadora de mi «Operación Arca de Noé».

«Iberia» es la única línea que une Sudáfrica con España y ésta con Venezuela, y se podría montar una magnífica campaña de relaciones públicas a base de salvar los animales africanos trasladándolos en los aparatos de carga que «Iberia» pensaba adquirir.

A Juan Viniegra le entusiasmó la idea, al igual que a mi buen amigo Juan Fuentes, delegado de la Compañía para Canarias y Africa, y entre ambos lograron que la Empresa se interesara en el proyecto, siempre que Venezuela lo aceptase.

Escribí a mi hermano y a mi tío, el novelista-periodista José Antonio Rial, y ambos coincidieron en que debía entrevistarme con el general Rafael Alfonzo Ravard, presidente a la sazón de la omnipotente «Corporación Venezolana de la Guayana», organismo de gran poderío económico, ya que tiene a su cargo el desarrollo de una de las regiones más ricas del mundo: la Guayana de Venezuela.

Volé, por tanto, a Caracas, y el general, que ya había sido puesto al corriente y le fascinaba la idea, me recibió al día siguiente. Para él la cuestión era sencilla y clara: los animales atraerían turistas y los turistas atraerían inversionistas que pondrían en marcha —conservándola y no destruyéndola— una inmensa región que tan sólo estaba habitada por buscadores de diamantes y aventureros.

Había decidido incluso el lugar en que pensaba establecer los primeros animales: un antiguo rancho, el «Hato Masobrio», enclavado entre los ríos Caroní y Orinoco, junto a la recién inaugurada presa del Guri.

—Mañana a las ocho un avión espera para que vaya a verlo —dijo.

Y, en efecto, a las ocho de la mañana del día siguiente, un avión esperaba para llevarnos, en poco más de una hora, a Puerto Ordaz, sobre la orilla del río Orinoco, exactamente en su confluencia con el Caroní.

José Antonio Rial había decidido acompañarme. Sentía curiosidad por conocer una ciudad a la que puede considerarse como un milagro del esfuerzo humano.

Puerto Ordaz es, hoy por hoy, la ciudad más moderna del mundo. Más, incluso que Brasilia, y cuando diez años antes recorrí la región, no existía allí más que un conjunto de casuchas —San Félix—, que se alzaban sin orden ni concierto y no tenían interés ni vida propia. En la actualidad, Ciudad Guayana, nombre por el que se conoce también Puerto Ordaz, cuenta con 250.000 habitantes y tiene calles asfaltadas, puentes, parques, jardines y edificios públicos de audaz arquitectura.

La proximidad de la presa del Guri, de las minas de hierro de Cerro Bolívar y de yacimientos de bauxita —quizá los más ricos del mundo— auguran a la ciudad un prometedor futuro. Por otra parte, su emplazamiento entre dos ríos, junto a las cataratas y rápidos de la «Llovizna» y «Cachamay», es privilegiado, mientras que la temperatura, aunque elevada, no resulta sofocante.

La visita a los terrenos de «Hato Masobrio» estaba prevista para el día siguiente, pero yo deseaba aprovechar el tiempo recorriendo de nuevo el gran lago y las obras de la presa del Guri, que durante mi última estancia, un año antes, había dejado a medio concluir.

A una hora de camino de Puerto Ordaz, río arriba, las negras aguas del Caroní se estrellan contra el grueso muro de 110 metros de altura con que los ingenieros han cerrado el antiguo cañón de Necüima, y se extiende en un gigantesco embalse cuya superficie de 800 km² forma un dédalo de islas y ensenadas que transforman por completo aquel paisaje que conocí muy distinto.

Dicen que Guri será, en su día, la mayor presa del mundo —superando incluso la de Asuán, en Egipto—; pero más que su prodigio técnico, me había llamado siempre la atención el tremendo esfuerzo humano que se requirió para salvar de la inundación a los animales salvajes que habitaban en las regiones que habían de quedar inundadas.

El año anterior había asistido a la apasionante «Operación Rescate» y me agradaba volver a conocer sus resultados y encontrarme de nuevo con uno de sus principales dirigentes, el doctor Alberto Bruzual, especialista en fauna guayanesa y con el que había mantenido largas conversaciones sobre mi proyectado traslado de especies africanas.

Cuando le pregunté cuántos animales lograron salvar de perecer ahogados, se mostró satisfecho de la labor de su equipo.

—Más de dieciocho mil —replicó—, y aún quedan algunos. En conjunto, la «Operación» ha sido un éxito, si se tiene en cuenta que sólo ha habido trescientas muertes, lo que arroja un índice de pérdidas realmente bajo. El mayor número de estas muertes se cifró, en principio, en caimanes y anacondas, animales que, en nuestros cálculos iniciales, no creíamos que precisaran de nuestra ayuda.

Resultaba extraño que estos animales —eminentemente acuáticos— necesitasen que se los salvara, y, ante mi incredulidad, el doctor me indicó:

—Ha de tener en cuenta que ni unos ni otros son totalmente acuáticos. Son animales de respiración pulmonar, que se sumergen o nadan para cazar, pero que no tardan en regresar a la orilla. Sin embargo, fue tal la cantidad de agua que encontraron de pronto a su alrededor, cuando se cerraron las compuertas, que muchos perecieron de miedo, enloquecidos por la presencia de una masa líquida a la que no estaban acostumbrados. A menudo, la distancia hasta tierra firme era de cinco kilómetros, y eso es demasiado para una anaconda o un caimán. Cuando comenzamos a encontrarlos muertos, tuvimos que reestructurar todo nuestro plan de acción.

Éste —al que yo había asistido— era por demás interesante. Muy de mañana, apenas amanecía, las piraguas y las lanchas motoras se lanzaban al lago a la búsqueda de animales en apuros, o iban a sacarlos —contra su voluntad— de pequeñas islas en las que, momentáneamente, se encontraban a salvo, pero que estaban condenadas a ser inundadas también. Allí era necesario echar a tierra a los perros rastreadores para que empujaran a los animales al agua, donde resultaba más fácil su captura. A los monos, los perezosos e incluso los puercoespines y felinos había que hacerlos bajar de los árboles y era raro el cazador que no presentara en alguna parte de su cuerpo las marcas de los dientes de un mono indignado.

Más peligroso resultaba el trato con las serpientes, de las que se salvaron casi mil, aunque entre ellas no había más que unas cien auténticamente venenosas. Se salvaron también unas cinco mil tortugas de tierra, de las que en Venezuela llaman morrocoyes, y unos quinientos puercoespines. Resulta instructivo destacar que se respetaron todas las especies, beneficiosas o no, porque de lo que se trataba era de conservar la fauna aborigen en toda su pureza, sin discriminaciones sobre su conveniencia.

El destino de estos animales fue muy variado. La mayor parte fueron a parar —después de un breve descanso para que se les pasase el susto— a la gran isla Coroima, que con sus 1.500 Ha ofrece terreno y alimento más que suficientes. Otros marcharon a parques zoológicos, y las serpientes venenosas se dedicaron a la producción de sueros antiofídicos.

La «Operación Rescate» resultó —según mis informaciones— bastante cara, ya que se emplearon en ella todos los medios necesarios, desde una flotilla de embarcaciones, hasta helicópteros. El resultado mereció la pena y, por una vez, el hombre demostró que también es capaz de respetar la Naturaleza.

Por lo que a mí se refiere, me alegró comprobar que los venezolanos no escatimaban su dinero a la hora de emprender una «Operación» que tenía muchos puntos de contacto con la que estábamos proyectando.

Al día siguiente, una avioneta monomotor nos trasladó en veinte minutos de vuelo al «Hato Masobrio», antiguas tierras ganaderas que la Corporación de la Guayana compró porque parte de ellas habían de quedar sumergidas por las aguas de la presa del Guri.

Los animales que se traigan de África tienen asegurados agua y pastos en esta Gran Sabana que —a una altitud de entre 1.200 y 1.500 m— se extiende a todo lo largo de la orilla derecha del Orinoco.

Estos paisajes son de extraordinaria paz y belleza, aparecen salpicados de continuo por la presencia de altas palmeras moriches que le dan un aspecto paradisíaco y están surcados por innumerables ríos, muchos de los cuales arrastran oro y diamantes. Son tierras semidesiertas, pues no albergan más de un 3 % de la población total de Venezuela, formada en su mayor parte por caucheros, aventureros, buscadores de oro y diamantes, y algunas familias de indios nómadas, en su mayoría pacíficos, que viven de la pesca y de la caza.

Las aguas de estos ríos —que fueron en su tiempo extraordinariamente ricas en vida— se encuentran hoy despobladas debido a la costumbre de los indios de emplear un veneno llamado «barbasco», extraído del jugo de ciertas plantas y que tiene la propiedad de atontar a los peces haciéndolos subir a la superficie, donde son fácilmente capturados.

Pese a ello, abundan las feroces pirañas, las anguilas eléctricas, las temibles rayas de dolorosa picadura, y un curioso pez, privativo de estas regiones, llamado «cuatro ojos», cuyo único pariente, la blenia, encontraría más tarde en las Galápagos.

De regreso a Caracas comuniqué al general Alfonzo Ravard que estaba de acuerdo con los terrenos que había elegido, y me entregó una carta para Juan Viniegra, aceptando la total responsabilidad sobre el cuidado de los animales, en cuanto al entonces Presidente venezolano, Rafael Caldera, diera su consentimiento.

Ese consentimiento llegó unos meses más tarde cuando yo me encontraba de viaje por el Amazonas, y Juan Fuentes se ocupó de volar a Johannesburgo y solicitar oficialmente de las autoridades sudafricanas los animales que habían prometido.

El Parque Kruger alegó entonces que tan sólo estaban dispuestos a ceder animales adultos, pues tenían la triste experiencia de que los pequeños solían morir antes de aclimatarse.

Lógicamente, «Iberia» no podía trasladar grandes animales en sus aviones regulares, y se hacía necesario, por tanto, esperar a que empezara a funcionar realmente la flota carguera.

El proyecto se enfrió, pero ahora, siete años después, continúo luchando por llevarlo adelante, y algún día se logrará.

Capítulo XXXIII

MARIE-CLAIRE

Invierno de 1967. Una noche fui a buscar a alguien al «Café Gijón», de Madrid, en el que se reunía gente de cine, teatro y libros, y quedé petrificado al cruzarme con una visión increíble que se iba en aquellos momentos. Era una mujer de casi metro ochenta, cabello corto, negro y ensortijado, ojos azules y una figura portentosa enfundada en un abrigo blanco que hacía juego con sus botas.

Nunca, ni en el cine, ni en Sudáfrica, ni en ningún lugar del mundo que hubiera visitado, había visto nada semejante, y todo cuanto pude hacer fue quedarme con la boca abierta, embobado, contemplando cómo aquella aparición se alejaba.

Nadie sabía quién era, de dónde venía ni qué hacía en el «Café Gijón». Un mes después la vi de nuevo, vestida de negro e igualmente maravillosa, en un restaurante, con un grupo de gente. Entre ellos se encontraba un conocido, Willy, un negro haitiano compañero de algunas juergas, y me pudo dar los datos: Se llamaba Marie-Claire, era francesa y estaba en Madrid rodando una película.

—No vale la pena presentártela —añadió—. Aparte de su altura física, es realmente inaccesible.

Días más tarde, al visitar a una amiga, comprobé, sorprendido, que compartían el apartamento, pues odiaba los hoteles. Me fue presentada, pero me miró desde su metro ochenta y sus altos tacones, y apenas me dedicó algo más que un ¡Hola! indiferente.

Decidí no tomarme la molestia de intentar una maniobra de aproximación. Perdía mi tiempo y me arriesgaba a tener problemas con una modelo inglesa que estaba viviendo conmigo en aquel tiempo. Aparte de eso, me pareció demasiado pagada de sí misma, su estatura y su belleza. Las uvas estaban verdes.

Una noche, sin embargo, regresó cansada del «rodaje», tenía hambre, y como yo estaba en casa de su amiga, aceptó cenar en el restaurante de la esquina. Descubrí que no era estúpida, sino tan sólo tímida, e iniciamos una sincera amistad, ya que yo había perdido toda esperanza de llegar a algo más.

Con el tiempo la amistad se consolidó, y cuando tuvo un disgusto con su compañera de apartamento, pidió venirse a vivir con nosotros mientras encontraba otro.

A la inglesa, en principio, no le pareció mal, pero luego las cosas cambiaron, y un buen día desapareció.

Marie-Claire y yo quedamos entonces en una situación realmente peculiar, viviendo en el mismo apartamento, pero saliendo ella con sus amigos y pretendientes, y yo, con un cierto número de amigas y conocidas. A menudo se daba el caso de coincidir en un club o un restaurante, y nos preguntábamos entonces a qué hora regresaríamos a casa, o si quedaba café para el día siguiente, ante el asombro —e incluso la indignación— de nuestras respectivas parejas, que no podían comprender tan absurda relación.

Llegó el verano. Como me había quedado sin trabajo de periodista, me dedicaba a escribir un guión de cine con el director Luis Lucia, en Salou, y Marie-Claire decidió acompañarme, quedarse unos días y continuar luego a Francia. Las despedidas no son fáciles; acabamos casándonos, y una cosita minúscula y preciosa, de pelo rubio y enormes ojos azules, trepa en estos momentos a mis rodillas y me impide escribir, intentando ser ella la que le dé a las teclas.

Sin periódicos que me patrocinaran, y existiendo Marie-Claire en mi vida, se podía pensar que habían concluido mis andanzas y llegaba el momento de cambiar la aventura por la vida sedentaria.

Un día, sin embargo, me presenté en Televisión Española y le pedí a su director de Programación, Pepe de las Casas, que me diera un empleo. Yo no lo conocía, ni él a mí, pero demostró confianza en mis posibilidades, me proporcionó un camarógrafo y me dijo que me lanzara a la calle a dirigir reportajes filmados.

Yo no tenía mucha idea de cine, pero sí bastantes

conocimientos de fotografía y una ya larga experiencia periodística. Comprendí que en TVE no había en aquel momento nadie que se metiera a filmar bajo el mar, y recordando mis tiempos del *Cruz del Sur* me fui por ese lado. A los pocos meses, y con bastante suerte, encabezaba uno de los equipos de «A toda plana», que por aquel entonces era el «rey» de la programación, puesto al que lo había llevado Miguel de la Quadra Salcedo, uno de los más nobles, valientes y encantadores seres humanos que he conocido en mi vida.

Comenzó de nuevo el ir de un lado a otro; los viajes apresurados y el trajín de aeropuertos, excesos de equipaje y graves problemas de todo un equipo de filmación, que suelen ser muchos.

Televisión decidió aprovechar mis conocimientos de América y África, y a esos continentes viajé con más frecuencia, mientras Miguel de la Quadra prefería hacerlo al Medio y Extremo Oriente, que conocía mejor.

Pero había algo que me venía rondando la mente desde mucho tiempo atrás, y ese algo era convencer a los «Altos Mandos» de Televisión para que me permitieran realizar una serie de grandes documentales sobre la ruta de los descubridores españoles. Para conseguirlo, me propuse seguir en principio la ruta más accidentada: la de Francisco de Orellana, el descubridor del río Amazonas, pues si lo lograba, demostraba que la empresa era factible y merecía la pena el gasto.

Fue así como una mañana me encontré aterrizando en Guayaquil, principal puerto ecuatoriano en la costa del Pacífico, de donde partió Francisco de Orellana cuando era gobernador de aquella plaza, en seguimiento del ejército de Gonzalo Pizarro, que había salido de Quito en busca del «país de la canela», que suponían se encontraba más allá de la gran cordillera Andina.

De Guayaquil a Quito, el viaje no tiene historia, aparte quizá de la belleza del paisaje, uno de los más bellos del mundo, en el que se van dejando, a un lado y otro, picos que rondan los seis mil metros: Chimborazo, Cotopaxi, Illinizas, Tunguragua, Rumiñahuí... para llegar al fin a las faldas del Pichincha, por las que se extiende, en un alto valle, la ciudad de Quito, joya arquitectónica de América, la más agradable, quizá, de las ciudades del continente.

La conocía bien de otros viajes, y acepté una vez más la invitación del secretario general de la OEA y antiguo Presidente del Ecuador, Galo Plaza, para pasar unos días en su fabulosa finca «Zuleta».

Cierto día, durante una fiesta en su casa —no recuerdo exactamente si durante aquel viaje u otro anterior—, comencé a charlar con un señor, comentando sobre las lindas muchachas del baile. Se aproximó entonces Manuel Polanco, hermano de mi amiga Marion, de la República Dominicana, que pasó afectuosamente el brazo sobre el hombro de mi acompañante y señaló:

—Me alegra ver que ya conoces a nuestro nuevo Presidente. ¿Simpático, verdad...?

Sin saberlo, llevaba media hora contándole chistes al presidente Otto Arosemena, que había subido al poder hacía una semana y que no tenía nada que ver con Carlos Julio Arosamena, también Presidente del Ecuador y a quien yo había entrevistado seis años atrás, antes del golpe de Estado que dieron los militares.

A espaldas del hermoso «Hotel Quito», uno de mis preferidos en todo el mundo, se alza una columna con una estatua del Tuerto de Trujillo, con una sencilla leyenda: «De aquí partió Francisco de Orellana a la conquista del Amazonas.»

Y desde allí emprendí yo la marcha hacia los altos páramos de los Andes, superando los cuatro mil metros de altitud en un paisaje desolado y hostil, para alcanzar por fin «El Paso» a 4.100 metros de altura, exactamente, junto a las primeras nieves del inmenso Antisana, que, con sus 5.600 metros de altitud, parece un vigía que estuviese oteando eternamente la selva amazónica que nace a sus pies.

Cuando el Antisana y sus nieves quedaron a mis espaldas, la tierra comenzó a descender, y aunque desde tiempo atrás viniera soñando con ese descenso, no resultó fácil, por más que el cambio de paisaje, de vegetación y de temperatura me animaran.

Era largo el camino, de los cuatro mil a los ochocientos metros de altitud, sintiendo que a cada paso el mundo se transformaba, que la selva ascendía hacia mí; que cada metro era un metro que perdía la montaña, que ganaba la jungla.

Seguí los caminos del agua. El agua era ya mi fiel compañera, la que me guiaba, la que me abría senderos; la que me conduciría más tarde sobre sí misma.

De las cumbres andinas, de las eternas nieves del Antisana y cien picachos más, nacía ese agua que se desgranaba primero en cataratas diminutas, cada vez mayores luego, con prisas por alcanzar el valle, la cuenca amazónica que acababa conduciéndola perezosamente al mar.

Iba con ella, a saltos, precipitadamente, para detenerme pronto en una hermosa laguna: Papallacta, donde el agua parecía tomarse un breve descanso antes de rebosar y seguir ya inalterable.

La laguna de Papallacta se habría convertido en cualquier país del mundo en un maravilloso lugar de descanso; con un paisaje de una belleza inigualable, con aguas ricas en pesca y buenas tierras, abundantes en caza; un rincón paradisíaco en el que pasar una larga temporada. Pero... ¡hay tantos lugares como éste en Ecuador y quedan tan lejos Papallacta! No lejos en distancia, que realmente apenas ochenta kilómetros la separan de Quito; lejos, por la falta de comunicaciones, por lo difícil y abrupto del terreno, porque esos ochenta kilómetros atraviesan, de lado, la inmensa cordillera andina.

Tras el descanso de Papallacta, término medio entre las frías cumbres y la tórrida jungla amazónica, el agua continúa su camino, y con el agua continué también yo, para llegar, al poco, al valle y pueblo de Papallacta; el último lugar civilizado que encontraba en este seguir la Ruta de Orellana antes de llegar a las misiones del Amazonas.

Aunque en la mayor parte de los mapas aparezca señalada, Papallacta no es en realidad más que un conjunto de chozas de barro con techo de paja, que se extienden a lo largo de un pequeño y hermoso valle, sin nada que señalar, aparte una iglesia sin oficios y un pretencioso «hotel» que no es otra cosa que una cabaña con dos habitaciones.

Llegué ilusionado, con la esperanza de una buena comida que me permitiera conservar mis provisiones, y grande fue mi desilusión al comprobar que en todo el pueblo no había ni un solo lugar en el que me sirvieran algo decente. Conseguí por fin, milagrosamente, una lata de sardinas en tomate, un queso de cabra y un puñado de huevos cocidos. Esto, con un trozo de pan y una cerveza caliente, me pareció un auténtico banquete. Pero tuve que comer al aire libre, ya que no me apeteció en absoluto sentarme a la sucia mesa de la oscura y maloliente choza en que me proporcionaron tan triste almuerzo.

Luego, tal vez por el cambio de temperatura en mi rápido descenso, tal vez por culpa de un sol tibio y agradable, me quedé dormido allí mismo, con la espalda apoyada en la pared de barro.

Al despertar, un indio de aspecto andrajoso y aire nada tranquilizador, se sentaba a mi lado y estaba dando buena cuenta de los escasos restos de mi almuerzo.

Me sorprendió su presencia. El indio andino no acostumbra comportarse de esa forma; es respetuoso, y se diría que rehúye el trato del hombre blanco, como si siempre estuviera esperando algo malo de él. Sin embargo, mi indio de Papallacta parecía un caso insólito en su raza, y apenas advirtió que yo había abierto los ojos se presentó a sí mismo con el mayor desparpajo:

—Soy Rafael —dijo—. Nací aquí, en Papallacta, y conozco como nadie la región: de Baeza a Tena; del Antisana al Napo.

—¿Conoces el camino al Coca?

Me miró con sorpresa. Su cara, que semejaba extrañamente la de un mono aullador, se marcó aún más de arrugas y arqueó las cejas. Me sorprendió nuevamente ver tal exceso de gestos, tal despilfarro de expresiones en un miembro de la raza andina. Realmente, Rafael no era un indio corriente.

—¿Al Coca? —preguntó—. Nadie conoce el camino al Coca. Bueno... —se contradijo—. Se sabe por dónde hay que ir; pero nadie sabe cómo. No hay camino al Coca —aseguró—. No hay camino alguno.

—Pero muchos lo han intentado —señalé—. Y todos han tenido que pasar por aquí, por Papallacta. ¿Qué rumbo siguieron?

—Sí —admitió—. Muchos lo intentaron. Pero ninguno lo consiguió. Mi primo se fue hace dos años, con el inglés. ¿Ha oído hablar del inglés? Estaba loco. Se lo dije a mi primo, y no me hizo caso. ¡Pobrecito!

Aquel «pobrecito» no me aclaraba si su primo había muerto con la expedición del inglés Snow, o simplemente se había limitado a pasar las infinitas calamidades que tanto el mismo Snow como el ecuatoriano Pazmiño sufrieron en su fallida aventura.

Yo ya había oído hablar de la expedición de Snow, e incluso había conocido a Pazmiño en Quito. Vino a verme al hotel y me pidió una elevada suma —creo recordar que 5.000 sucres— por proporcionarme un informe completo, con fotografías, de su desgraciada expedición. Naturalmente, ni yo podía pagar tal suma, ni los datos que me proporcionaba valían ese dinero. Por otra parte, las fotografías eran de pésima calidad, ya que la mayoría se le habían mojado en el transcurso del naufragio que sufriera.

Snow y Pazmiño, acompañados por un grupo de indios, habían intentado seguir la Ruta de Orellana a través de la región maldita del Alto Coca, aunque tal vez lo que buscaran era en realidad el tesoro de Rumiñahuí.

Fuera como fuese, lo cierto es que vagaron durante dos o tres meses por la inhóspita región, para acabar construyendo una balsa con la que seguir río abajo, y a los cien metros naufragar, perdiendo todo cuanto llevaban.

Salvaron la vida, aunque no tenían provisiones ni medios con que salir del Coca. Continuaron su marcha a pie, pasando infinitas calamidades, hasta que, no pudiendo más, se dejaron vencer y se tendieron a orillas del río a esperar la muerte. Dos de sus indios, sin embargo —¡tal vez uno de ellos ese primo del que me hablaba Rafael!—, fueron capaces de continuar, y a duras penas alcanzaron, destrozados, una Misión de la orilla del Coca, donde les prestaron ayuda.

Más tarde, mucho tiempo más tarde, conocí a uno de tales misioneros, quien me contó que tuvieron que acudir a un campamento petrolífero, en el que pidieron que se les proporcionara un helicóptero con el que ir en ayuda de los moribundos. El helicóptero les fue negado por los norteamericanos, a tal punto, que al cabo de tres días los misioneros amenazaron con promover una huelga y casi una revolución entre el personal indígena del campamento si no se acudía a rescatar a los desgraciados expedicionarios. Así fue como terminó la aventura; aunque mejor se podría decir que terminó en dos meses de hospital.

Si tenemos en cuenta que el ejército pizarrista anduvo perdido casi un año por esta misma región, donde murieron cuatro mil de sus cinco mil componentes, y que tan sólo cincuenta —los cincuenta de Orellana— lograron llegar al otro lado, se comprenderán las razones del indio Rafael para asustarse cuando le mencioné la Ruta del Coca.

Me miraba como si estuviera loco, y en verdad que yo sabía perfectamente que tenía toda la razón del mundo. Sin embargo, insistí:

—¿Eres capaz de servirme de guía por la Ruta del Coca?

Agitó la cabeza negativamente.

—Hace falta mucha gente, mucho dinero y mucho equipo, y aun así, no se conseguiría nada. Olvídese de eso —añadió—. Nunca llegará al Napo por el Coca...

—Podemos intentarlo —señalé.

—¡Oh! Intentar, se puede intentar todo en este mundo —replicó—. Lo único que puede ocurrir es que no regrese, que lo pierda todo, como el inglés, o como lo perdió Pizarro. Dicen que por aquí pasó, desnudo, de vuelta a Quito.

En efecto: tras más de un año de calamidades en el Alto Coca, Pizarro pudo volver a Quito. Y cuentan las leyendas que la mayoría llegaban desnudos. Los quiteños trajeron ropas con que cubrir a los capitanes, pero no habiendo vestidos para todos, Gonzalo Pizarro rechazó el ofrecimiento. No quería diferenciarse de sus hombres.

Los buenos vecinos de Quito, conmovidos por el lamentable aspecto de aquel puñado de valientes, conmovidos también por el gesto de su jefe, se quitaron a su vez la ropa para no avergonzar a los que llegaban, y así entraron todos, llorando, en la ciudad.

Me sorprendía —¡Rafael se pasaba la vida sorprendiéndome!— que aquel indio analfabeto hubiera oído hablar de Orellana y Pizarro. Pero esa tarde supe la razón: en el mismo centro de Papallacta un monolito con una larga inscripción recuerda que por allí pasaron los descubridores del Amazonas, y por allí se internaron, definitivamente, en la selva. En realidad, Papallacta no tiene más historia ni más monumentos que ése, y, por lo tanto, no resulta extraño que hasta el último de sus indios tenga una idea de quiénes fueron Orellana o Gonzalo Pizarro.

Ciertamente, yo no estaba hecho de distinta madera a cuantos se estrellaron contra la región del Alto Coca, y allí, en Papallacta, contemplando la caída de la tarde, el agua que descendía a saltos de las cumbres andinas y la inmensidad amazónica que se perdía de vista en la distancia, comprendí que nunca vencería al «Río Maldito». Marchaba hacia el fracaso si me internaba en aquella región en que tantos fracasaron, pero aun así debía intentarlo. No pensaba dejarme la vida en la aventura; tenía conciencia de hasta dónde llegaban mis fuerzas, y no abrigaba la ilusión de ser el primero tras Orellana; pero deseaba averiguar por mí mismo, muy de cerca, el porqué de ese eterno fracaso.

El ejército de Pizarro perdió aquí el ochenta por ciento de sus hombres, y únicamente Orellana fue capaz de llegar más allá; pasar a las aguas tranquilas, y, sin embargo —resulta curioso—, en línea recta, no son más de cien los kilómetros que hay que recorrer.

Pero, ¿qué tienen para constituir semejante barrera, para ofrecer tales dificultades?

Todo. Los Andes caen aquí verticalmente, y a causa de ello las nubes de la llanura amazónica vienen a depositarse en esta unión, con lo cual raro es el día que puede verse el sol. Como Rafael decía: «La mitad del año, lluvia; la otra mitad, diluvia.»

Luego, el calor insoportable de la raya ecuatorial, y así una tierra fértil, una humedad constante y un calor de horno, hacen crecer una vegetación que se convierte en un auténtico muro impenetrable. El mismo río se oculta a veces bajo ese manto verde hasta resultar difícil descubrir su curso.

Por último, el terreno llega a ser tan accidentado como jamás viera otro semejante, pues los Andes, caen en quebradas, precipicios, cataratas, ríos de lava, profundos valles... Un mundo dantesco, en fin. Dantesco, verde, húmedo y caliente.

El resultado es que ningún ser humano, ni el más salvaje de los indios, ha vivido jamás en el Alto Coca; tan desabitado como las cumbres del Himalaya; tan hostil al hombre como los abismos marinos.

Es refugio de jaguares y vampiros, y muchos aseguran que ni aun los monos se atreven a habitarlo.

En verdad que, en mis días de recorrerlo, pocos monos vi.

Nunca resulta agradable referirse a los propios fracasos. Se procura esconderlos o disculparlos y, sin embargo, resultaría absurdo hablar aquí de heroicidades. Podría contar cosas magníficas, sin temor a que nadie —salvo el indio Rafael, con su cara de mono aullador— viniera a desmentirlas, pero no es ésa mi intención.

Honradamente, el Alto Coca es demasiado para mí, y no me parece vergonzoso admitirlo. Si en cuatrocientos años nadie ha logrado vencerlo, ¿por qué iba a conseguirlo yo?

Me adentré en él, es cierto. Acompañado de Rafael, dejé atrás Papallacta y descendí por las estribaciones de los Andes, por la tierra donde diluvia, con un calor pegajoso y un ambiente irrespirable. Era como sumergirse en un invernadero, y del suelo surgían nubes de vapor que daban al paisaje un aspecto de baño turco.

Fueron días duros y desagradables, casi de pesadilla, y en ellos tropecé, al fin, con los famosos árboles de la canela, aquellos que viniera buscando la expedición pizarrista. Pero no era realmente éste el «País de la Canela». Estos «canelos» son arbolillos que no superan nunca los cuatro o cinco metros, cuando, en realidad, un canelo normal pasa de los quince. Al igual que sus hermanos mayores, ostentan las mismas flores de color violeta, la corteza blanquecina y la apariencia verdosa, resultando hasta cierto punto aprovechables, pero no constituyen, en verdad, el paraíso de las especies que Pizarro buscaba. Los árboles se encuentran tan esparcidos que, aparte de raquíticos, son escasos, por lo que pronto los españoles se convencieron de que el principal objetivo de su viaje no existía. Como relatan los cronistas de la expedición: «El calor de esta canela se enfrió, y perdieron la esperanza de hallarla en cantidad.» ¿Qué otra cosa pudieron encontrar? Nada; nada más que lluvia, calor, fatiga y hambre.

Al cuarto día empecé a experimentar cierta debilidad. En un principio lo achaqué al clima y el cansancio, pero fue Rafael quien, mostrándome dos pequeñas heridas en el lóbulo de la oreja, me hizo comprender que los vampiros se estaban cebando en mí.

Dejarse atacar varias noches seguidas por esta particular especie de murciélago de la Alta Amazonia puede resultar peligroso, y se dice que hay quien ha muerto por su causa.

Pese a su diminuto tamaño, aproximadamente el de un ratón, el vampiro, al no poseer estómago, cuanto traga lo envía directamente al intestino y casi inmediatamente lo expulsa. Indefectiblemente, cada noche en que había sido atacado, por la mañana aparecía, a unos diez centímetros de distancia del punto en que me había herido, el charco que servía para darme una idea de la sangre que había perdido. Esos diez centímetros son la longitud de un murciélago-vampiro.

Desgraciadamente, la región en que nos hallábamos era abundante en ellos, quizá la más abundante del mundo, ya que este animal acostumbra habitar en las regiones del Napo y el Coca, siendo muy escaso en el resto del continente y, desde luego, inexistente fuera de la América del Sur y Central. Se encuentra armado de dos afilados colmillos que producen heridas perfectamente cilíndricas y se calcula que uno de estos murciélagos absorbe más de treinta gramos de sangre en una sola noche, lo que quiere decir que consume casi cuarenta litros de sangre al año. Como suelen vivir en grandes bandadas de quinientos o más ejemplares —al menos en esta región del Alto Coca—, se comprenderá que constituyen un verdadero peligro y que podría ser cierto como Rafael afirmaba, que llegaran a matarnos.

Sentí tal repugnancia al verme atacado, que decidí vengarme, pero todo cuanto intenté resultó inútil. Nunca, ni en aquella zona, ni luego más abajo, en el Napo, logré echarle la vista encima a uno de ellos. Tan sólo una vez presentí, más que vi, que me rondaba en la oscuridad pero, pese a que fingía dormir y permanecía con los sentidos alerta esperando el ataque, éste nunca llegó. Sin embargo, a la mañana siguiente volvió a aparecer el consabido charco de sangre.

¿Cómo es posible? No podía explicármelo, pero Rafael, y más tarde todos aquellos con quienes hablé acerca del particular, coincidieron en afirmar que nadie, jamás, puede sorprender a un vampiro en el momento de atacar. Al parecer —yo no puedo asegurarlo— inyectan, al clavar los dientes, un líquido anestésico, que impide que se sienta la mordedura. Luego, un sexto sentido parece prevenirles del momento en que su víctima está a punto de despertar.

La única defensa contra ellos se basa, por tanto, en refugiarse en tiendas de campaña, o irse a dormir a la orilla de los ríos, lejos de los altos árboles que habitan.

El primer sistema no llega a ser perfecto, pues un vampiro es capaz de atravesar con sus fuertes y afilados colmillos la lona de una tienda y morder a quien se encuentre en su interior en contacto con esa lona. El segundo tiene la ventaja de que estos animales no gustan de alejarse de la protección de la selva, pero presenta el notable inconveniente de que, en la Amazonía, dormir cerca del agua resulta a menudo peligroso, tanto por la vecindad de anacondas y cocodrilos, como por la siempre posible e inesperada subida de las aguas, que llegan en tromba, arrastrándolo todo.

Los vampiros contribuyeron en gran parte, por tanto, junto a los mosquitos, el calor, la lluvia y el convencimiento de que mi aventura resultaba absurda, a que diera por concluida mi inspección de la que había sido considerada, con razón, la región del «Río Maldito». No podía exponerme a que mi debilidad aumentara hasta el punto de que me fuera imposible salir de allí por mis propios medios, y no confiaba en absoluto en que Rafael, en un momento difícil, constituyera una auténtica ayuda.

En cuanto a las mordeduras que había sufrido hasta el presente, no me produjeron más molestias que una debilidad momentánea. La herida que el murciélago produce, si se desinfecta, cicatriza rápidamente y no deja huella. El mayor peligro estriba, quizás, en que, recién producida, un cierto tipo de mosca acostumbra dejar allí sus larvas, y eso puede acarrear enfermedades e incluso la muerte.

Decidí, por tanto, volver sobre mis pasos. Con pena, pero sin lamentos; convencido de que nada más podía hacer allí.

Lo que faltaba hasta el Bajo Coca no era más que selva, quebradas, valles profundos, nuevas montañas y cataratas que se sucedían ininterrumpidamente. Todo lo que había visto hasta el momento, pero prolongado a través de esos cien kilómetros que continúan constituyendo una barrera infranqueable para el hombre.

Tal vez algún día, al frente de una poderosa expedición, acompañado de gente decidida a todo, pueda pensar en atravesar la región del Alto Coca, pero con solo mis fuerzas, sin más ayuda que la buena voluntad de Rafael, resultaba inútil.

De vuelta a Papallacta, pagué a Rafael los trescientos sucres convenidos y me despedí de él exactamente en el mismo punto en que lo encontré: en aquella choza en que no seguían teniendo de comer más que sardinas en tomate, queso y huevos duros.

CAPÍTULO XXXIV

EL TESORO DE RUMIÑAHUI

Hacía media hora que la avioneta había despegado de Quito, y no cesaba de bailotear como una pluma, traída y llevada por los encontrados vientos de las cumbres y las quebradas de los Andes ecuatorianos.

El piloto —un alemán residuo de la guerra— se afanaba en enfilar el valle que le permitiera cruzar sin mayores dificultades la cordillera y depositarme en Puyo, puerta natural de la Amazonía ecuatoriana.

Mientras el alemán luchaba con los mandos, por mi parte no quitaba los ojos del suelo, a unos mil metros bajo las alas y tres mil de altitud sobre el nivel del mar. Intentaba distinguir la cumbre de los Tres Llanganates para que sirvieran de referencia en un intento de vislumbrar —aunque sólo fuera fugazmente— el lago del Tesoro.

Sin embargo, todo era un blanco mar de nubes con algún ligero claro por el que aparecía la selva verde y monótona. Como siempre, la cumbre del Cotopaxi era lo único que sobresalía de aquella inmensa capa de algodón que oculta la región donde se esconden cincuenta mil millones de pesetas en oro. Son esas nubes bajas, densas, pesadas, los principales guardianes del tesoro. El hombre que más intensamente lo ha buscado, el colombiano Carlos Ripalda, me había asegurado en cierta ocasión:

—Si no fuera por las nubes, por esa lluvia maldita que jamás cesa, yo sería inmensamente rico. Pero ¡llueve, y llueve, y llueve...! Todos los días, durante los quince años que llevo buscando ese oro.

Conocí a Ripalda durante mi primer viaje a Ecuador. Era un hombre con una idea fija: encontrar el famoso tesoro de Rumiñahuí, y había dedicado a ello los mejores años de su vida. Desde el primer momento me atrajo su entusiasmo, y logró convencerme para que le acompañara en una de sus infinitas intentonas. No era en realidad aquel viaje más que un ligero internamiento, preparativo de la gran expedición que iniciaría un año más tarde, cuando su socio —un rico industrial de Kansas— llegara con el dinero y el grueso del equipo. Pese a ello, no me arrepentí de acompañarle. Ripalda era un hombre interesante y un gran conocedor de la selva y la montaña.

Quien le tratara superficialmente pensaría que estaba loco o que era un idiota al desperdiciar su vida en persecución de la quimera de un hipotético tesoro, pero Ripalda tenía la certeza, como la tengo yo, como la tienen muchos, de que ese tesoro existe realmente.

El día que Francisco Pizarro hizo prisionero al inca Atahualpa en Cajamarca, éste ofreció llenar de oro la habitación en que se encontraba a cambio de su rescate. A los españoles, aquello les pareció una fantasía, pero el inca cumplió su palabra. Dio una orden, y el oro empezó a llegar desde todos los rincones del Imperio.

Sin embargo, Pizarro, temiendo una traición, mando ajusticiar a Atahualpa cuando la cifra recaudada apenas había sobrepasado el millón de pesos en oro.

Fue entonces cuando se enteró de que había perdido con esa acción la más fabulosa fortuna que jamás soñara hombre alguno.

En efecto, el Imperio incaico estaba dividido en tiempos de Atahualpa en dos reinos: el Sur, con capital en Cuzco, y el Norte, con capital en Quito. De las riquezas de Cuzco se tienen noticias ya no sólo por ese oro que consiguió Pizarro, sino por el que encontrarían los conquistadores más tarde al tomar la ciudad. El jardín del Templo del Sol estaba compuesto íntegramente de árboles, flores y animales de oro puro. Su valor resultó incalculable.

Sin embargo, el oro de la otra capital, Quito, nunca apareció. La culpa la tuvo Rumiñahuí, ojo de piedra, el más inteligente de los generales de Atahualpa.

Rumiñahuí había sido el encargado —como gobernador de Quito— de recoger el oro del norte del país y llevarlo a Cajamarca para contribuir al rescate de Atahualpa; pero cuando se encontraba a mitad de camino con setenta mil hombres cargados, tuvo noticias de la muerte de Atahualpa y volvió atrás. Sabedor de la llegada de los españoles, prendió fuego a Quito, de donde era natural. Allí escondió el oro y volvió a dar la batalla.

Derrotado, fue torturado para que confesase el emplazamiento del tesoro, pero murió sin decir palabra, y aquella fabulosa cantidad de oro y piedras preciosas desapareció para siempre. Por los cálculos de los especialistas que han estudiado de cerca el tema, basándose en la documentación de antaño y la cantidad de carga que puede llevar un indio, se ha hecho una valoración aproximada. El tesoro valdría hoy, al cambio normal, cincuenta mil millones de pesetas.

Naturalmente, esa cifra despertó el interés y la codicia de infinidad de aventureros a través de la Historia, mas, al parecer, muy pocos han sido los que lograron tocar siquiera el oro de Rumiñahuí.

El primero fue el español Valverde, un simple soldado que vivió en Latacunga a finales del siglo XVI. Valverde estaba casado con una india, y de la noche a la mañana pasó de la más absoluta pobreza a inmensamente rico. Al parecer, su suegro, compañero de Rumiñahuí, le había conducido al lugar del tesoro, dejándole tomar lo que pudiera llevarse. En Latacunga me mostraron en cierta ocasión «la casa de Valverde», aunque pude luego comprobar que la que me enseñaban había sido construida sobre el solar de la auténtica.

Lo cierto es que Valverde regresó a España muy rico, y antes de morir le dejó en herencia al rey un documento conocido como el «Derrotero de Valverde». En él se explica el camino que se debía seguir desde Latacunga hasta el punto en que se encuentra el tesoro.

Dicho documento —del que existen varias copias hoy en día— es absolutamente exacto en la mayor parte de sus puntos y demuestra un perfecto conocimiento de la región.

Nunca podría haber sido trazado por alguien que no hubiera estado allí varias veces.

Al principio, «el derrotero» es claro y fácil de seguir: «Saliendo de Pillaro hay que preguntar por la "Hacienda Moya" —ya desaparecida— y buscar luego el llamado Cerro Guapa. Desde la cumbre de ese cerro, y teniendo a la espalda la ciudad de Ambato, se mira hacia el Este, y en los días muy claros se deben distinguir los Tres Cerros Llanganates. Forman un triángulo, y en sus faldas existe un pequeño lago artificial al que, parece ser, se arrojó el tesoro.» Otra versión asegura que el lago es tan sólo una pista, y que muy cerca hay una gran cueva en la que se esconde el oro.

La teoría de la cueva se basa en el hecho de que, en el siglo pasado, dos marineros ingleses aseguraron haber encontrado el tesoro en una de ellas, y llegaron a Londres con unas piezas muy bellas. Uno murió en Londres, y el otro lo hizo en el transcurso de la siguiente expedición. Juraron que mil hombres fuertes no podrían cargar todo el oro que había en la cueva.

Hay quien asegura que esa cueva no es otra que la gran caverna que se forma bajo la catarata del Alto Coca, pero, a mi entender, ese lugar se encuentra demasiado lejos del mencionado por Valverde. La cueva es, desde luego, inmensa e inaccesible por su situación, pero poco probable como escondite.

El camino más seguro sigue siendo, por tanto, el «Derrotero de Valverde», aunque los años transcurridos y los movimientos sísmicos, tan frecuentes en esta región, han cambiado totalmente su topografía.

Desde un principio, fueron muchos los que se lanzaron a la búsqueda de las huellas de Rumiñahuí —entre ellos el propio Gonzalo Pizarro, hermano de Francisco—, pero la primera expedición científica importante la realizó el padre español Anastasio Guzmán, a finales de 1700. Trazó un mapa bastante completo de la región, mas, por desgracia, cayó por un precipicio antes de llegar al punto que andaba buscando.

Aseguran que Guzmán era sonámbulo y que sufrió el accidente mientras dormía. ¡Mala cosa para un aventurero el sonambulismo en estas tierras de profundos precipicios! Ripalda me aseguraba que, en cierta ocasión, se encontró frente a un barranco que —de lado a lado— no tendría más de quince metros, y casi se podía salvar de un salto. Sin embargo, descender hasta el fondo y subir por el otro lado le llevó exactamente diecisiete días. Sirve ello para ilustrar las dificultades de los expedicionarios y por qué mueren a docenas o regresan completamente destrozados. Si se precisan diecisiete días para salvar quince metros, no sorprende que, hasta el presente, nadie haya logrado llegar al tesoro.

Pero la certeza de que allí, en el corazón de ese infierno, se esconden cincuenta mil millones de pesetas hace que, a través de la Historia, siempre exista quien se atreva a enfrentarse a todos los peligros y dificultades. El inglés Dyott, el italiano Boschetti, el americano D'Orsay, el sueco Blomberg, el colombiano Ripalda y el escocés Loch, son algunos, los más destacados, de los cientos de soñadores que han perseguido en estos últimos tiempos el escurridizo oro de Rumiñahui. La mayoría acabaron dándose por vencidos; otros se arruinaron en la empresa, y uno de ellos, el desgraciado Loch, perdió fortuna y esposa. Tras infinitas calamidades, regresó a Quito para pegarse un tiro. Una maldición parece proteger el oro; una maldición, y los infranqueables Hauganotes, que no son, en realidad, más que la prolongación, hacia el Oeste, de la región del Alto Coca, contra la que yo me había estrellado.

Lejos, al frente, apareció luego la blanca corona del Sangay, el «Volcán de la Selva», adorado como dios rugiente por los feroces jíbaros, reductores de cabezas, en cuyo territorio me depositó minutos después la frágil avioneta.

Ya de los antiguos jíbaros poco queda, y tan sólo muy adentro, en el río Pastaza, perduran familias realmente salvajes, aunque incluso ellas han perdido la costumbre de reducir cabezas, debido, sobre todo, a los terribles castigos que las autoridades han impuesto a quienes comercien con los macabros trofeos.

Desde Puyo, el río Napo me llevó mansamente y sin problema a la misión del Coca o Francisco de Orellana, situada en la confluencia de ambos ríos.

Esta Misión está regida actualmente por españoles, capuchinos vasconavarros, que tienen una serie de ellas, seis —si no recuerdo mal—, a todo lo largo del Napo en la Alta Amazonía ecuatoriana. Para ellos, muchos de los cuales llevaban años lejos de su patria, significó una alegría ver llegar a un compatriota que podía traerles noticias, más o menos frescas, del hogar. El superior de la Misión, monseñor Alejandro Labaca Ugarte, bilbaíno, obispo del Cantón Aguarico y máxima autoridad religiosa de esta gran selva, me acogió cariñosamente, ofreciéndome no sólo la maravillosa hospitalidad de la Misión, sino la valiosísima ayuda de su avioneta, con la que yo deseaba visitar, al menos desde el aire, la región del Alto Coca, intentando comprender mejor el porqué de mi fracaso.

Monseñor Labaca puso de inmediato la avioneta a mi disposición, no sin advertirme previamente las dificultades que planteaba el vuelo. La región del Coca, a no más de cincuenta kilómetros al Norte, aparecía siempre cubierta por las nubes, siempre peligrosa bajo una lluvia torrencial, y en medio de esas nubes, una geografía desconocida, de la que tan sólo se sabe que en ella se encuentra la cumbre del volcán Reventador, y tras él, la inmensa cordillera de los Andes.

Menos de doscientos kilómetros en línea recta separan Francisco de Orellana de Quito, y, sin embargo, los aviones no pueden hacer ese recorrido, dando la vuelta por Puyo, el valle del Tunguragua y Ambato, para evitar esa especie de muro infranqueable que ha colocado la Naturaleza entre el oriente y el occidente ecuatorianos.

Perdí la cuenta de cuántas veces intenté llegar al Alto Coca. El viento, la lluvia, las nubes, la caída de la noche, todo parecía estar en contra mía, y llegué incluso a peder la esperanza de entrever siquiera lo que buscaba.

Si lo conseguí, fue gracias a la pericia de Joaquín Galindo, un capitán español que un buen día sintió la llamada de la selva y prefirió marcharse a servir de piloto a los misioneros del Amazonas. Y sucedió el día que menos confiábamos en ver algo. Totalmente sumergidos en una inmensa bola de algodón, el aparato bailaba como un cascarón de nuez en una alcantarilla, y temíamos que, de un momento a otro, apareciera ante nuestro morro la mole inmensa del Reventador.

Pensábamos ya volver atrás cuando de pronto, milagrosamente se abrió un claro justamente sobre el río, y el Alto Coca surgió allí, ante nuestros ojos, tan violento y majestuoso como lo recordaba de mucho más arriba, y tan espectacular como lo había imaginado.

Todo era verde bajo nosotros, excepto la espuma furiosa de las aguas; precipicios, barrancos y selva era cuanto había, junto a las piedras del cauce, y la inmensidad de los Andes, que se adivinaban —más que verse— en la distancia.

Seguimos el camino que nos marcaba el río, aguas arriba, volando justamente en el cañón que se forma, pasando a menudo tan cerca de los árboles o las altas paredes de roca, que tuve el convencimiento de que era aquélla mi última aventura, pero resultaba todo tan hermoso, tan fascinante, que tan sólo podía preocuparme de mirar hacia abajo a través de la puerta abierta. Fotografiar algo desde el interior de un avión cerrado resulta muy difícil, y por ello en nuestros vuelos habíamos decidido quitar la puerta de la avioneta, con lo cual yo disfrutaba de una visibilidad perfecta.

Quince o veinte minutos duró nuestro recorrido por el cauce del Coca, inmersos en aquel mundo verde, blanco de nubes justamente encima, hasta que apareció ante nosotros la maravilla de la Gran Catarata del Coca, espectáculo único que hasta el momento nadie había logrado fotografiar.

No era ésta la más alta de las caídas del Coca, pues nos venían acompañando a derecha e izquierda colas de caballo que se desplomaban desde las cumbres al fondo del cañón, a veces en saltos de trescientos y más metros, pero la Gran Catarata, con sus setenta u ochenta metros de altura, presenta la peculiaridad de que por ella se precipita todo el río, y forma, además, bajo ella, una gigantesca cueva cuya boca, de unos cien metros de ancho por sesenta de alto, se ve cerrada por una cortina de espuma.

Hay quien sostiene que es en esa cueva donde Rumiñahuí escondió su tesoro, pero lo cierto es que hasta el momento nadie ha sido capaz de ir allí a averiguarlo.

Galindo hizo evolucionar una y otra vez su avioneta, y picó tan cerca de la catarata, que creí que íbamos a penetrar en la caverna. Tuvimos que ascender violentamente para salir al fin de aquel cañón de altísimas paredes.

Regresamos. La mole del Reventador apareció unos instantes entre las nubes y luego se ocultó de nuevo, como si únicamente hubiera pretendido vernos unos momentos, saber quiénes eran los locos que se atrevían a llegar a sus dominios.

Media hora después aterrizábamos de nuevo en la Misión del Coca, donde nos rodeó una nube de curiosos indígenas que, por más que lo vieran diariamente, nunca llegarían a acostumbrarse al gran pájaro mecánico en que viajaban los blancos y en el cual traían ropas, objetos y comida, así como, demasiado a menudo, la enfermedad, la contaminación y la muerte.

Capítulo XXXV

EL FIN DE LOS INDIOS

Recuerdo que de niño me aprendí de memoria el discurso que ante el Congreso de Norteamérica pronunciara el Gran Jefe Arapooish, cacique máximo de la tribu «Crow».

Dijo así:

—La tierra de los «Crow» está justo en el lugar apropiado. Tiene montañas nevadas y valles soleados, toda clase de climas y buenas cosechas. Cuando el verano quema las praderas, hay refugio en el aire limpio al pie de las montañas, con ríos cristalinos y nueva hierba. Y en el otoño, cuando están gordos los caballos, podemos bajar al valle a cazar bisontes y castores. Para el invierno, tenemos la protección de los bosques profundos, o el valle del río del Viento, donde la hierba abunda... El país de los «Crow»...

Era lo más hermoso que hombre alguno dijera jamás sobre su patria. Pero del país de los «Crow» ya no queda nada... Sus bosques se talaron para enriquecer a unos pocos; sus bisontes se aniquilaron; sus pastizales se convirtieron en polvo y desierto... Ya no hay país de los «Crow»...

Tampoco hay «Crow».

Probablemente, dentro de muy pocos años alguien dirá:

«Ya no hay país amazónico. Tampoco hay indios amazónicos.»

Cuando hace una veintena de años, la carretera brasileña Cuiabá-Porto Velho, amenazó aniquilar a la tribu de los «Pacaas Novos», la Prensa mundial se ocupó del asunto, y la opinión pública se volcó contra el Brasil. El Gobierno se vio casi a punto de tener que suspender las obras, pero al fin no lo hizo, y de los treinta mil «Pacaas Novos» que se censaron en 1950, no quedaban más que trescientos en 1968. En 1916, una epidemia de sarampión redujo, de mil doscientos, a menos de cien a la tribu de los «Kaingang» y también el «sarampión» mató al noventa por ciento de los «urubú» en 1950.

Pueblos enteros, antaño poderosos, como los «Xavantes», los «Kreenapores» o los «Cintas Largas», no son ya más que una sombra de su pasado, y se calcula que más de medio centenar de tribus amazónicas han desaparecido en los últimos años. Cundo Francisco de Orellana, el descubridor del Gran Río, pasó por él a principios del 1500, calculó en varios millones los habitantes de la cuenca amazónica. Hoy se asegura que no pasa de doscientos mil el total de los indígenas desparramados por aquellas selvas, número que se verá reducido más y más a causa de las enfermedades, el hambre y las persecuciones de quienes tratan de apoderarse de sus tierras.

La construcción de la «Transamazónica» abrirá los últimos reductos indios a la invasión de exploradores y aventureros, los cuales traerán consigo enfermedades que aniquilarán tribus enteras de la noche a la mañana.

El sarampión, la tuberculosis, la sífilis o una simple gripe, constituyen una auténtica catástrofe para unos seres que no están inmunizados contra los males del hombre «civilizado». Basta el estornudo de un minero, un maderero o un buscador de diamantes, para que lo que fuera hasta ese instante próspera y tranquila comunidad, pase a convertirse en cementerio. ¿Qué ocurrirá cuando centenares de buscadores de hierro, petróleo, bauxita, oro, caoba o madera de balsa, se introduzcan en lo que fuera hasta ahora selva impenetrable, a través de la ancha y cómoda «Transamazónica»...?

El resultado no admite duda: Si no se los protege contra esa invasión; si no se les proporcionan vacunas y medicinas que los fortalezcan contra las enfermedades extrañas, los indios están condenados a desaparecer de la faz de la Tierra antes incluso de que desaparezca su hábitat, esa selva hoy amenazada.

La primera pregunta, ante semejante situación, es siempre la misma: ¿No hay nadie que se preocupe de defender a esa pobre gente?

Sí, desde luego... En Brasil existió durante años el «Servicio de Protección del Indio», pero se demostró que sus miembros eran los principales asesinos de las tribus brasileñas... Me costó admitirlo, y durante cierto tiempo defendí la posición del SPI, convencido de que intentaban en verdad realizar una auténtica labor de ayuda. Sin embargo, el escándalo alcanzó las más altas esferas, y el Gobierno se vio en la necesidad de disolver el SPI y encarcelar a varios de sus miembros.

La nueva «Fundación del Indio» no parece mejor; se trata de la misma gente, que actúa ahora mucho más solapadamente.

Según Edwin Brooks, catedrático de la Universidad de Liverpool, que estuvo realizando recientemente un amplio estudio de la región, los madereros y las grandes compañías mineras son los principales instigadores de la política de violencia contra el indio, y fueron ellos quienes el pasado año crucificaron hasta su casi total extinción a la tribu de los «Xavantes».

Para Brooks, todos aquellos indígenas que no busquen pronto la protección de los hermanos Vilas Boas en su Parque Nacional del río Xingú, están condenados a la extinción antes de diez años.

Desgraciadamente, sin embargo, el Parque Nacional del Xingú no reúne espacio suficiente como para albergar a todas las tribus amenazadas, ni los hermanos Vilas Boas, por grande que sea su amor a los indios y sus deseos de ayudarlos, están en condiciones de hacer frente a la terrible demanda de alimentos y medicinas que requerirá acoger a miles de seres a quienes se habrá privado de sus tradicionales formas de sustento. Lejos de sus regiones de caza, y desposeídos de sus pequeños campos de cultivo, los indios acogidos en el Xingú no tendrán más fruto que el que tuvieron los pieles rojas de las «reservas» norteamericanas: consumirse lentamente hasta su desaparición total.

Para muchos políticos y hombres de negocios del continente, ése es el único fin lógico que cabe esperar para los nativos. Alegan, egoístamente, que en unos tiempos en los que el hombre viaja a la Luna, no se puede pretender que continúen existiendo individuos en plena Edad de Piedra.

Sin embargo, no se han detenido a meditar que, en el fondo, la forma de vida y de cultura que los indios amazónicos mantienen es mucho más lógica y está mucho más en consonancia con el mundo en que viven que nuestra propia «supercultura». Durante milenios, los indígenas han sido capaces de adaptarse al hábitat que se les ofrecía, sobreviviendo en él sin dañarlo. Sin embargo, el «civilizado» no puede subsistir en la Amazonía. Necesita destruir, derribar sus árboles, matar a sus animales, agotar sus tierras y, en el simple transcurso de una vida, acabar con un patrimonio que debía durar mil años y alimentar a las generaciones venideras.

¿Cuál de las dos formas de existencia resulta, a la larga más lógica?

¿Quién es, en el fondo, el «civilizado» y quién el «bárbaro»?

Conocí a un viejo indio que había vivido largo tiempo en Manaos. Cuando le pregunté qué le había quedado de sus tiempos de «civilizado», respondió:

—Me quedó el convencimiento de que vosotros tenéis vuestro mundo y nosotros el nuestro... Es inútil intentar unirlos. La soberbia de los blancos desprecia todo lo extraño, y no admite que podamos ser iguales. Pretenden protegernos o destruirnos, y yo no estaba de acuerdo... Aquí nadie manda sobre nadie ni castiga a nadie... Y, sin embargo, todos vivimos en paz y obedecemos unas reglas que no están escritas ni son obligatorias, pero que comprendemos que resultan imprescindibles para lograr convivir respetando nuestra libertad...

»¡Imagina esta situación entre los blancos...! ¡Imagina un país o una ciudad, o una simple aldea, donde no hubiera autoridad, leyes ni castigos...! Nadie haría nada, más que robar, asesinar o violar a la mujer del vecino... Aun así, los blancos consideran que su civilización es mejor que la nuestra, tan sólo porque han descubierto más cosas. Pero lo más importante, saber convivir en paz, aún no lo han descubierto... Tampoco han descubierto que nada de lo que tienen vale tanto como ser libre...

Este último concepto de la libertad a toda costa, es, probablemente, el mayor obstáculo con que se encuentra el «civilizado» para lograr adaptar el indio amazónico al mundo moderno. Para el indio, la libertad lo significa todo, y por lo tanto, el trabajo envilece desde el instante mismo en que significa una coacción a su libertad. Podrá pasarse horas construyendo una choza o talando un árbol, pero lo hará siempre y cuando sea por su gusto. En el mismo instante en que le apetezca pescar o tumbarse bajo una palmera, dejará a medias su tarea, sin detenerse a pensar que había adquirido una responsabilidad.

«Responsabilidad» es un concepto inexistente para la mayoría de las tribus amazónicas. Responsabilidad significa sujeción, y sujeción significa fin de la libertad. El indio no admite ser responsable por nada, y ni como padre, ni como esposo, ni aun como miembro de una comunidad, contrae obligaciones ni se las exige a nadie.

Los niños vienen al mundo, y se les cuida por amor, no por obligación. Tampoco el matrimonio presupone cuidado y protección; únicamente, apareamiento. En la comunidad nadie tiene obligaciones para con nadie, y la mayor parte de las veces no existen jefes. Los curacas o sumos sacerdotes están considerados, todo lo más, consejeros. Cuando se ha de tomar una importante decisión común, los curacas dan su opinión, pero no es obligatorio aceptarla. Pese a ello, y por su misma libertad, todos respetan las reglas lógicas, pero «únicamente porque son libres de respetarlas»...

A menudo los misioneros se encuentran con el hecho de llegar a un poblado indígena, ofrecer regalos y pedir que escuchen el sermón que vienen a pronunciar. Los indígenas aceptan los regalos, pero se marchan sin escuchar el sermón si en ese momento no les apetece oírlo. Para su mentalidad, el misionero es libre de hacer regalos, pero ello no les obliga a escucharlo.

Uno de los misioneros del Coca con más de veinte años de experiencia entre tribus indígenas me confesaba el problema de conciencia que significaba su labor de captación de los indios.

—A menudo —decía—, incluso nosotros mismos no podemos evitar hacernos serias preguntas sobre el fin de nuestra labor. En una amplia mayoría, los indios de nuestras misiones llegan a responder a la voz de Cristo, y su semilla prende en ellos, porque en sí mismos llevan la necesidad de una fe y un Ser Bondadoso que los proteja de los peligros. Sin embargo, cuando se trata de adaptar a esos mismos indios a nuestro mundo, el siglo en que nos ha tocado vivir, todo se vuelve mucho más complejo, más difícil; tanto, que llega a desconcertarnos... ¿Qué eco puede tener en la mente de un indígena amazónico la mayoría de los conceptos —muchos de ellos absurdos— de nuestra vida de «civilizados»? En estos años de selva he podido darme cuenta de la cantidad de «necesidades innecesarias» que el hombre se ha ido creando y que no conducen más que a un aumento de su infelicidad. Me enfrento entonces, como misionero a quien Dios hizo responsable del bien de unos determinados seres, a un problema: ¿Hasta qué límite debo llegar en la adaptación de mis indios, y hasta qué punto tengo derecho a decidir cuál es ese límite?

»Sé que no puedo pedirle a la Humanidad que cambie a causa de ellos, pero tampoco sé si, en verdad, deben ser ellos los que cambien a causa de la Humanidad... —concluyó.

—¿No cree que el indio pueda adaptarse, a la larga, al mundo de los blancos? —quise saber.

—Definitivamente no, en las condiciones actuales —contestó—, puesto que son dos razas que chocan entre sí. El negro imita y se adapta; el amarillo absorbe y aprovecha, pero el indio no. El indio americano rebota contra la civilización blanca, y aunque aparentemente se somete a ella, en el fondo continúa permaneciendo ferozmente independiente. Independiente no sólo como individuo, sino incluso como comunidad, porque sus costumbres están demasiado arraigadas y no las cambia por nada ni por nadie. Después de cuatro siglos, debemos reconocer que, aunque los hayamos cristianizado, no hemos logrado «civilizarlos». Existen entre veinte y treinta millones de indígenas en Hispanoamérica —incluidos los indios andinos—, y ni siquiera uno de cada cien puede serlo, y aunque a menudo se nos aproximen, siempre continúan conservando las características propias de su raza.

—¿Cuál es entonces la solución? ¿Cómo adaptarlos para que formen un todo con la sociedad...?

—¿Y cree que yo lo sé? —replicó, sorprendido—. Hay quien opina que lo mejor es llevarse a los niños a las ciudades y criarlos lejos de su ambiente, pero cuando se ha hecho así, la mayoría muere de tristeza, o sobreviven eternamente melancólicos, como animalitos enjaulados. No estoy en absoluto de acuerdo con tales métodos, porque, además, no tenemos la seguridad de apartarlos de sus padres para llevarlos a un mundo feliz y perfecto. Está comprobado que lo que podemos ofrecerles no es la solución material a su problema, la felicidad ni la perfección... Y la salvación eterna es mucho más fácil hallarla entre los árboles de estas selvas...

—Puede que ahora, con el petróleo que acaba de descubrirse en sus territorios, las cosas mejoren para ellos —aventuré.

—Empeorarán —afirmó, convencido—. No están preparados para pasar de la cerbatana a la ametralladora de ir descalzos a viajar en helicóptero. Las empresas petroleras han comenzado a utilizarlos como mano de obra, y no cabe duda de que les pagan más de lo que hubieran soñado ganar en su vida, pero ese dinero tan sólo les sirve para gastarlo en cosas superfluas: tabaco, bebidas, chocolate, chicles y camisas de nilón... Se están acostumbrando a todas esas «necesidades innecesarias» de que le hablé antes, sin obtener a cambio nada que valga la pena. No les enseñan a leer, ni a escribir, ni a asimilar cuanto de utilidad les podría proporcionar nuestra cultura. Las compañías los necesitan ahora como guías, desmontadores de terreno o porteadores, pero cuando los pozos estén perforados y en plena producción, funcionarán prácticamente solos y los indios se quedarán sin trabajo. Ni siquiera los preparan como técnicos en mantenimientos, y se encontrarán con que se han acostumbrado a cosas que ya no pueden pagarse, y han perdido, además, la costumbre de ganarse la vida por sus medios tradicionales. Por si ello fuera poco, las tierras ya no serán suyas, sino de las compañías, y no podrán cazar ni plantar, mientras los ríos estarán contaminados por los desechos del petróleo... Vivirán unos años de falso esplendor, y luego se hundirán en una miseria mucho más espantosa.

—¿Y qué hacen ustedes frente a eso?

—Poca cosa... Cuando advertimos a los indígenas y les aconsejamos no abandonar sus tierras, las compañías nos acusan de querer mantenerlos bajo nuestra influencia a toda costa. A cambio de nuestros razonamientos (difíciles de entender para un nativo), los petroleros les ofrecen dinero y cosas... Como comprenderá, no dudan a la hora de la elección.

Capítulo XXXVI

¡AUCAS!

En Quito, los titulares de los periódicos traían la noticia casi cada día... «Los aucas atacan un campamento militar...», «...Los aucas raptan a dos mujeres alamas...», «...Los aucas asesinan a un buscador de oro...» Y me preguntaba: ¿Cómo es posible que esto ocurra en pleno siglo xx? ¿Quiénes son los aucas? ¿Dónde están...?

Ahora, aquí, tenía al alcance de la mano la respuesta. El territorio de los aucas se extiende a lo largo de quinientos kilómetros a la orilla derecha del Napo, en lo que constituye una inmensa región totalmente desconocida.

Al preguntar sobre ellos a monseñor Alejandro Labaca, me respondió:

—Los aucas son, quizá, como muchos etnólogos sostienen, la tribu más sanguinaria y feroz que existe en la actualidad. Todos nuestros intentos de aproximación han resultado inútiles. Si entramos desarmados en su territorio, nos asesinan; si llevamos armas, se esconden. Matan por el placer de hacerlo, y nada respetan, porque odian ferozmente al hombre blanco y han extendido ese odio a las tribus pacíficas que nos frecuentan. Sin embargo —añadió—, no se les debe culpar por ello, ya que originariamente fueron buenas gentes, y las razones de su actual comportamiento deben buscarse en el trato que han recibido.

Luego, monseñor Labaca me prestó una vez más la avioneta y al capitán Galindo, y tras cuarenta minutos de vuelo aterrizamos en una pequeña pista de hierba, junto al río Curaray, frente al puesto militar del mismo nombre, en pleno corazón del territorio auca.

Tuvimos que permanecer dentro del aparato hasta que vinieron a buscarnos, ya que no sería la primera vez que los aucas atacaran en la misma cabecera de la pista. Un grupo de soldados tuvieron que atravesar el río en piragua, recogernos y dejar un par de centinelas junto al aparato.

Un cuarto de hora más tarde desembarcamos en Curaray, un lugar tan hermoso que apetecería pasar en él unas vacaciones, si no fuera por esa presencia de los aucas, que no permiten alejarse siquiera unos metros de los límites vigilados por centinelas siempre con el arma a punto.

El comandante Buitron, jefe del puesto, nos acogió con la alegría de quien no acostumbra recibir visitas. Curaray es la última avanzada del Ejército ecuatoriano en la selva, y no debe resultar realmente un destino agradable. Peligros, calor, mosquitos, serpientes, pocas mujeres y un menú repetido hasta la saciedad: arroz blanco, patatas y —de tanto en tanto— un trozo de carne. Y ésa es, por desgracia, la dieta que pudiéramos considerar básica en toda Amazonía. Quien tenga buen apetito o no soporte la monotonía en el comer, que no intente un viaje por estas regiones.

No había mucho que ver en Curaray aparte de los barracones militares y la Colina de los Aucas, que a unos cien metros de distancia domina el campamento y por la que aparecen de tanto en tanto los salvajes. Los centinelas que montan guardia en esta colina saben que su vida está siempre en peligro. Apenas hacía un par de meses que habían asesinado a uno de ellos, y su viuda aún continuaba en el campamento. El comandante me mostró las largas lanzas de madera negra y dura con que habían acribillado al pobre hombre, y aún no se explicaba cómo un veterano como él se había dejado sorprender tan fácilmente.

—Aquí —comentó—, el menor descuido puede llevar a un hombre a la tumba y hacernos seguir idéntico rumbo a los demás. Afortunadamente pudo disparar antes de morir, y eso nos alertó. Sin embargo, vivimos con la constante tensión de que el día menos pensado arrasen el campamento, como ya ha ocurrido con otros en que no dejaron piedra sobre piedra. Aquí, río abajo, teníamos un destacamento, Sandoval, pero hubo que abandonarlo; se había vuelto insostenible. Constituimos, pues, la última barrera entre los salvajes y las tribus pacíficas de río arriba.

—Pero —dije—, ¿qué efectividad puede tener una barrera, como Curaray, perdida en la inmensidad de una selva como ésta? Ustedes están clavados en el corazón de la región auca y, por lo tanto, teóricamente al menos, ellos los dominan.

Rió, divertido:

—Teórica y prácticamente —replicó—. Resultaría absurdo hacernos la ilusión de que logramos algo. Estamos en sus manos, y si no acaban con nosotros, es por el temor a las bajas que les causaríamos. Por eso se limitan a molestarnos con emboscadas, sin tomarnos en cuenta. No somos más que una gota de agua en el mar. Trescientos metros cuadrados de civilización en una región perdida.

—¿A qué viene entonces mantener algo que no tiene objeto? ¿Por qué no abandonan el campamento?

—Ya se lo dije: río arriba habitan tribus pacíficas —señaló—. No podemos serles de gran ayuda, pero al menos les proporcionamos armas, les enseñamos a manejarlas y les infundimos una confianza de la que están muy necesitados. Si nos vamos de aquí, si esas tribus se van también, los aucas se envalentonarán, ganarán terreno y acabarán cruzando el Napo.

—¿Se atreverían?

—Los aucas se atreven a todo. Son como los perros o las serpientes: cuanto más miedo se les demuestra, más valor derrochan.

Le pedí al comandante que me permitiera visitar un pueblo de los alamas, esa tribu que se encuentra en constante lucha con los aucas. Pareció dudar.

—Yo no puedo darle mi permiso —señaló—. Pero comprendo su interés y no tengo autoridad para impedirle que se adentre en la selva. Mis órdenes son evitar todo choque con los aucas; procurar que no se los moleste ni nos molesten a nosotros. Lógicamente, es de suponer que usted, aunque penetre en su territorio, no va en su busca. Haga lo que quiera, bajo su responsabilidad. Pero, por favor, no me pida un permiso oficial, porque no sabría qué responderle.

—Necesito una piragua y un guía —indiqué.

—Piragua tienen los indios —replicó—. En cuanto a guía, si alguno de los míos que no esté de servicio se aviene a acompañarle, por mí puede hacerlo.

Así fue como al amanecer del día siguiente, acompañado de un indígena llamado Javier, emprendí el camino, río arriba, en busca de un poblado alama. Javier, silencioso cuando no tenía que servir de intérprete, me advirtió que en caso de sufrir un ataque auca buscara siempre la protección del río, me tirara al agua y me alejara nadando o buceando si es que sabía. Era la forma en que él se había salvado una vez de morir alanceado, y era la fórmula que se utiliza siempre en la región. Por lo visto, a los aucas no les gusta perseguir a sus víctimas por el agua.

—¿Y las anacondas y cocodrilos? —pregunté.

—Aquí, cocodrilos hay pocos —replicó—, y las anacondas siempre son preferibles a los aucas.

Francamente, entre morir atravesado por una lanza o morir triturado y digerido por una anaconda, debe de resultar esta última más repulsiva que el más feroz de los aucas.

Durante horas navegamos en silencio. De la cercana orilla llegaban los mil ruidos de la selva; el griterío de los monos, el canto de los pájaros, el rugido lejano del araguato y el rumor de las hojas movidas por el viento. Remando bajo el sol, hundido en mis pensamientos, dejé pasar el tiempo y me preguntaba qué hacía yo allí en aquel momento; por qué razón había llegado hasta aquel rincón de la espesura en el más peligroso y perdido de los ríos del Planeta.

Hacía calor, los brazos me dolían de remar, la embarcación hacía agua, y probablemente allí, entre los árboles de la orilla, habría algún auca acechando, deseando convertirme en blanco de su lanza. Sin embargo, me sentía feliz.

Javier hablaba poco. Era, en realidad, un indio de sierra llegado por casualidad a aquellas selvas, de las que me confesó que, en un principio, sintió miedo. Los aucas, para el indio ecuatoriano, son algo así como el demonio, y para un soldado, ser enviado al Curaray constituye el peor castigo. No obstante, Javier había acabado acostumbrándose y se sentía a gusto en aquellas regiones.

Quizás el hecho de haber escapado a un asalto auca, el verlos de cerca y comprender que no eran tan infalibles como se contaba de ellos, significó para él una cura de miedo.

Le pregunté dónde había sido el ataque.

—Camino de Sandoval —respondió—; aquélla es la zona más peligrosa, y el comandante ha hecho bien en desmantelar el puesto. Cada día en él era un día de muerte. En Curaray nos atacan, pero al menos somos fuertes, tenemos más protección, y dudo que un día se junten los suficientes aucas como para acabar con nosotros. En Sandoval lo hubieran hecho.

Continuamos nuestro camino durante no recuerdo cuánto tiempo. Las horas, remando bajo un sol de fuego —por más que buscáramos, junto a las orillas, la sombra de los árboles—, se hacían infinitas.

Al fin avistamos la entrada de un riachuelo, y por él nos adentramos.

Media hora después me encontraba sentado entre un grupo de indios alamas, a quienes pregunté qué pensaban de sus eternos enemigos los aucas.

—No son humanos, sino auténticas bestias de la selva. Como demonios surgen de improviso de entre la maleza y matan en silencio. Nada les satisface tanto como matar.

—¿Qué aspecto tienen? —quise saber.

—Son blancos —replicaron, ante mi asombro—. Altos, blancos y fuertes. No parecen, en verdad, gente amazónica.

Días más tarde, en la misión de Rocafuerte, ya casi en la frontera del Perú, pude comprobarlo. Una noche vi en la capilla un nativo cuyo aspecto físico me llamó la atención. Era alto, casi blanco, con andares simiescos y la fuerza aparente de un oso. Pregunté quién era, y me respondieron que el nieto del único auca salido de la selva; un niñito perdido que apareció un día —¡nadie sabe cuántos años hacía ya!— a orillas del Napo.

Este nieto, con una cuarta parte de su sangre tan sólo, conservaba aún, pues, rasgos genuinos de su raza.

El jefe de la tribu alama me mostró un viejo «Máuser» que su hermano llevaba colgado al hombro.

—Eso es lo único que detiene al auca —dijo—. El arma de fuego. Por fortuna, el Gobierno comienza a proporcionarnos estos buenos fusiles con que defendernos, porque nuestras antiguas escopetas de pistón, que se cargaban por la boca, poco podían contra ellos.

Esa noche, cansado del viaje, me dormí temprano, y a la mañana siguiente me despertó el aleteo y los inútiles esfuerzos de un gallo por cantar. Me sorprendió advertir cómo una y otra vez intentaba cumplir con su obligación de cantar, sin conseguirlo, y es que los alamas tienen la costumbre de cortar las cuerdas vocales a los gallos para que no descubran el emplazamiento del poblado.

En la selva —y esto llega a resultar chocante— existen sonidos como el canto de los gallos o el ladrido de los perros que se transmiten a gran distancia con extraordinaria claridad, mientras otros —como las voces humanas— suelen perderse a corta distancia.

Los indios toman, por tanto, tan drástica medida con los gallos, pero no necesitan precaución alguna en lo que se refiere a los perros. A éstos los acostumbran desde pequeños a no ladrar en el campamento, y cuando uno de ellos no puede ser acostumbrado, lo matan, se lo comen, y en paz.

El adiestramiento de los canes llega a ser generalmente tan perfecto que, cuando se va de caza con un indio y sus perros levantan una presa, su dueño sabe, por el tono del ladrido, si se trata de un mono, un ave, un animal que corre, una fiera o incluso el rastro de un auca, que se encuentra peligrosamente cerca.

Miau —el perro de un cazador alama— tenía tal cantidad de tonalidades en su ladrido, que casi se diría que hablaba, y hasta a mí, profano en el lenguaje canino, me resultaba factible entenderlo. Desgraciadamente, el último día de mi estancia en el poblado lo mató un jaguar, lo que constituyó una manifestación de duelo hasta el momento en que el pobre bicho —asado a la brasa— comenzó a emitir un tufillo que a los indios les pareció de lo más apetitoso.

De la cocina alama y sus excelencias poco bueno hay que decir, puesto que en realidad es muy similar a la de la mayoría de los indios de selva americanos, desde los valles bolivianos hasta la Guayana venezolana.

Lo único que me llamaba la atención era la magnífica calidad de su alfarería, con platos y cuencos de barro hermosamente moldeados y brillantemente pintados, algunos tan finos, que suenan casi como cristal cuando se los golpea.

En su decoración abundan las figuras humanas e incluso las escenas de caza, y me divirtió advertir la influencia de nuestra cultura, al descubrir que una hermosa tinaja lucía como decoración una operación aritmética que, por cierto, estaba equivocada. Para los alamas, el mundo de los números y el mundo de las letras son algo misterioso, casi inexplicable, directamente relacionado con los seres superiores que pueblan los cielos o los infiernos.

Al tercer día de mi estancia en el poblado apareció un indio que venía muy satisfecho con una magnífica cerbatana que dijo haber comprado a los aucas.

Me sorprendió que, demostrándoles tanto miedo y tanto odio, comerciaron con ellos, pero me explicaron que todos los intercambios con los aucas se efectuaban a través de Elvira, una especie de vieja bruja que habitaba selva adentro y que era, a la vez, temida y respetada por ambas tribus.

Al parecer, Elvira, aunque alama de nacimiento, había sido raptada de niña por los aucas y, tras vivir veinte o treinta años con ellos y darles diez o doce hijos —¡ni ella misma sabía cuántos!—, había sido devuelta a su tribu, donde, ya inútil y olvidada, no la recibieron demasiado bien. Repudiada por unos y otros, a Elvira no le quedó por lo visto otro remedio que establecerse por su cuenta, como una especie de mediadora entre las dos tribus, llegando a convertirse, con el tiempo, en una temida hechicera.

La fama de Elvira alcanzaba, sin embargo, su punto más alto como curandera especializada en gusanos y *sututus*, y como Javier se encontraba infestado de estos últimos, insistió en que le acompañara a ver a la vieja.

El *sututus* es un insecto diminuto que suele introducirse bajo la piel, anidando allí hasta formar grandes y molestas ampollas, que provocan un desagradable escozor. Resulta difícil luchar contra los *sututus*, ya que, incluso localizados por medio de esas ampollas, se aferran con tal fuerza a la carne que no hay forma humana de extraerlos, al menos con los escasos medios que el hombre tiene a su alcance en la Amazonía.

Javier, cuya espalda parecía un mapa a causa de los malditos bichos, vio, por tanto, su gran ocasión en una visita a Elvira, y como por mi parte sentía curiosidad por conocer a la vieja bruja, decidí sobornar al jefe alama para que me proporcionara dos de sus indios que nos condujeran a la choza de la curandera.

En principio, el jefe se negó. Aquél era territorio auca, y no quería problemas con ellos. Tradicionalmente la senda que conducía a casa de Elvira era zona neutral, pero no estaba muy convencido de que los aucas respetaran dicha neutralidad tratándose de un guía del Ejército y un hombre blanco. El problema se redujo, sin embargo, a cuestión económica; fui subiendo el precio, y el jefe fue reduciendo las dificultades.

A la madrugada siguiente, y armado de un estrambótico «Máuser» que el jefe se emperró en prestarme y que me infundía más respeto que cualquier salvaje, emprendí el camino, precedido por dos alamas y seguido por mi buen Javier, al que la idea de poder dejar de rascarse una temporada tenía muy contento.

Ignoro cuánto tiempo anduvimos. Mi reloj submarino —que había descendido victoriosamente a más de cincuenta metros en casi todos los mares tropicales del mundo— había perdido, sin embargo, la batalla contra la humedad de la Amazonía y ya no era más que un cadáver silencioso en mi muñeca. El sendero —cuando lo había— era tortuoso, casi indefinido, y desde luego impracticable para quien no lo conociera. De tanto en tanto desaparecía, terminaba en un muro de vegetación y entonces los indios volvían atrás, iniciaban una serie de extraños cálculos y se adentraban, por fin, en la maleza para ir a salir al poco rato a un nuevo sendero. Todo ello estaba destinado a desorientar a los aucas en lo que constituía una especie de laberinto indescifrable.

Otras veces, sin embargo, y cuando a mi entender el camino aparecía más claro y menos problemático, nuestros guías se salían de él y daban un rodeo para volver a tomarlo unos metros más allá. Aquello me parecía absurdo, pero Javier me hizo ver que aquel trecho evitado se habría hundido irremediablemente bajo nuestros pies, con lo cual hubiéramos ido a parar, un par de metros más abajo, a una trampa cuyo fondo se encontraba erizado de afiladísimas estacas. Tales trampas no sólo constituyen una magnífica defensa contra los aucas, sino que, al propio tiempo, abastecen de carne fresca de animales al pueblo alama.

Comenzaba a sentir hambre cuando un aullido infrahumano cruzó el aire. Tanto me habían hablado de los aucas que, antes de pensarlo, ya tenía amartillado mi cochambroso «Máuser» y me había arrimado contra un árbol, a la espera de ver aparecer de un momento a otro a un salvaje desnudo y dispuesto a alancearme. Javier, tan oscuro de piel, aparecía, sin embargo, blanco como el papel. Su miedo consoló mi miedo.

No obstante, los alamas nos tranquilizaron. Quien había gritado era Elvira. Estábamos cerca de su choza, y reconocían su voz. Al parecer estaba furiosa. El más decidido de nuestros guías nos indicó que esperásemos allí y continuó solo. Cuando volvió, parecía preocupado. Gracias a sus dotes adivinatorias o sus secretos poderes, Elvira había averiguado que un blanco se aproximaba a su choza, y su aullido había sido un aviso para que no llegara a ella. Estaba convencida de que si mantenía cualquier clase de relación con los blancos, los aucas lo descubrirían y eso le traería de inmediato su enemistad y la muerte.

No consentía, por tanto, en que yo me aproximara a su choza, y no me fue difícil comprender que los indios —que temían a la bruja— estaban dispuestos a obedecerla. Consulté con Javier. Para él resultaba contraproducente tratar de presionar a los guías. Había que convencer a la vieja, y quizá, quien mejor podía intentarlo era él mismo. Le entregué los regalos que llevaba para Elvira: un hermoso corte de tela de horribles colorines y un no menos hermoso peine para despiojarse. A todo ello añadí unos pantalones míos, que no sé para qué diablos le iban a servir, y dejé bien sentado que no habría regalos de ninguna especie si no me permitía verla.

Javier se fue con un guía y me quedé esperando con el otro. Al rato regresaron. La vieja, un ser realmente monstruoso, flaco y horrible, venía con ellos. Se mostraba conforme en que la viera y asistiese a sus extrañas curaciones, pero tenía que ser allí, en pleno bosque. Estaba convencida de que si pisaba su choza dejaría en ella mi inconfundible olor a hombre blanco, y los aucas lo descubrirían en su próxima visita.

Me pareció que había mucho que discutir con aquella india respecto a los olores, pero decidí que era preferible no darme por ofendido y conformarme con lo que andaba buscando: asistir a la cura de los *sututus* de Javier, según el extraño procedimiento de la bruja.

Ésta fue derecho al grano. Le indicó al enfermo que se quitara la camisa y se sentara en un caído tronco. Luego, y tras inspeccionar la espalda, comenzó a emitir unos extraños y agudos silbidos, a los que sucedían de tanto en tanto una serie de ruidos o chasquidos que hacía con la lengua, como si se estuviera besando a sí misma. Mientras tanto, sus agudos ojillos lagrimosos no dejaban de recorrer la espalda de

Javier, deteniéndose insistentemente en cada una de las ampollas.

De repente se abalanzó sobre una de ellas y sus negras uñas la estrujaron con increíble habilidad, lo que hizo salir al animal, que aplastó luego. Aunque parezca increíble, los silbidos y los ruidos de la vieja hacían asomar la cabeza a los *sututus*, abandonando un instante su defensa, y siendo expulsados, por lo tanto, con una simple presión.

Casi no daba crédito a lo que estaba viendo, pero poco a poco la espalda de Javier quedó libre, aunque algunas de las ampollas chorreaban un líquido blancuzco. La curandera desapareció luego en la selva y volvió al poco con un puñado de hojas, con las que restregó la zona afectada.

Terminada su tarea, lanzó un gruñido y se volvió a su casa. En todo ese tiempo no levantó la vista hacia mí ni una sola vez, y cuando me sentía cerca, se retiraba como si pudiera contagiarle mi olor.

Emprendimos el regreso. Éste fue, desde luego, mucho más laborioso que la ida. Los guías parecían tomar infinitas precauciones para ocultar sus huellas y daban vueltas y más vueltas en su intento de desorientar a quien pudiera seguirles.

De tanto en tanto se detenían a escuchar, y en un par de ocasiones el más joven de ellos se subió a un árbol para otear cuanto nos rodeaba.

De pronto, al tomar un recodo, aparecieron en el centro del camino un puñado de plumas y ramitas artísticamente colocadas en círculo y que no estaban allí cuando pasamos. Los guías comenzaron a cuchichear entre ellos, y advertí que estaban muy nerviosos. Javier, que no parecía tampoco demasiado tranquilo, se limitó a comentar:

—¡Aucas!

Capítulo XXXVII

CAIMANES

El puñado de plumas y ramas no había sido, en realidad más que una especie de tarjeta de visita, un saludo con el que quisieron indicarnos que nos vigilaban y podían caer sobre nosotros en cuanto quisieran.

Confieso que no me sentí muy tranquilo hasta que me encontré de nuevo en el poblado alama, y más aún cuando salí ya por completo del territorio auca, y, siguiendo Napo abajo, pasé la Navidad en compañía de los misioneros de Nuevo Rocafuerte, y descendí luego en compañía de los misioneros hasta el Perú. Comprendí entonces que mi piragua se había vuelto demasiado pequeña frente a los grandes ríos, y conseguí una embarcación de unos ocho metros y motor asmático, la *Bella Rosanna*, cuyo propietario, un zambo llamado Martinico, se comprometió a llevarme hasta Manaos por una suma bastante módica.

El viaje fue monótono y sin problemas hasta que alcanzamos el cauce del Marañón, que nos entró por la derecha y que justamente aquí, en esta unión, que Orellana llamó «De Santa Olalla», cambia su nombre por el del Gran Río de las Amazonas, cuyo caudal es superior al de todos los restantes ríos del Planeta, juntos.

Naciendo a cuatro mil metros de altitud, tiene en un principio un curso rápido, demasiado rápido, pero pronto, al llegar a la llanura, antes incluso de esta unión con el Napo, se tranquiliza hasta el punto de convertirse en un río lento y perezoso, extrañamente sereno frente al paisaje que lo rodea.

A cuatro mil kilómetros de su desembocadura, se

encuentra a quinientos metros sobre el nivel del mar, y ya más adelante, en su confluencia con el Negro, a sólo treinta, cuando le faltan aún casi dos mil kilómetros para llegar a su fin. Recorrida la mitad de ese camino, su desnivel no es más que de tres milímetros por kilómetro, lo que hace que su velocidad sea casi nula, pero no evita que vierta en el océano en época de crecida un caudal de casi doscientos mil metros cúbicos por segundo, de tal modo que, a cien kilómetros de la costa, el mar no ha sido capaz de anular por completo el agua dulce y fangosa que le arroja el río.

Pero esa falta de rapidez se ve compensada por su profundidad, ya que en su parte más honda alcanza los ciento treinta metros, lo que lo convierte en navegable en la mayor parte de su curso, de tal modo que hasta buques de considerable calado pueden remontarlo hasta Iquitos, en Perú.

Pese a ello, lo que resulta más impresionante a mi entender en el «Río-Mar», no es su caudal ni su profundidad, ni aun su anchura —sesenta kilómetros en algunos tramos—, sino el mundo propio que crea a su alrededor el portento de los siete millones de kilómetros cuadrados de la Amazonía; la complejidad de sus infinitos afluentes, islas, lagunas, pantanos y, sobre todo, selvas.

Aunque podría decirse que la Amazonía en realidad no es selva. Es más que eso: es jungla, espesura, maraña, agua, ciénagas, podredumbre, penumbra, ruidos, rumores, olor, susurros, gritos, misterio, miedo, lluvia, serpientes, mosquitos, fieras... Todo y, al mismo tiempo, nada...

Conociendo bien las selvas desde Senegal a Sudáfrica, creo que no existe, sin embargo, comparación posible entre ambos continentes, y siendo África más rica en animales —incluso en fieras—, resulta, no obstante, más hospitalaria, más habitable, menos hostil que Amazonía.

África puede recorrerse a pie sin más armas que un bastón, un machete y, en ocasiones, un rifle; pero nadie, absolutamente nadie en este mundo podría atravesar a pie, llevase lo que llevase, la centésima parte de la selva amazónica.

Por todo ello, la vida aquí, hoy, no se da, y no es posible más que sobre o junto a las aguas. A la orilla de los cauces principales o de sus afluentes se alzan los poblados, y en el interior, la auténtica espesura, no ha sido más que tímidamente arañada acá y allá por los caucheros. No existen caminos, ni claros, ni fuerza alguna capaz de hendir por mucho tiempo lo que constituye un auténtico muro de vegetación.

Tan sólo el agua vence; sus caminos, de cientos, de miles de años, resultan indiscutibles por derecho propio, e incluso la vegetación los respeta, por más que con frecuencia los invada, imponiendo sus particulares formas de vida, como son sus nenúfares, la *Victoria regia*, que cubre pantanos y tranquilos afluentes hasta casi hacerlos desaparecer con sus enormes discos verdes en forma de bandeja.

Y bajo esas bandejas de inofensivo aspecto que se adornan a menudo con hermosas flores blancas, se oculta siempre el mayor de los peligros de estas aguas: el acechante caimán negro; la gigantesca anaconda y, sobre todo, la diminuta y feroz piraña.

¡Piraña! Su solo nombre aterroriza a muchos, y se comprende. Su aspecto es tan fiero, refleja de tal modo sus sanguinarios instintos, que hace olvidar que su tamaño no es mayor que una mano. La boca, inmensa; las mandíbulas, prominentes; los dientes, como sierras; los ojos, odiando al mundo, y el número, infinito. Tantos y tantos miles son, y tan rápidamente acuden al olor de la sangre, que las he visto devorar una vaca en tres minutos, haciendo hervir el agua alrededor de la bestia y comiéndose las entrañas antes incluso de haberla matado.

En los llanos venezolanos, cuando una manada tiene que cruzar el río, los vaqueros lanzan previamente, aguas abajo, una vaca vieja o enferma para que —mientras las pirañas de los alrededores se entretienen en devorarla— el resto pueda pasar aguas arriba.

Aquí, en la Amazonía, allá por el Tapajoz y el Madeira, dicen —por fortuna no lo he visto— que ciertas tribus sumergen en el río a los ancianos que ya son más carga que ayuda. Los amarran con una cuerda y los dejan caer al agua. A los cinco minutos sacan el esqueleto y lo colocan sobre un hormiguero para que las hormigas acaben de limpiarlo; luego lo guardan, y conservan así el recuerdo de sus antepasados. Sea verdad o no, lo que sí es cierto es que pirañas y hormigas son capaces de dejar mondo un esqueleto en pocos minutos.

Pero nadie debe asombrarse por la barbarie de estos salvajes. Antes de hacerlo, conviene saber que nosotros mismos —blancos civilizados— hemos llevado a la práctica actos semejantes, no por imperativos de una costumbre más o menos brutal, sino por mera diversión.

Durante la feroz guerra entre Brasil y Paraguay, el mayor entretenimiento de los soldados de uno y otro bando era «dar de comer a los peces», lo que consistía en arrojar al río a un prisionero tras haberle hecho una incisión en el estómago, para quedarse allí a ver cómo las pirañas lo devoraban vivo.

Las pirañas, que suelen abundar en las aguas de Sudamérica, no son —contra lo que se cree— devoradoras de hombres en su totalidad. Sólo una especie —la roja en forma de dorada— ataca siempre; las restantes únicamente acostumbran hacerlo al olor de la sangre, y recuerdo que en cierta ocasión atravesé a nado el Caroní, en Venezuela, sin que me molestaran en lo más mínimo. De haber llevado una herida o haber sangrado por cualquier razón, hubieran acudido y dado cuenta de mí en pocos minutos.

Particularmente, de las aguas amazónicas le temo más a la anaconda que a las pirañas o cocodrilos, y es que —a mi entender— esta gigantesca serpiente acuática es, sin duda, el auténtico rey de la jungla.

Una anaconda de casi veinte metros devoró en el Madre de Dios, un afluente del Madeira —afluente, a su vez, del Amazonas—, a dos campesinos que nadaban en el río. Cuentan los testigos que ambos desgraciados parecían como hipnotizados por la bestia, que se los tragó uno tras otro, sin que se escucharan gritos, pudiendo percibirse tan sólo las grandes manchas de sangre que se extendieron sobre la superficie del río.

Algunos indios y, sobre todo, caucheros que han penetrado muy al interior de la espesura, aseguran haber encontrado anacondas de casi treinta metros, pero esto se considera una exageración y no ha podido ser comprobado hasta el presente.

Otro temido habitante de las aguas amazónicas es el candiru, pues, pese a no medir, por lo general, más de cinco centímetros de grosor, tiene la particular costumbre de introducirse en los orificios naturales del ser humano, especialmente el del pene. Una vez dentro, no existe forma de extraerlo, si no es por medio de una dolorosísima y difícil operación quirúrgica, pues se aferra a la carne con sus largas púas. Los dolores que produce son, por lo visto, insoportables, y han conducido a muchas de sus víctimas a la muerte.

A la vista de esto, alguien se preguntará cómo es posible que, existiendo en las aguas amazónicas caimanes, anacondas, pirañas, rayas de agua dulce y candirus, se atreva alguien a bañarse en ellas. La respuesta sería otra pregunta: «¿Cómo es posible que habiendo tantos heridos y muertos en las carreteras, exista, sin embargo, tanta gente que los domingos se marcha al campo?»

Siempre me ha gustado viajar solo, y así venía haciéndolo casi ininterrumpidamente desde hacía años, pero si quiero ser sincero, tengo que reconocer que, por primera vez, eché de menos la presencia de un compañero.

Con Martinico no había mucho de que hablar. El río y la selva, más el primero que la segunda, constituían todo su mundo, y fuera de él apenas imaginaba que existiera algo más.

En el río había hecho —eso sí— de todo: desde pesca a contrabando, y casi, casi, por lo que me explicaba, piratería, si es que puede existir alguna forma de piratería en nuestros tiempos. Como contrabandista tenía, desde luego, una larga experiencia, sobre todo en lo que se refería a introducir mercancía de matute desde las Guayanas a Manaos.

Las historias que me contó de sus correrías en Río Blanco, allá por Boa Vista, no dejaban de tener realmente cierta gracia, e incluso me llegaba a interesar cuando hablaba de una ciudad perdida que únicamente él había visitado.

Su relato hubiera constituido tema para un libro si no fuera por el hecho de que relatos semejantes pueden encontrarse en boca de cuantos se han internado, poco o mucho, en el corazón de la Amazonía.

Según Martinico, en cierta ocasión en que intentaba introducir ilegalmente en el Brasil un alijo de mercancías provenientes del Surinam, se separó involuntariamente de sus compañeros en plena sierra de

Tumucumaque, y tras muchos días de andar perdido, llegó a un pequeño valle, al fondo del cual pudo distinguir los restos de una enorme ciudad medio comida por la selva. No se atrevió a entrar en ella y huyó de allí tan aprisa como pudo, para ir a parar, una semana más tarde, a las márgenes del río Trombetas. Martinico juraba que sería capaz —si le pagaban— de encontrar nuevamente esa ciudad.

Inútil me parece señalar que Martinico mentía, aunque, probablemente, incluso él creía su propia mentira. Debía de llevar tanto tiempo repitiéndola, que podía confundir lo cierto con lo falso. Alguien, alguna vez, debió de contarle aquella historia, y acabó convencido de que era cierta.

La leyenda de la Ciudad Perdida, ésa de las cercanías del Trombetas, o cualquier otra de las muchas que existen en la Amazonía, debía de ser ya antigua —rodando de boca en boca— y no uno, sino muchos Martinicos, llegaron a la conclusión —consciente o inconscientemente— de que conocían su emplazamiento.

Del más miserable caboclo al último explorador de estas selvas, todos creen estar en el secreto de una de esas maravillosas ciudades perdidas, repletas de tesoros, que están allí esperando a que ellos vayan para entregarle sus incontables riquezas.

Resulta difícil hacer un cálculo siquiera aproximado de cuántos se han dejado la vida en la persecución de ese sueño, en la búsqueda de esa quimera.

Desde que —hace casi quinientos años— los primeros españoles llegaron a estas tierras, hasta el día de hoy, son innumerables los que han abrigado la esperanza de que ellos tendrían más suerte y vencerían la jungla, y aun a estas alturas no se sabe con exactitud qué fue del famoso coronel Fawcett.

Durante veinte años, este arriesgado explorador inglés recorrió de parte a parte la Amazonía y el Mato Grosso, llegando a convertirse en uno de los mejores conocedores de estas tierras que haya existido nunca, y pese a ello —quizá por ello— murió buscando la ciudad perdida que un aventurero brasileño, a quien él llama Francisco Raposo, decía haber descubierto en 1740.

Y no era ésa la única ciudad perdida, en que el coronel Fawcett creía. Estaba convencido de que en el corazón de la Amazonía, allá por las fuentes del Xingu y del Tapajoz, también, quizá, por las fuentes del Trombetas, existían toda una serie de ruinas, restos de un antiguo imperio desaparecido, tal vez las famosas setenta ciudades de las amazonas que dieron nombre al río y de las que nunca se ha encontrado huella alguna.

En 1925, Fawcett y su hijo fueron tragados para siempre por el misterio de las selvas del Xingu, y cuentan las leyendas —en esta tierra tan rica en leyendas— que durante mucho tiempo fueron caciques de una tribu de salvajes «indios blancos».

Y si un hombre culto y preparado como Fawcett era capaz de creer —hace cuarenta años— en el misterio de las ciudades desaparecidas, ¿por qué no pueden seguir creyéndolo tantos caboclos o tantos aventureros?

Personalmente, soy de la opinión de que, en efecto, tales ciudades existen, pero la experiencia de mis viajes a estas regiones me obligan a creer que, ni son tantas como dicen, ni mucho menos se conoce su emplazamiento.

Los españoles fundaron a orillas del Orinoco una hermosa ciudad, importante en su tiempo, Esmeralda, y se puede pasar por el río a diez metros de distancia sin advertir el menos rastro de que allí se alzara nunca una ciudad. La jungla y los termites dieron cuenta de ella.

Y si esto le ocurrió a Esmeralda en un siglo, ¿qué puede haberles sucedido a ciudades que se perdieron hace trescientos o cuatrocientos años?

Para que perduraran, tendrían que haber sido construidas en piedra —o en mármol, como dicen que era la ciudad de Raposo— o tendrían que séguir estando habitadas. Serían entonces capitales de tribus civilizadas, muy distintas a todos esos indios salvajes y semidesnudos que pueblan las regiones aún inexploradas de la Amazonía.

Fawcett y otros sostienen la teoría de que estas tribus salvajes rodean y protegen a un gran pueblo de extraordinaria cultura, que se esconde así de la curiosidad del hombre blanco; pero todo eso pasa a ser ya —a mi modo de ver— más fruto de la fantasía que de la realidad.

Estoy convencido de que, poco a poco, a medida

que el hombre vaya penetrando en esas selvas, irán apareciendo, en efecto, ruinas de antiguas ciudades, pero serán grupos de pedruscos desmoronados, restos de lo que fueron caminos, casas o fortalezas, pero nunca una espléndida «ciudad de mármol blanco» como la descrita por Raposo, o como la que Martinico —con su desfachatez— juraba haber descubierto.

Asegurar lo contrario son ganas de fantasear, o la demostración de un desconocimiento total de lo que es la jungla, de la fuerza que es capaz de desarrollar la Naturaleza y de la rapidez y violencia con que la vegetación puede invadirlo todo, resquebrajar muros, apartar piedras, desmoronar columnas.

—Esta noche podríamos alumbrar unos caimanes —insinuó un día Martinico—. Conozco cerca una laguna donde abundan, y en Manaos me pagarían bien sus cueros.

En principio, la idea no me desagradó, aunque no estaba muy seguro de hasta qué punto podía confiar en Martinico a la hora de cazar cocodrilos con la única ayuda de una linterna y una lanza.

Acepté más que nada por salir de la rutina, y el resto del día Martinico se lo pasó acechando la aparición de una piragua que pudiéramos utilizar para llegar hasta la laguna de los caimanes. Nuestra *Bella Rosanna* era, al parecer, demasiado grande.

A media tarde alcanzamos a una familia de caboclos que seguían nuestra misma dirección en un gran cayuco sobrecargado de frutas, y Martinico convenció al hombre para que se viniera con nosotros poniendo la embarcación. Le prometió a cambio —aparte de una participación en los beneficios, según las pieles que se consiguieran— remolcar su piragua hasta su punto de destino, que estaba, por lo visto, a dos jornadas río abajo.

El caboclo aceptó, y los remolcamos, por tanto, hasta la entrada del riachuelo que conducía a la laguna. Allí descargamos la piragua, dejando la fruta en tierra, abandonamos a la *Bella Rosanna* al cuidado de la mestiza y sus hijos e iniciamos la marcha aguas arriba, por una espesura tal que, a menudo, las copas de los árboles formaban un techo sobre nuestras cabezas, y el riachuelo parecía abrirse camino por un túnel de vegetación.

Anochecía ya cuando llegamos a la gran laguna.

Las inmensas *Victoria regia*, en forma de grandes bandejas de casi metro y medio de diámetro, cubrían a trechos la quieta superficie del agua hasta el punto de hacer imposible la navegación por ella. Otras veces eran unas extrañas enredaderas de hojas verdes las que avanzaban sobre las aguas, hasta alcanzar cinco y seis metros de distancia de la orilla, de tal modo que se llegaba a pensar que ésta se encontraba mucho más cerca de lo que estaba en realidad. En el riachuelo habíamos tenido que abrirnos paso a través de estas enredaderas, que lo cubrían de parte a parte como si debajo no hubiera agua sino tan sólo tierra firme.

En el rápido crepúsculo del trópico, el lugar llegaba a ser realmente sobrecogedor, con inmensos árboles que surgían de las aguas, aquellas extrañas y amenazantes enredaderas que parecían tener vida propia, las enormes hojas de *Victoria regia* bajo las que se escondían caimanes y pirañas y la quietud y el silencio de las aguas, roto únicamente por el batir de alas de alguna garza que cruzaba.

Y en el centro, nosotros tres sobre una frágil piragua toscamente labrada a fuego sobre un tronco de árbol, y debo confesar que no me sentía tranquilo, y que comenzaba a arrepentirme de haber aceptado la proposición de Martinico.

No cabía más que esperar a que fuera noche cerrada, y aprovechamos para comer algo y fumar un cigarrillo. No hablamos, pues las voces humanas inquietan a los grandes caimanes negros, y éstos eran los que Martinico quería hacer salir de su escondite, bajo los nenúfares o las enredaderas.

Recuerdo que los mosquitos —lejos aquí la brisa del centro del río que se los lleva— comenzaban a martirizarme, y aunque por lo general tengo suerte con ellos y no me atacan, esa noche se cebaron en mis compañeros y en mí.

Al cabo de una hora de silencio en la oscuridad, Martinico decidió que había llegado el momento de actuar. Apenas se distinguía nada a tres metros de distancia, pero se las ingenió para preparar un largo arpón de punta de hierro, sujeto a una gruesa cuerda. Cuando estuvo listo emitió un chillido, parecido al que podría haber lanzado un mono que se sintiera caer de un árbol, y casi al instante, golpeó con un remo la superficie del agua.

Presentí, más que ver, que el quieto mundo del lago se ponía en movimiento y cobraba vida. Hasta ese instante, cuanto se había escuchado era el lejano silbido de un pájaro y el grito de los araguatos —tan parecido al rugido del jaguar—. Aunque ningún nuevo ruido llegó hasta mí, se diría que el ambiente se poblaba de susurros, las aguas se agitaban, y de los cuatro puntos cardinales venían hacia nosotros extraños seres sin forma.

Debían de ser caimanes, pirañas y, tal vez, alguna anaconda, atraídos por el reclamo de un posible mono caído, y puedo asegurar que allí, en las tinieblas, su supuesta presencia me parecía más terrible aún que si los estuviera viendo con mis propios ojos. Me imaginé rodeado por una legión de enormes caimanes negros de casi cinco metros de longitud que abrían sus monstruosas bocas dispuestos a tragarnos con piragua y todo, y sentí un escalofrío.

Sin embargo, cuando, en un susurro, me pidió Martinico que encendiera la linterna y alumbré con ella la quieta superficie del lago, lo único que pude distinguir fue la roja fosforescencia de los ojos de un caimán que, a unos cuatro metros de distancia, nos observaba inmóvil.

Cuando se los alumbra en la noche, los ojos de un cocodrilo aparecen como los pequeños faros posteriores de un automóvil —rojos y brillantes—, y cuesta trabajo imaginar que bajo ellos se oculte una masa de carne, dientes, músculos y garras, capaz de destrozar cuanto se ponga a su alcance. Los ojos —como periscopios— y una punta de la nariz, por donde respira, es todo lo que sobresale del agua en un saurio —sea cual sea su tamaño—, pues cuando está así, al acecho, cuanto necesita es ver y respirar, y puede pasar horas y horas en esa posición.

Martinico enfiló la proa a la bestia, manteniéndola como hipnotizada con el foco de la linterna. El cabo-clo remó en silencio y avanzamos lentamente hasta colocarnos a poco más de metro y medio del saurio.

En ese momento, y con innegable pericia, Martinico lanzó su arpón y se lo clavó entre los ojos al animal, que dio un salto en el aire, lanzó un coletazo y cayó con un ruido sordo sobre la superficie, desapareciendo como tragado por las aguas. El arpón se fue con él, y detrás, varios metros de cuerda. Martinico, con afilado machete en la mano, se preocupaba de permitir que la cuerda saliera sin enredarse, y al menor síntoma de que no ocurría así la habría cortado. Un brusco tirón podía hacer zozobrar la piragua, y quien naufragase en aquellas aguas no viviría más de cinco minutos.

Me contaba Martinico más tarde que, en cierta ocasión, unos cazadores de caimanes que resultaron volcados tuvieron la suerte, o la desgracia, de alcanzar uno de esos árboles que surgen de las mismas aguas y refugiarse en sus ramas lejos del alcance de los caimanes. De poco les valió, sin embargo, pues perdida la piragua, rodeados de saurios y pirañas, y sin nadie que viniera a rescatarlos, murieron de hambre allá arriba. Como se habían amarrado a las ramas para no caer durante la noche, semanas después otros cazadores encontraron sus restos colgados como trágicos frutos de un árbol macabro.

Mucho valor y, sobre todo, mucha habilidad, se precisa, por tanto, para ser arponero de caimanes, pues lo importante no es clavar el arma con fuerza y precisión —entre los ojos— sino, en especial, saberlo hacer con suavidad, sin una sola sacudida, manteniendo el equilibrio sobre la inestable plataforma de la piragua.

No cabe duda de que Martinico sabía hacerlo, aunque a mí me diera la impresión de que el agua llegaba hasta la borda. También se mostraba hábil en la manera de dar cuerda al caimán herido, reteniéndola con la mano lo justo para que no se alejara demasiado y para que no nos crease problemas a bordo.

Ignoro cuántos metros de cabo soltó, y a qué distancia, por tanto, fue a detenerse la bestia; pero no debió de ser mucha, y pronto recuperó el terreno perdido halando con suavidad de la cuerda, de forma que no atraía hacia sí al caimán, sino que, por el contrario, era la piragua la que avanzaba hacia el punto en que éste se encontraba. Llegó, pues, un momento en que la cuerda aparecía perpendicular bajo nosotros, y Martinico, con suaves tirones, trató de comprobar si la bestia se movía o estaba muerta ya. Hacerla subir viva era arriesgarse a que lanzara por los aires nuestra embarcación; esperar demasiado una vez muerta, era arriesgarse a que otros caimanes, y en especial las pirañas, acudieran y dieran rápida cuenta de nuestra presa. Saber el momento exacto en que había que subir a bordo al cocodrilo tenía, por tanto, una gran importancia.

Esperamos, y se diría que Martinico percibía en la mano los últimos estertores del saurio. De pronto lanzó una exclamación, como si se sintiese satisfecho, y comenzó a tirar, lenta y firmemente. Cuando el arpón, y luego el animal aparecieron en la superficie, éste se encontraba definitivamente muerto. Para mayor seguridad, de tres o cuatro rápidos golpes de su afiladísimo machete, Martinico casi le desprendió la cabeza del tronco, y luego, con infinito cuidado, subimos la pesada carga a bordo.

En menos de media hora Martinico y el caboclo, alumbrados por mi linterna, despellejaron al caimán, inundando de sangre el fondo de la piragua. Terminada la operación tiraron al agua el cuerpo, enrollaron la piel y se dispusieron a buscar una nueva presa.

Al día siguiente continuamos nuestro viaje, aburrido y sin historia, hasta la unión con el Negro, y Manaos, donde pasé unos días con Arquímedes, un viejo, muy viejo, cuyos relatos me proporcionarían el material para una de mis novelas preferidas, *Manaos* (1), en la que se cuentan las increíbles andanzas de este hombre extraordinario, que en su época fue considerado una especie de «Espartaco del Amazonas», ya que, tras años de esclavitud en una plantación de caucho, fue protagonista de una de las más espectaculares fugas de que se tiene noticia.

Según parece, de *Manaos* y la historia de Arquímedes van a hacer los norteamericanos una costosa película, ya que me han pagado un buen montón de dólares por los derechos cinematográficos, dólares que deberían pertenecer en parte a Arquímedes si no estuviera muerto.

De Manaos continué viaje a Belén de Pará, ya en el Atlántico, y cumplí, así, de punta a punta, el itinerario de Francisco de Orellana. Regresé a Madrid, donde Televisión aceptó comenzar a preparar todo un proyecto de filmación en color de la «Ruta de los Descubridores», pero en esos varios días ocurrió el gran terremoto del Perú.

(1) Col. «Libros Reno», n. 493, de esta Editorial.

El terremoto tuvo lugar un domingo al mediodía, hora peruana, y en la madrugada del lunes siguiente, el camarógrafo Michel Bibin y yo aterrizábamos en el aeropuerto de Lima en vuelo directo desde Madrid cuando aun ni los mismos peruanos se habían percatado de la magnitud de la tragedia que se les venía encima.

Probablemente fue aquélla una de las misiones más desagradables de mi vida, pues los muertos llegaron a contarse por miles, y tuvimos la suerte profesional y la desgracia personal de estar entre los primeros que llegaron al lugar de la catástrofe, cuando aún no habían acudido los equipos de rescate y ya los cadáveres comenzaban a pudrirse entre los escombros.

Pueblos enteros fueron barridos del mapa; algunos, cubiertos por una capa tal de lodo y piedras, que resultaba imposible admitir que hubiera existido alguna vez allí presencia humana. Por las altas montañas y en los lugares aislados, seres hambrientos, desamparados y aterrorizados, vagaban sin rumbo y asaltaban al caminante en busca de algo de comer.

El terremoto del Perú significó, tal vez, el principio de mi madurez definitiva, después de años de vagar por el mundo y verlo todo intentando conservar siempre aquellos ojos asombrados e infantiles de mis primeros pasos por las arenas del Sáhara.

Resultaba ya, en verdad, una tarea difícil pretender conservar una cierta inocencia después de haber asistido a la destrucción de los indios amazónicos, el hambre de los indígenas andinos, los crímenes e injusticias de la Revolución dominicana, la matanza de los más hermosos animales libres, el tráfico de esclavos en África o los negocios de sangre humana, que se llevaban a cabo en los países del Caribe y en casi todos los míseros pueblos del mundo, que estaban contribuyendo con lo único que les quedaba, la sangre, al enriquecimiento de las Grandes Potencias, que ya los habían privado de todo lo demás.

Por tres veces intenté penetrar en Haití para estudiar de cerca ese espantoso tráfico de sangre humana que ha alcanzado en la miserable República negra la más espeluznante e inhumana de sus cotas, pero por tres veces los célebres y temibles «Tomtom-Macoute» de Papá Doc Duvalier, y después de su hijo, se encargaron de impedir mi trabajo y ponerme de nuevo en un avión que me condujese a Jamaica, Miami o cualquier otro lugar desde el que no pudiese comprobar, de primera mano, cómo el mismo Gobierno es el principal interesado en el negocio de comprar la sangre de los hambrientos haitianos a cuatro dólares el litro, para vendérsela luego a los laboratorios de los Estados Unidos a veinte dólares.

Dos millones de litros de sangre anuales exporta de ese modo Latinoamérica hacia su poderoso hermano del Norte, y de esa cantidad, la cifra más importante procede de Haití, aunque contribuyen también notablemente la República Dominicana, Colombia, Paraguay y otras muchas Repúblicas en las que ya la avaricia de unos pocos no se detiene ni aun ante el hecho de que la mayor parte de las veces los obligados donantes de esa sangre son gentes subalimentadas y enfermas que acaban muriendo de esa continua sangría o transmitiendo sus enfermedades a lejanos receptores de países pudientes.

La indignación comenzaba a sustituir en mi interior a la inocencia, y a menudo llegaba a preguntarme si «aquel mundo que estaba allí» para que yo fuera a verlo, no resultaba en realidad —contra lo que yo había imaginado— mucho más desagradable que atrayente.

¿Compensaban los malos ratos los hermosos momentos que había vivido durante mis viajes?

Si quería ser sincero, tan sólo por un hecho compensaba: por la simple razón de que mi egoísmo se negaba —aun inconscientemente— a recordar todas las hambres, todas las muertes y todas las injusticias, y se empecinaba en traerme a la memoria tan sólo los hermosos paisajes, las gentes simpáticas o las bellas mujeres que había conocido.

Viajar es en realidad tan simple como vivir. Si en cualquier momento de nuestra existencia nos detenemos a mirar hacia atrás y hacer balance —un balance en verdad honesto—, la mayor parte de las veces no deberíamos sentirnos satisfechos de lo que esa vida nos ha deparado; pero si nos limitamos a aceptar lo que nuestra memoria quiere ofrecernos, entonces sí merece la pena seguir adelante.

Por ello, también, a la hora de escribir mis recuerdos de esos viajes pretendo que prevalezca lo hermoso, y que prevalezca, sobre todo, la idea de que siempre vale la pena lanzarse al mundo, a recorrer de un modo u otro sus caminos, porque lo que realmente importa no es lo que nos suceda, sino lo que en nosotros se sedimente de esos sucesos, y siempre será nuestra memoria, por selección natural, la que se ocupe de que tan sólo quede lo mejor.

A menudo me preguntan:

—¿Por qué te llaman *Anaconda*?

Y en verdad que casi tengo olvidado el momento de angustia que me hizo vivir uno de tales reptiles en un minúsculo afluente del Amazonas, pero recuerdo perfectamente la gran juerga que nos corrimos esa noche a cuenta de haber escapado con bien del incidente. Si mi memoria fuese capaz de conservar con toda su espantosa precisión lo que fueron aquellos instantes, estoy completamente convencido de que jamás habría vuelto a poner los pies en la selva amazónica.

Ni jamás hubiese querido volver a ver un tiburón bajo el mar, ni asistido a una guerra, un terremoto, una cacería nocturna de cocodrilos, un viaje en piragua por el lago Chad, una caminata por los Llanganates o una noche en el Altiplano...

¡Tantas cosas y tantos lugares a los que quisiera, sin embargo, regresar mañana...!

Capítulo XXXVIII

PIRÁMIDES

Una fría mañana de febrero, muy temprano, llamaron a la puerta de mi casa en Madrid, y me costó trabajo reconocer, en el individuo enfundado en un grueso abrigo, al capitán Joaquín Galindo. Casi sin decir palabra, me tendió una fotografía aérea en la que se distinguían claramente hasta cuarenta y ocho pirámides, algunas unidas entre sí por lo que parecían caminos.

—¿Dónde está esto? —pregunté.

—Es lo que pretendo averiguar —contestó—. Recuerdo dónde hice la foto, y tengo una idea de cómo podríamos intentar llegar hasta allí.

—¿Y has venido de Ecuador para decírmelo? ¿Por qué no lo buscaste?

—Nadie quiso acompañarme. Ya sabes cómo son: no les gusta revolver en las cosas de los «antiguos», de los muertos. Y lo que ahí se ve puede ser una ciudad perdida o un valle funerario. Hace meses que intento organizar una expedición, pero no he conseguido encontrar un solo compañero de viaje. Luego me acordé de *Anaconda*, y vine a buscarte. ¿Quieres venir?

—Seguro. Necesitamos dinero y más gente.

—¿Cuántos?

—Uno, quizá dos. No más. Guardo mal recuerdo de los grupos numerosos.

Nos pusimos de acuerdo. Necesitábamos dos compañeros y dinero para organizar la expedición.

Aquella misma mañana comenzamos a movernos. Lógicamente, y como realizador de Televisión Española, le propuse a ésta la idea. Les gustó desde un principio y se mostraron dispuestos a llevarla a cabo, pero —como suele ocurrir demasiado a menudo— las arcas estaban vacías. Con todo, me pidieron que fuera preparando los detalles por si se presentaba la ocasión.

Era cuestión, por tanto, de buscar a los compañeros. Nos hacía falta, en primer lugar, un cámara que rodara la película que yo dirigiría sobre el descubrimiento, si es que lo había. Para mí, la elección no resultaba difícil: Michel Bibin. Me constaba, por haber trabajado con él, que era el mejor profesional del momento y un excelente compañero y amigo en cualquier hora y situación.

Faltaba, pues, el último del grupo, y no parecía sencillo encontrarlo; no ya porque no hubiera gente dispuesta a lanzarse a la ventura —que podía encontrarse—, sino por el hecho de que necesitábamos conocerlos a fondo. Planear una expedición sobre papel y mapas, cómodamente sentados en un sofá de Madrid, es una cosa muy bonita. Llevarla a cabo, otra muy distinta. En cualquier expedición, sea a la selva, sea a los Andes, sea al fondo del mar, lo peor no reside en las dificultades, la fatiga o los peligros que se puedan sufrir. Lo malo suele estar en las incomprensiones, los disgustos y el fastidio que proporcionan los miembros del grupo.

Eso era algo que yo sabía muy bien. Por ello casi siempre prefería viajar solo.

Empezamos a barajar nombres y a descartarlos. Al fin, un día, apareció de improviso el personaje ideal: Gonzalo Manglano.

Gonzalo, su hermano Vicente y yo habíamos formado el trío de profesores del *Cruz del Sur*, hacía ya la friolera de catorce años.

Luego volvimos a encontrarnos rescatando cadáveres de la catástrofe del lago de Sanabria, y años más tarde me tropecé con ellos en México, cuando formaban parte de la tripulación del *olatrane* San Miguel, la nave en que el capitán Etayo pensaba dar la vuelta al mundo utilizando únicamente los medios de que se disponía en el siglo XVI.

Ahora, esos mismos hermanos Manglano acababan de aparecer por Madrid como caídos del cielo y, a mi entender, eran los tipos idóneos para acompañarnos. Vicente se lamentó de no poder hacerlo: se marchaba a Groenlandia. Gonzalo se entusiasmó de inmediato con la idea, pero estaba preparando su boda y le resultaba imposible venir. La que ya es su esposa, Silvia, al ver su desconsuelo, le animó a que nos acompañara, asegurándole que en su ausencia ella se ocuparía de todo. Aceptó, al fin, señalando que, además, él mismo se pagaría sus gastos, lo que significaba un gran alivio para nuestra precaria economía.

Estábamos, pues, completos, pero faltaba lo más importante: el dinero.

Durante algún tiempo, pareció que nunca lo conseguiríamos. Al fin, Galindo recordó que, en la Academia del Aire, había sido compañero de promoción del príncipe don Juan Carlos, y pensó que tal vez éste se interesaría por la empresa.

Fuimos a verle, y, como ocurría con cuantos veían la foto, se enamoró del proyecto. Nos ofreció su apoyo, y se puso en contacto con el director general de Televisión, Adolfo Suárez. Desde el momento en que hablamos con él, todo fue más sencillo, y Televisión

Española consiguió el dinero necesario para financiar la aventura.

Volamos, por tanto, a Quito, y un buen día emprendimos la marcha tras agenciarnos un vehículo «todo terreno» y el material que necesitábamos. Vestidos de «aventureros» —como jocosamente decía Gonzalo—, estábamos dispuestos a descubrir una nueva Machu-Picchu si se presentaba la oportunidad.

Decidimos establecer nuestra base a orillas del lago Otavalo, junto al pueblo del mismo nombre, en un diminuto hotel que se adentra en las aguas. A tres mil metros de altitud, el lago se encuentra casi en las faldas del inmenso Cayambre, un monte nevado de seis mil metros de altura por cuya cumbre pasa la línea equinoccial. Según Joaquín, en sus cercanías debía encontrarse el valle que buscábamos.

El lago es, en sí mismo, un lugar precioso y acogedor. Tranquilo, rodeado de montañas, eternamente silencioso, invita al descanso, a la meditación, a los largos paseos y a olvidar la agitación de las grandes ciudades. Algún día, cuando la carretera panamericana sea una realidad, Quito se encontrará relativamente cerca, y éste será uno de los lugares de esparcimiento de los quiteños.

Sin embargo, en aquella época de lluvias y frío éramos los únicos clientes del hotel. En realidad, no parábamos mucho en él. A las seis en punto de la mañana ya estábamos en marcha por los caminos de los alrededores trepando montañas y descendiendo barrancos en busca de nuestro anhelado valle.

La orografía era difícil. La cordillera andina se alzaba ante nosotros, majestuosa y, a menudo, inaccesible, ascendiendo desde la cercana costa hasta los seis mil metros del Cayambre, para caer de nuevo al otro lado, con igual rapidez, hacia las tierras calientes de la cuenca amazónica.

Como está situada en plena línea del ecuador, el calor es allí insoportable en un momento dado —cuando luce el sol—, para pasar a un frío intenso un minuto más tarde, en cuanto una nube cubre el cielo.

A cuatro mil metros de altitud, y con el sol de plano sobre la cabeza, bastan apenas unos minutos para que la piel comience a caerse a tiras y los labios revienten.

El gran enemigo aquí es la fatiga. A los tres mil

metros de altura en Quito, todo cansa, incluso subir una escalera o caminar aprisa; pero, luego, a los cuatro mil a que solíamos encontrarnos apenas dejábamos atrás Otavalo, las cosas se ponían difíciles de verdad. Cargar una mochila, subir una pendiente, avivar algo el paso, se convertían en esfuerzos que nos dejaban agotados.

En contraste con nuestra fatiga, la vitalidad de los niños indígenas que corrían y saltaban como si habitar a cuatro mil metros de altitud fuera lo más normal del mundo, nos hacía quedar en ridículo.

Resultaba humillante caminar detrás de una vieja india que nos mostraba el camino, y ver cómo, poco a poco, se iba alejando irremisiblemente, sin que nosotros, jóvenes y en la plenitud de nuestras facultades, pudiéramos acoplar nuestro paso al suyo.

Toda esta región de los Andes ecuatorianos se encuentra poblada preferentemente por la tribu de los otavaleños, que tienen fama de ser los indios más limpios e inteligentes del continente americano. Magníficos artesanos, sus telas son de una belleza difícilmente imitable, y he llegado a encontrarme a individuos de esta tribu en Río de Janeiro y Caracas, vendiendo sus ponchos, blusas y mantas. Desde el hilado que realizan en rudimentarias ruecas, al tejido, o confección de la prenda, todo lo hacen según antiquísimos sistemas tradicionales que no permiten que cambien con el transcurso del tiempo. Para ellos constituye una especie de orgullo certificar que cuanto venden lo han hecho sus propias manos.

Podíamos dar testimonio de la limpieza de los otavaleños, ya que, desde mucho antes de amanecer, con un frío insoportable, comenzaban a llegar al lago para bañarse en un agua helada con la ayuda de abundante jabón y un estropajo. Personalmente, consideraba aquel agua insoportable, incluso para lavarse las manos; y, sin embargo, los indios —hombres, mujeres y niños— eran capaces de pasarse media hora con ella hasta la cintura mientras se enjabonaban. Luego, las mujeres lavaban la ropa, que tendían a secar al sol sobre las piedras o en la hierba de la orilla.

El resultado es que los otavaleños aparecen siempre relucientes, impecablemente vestidos de blanco y con el pelo recogido en una pequeña trenza, de modo que resulta difícil distinguir al hombre de la mujer. La actual moda «unisex» fue inventada por los otavaleños hace cientos de años.

Esta tribu —que hace muchísimo tiempo habita en la zona y cuyos orígenes se desconocen— fue, antaño, poderosa y guerrera, y opuso una fuerte resistencia a la invasión incaica. Cuenta la tradición que murieron tantos otavaleños, en la batalla en la que fueron definitivamente derrotados, que el inca ordenó que se lanzaran sus cadáveres a un lago cercano que se tiñó de rojo. Desde aquel día, se lo llamó «Llaguarcocha» (lago de la sangre).

Nuestras correrías por los valles y las montañas andinos nos llevaron, al fin, a la «Hacienda Zuleta», propiedad de Galo Plaza y dirigida en esos días por su hijo, ya que él se encontraba en Washington por razones del cargo.

Galito nos recibió con su habitual hospitalidad, aunque, a decir verdad, no se encontraba en condiciones de comportarse como un perfecto anfitrión. Hacía unos meses había sufrido un accidente de automóvil que estuvo a punto de costarle la vida, y tras una larga estancia en un hospital norteamericano acababa de regresar a la «Hacienda Zuleta».

Pese a ello, nos atendió como mejor pudo, y puso a nuestra disposición caballos, guías y peones. Cuando le explicamos lo que andábamos buscando, admitió que en las tierras altas existía un valle en el que abundaban las «tolas» o pirámides precolombinas. Él jamás les había prestado especial atención, ya que ignoraban su número e importancia y nadie había intentado nunca un estudio detallado de sus posibilidades arqueológicas. En realidad, la alta sierra de las proximidades era por completo tierra de «tolas», como lo es, en conjunto, todo Ecuador.

Así como el Perú —asentamiento básico del Imperio incaico— ha sido minuciosamente estudiado por arqueólogos, aficionados y aventureros, en busca de las huellas que, muy abundantemente, dejaron las culturas precolombinas, Ecuador está por explorar. Los hallazgos fueron siempre fortuitos, y nadie se ha preocupado de llevar a cabo un detallado análisis de su pasado. En Quito estuvo la segunda capital del Imperio incaico, y en ella nació Atahualpa, fruto de la unión de Huayna Cápac con una princesa indígena, y durante los años que su padre mantuvo la sede del Imperio en Quito, todo el reino del Norte cobró un notable esplendor. Incluso antes de que tuvieran lugar estos hechos, habitaban el Ecuador pueblos de una destacada cultura autóctona que, a mi entender, nunca han sido suficientemente analizados.

Cuando un arqueólogo pretende impregnarse de conocimientos incaicos, vuela directamente al Perú, sube a Cuzco y se dedica a realizar excavaciones en las proximidades de Machu-Picchu, Sacsahwaman o Tiahuanaco. Nadie piensa en el reino del Norte, en el hecho de que en San Agustín existe una fortaleza incaica, o en que en el río Santiago basta cavar un metro para extraer toda clase de objetos de incalculable valor histórico.

Recuerdo a un cubano, que decía llamarse Ray Pérez pero cuyo nombre era falso, que, al cabo de dos horas de buscar en una «tola» del río Santiago, extrajo una máscara de oro preincaica, por la que obtuvo, al contado, quince mil dólares. Pesaba cerca de dos kilos y era una obra maestra de orfebrería que hoy puede admirarse en el museo del Banco Central de Quito. Me contaba Ray Pérez que, en el transcurso de sus excavaciones, encontró tantos objetos de cerámica, que tuvieron que abandonarlos ante la imposibilidad material de cargar con ellos. Los indígenas del río Santiago desentierran en sus campos tantos de esos objetos, que acaban dándoselos como juguetes a los niños, o utilizan las ollas y los recipientes que aún se encuentran en buenas condiciones. En cuanto a las piezas de oro y plata, suelen fundirlas y venderlas al peso, para librarse así de investigaciones y molestias.

El tesoro artístico que se está destruyendo de ese modo es incalculable, y no resulta aventurado asegurar que, en el terreno arqueológico, Ecuador es un país virgen.

Por ello, no resultaba extraño que los Plaza nunca hubieran sentido especial curiosidad por lo que pudiera ocultarse en aquel valle sembrado de «tolas», pese a que, de tanto en tanto, apareciese algún peón con una vasija de barro o una figurita humana finamente tallada. Para los indios de la hacienda, que preferían no revolver demasiado en las propiedades de los muertos, aquellos objetos eran «cosa de los antiguos». Un día, un tractor partió en dos una momia de cuyas orejas colgaban largos pendientes de oro. Los pendientes fueron a parar a un museo; en cuanto a la momia, volvieron a enterrarla en el mismo lugar. El hecho de que cerca de aquella diminuta sepultura existiese otra de idénticas características, pero de proporciones diez veces mayores, no despertó el interés arqueológico ni la codicia de nadie. Allí continúa, intacta.

Meses atrás, el gran pintor ecuatoriano Oswaldo Guayasamín había adquirido, por casualidad, dos piezas de cerámica que resultaron de un valor incalculable. Habían sido encontradas en «tolas» de las provincias costeras de Manabí y Esmeraldas. De las dos figuras, la principal —de unos cincuenta centímetros de altura— representa el busto de un *curaca* o cacique de rasgos increíblemente perfectos, con el cráneo alargado en su parte trasera, de forma semejante a la que se puede observar en algunas estatuas y bajorrelieves egipcios. Según los expertos, el caolín en que está modelada debió de exigir una altísima temperatura de cocción, lo que hace suponer que los que la hicieron poseían conocimientos muy superiores a los que hasta el presente se han atribuido a las culturas precolombinas.

Cuando acudí a estudiar la pieza del *curaca* a casa de Guayasamín, éste acababa de recibir una propuesta para que la trasladase a una Universidad norteamericana. Al parecer, se intentaba una reestructuración de las teorías relativas a la evolución de la cultura precolombina.

En opinión de ciertos científicos, la pieza demostraba, sin lugar a dudas, que había existido una relación entre las culturas mesoamericana, azteca y maya, y las de la costa norte del Ecuador, hecho que, hasta el presente, se juzgaba poco probable. Como, al mismo tiempo, se especulaba con la teoría de que, muy remotamente, pudo existir también cierta relación entre esa cultura mesoamericana y el Egipto de los faraones, se podía sacar la conclusión de que la influencia egipcia había alcanzado la costa del Pacífico, en Sudamérica. La figura del *curaca*, con sus rasgos clásicamente egipcios y su cráneo alargado, constituiría una prueba muy importante en la elaboración de tal teoría.

Oswaldo parecía entusiasmado con la idea de que algo tan fantástico pudiera llegar a aclararse, y había puesto la estatuilla a disposición de los investigadores, pero sin permitir, desde luego, que saliera de Ecuador. Le habían asegurado que su antigüedad superaba los ocho mil años, y no quería, por ningún concepto, que algo de tanto valor arqueológico pudiera perderse. A mi modesto entender —y quizá también en su opinión—, tal antigüedad resultaba exagerada. Fuera como fuera, la pieza podía considerarse un verdadero tesoro.

Cuando le hablé del Valle de las Pirámides que andábamos buscando, se interesó vivamente en ello.

—Puede ser un hallazgo sensacional —dijo—, y si encontraras algún vínculo de unión entre las «tolas» de la costa donde apareció esta figura y la de ese valle, la teoría de la influencia egipcia podría extenderse hasta la cordillera andina. ¡Algo realmente fabuloso!

Le repliqué que, a mi modo de ver, todo aquello parecía demasiado fantástico, pero él no lo creyó así.

—Es tanto lo que ignoramos sobre el pasado de la Humanidad —dijo—, que cualquier sorpresa me parece posible. Incluso que sea cierto lo que dicen ahora: que la Humanidad nació aquí, en Ecuador.

Se refería a las declaraciones de un científico húngaro que estaban causando furor en el país. Dicho científico aseguraba haber encontrado los documentos más antiguos de la Humanidad, en los que se demostraba que todas las civilizaciones provenían de una cueva existente en la misma línea del Ecuador, en el interior de una enorme montaña. Desde la entrada de la cueva se distinguían la estrella Polar y la Cruz del Sur. Tales documentos certificaban también que se podía caminar durante días y días por el interior de la cueva, hasta llegar, al fin, a una gran sala, donde se conservaba el libro que hablaba del origen del hombre.

Hacía años que dicho profesor húngaro rondaba por Quito contándole a todo el mundo su historia, sin que nadie le hiciera mucho caso, hasta el día en que aseguró haber encontrado la cueva. Estaba convencido de que se hallaba en pleno territorio de los jíbaros cortadores de cabezas, que habitan en la vertiente amazónica de la cordillera andina, al este de Loja y Zamora.

Gastón Fernández, secretario de la «Corporación Ecuatoriana de Turismo», me había hablado ya de esa cueva, y me había mostrado las espectaculares diapositivas en color que habían obtenido en su interior.

—Al principio, no le hicimos ningún caso al húngaro —confesó—. Pero, al fin, ante tanta insistencia, decidimos organizar una expedición y acompañarle. Íbamos cinco. Después de tres días de una marcha pesadísima, llegamos al río Santiago. No el de la costa, sino al otro, el afluente del Amazonas. Allí encontramos una tribu jíbara que el húngaro reconoció inmediatamente por unos dibujos que llevaban tatuados en la frente y en la barbilla. Aseguró que dichos dibujos señalaban a los tradicionales guardianes de la cueva. Los interrogamos, y terminaron confesando que, en efecto, desde los tiempos más remotos, tales dibujos se transmiten de padres a hijos, así como el defender la entrada de una cueva sagrada, aunque ignoraban lo que se ocultaba en su interior. Penetramos en ella. Como el profesor había predicho, la entrada era un pozo de unos cincuenta metros de profundidad. Luego se abriría una serie de cavernas hasta llegar a otra, inmensa, que estaría iluminada. Te aseguro que yo continuaba mostrándome incrédulo, pero todo cuanto había dicho el profesor se iba cumpliendo paso a paso. Por fin nos hallamos a unos quinientos metros bajo tierra y, sin embargo, apareció allí, ante nosotros, un inmenso pórtico labrado en piedra. Era como la entrada a una gran pirámide. Había pasadizos que se dirigían hacia todas partes, tallados en la roca y perfectamente pulidos. De tanto en tanto, aparecían huellas de pies humanos de tamaño gigantesco, como pertenecientes a hombres de diez metros de altura. No sabíamos qué pensar ni qué hacer. Estábamos entre temerosos y asombrados. Al fin, cuando menos lo esperábamos, desembocamos en una caverna del tamaño de un campo de fútbol y de más de ochenta metros de altura. Y allá, en lo alto, había un agujero, de poco más de un metro de diámetro, por el que penetraba un rayo de luz, recto como una flecha. El espectáculo más fantástico que pueda imaginar mente humana alguna. Instintivamente, todos fuimos a colocarnos bajo ese rayo, a la luz, y fue entonces cuando advertimos que la cueva estaba poblada por millones de aves (1). Entraban y salían chillando por el agujero del techo, y volaban de una parte a otra, en tinieblas, con endiablada rapidez y sin tropezar nunca: ni entre sí, ni contra las paredes. El profesor quería que continuáramos, pero aquel dédalo de galerías seguía hasta el infinito por el interior de las montañas. Según el húngaro, toda la cordillera andina está hueca en esa parte, y se tiene que andar quince días hasta llegar al salón principal. No estábamos preparados para ello, y decidimos salir. Hicimos algunas fotos, y ahora, apoyándome en ellas, estoy buscando la colaboración del Ejército para llevar a cabo una exploración completa de la cueva. Es tan enorme, que requiere un auténtico planteamiento militar.

Me mostró las diapositivas. Confirmaban punto por punto cuanto había referido, aunque hubiera bastado su palabra. La máxima autoridad del Departamento de Turismo de un país no se podría permitir mentir sobre semejante asunto. Además, conocía lo suficiente a Gastón como para creerle. No pude conseguir —pese a todos mis ruegos— que me cediera alguna de las fotografías, pero, a cambio de ello, me prometió que podría acompañarles en su expedición el día que se llevara a cabo.

La que de momento nos ocupaba, la del Valle de las Pirámides no podía hallarse, por su parte, mejor encaminada, pues, con la ayuda de los peones de Galo Plaza, encontramos el valle sin excesivas dificultades. Aunque en un principio pensamos que nos habíamos equivocado y no era el de la fotografía, nos bastó trepar a las cumbres vecinas y observarlo desde lo alto para llegar a la conclusión de que, efectivamente, era aquél.

Está situado a unos tres mil quinientos metros de altitud, y detrás, los Andes se elevan de modo casi inaccesible. En realidad, no es un valle, sino más bien un rincón triangular, protegido en dos de sus lados y abierto por su base. Esta última está formada por un pequeño río de aguas frías.

(1) «Guacharos», aves nocturnas, ciegas, que se dirigen por el eco de sus gritos, de modo parecido a los murciélagos, pero sin ultrasonido.

En la cúspide del triángulo, y a cosa de medio kilómetro del punto en que las dos montañas se unen, se encuentra la mayor de las «tolas», que tiene unos sesenta metros de base en cada lado, y unos quince de altura. Por lo que se puede advertir, es una gran pirámide truncada, con los costados escalonados y cubiertos de hierba. Cavando en ella, pronto se tropieza con una pared de piedra amarilla y blanda, cuyo espesor resulta imposible determinar.

Del centro de su base parte una especie de abultamiento largo y estrecho, también cubierto de hierba, que tiene el aspecto de un túnel o conducto que lleva hasta otra «tola», de menor tamaño, situada a unos doscientos metros.

Todo el resto del valle está sembrado por más de cuarenta de esas pirámides truncadas, aunque ninguna, desde luego, del tamaño de la principal. Hay una algo menor, y la base de las demás oscila de los diez a quince metros, aunque también se encuentran algunas que no son, en realidad, más que pequeños montículos.

Abundan las llamas, y también se distinguían vicuñas, vacas y caballos. A las llamas parecía gustarles especialmente la jugosa hierba que crecía sobre las «tolas», y dejamos que nuestras cabalgaduras pastasen junto a ellas.

Galo Plaza nos había proporcionado tres peones al mando de un pintoresco capataz, Matías, conocedor de la zona, ya que vivía en las inmediaciones. Él fue quien nos señaló que años atrás, durante la apertura de un camino que corría por el borde del riachuelo, era frecuente encontrar allí infinidad de objetos de cerámica de uso doméstico.

Nos condujo al lugar, e inmediatamente iniciamos las primeras excavaciones. Diez minutos después comenzaron a hacer su aparición tantos fragmentos de cerámica, que no sabíamos qué hacer con ellos. Por desgracia, se encontraban en muy malas condiciones y resultaba del todo imposible recomponer un solo objeto.

Matías, que sentía especial predilección por Gonzalo, al que llamaba respetuosamente «Don Gonzalito», se lo llevó a un rincón un poco apartado y le indicó que trabajase allí. Al cabo de unos instantes apareció una vasija bastante bien conservada y dotada de tres patas que debían servirle para mantenerse a cierta altura sobre el suelo.

Nos sentíamos entusiasmados ante nuestros hallazgos, pero pronto caímos en la cuenta de que, en el fondo, la intención que perseguíamos no era desenterrar un pueblo precolombino, sino tratar de averiguar el significado y contenido de las pirámides del valle. Volvimos, por tanto, a ellas, y cometimos el primer gran error de la expedición. Como niños golosos ante lo que nos parecía un inmenso pastel, nos decidimos de mutuo acuerdo por la «tola» mayor, y comenzamos las excavaciones. Tres peones, un anciano capataz y cuatro «aventureros» poco acostumbrados a manejar pico y pala no son gran cosa para enfrentarse con una pirámide de quince metros de altura. En un principio, todo fue bien; pero en cuanto comenzamos a encontrar bloques de piedra amarillenta, el trabajo se hizo lento y fatigoso.

La hierba y la maleza acumulada durante siglos impedía advertir si existía una entrada o punto por el que la penetración resultase más factible. Teníamos que limitarnos a escoger un lugar y echar mano del pico.

Una lluvia pertinaz no tardó en calarnos hasta los huesos, y un frío insoportable nos hizo tiritar. Por culpa de la altura, a la media hora de cavar estábamos con la lengua fuera, el corazón nos saltaba dentro del pecho, y desde luego, si uno de nosotros hubiera sido cardíaco, jamás habría salido de allí con vida.

El tiempo gris, lluvioso y constantemente encapotado, no sólo entorpecía el trabajo, sino que, sobre todo, hacía laboriosa y difícil la filmación del documental encargado por Televisión. Nos habían proporcionado una película en color, poco sensible, y nos veíamos obligados a aprovechar el menor rayo de sol para montar las cámaras y rodar a toda prisa. Por fortuna, la experiencia de Michel superó los contratiempos, y cuando vi el filme en Madrid, me felicité por mi elección: técnicamente, el documental era perfecto.

En lo que se refiere al trabajo arqueológico, un buen día descubrimos que, a pesar de que habíamos logrado un hueco de unos tres metros de hondo por tres de ancho, continuábamos tropezando con la misma piedra. Al paso que llevábamos tardaríamos meses en alcanzar el centro de la pirámide al ras del suelo, si es que la suerte no nos conducía antes a algún pasadizo.

Dicho trabajo podría llevarse un tiempo y un dinero del que no disponíamos. La boda de Gonzalo se aproximaba inexorablemente, las provisiones se acababan, y aun suponiendo que en el corazón de aquella pirámide se encontrase un tesoro como el de Tutankamón o Palenque, teníamos que renunciar a él.

Cargamos, por tanto, con nuestras cámaras, morrales y las innumerables vasijas de barro que encontramos el último día en una de las «tolas» pequeñas, y nos fuimos.

Cierto que no habíamos sacado a la luz nada realmente fabuloso en oro o joyas, pero el principal objetivo de la expedición se había cumplido: habíamos demostrado que el Valle de las Pirámides existía, que no era fantasía nuestra, y para probarlo llevábamos una película de una hora y centenares de fotografías.

No nos correspondía a nosotros —y lo sabíamos— llevar a cabo una investigación seria y llegar a conclusiones definitivas sobre lo que era en realidad todo aquello y lo que significaba. No teníamos ni medios, ni tiempo, ni autoridad para ello. Éramos tan sólo la avanzadilla.

Qué ha sido de las pirámides, no lo sé. Imagino que nunca nadie volvió a ellas, porque Gonzalo se casó y sigue en España, Michel continuó los viajes para Televisión, y Joaquín Galindo nunca regresó a América, aunque tenía intención de preparar una nueva expedición.

Yo, por mi parte, al regresar a Quito me despedí del grupo, que volvía a España, y me dispuse a emprender un viaje que constituía para mí un viejo sueño: mi primera visita al archipiélago de las Galápagos.

Capítulo XXXIX

LAS ISLAS GALÁPAGOS

Gracias a Gastón Fernández, conseguí que un barco de la Armada ecuatoriana, el *Esmeraldas*, me recogiese en el puerto del mismo nombre, al norte de Quito, y me depositara, dos días más tarde, en Puerto Baquerizo, «capital» de las Galápagos, sede del gobernador y una de las pocas islas del archipiélago que no tiene interés ni atractivo alguno.

Cuando le pregunté al gobernador qué medios tenía de llegar a Santa Cruz, de la que había oído decir que era realmente extraordinaria, me respondió:

—Tendrá que esperar a que el correo pase por aquí.

El *Esmeraldas* se había reunido con el resto de la flota ecuatoriana y tenía intención de iniciar unas maniobras para regresar luego al continente, por lo que había decidido abandonarlo. Sin embargo, no quería quedarme en una isla tan poco interesante como San Cristóbal, e insistí cerca del gobernador para que me consiguiera algún medio de transporte.

Al fin, con poco convencimiento, y como quien no quiere meterse en líos, sugirió:

—Vaya a ver a Guzmán *el Presidiario*. Es el único en la isla que podría embarcarle.

Luego, llamó a un muchachito que jugaba a la puerta de la casa y le ordenó:

—Lleva al señor a la casa de *el Presidiario*.

Eché a andar tras el chiquillo, que, aunque iba descalzo, saltaba por entre rocas y espinos con un paso tan apresurado, que me costaba trabajo seguirle. Cuando ya sudaba y empezaba a estar harto de aquel niño saltarín, llegamos a una cabaña situada a la orilla del mar. El muchacho la señaló y dijo:

—Aquí es.

Dio media vuelta, dispuesto a regresar. Cuando le di unos sucres de propina, me miró muy extrañado, pero los aceptó con indudable alegría. Probablemente, era el primer dinero que poseía en su vida.

Me salió al encuentro una mujer que no debió de ser fea en su tiempo, pero que tenía media cara destrozada por una profunda cicatriz y renqueaba al andar. Cuando le pregunté por Guzmán, señaló una vela que se aproximaba:

—Allí viene —dijo—. Si quiere esperarle, puede usted pasar.

Preferí esperar fuera, y la mujer me trajo un vaso de agua con limón. Señalé a mi alrededor (la cabaña, el mar, la pequeña ensenada) y pregunté:

—¿Hace mucho que viven aquí?

—Nueve años —replicó—. Desde que libertaron a mi marido. Antes, habíamos pasado quince en Isabela. Ya sabe, en el penal.

—Creí que el penal había sido suprimido.

—Lo fue. Pero muchos de los que vinieron castigados a Isabela se quedaron luego en el archipiélago.

Al rato llegó su marido, un hombre alto y cetrino. Nos pusimos de acuerdo en el precio y en salir a la madrugada siguiente.

A la hora convenida aguardaba junto a la barca. Su mujer había preparado víveres y agua para tres días. Calculaba un día para llegar, otro para que regresara su marido y uno más de reserva. Cuando se sale al mar en una chalupa de aquellas características, todas las precauciones son pocas. Más tarde, el mismo Guzmán me contó que, en cierta ocasión, anduvo una semana perdido en el mar.

—¿Cómo pudo sobrevivir?

—De la pesca. Machacaba bien los peces y obtenía un jugo amargo que se podía beber. En estas aguas, usted puede echar un anzuelo sin cebo al agua y quizás un pez pique por curiosidad. Con un sedal y un anzuelo se puede vivir eternamente de estas aguas. En Isabela, conocí a un tipo que también se perdió en alta mar. Como no tenía carnada, se cortó un dedo y cebó con él un tosco anzuelo que se había hecho con un clavo de la barca. Sacó un pez, y con la carne de ese pez fue sacando otros. Salvar la vida le costó un dedo.

—No es muy caro.

—Depende. El dedo se le gangrenó, y tuvieron que cortarle el brazo.

Apenas nos habíamos hecho a la mar, Guzmán puso proa al Sur, a una pequeña isla que se dibujaba en la distancia. Consulté mi mapa.

—¿Barrington?

Negó con un gesto.

—Hood. Barrington es la de babor.

—Pero Barrington está a mitad de camino de Santa Cruz. ¿Por qué no vamos directamente a ella?

—El viento... Derecho, tardaríamos el doble. Prefiero salir mar afuera, aproximarme a Hood y virar luego. Desde allí, el Sudoeste nos mete, como una flecha, en Academy-Bay, de Santa Cruz.

Guardé silencio; Guzmán era de esos hombres que dan la impresión de saber lo que están haciendo. Me eché a dormir. Y ya el sol pegaba fuerte cuando abrí los ojos. La isla Hood se recortaba claramente ante nosotros.

No era muy grande, y desde donde la veíamos aparecía negra y agreste; poco acogedora y cubierta de una vegetación espinosa de color quemado.

—¿Quién vive ahí?

—Nadie. No hay agua, ni comida, ni nada. Es un peñasco maldito, y aún no me explico cómo aquel demonio de Oberlus pudo subsistir durante años ahí.

—¿Quién es Oberlus?

—¡Uff! Murió hace casi doscientos años, pero el desembarcadero de la isla aún lleva su nombre. Era un loco, un diablo. Dicen que jamás ha existido un ser tan espantosamente feo, y por eso se vino aquí, a una roca en la que tan sólo los pájaros, las tortugas y las focas podían asustarse de su rostro. Cuentan, también, que su alma aún era más retorcida que su cuerpo. Como conocía al dedillo cada recoveco y cada cueva de la isla, cuando un barco que ignoraba su presencia recalaba aquí a cazar tortugas o a buscar madera, se las ingeniaba para raptar a un tripulante, esconderlo y convertirlo en su esclavo. Dicen que llegó a tener hasta media docena. Siempre los tenía atados, y los hacía trabajar para él como bestias, hasta que morían de hambre o debido a los malos tratos. También se rumorea que abusaba de ellos sexualmente... Ya sabe a lo que me refiero...

—¿Y de qué vivían?

—De galápagos. De la pesca. De algunas patatas y calabazas que sembraban entre las piedras cuando llovía...

—Yo creía que en Hood no había galápagos.

—Y no los hay. Entre piratas, balleneros y Oberlus se los comieron todos... Pero antiguamente abundaban, y de una especie distinta a las demás.

—¿Qué fue de Oberlus?

—Un día robó una barca a un ballenero, metió dentro a los cuatro esclavos que le quedaban y puso proa a tierra firme. Llegó solo a Guayaquil. Durante la travesía, para calmar la sed, se había bebido la sangre de los esclavos. Un verdadero monstruo. Acabó pudriéndose en la cárcel de Payta, acusado, entre muchas cosas, de brujería.

Guardó silencio, y yo hice lo mismo, impresionado por la historia de Oberlus. Por aquel entonces sólo me pareció una fantasía de Guzmán. Más tarde comprobé que, al menos en parte, era cierta.

Al poco rato, una gran sombra que cruzaba sobre nosotros me obligó a alzar la cabeza. Un ave inmensa de largas alas y color marrón, con el cuello blanco, planeaba con los ojillos fijos en la proa de la barca.

—Un albatros —dijo.

—¿Diomedes?

Me miró sorprendido. Comprendí que no sabía lo que significaba esta palabra. Me apresuré a revolver en mi equipaje, y aunque en la embarcación no había demasiado espacio como para estar abriendo una maleta y haciendo filigranas, al fin di con el libro que me interesaba:

—Más de dos mil parejas de albatros *Diomedea irrorata*, especie exclusiva del archipiélago, habitan en las partes llanas de la isla de Hood, no encontrándose en ninguna otra. Suelen permanecer unos ocho meses en Hood, hasta que, a finales de noviembre o principios de diciembre, vuelan hacia el Sudeste, a la costa de Chile. Regresan al llegar la primavera, atraídos por la gran cantidad de diminutas sepias que pueblan en esa época las aguas próximas.

Hasta ese momento no había caído en la cuenta de que Hood es el nombre por el que se conoce también una isla, La Española, que tenía previsto visitar.

El hecho de que cada isla tenga dos y hasta tres nombres, me había confundido.

Ese exceso de nombres se debe a que, en principio, los españoles las bautizaron de un modo; luego, los piratas y balleneros ingleses, de otro; y los ecuatorianos, al hacerse cargo del archipiélago, de un tercero. Así, la que fuera en primer lugar Santa María, se convirtió en Charles y, al fin, en Floreana. La Española es Hood. San Cristóbal, Chatham. Isabela, Abermarle. Fernandina, Narborough, etc.

Apenas comprendí que lo que tenía ante mis ojos era La Española, pedí a Guzmán que se dirigiera hacia ella. Me miró, sorprendido:

—¿Para qué? —inquirió—. Ahí no hay nada.

—Albatros —señalé—. Cuatro mil albatros. ¿Le parece poco?

Se encogió de hombros y obedeció. Al cabo de una hora, la barca giraba lentamente, Guzmán arriaba la vela y la proa iba a posarse con suavidad sobre una minúscula playa de arena. Se abría al fondo de una pequeña caleta natural en la que abundaban las focas.

—Ésta es la caleta de Oberlus —explicó mi compañero—. Dicen que allá, en aquellos barrancos, tenía su choza y sus escondites.

Eché a andar hacia el interior de la isla. Desde donde nos encontrábamos, en su extremo norte, el terreno iba ascendiendo lentamente. El primer kilómetro estaba constituido por un amontonamiento de rocas volcánicas de todos los tamaños, entre las que surgía, de tanto en tanto, un bajo matorral de hojas color verde sucio.

El contraste lo proporcionaba el blanco rabioso de algunas rocas, no porque fueran blancas en sí, sino porque los excrementos de miles de aves marinas las habían pintado de ese modo.

Los pintores no se habían ido muy lejos; en realidad, pululaban por todas partes, incapaces de moverse un metro para dejarme pasar. Los alcatraces de patas azules eran propietarios absolutos de aquella parte de la isla hacía siglos y no parecían dispuestos a que nadie se la disputara.

En el archipiélago, los alcatraces son de tres especies: enmascarados, de patas rojas y de patas azules.

Las dos primeras son aficionadas a los peces de

aguas profundas, mar adentro, mientras que los últimos prefieren las costas, las bahías poco profundas y las largas estancias en tierra.

Aunque suelen ser bastante comunes en casi todas las islas, allí en La Española resultaban particularmnte abundantes. Desde el borde del agua hasta muy al interior, se los podía ver entregados a sus ceremonias nupciales o a empollar huevos.

La ceremonia nupcial resulta muy curiosa, y tiene lugar a lo largo de todo el año, ya que como las islas están en plena línea equinoccial no existen cambios de estación. Para la danza, el macho se coloca en una roca, frente a la hembra, y comienza a alzar alternativamente las patas, que han tomado un color azul mucho más vivo. Mientras se balancea así, de un lado a otro, mueve la cabeza de arriba abajo y alza las plumas de su cola. La hembra lo observa largamente, con la cola baja, y si no le interesan sus arrumacos, sigue así hasta que le entra hambre y se va. Si, por el contrario, se deja conquistar, alza a su vez la cola. Luego, la feliz pareja busca un simple hueco en las rocas o en una cavidad de la arena para depositar su único huevo, y allí lo cuidan alternativamente hasta que nace el pichón. No se preocupan por ninguna clase de nido, y por ello se hace necesario caminar con mucho tiento para no pisar un huevo o molestar a una madre. Éstas se limitan a lanzar un quejumbroso graznido cuando un extraño está a punto de aplastar a su hijo, pero no suelen enfurecerse ni atacar.

Cerca de los alcatraces anidan los rabihorcados, ya que prácticamente viven de ellos. Como no tienen facultades para bucear como sus vecinos, los rabihorcados tienen que contentarse con las capturas que consigan en la superficie, pero éstas no bastan para calmar su apetito. Por ello, practican el asalto y la piratería, para lo cual permanecen siempre a la expectativa, acechando a los alcatraces. Cuando uno de éstos se sumerge y alza de nuevo el vuelo con un pez en el pico, el rabihorcado se lanza sobre él y lo ataca, asustándole, hasta obligarle a soltar su presa. Cuando el pez cae al vacío, el ave ladrona se precipita a toda velocidad y lo recupera con increíble habilidad. Si el alcatraz se muestra reacio a soltar una presa laboriosamente obtenida, el rabihorcado puede llegar a herirle gravemente, utilizando para ello su largo, curvo y afilado pico. Sentarse en un acantilado de las Galápagos a observar el interesante trajín de los alcatraces que se sumergen y los rabihorcados que los asaltan en vuelo, constituye, a mi entender, un espectáculo fascinante y maravilloso, en el que pueden pasarse horas.

Los rabihorcados —algunos ejemplares pasan de dos metros de envergadura— sí poseen una época determinada de cría, durante la cual a los machos se les desarrolla una gran bolsa de color rojo fuego en el buche, que contrasta vivamente con el resto de su plumaje, de un negro intenso. Cuando llega el momento de aparearse, comienzan a construir un tosco nido en los arbustos o en el suelo, y se sienta junto a él.

Hinchan esa especie de llamativo balón, y empiezan a emitir un curioso grito amoroso; una especie de «quiu-quiu» que concluye con un sonoro estornudo. Las hembras sobrevuelan constantemente el grupo de machos en celo, hasta que se deciden por uno. Bajan y le ayudan a terminar de construir el nido. Luego ponen un huevo, y ambos lo cuidan celosamente hasta que nace la cría.

En ese tiempo, al macho le desaparece la gran bolsa, que le queda colgado del cuello como un saco vacío.

Lo más curioso en la vida de estas inmensas colonias de aves del archipiélago reside, quizás, en el hecho de que se las pueda estudiar tan de cerca, que incluso se llega a tocarlas sin que se asusten. La razón es que, tradicionalmente, los habitantes de todo tipo (aves, galápagos, iguanas, focas o pingüinos) no han tenido, a través de los siglos, ningún enemigo natural. Eso les permitía convivir en perfecta armonía, sin que llegaran a conocer el miedo. La relación alcatraz-rabihorcado no es excepción a esta regla, ya que el segundo no tiene intención de hacer daño al otro, sino tan sólo de robarle.

El miedo no existía en la isla antes de la llegada del hombre. Éste lo impuso, según su costumbre, y muchas especies, sobre todo focas y galápagos, sufrieron en carne propia su excesiva confianza. Hoy, y gracias a las severas leyes de protección dictadas por el Gobierno ecuatoriano, la paz ha vuelto al archipiélago, y el hombre ha aprendido a respetar a las especies autóctonas, que pueden recobrar su confianza. Sin embargo, los perros, los cerdos, las cabras y las ratas, que el hombre trajo a la isla, son ahora el principal enemigo de los primeros habitantes. Pero aquí, en Hood, y salvo la esporádica presencia del monstruoso Oberlus, los hombres apenas han hecho acto de presencia, y, por lo tanto, la vida original no ha sufrido grandes transformaciones.

Tierra adentro, comenzaron a aparecer los albatros.

Estas aves marinas, enormes, lentas y majestuosas, se encuentran entre las mayores del mundo de las que vuelan y se caracterizan por el hecho de que necesitan muchísimo espacio para despegar y tomar tierra.

Por lo general, prefieren los acantilados, desde los que se dejan caer para iniciar el vuelo; pero, si han de hacerlo desde tierra llana, precisan de una larga, pesada y casi cómica carrera, que, en muchas ocasiones, se ve interrumpida por un arbusto, una roca o un hueco.

De igual modo, a la hora de aterrizar, han de buscar una larga pista sin accidentes, como cualquier reactor de pasajeros.

Cuando, por cualquier razón, calculan mal sus posibilidades, acaban estrellándose o clavándose de cabeza en un matorral. A lo largo de todo mi recorrido por la isla, pude ver tres o cuatro albatros con una pata o un ala rotas, señal inequívoca de que su sistema de tomar tierra no había funcionado.

Casi tan bello como puede ser un albatros en el aire, es feo ese mismo albatros en tierra. Anda contoneándose como un pingüino borracho, arrastra mucho el trasero, y con su largo pico amarillo, su plumaje marrón y su cara de estúpido, resulta realmente antiestético. Tan sólo hay algo más feo que un albatros: un pichón de albatros. Mide casi medio metro de altura y no es, en realidad, más que una sucia bola de plumones de la que sobresale un largo cuello desplumado en cuya cúspide hace equilibrios la cabeza más ridícula que imaginarse pueda. Constituye, sin duda, la criatura más espantosa que haya visto en mi vida, pese a lo cual, sus padres le dedicaban una amorosa solicitud.

Me entretuve más de la cuenta observando alcatraces, rabihorcados y albatros. Cuando regresé a la diminuta playa, Guzmán parecía preocupado.

—Es muy tarde para hacernos a la mar —indicó—. Nos caería la noche encima, y en estas aguas no se puede navegar a oscuras. No hay faros, ni luces, ni señalización de ninguna clase.

—¿Qué le parece que hagamos?

—Dormir aquí y salir mañana, de amanecida. Si quiere, podemos acercarnos hasta Floreana y, a media tarde, recalamos en Santa Cruz.

—De acuerdo.

—Le cobraré más caro.

—No importa.

Guzmán comenzó a prepararlo todo para pasar la noche en la isla. Con velas y remos, improvisó una especie de tienda de campaña que ya debía de haber utilizado otras veces, y extendió una manta sobre la arena a modo de lecho. Recogió leña y preparó una hoguera.

Luego, lanzó la barca al agua, y, sin apartarse más de cuatro metros de la costa, echó el anzuelo y comenzó a sacar, uno tras otro, meros, abadejos y toda clase de peces. Cuando vio que buscaba mi bañador y mi máscara de buceo y me disponía a sumergirme, me preguntó:

—¿Le gustan las langostas?

—Naturalmente que me gustan. ¿A usted no?

—También. Nade hasta aquellas rocas y busque debajo. Encontrará unas cuantas.

Hice lo que me indicaba. Apenas metí la cabeza en el agua, me encontré rodeado por cientos, por miles de peces de todas las especies que me observaban con increíble curiosidad. Los había de todas clases, desde meros de ocho y diez kilos a peces-loro, arcoiris o peces luna. Era como una explosión de vida; como si todas las chispas de un cohete se hubieran desparramado de pronto por el mar, y cada una de ellas se hubiera convertido en un ser dotado de vida, multiplicado mil veces, agitándose de acá para allá, llevado por las olas o por su capricho. Nada les asustaba, y casi podía tocarlos sin que hicieran ademán de alejarse. Más que huir, acudían a verme, y su curiosidad llegaba a ser tan impertinente que tenía que apartarlos para poder nadar. Tan sólo de cuando en cuando se producía una especie de desbandada o movimiento de inquietud, y esto ocurría cada vez que una foca aparecía nadando a endiablada velocidad, cruzaba entre todos y se alejaba llevándose un pez en la boca.

El agua, aunque un poco fresca al principio, resultaba sumamente agradable, y así, acompañado por una corte de seguidores submarinos que querían saber de mí, nadé hasta las rocas que Guzmán me había señalado y busqué bajo ellas.

Habría metro y medio de profundidad, de modo que podía ponerme en pie sobre ellas, y mirar hacia abajo, para comenzar a distinguir de inmediato las largas antenas rojo-oscuro de las colonias de langostas que anidaban en los huecos. Me pareció fantástico y saqué la cabeza del agua para gritarle a Guzmán que aquello estaba plagado. Se había aproximado con la barca e hizo un gesto de asentimiento. Luego me lanzó un grueso guante de lona.

—Ya lo sé —dijo—. Las hay a docenas. ¡Tome! Agárrelas con esto.

Me puse el guante, metí la mano bajo mis pies y saqué de un agujero una enorme langosta, con la misma facilidad con que podría haberla sacado del cajón de la cómoda de mi cuarto. Se la alcancé a Guzmán, quien la echó al fondo de la barca. Metí otra vez la mano y cogí otra, otra y otra, hasta que me cansé del juego.

Dieciocho en menos de quince minutos, y en ningún caso tuve que sumergirme más de dos metros.

Cayó la noche con la increíble rapidez con que suele hacerlo en la línea del ecuador y salí del agua. Fue como si todas las luces del mundo se hubieran apagado de improviso a las seis en punto. La oscuridad hubiera sido total de no contar con la hoguera que Guzmán tenía dispuesta.

Mientras me secaba y vestía, había preparado un gran hueco en la arena, que cubrió con maleza seca. Le prendió fuego, aguardó a que ardiera de forma impresionante y, sin más ceremonia, arrojó dentro, vivas, cuatro de las mayores langostas. Se oyó un crepitar, los animales saltaron como desesperados, pero volvieron a caer en el fuego. Permanecieron así unos instantes, y Guzmán lo cubrió todo con arena. Al cabo de un par de minutos, buscó las cuatro langostas, las lavó en el mar, y, con su grueso cuchillo, las abrió de arriba abajo. Aún humeaban, y debo confesar que nunca en mi vida —ni en el mejor restaurante del mundo— he comido una langosta que se le pueda comparar. De postre, hubo naranjas de las islas y fuerte café ecuatoriano. Le ofrecí un cigarrillo español, y nos pusimos a contemplar el mar y las estrellas.

Hacía ya mucho que los cigarrillos se habían consumido, cuando Guzmán pareció volver a la realidad.

—¿No le asusta desembarcar mañana en Floreana? —preguntó.

—No creo en cuentos de brujas... ¿A usted le asusta?

—Todo lo misterioso me desagrada. ¿Sabe que son más de diez los que han desaparecido en la isla en estos últimos años? Ya no quedan más que los Wittmer.

—¿Los conoce?

—Sí. A la vieja, hace tiempo que no la veo. A su hijo, Rolf, me lo tropiezo, a veces, en Santa Cruz o en Baltra. El último en desaparecer ha sido el marido de su hermana. Era un buen muchacho, sargento radiotelegrafista en San Cristóbal. Todos le dijeron: «No te cases con una Wittmer.» «No te vayas a vivir a Floreana, que esa isla está maldita.» Pero no hizo caso. Se casó, se fue y se esfumó para siempre. La bahía de los tiburones se lo tragó.

—¿La bahía de los tiburones?

—Eso cuentan... Dicen que todo el que desaparece en la isla, va a parar al vientre de los tiburones. No dejan huella, y son mudos.

—¿Quién más ha desaparecido últimamente?

—Una millonaria extranjera. Creo que americana. Llegó en su yate, bajó a tierra cargada de joyas y dinero, y nunca más se la volvió a ver. ¡Paff! Se esfumó. Como el otro. Y como la baronesa y su amante. Y como Henry, el hijo mayor de los Wittmer. Y como tantos.

—¿Cuándo empezó la cosa?

—¡Uff! Hace mucho. Antes de llegar yo a las islas...

—Pero, ¿conoce la historia?

—¡Naturalmente! En el archipiélago, todo el mundo la conoce. Es lo más extraño que ha ocurrido por aquí en lo que va de siglo. Creo que incluso en su tiempo —cuando la desaparición de la baronesa— los periódicos de Europa hablaron de ello. Y también de la misteriosa muerte del doctor Ritter.

—¿También fue misteriosa la muerte de Ritter?

—También. Dicen que lo envenenaron.

Guardé silencio unos instantes. Le ofrecí un nuevo cigarrillo y los encendimos con las brasas de la hoguera. Al fin le rogué:

—¿Por qué no me lo cuenta todo desde el principio?

Meditó. Resultaba difícil saber si deseaba hacerlo, o si —por ser hombre de pocas palabras— aquello le exigía un esfuerzo excesivo. Ya la historia de Oberlus parecía haber agotado su saliva esa mañana. Sin embargo, la historia de Floreana le parecía demasiado fascinante como para dejar de contársela a un forastero que lo estaba pidiendo.

—Está bien —dijo—. Se la contaré tal como yo la sé.

Hizo una pausa para tomar aliento y dio una larga chupada al cigarrillo:

—Como le dije, todo comenzó hace ya tiempo —repitió—. Creo que allá por los años treinta, Ritter, que fue el primero en llegar, era un dentista alemán, algo loco, que se hizo arrancar todos los dientes. Aseguraba que se podía vivir sin ellos en una isla desierta, sin comer carne ni nada parecido. Era eso que llaman vegetariano, o algo así. Con él vino una mujer, Dora «no-sé-qué», que también se había hecho arrancar los dientes. Se establecieron en una especie de cabaña sin paredes y allí vivían medio desnudos, totalmente alejados del mundo. Dicen que él escribía un libro sobre sus teorías.

»Más tarde, llegaron los Wittmer, que también eran alemanes. La madre, Margaret, su marido, Heinz, y el chico mayor, Henry, del que algunos aseguran que no era muy normal, y casi ciego. Los Ritter y los Wittmer no parecieron llevarse muy bien desde el principio, pero como la isla era grande, podían vivir sin molestarse y sin verse durante meses. Los Wittmer tuvieron dos hijos en la isla: Rolf y Floreanita.

»Todo iba más o menos bien, hasta que apareció la baronesa. Se llamaba Eloísa Wagner, y la verdad es que no sé de dónde era. Tal vez alemana, tal vez

austríaca, tal vez rusa... No sé... Venía con dos aman-
tes: Robert Philipson, que era el favorito, y que había sido sirviente del otro —Rudolf Lorentz—, ahora
desplazado de la cama de ella y convertido en una especie de esclavo de los dos. Le insultaban e incluso
pegaban. Dicen que la tal baronesa era una tía loca
que quería convertir Floreana en un paraíso para los
turistas o algo así. Pronto empezaron los jaleos. La
baronesa tenía una pistola y un látigo, y siempre andaba liada a tiros o a latigazos con todo el mundo.
Lorentz, sobre todo, lo pasaba muy mal. Pese a ser el
que había pagado la expedición a la isla, era tratado
como el más mísero de los esclavos, y se entretenían
zurrándole. La baronesa tomó la costumbre de bañarse desnuda en la única fuente de agua potable de
la isla, y cuando los Ritter y los Wittmer la sorpren-
dieron, se armó un lío del demonio. Desde aquel momento se iban persiguiendo por la isla a tiros de
escopeta de sal. Una especie de gigantesco manicomio. ¿Cómo quieren que el mundo esté en paz, si
ocho personas no pueden tenerla en una isla enorme?
»Bueno, abreviando: Un día, Lorentz llegó a casa
de los Ritter y dijo que la baronesa y Philipson habían desaparecido; nunca más se los volvió a ver, ni
vivos, ni muertos. Al poco, llegó una barca, y Lorentz
le pidió al dueño —un noruego llamado Nuggerud—,
que le llevara a San Cristóbal, vía Santa Cruz. De
mala gana, y gracias a que le pagó mucho, el noruego
aceptó. Los acompañaba un negro llamado Pazmiño.
La barca y el negro desaparecieron para siempre, y,
al cabo de un mes, un barco descubrió por casualidad
los cadáveres momificados de Lorentz y Nuggerud,
en Marchena, un islote solitario, al norte del archipiélago. Habían muerto de sed.

—¡Vaya una historia! —comenté, impresionado.

—¡Oh! Eso no es todo —añadió Guzmán, que, al
parecer, se había metido a fondo en su papel de na-
rrador—. Aún hay más. Ritter escribió a un amigo,
propietario de un yate, pidiéndole que viniera, porque
habían ocurrido en la isla cosas terribles que no podía explicar por carta y necesitaba ayuda. El día antes de la llegada del barco, Ritter murió envenenado
por la carne de un pollo que le habían regalado los
Wittmer. Dicen que el pollo estaba descompuesto,
pero todo el mundo opina que es muy raro que un

tipo vegetariano se coma un pollo tan podrido como
para causarle la muerte. El caso es que Dora, su
compañera, se fue en ese mismo barco, y los Wittmer
se quedaron solos en la isla. Más tarde desapareció
su hijo mayor. Luego, la vieja millonaria. Y ahora,
por último, su yerno... Curioso, ¿verdad?

—¡Fantástico! Pero, dígame... ¿Las autoridades
no han intentado averiguar nada?

—¿Y qué podían averiguar...? Van allí, le preguntan a los Wittmer y éstos dicen que no saben nada.
Y a lo mejor no lo saben... El caso es que han conseguido que se los deje en paz en su isla, que es la
más bonita y fértil del archipiélago.

Permanecí largo rato en silencio, meditando acerca
de cuanto me acaba de contar. Al fin, quise saber:

—¿Preferiría no acercarse mañana a Floreana?

—Me da igual —replicó con seguridad—. Lo único
que no quiero es subir a casa de los Wittmer.

—¿Por qué?

—Cuestión de simpatías... Además, no hay tiempo, si queremos llegar a Santa Cruz mañana mismo.
Tendríamos que pasar la noche en Floreana, y eso
sí que no me divierte nada.

Se diría que con eso daba por terminada la conversación, porque se metió en la tienda y se arrebujó
en la manta. Esperé unos minutos, fumé un último
cigarrillo, estuve pensando en cuanto me había contado y también me fui a dormir. Cuando me acosté,
Guzmán roncaba.

CAPÍTULO XL

«FIN DEL MUNDO»

A media mañana del día siguiente atracamos en
Floreana junto al barril de madera que, clavado en
lo alto de un poste, constituye la más antigua de las

tradiciones del archipiélago.

En esa barrica —la misma desde hace cientos de años— los navegantes que pasan cerca de la isla depositan su correspondencia para cualquier rincón del mundo, o retiran la que les ha llegado desde los cinco continentes.

Es «Ley del Mar» —ley de caballeros marinos, por muy sinvergüenzas que puedan ser— que todo el que encuentra en la barrica una carta que pueda aproximar a su destino, tiene la obligación de llevarla, y —una vez en la «civilización»— franquearla de su propio bolsillo hasta el fin del trayecto.

Esta costumbre —que según muchos iniciaron los piratas— cobró especial auge entre los balleneros de los siglos XVIII y XIX, que pasaban años en el mar, y esta estafeta de «POST-OFFICE BAY» constituía su único medio de comunicación con el mundo.

Tradicionalmente, las inmediaciones del archipiélago fueron siempre muy abundantes en ballenas, razón por la que sus cazadores frecuentaban sus aguas.

Las Galápagos están enclavadas en una auténtica encrucijada: una corriente cálida corre hacia el Sudeste; otra «contracorriente» de aguas muy claras y también cálidas viene del Oeste a todo lo largo de la línea equinoccial, y por último, una muy fría, la Gran Corriente de Humboldt, sube desde la Antártida, sigue las costas de Chile y Perú, gira al Noroeste, baña el sur de las Galápagos y desaparece en el Pacífico.

Se supone que por medio de esa corriente se inició la vida en el archipiélago, de origen volcánico. Flotando en pedazos de madera llegaron las iguanas y las grandes tortugas de tierra, mientras las semillas vinieron en los buches de las aves. Lobos de mar, focas y la familia de pingüinos de Fernandina arribaron nadando también en esa corriente de fantástica potencia que refresca el clima y da a las aguas su increíble riqueza en plancton y pesca.

«POST-OFFICE BAY» constituye un rincón agradable y tranquilo que obliga a olvidar la triste leyenda de la isla, y allí almorzamos, con buen apetito, un mero y langostas pescadas esa misma mañana, para seguir viaje más tarde sin decidirnos a emprender las largas horas de camino que llevan a la casa de los Wittmer.

Ya desde lejos, con su alta cumbre y sus verdes

praderas, la isla de Santa Cruz prometía algo muy distinto a lo que fuera San Cristóbal y, sobre todo, su pequeño puerto de «Academy-Bay», de aguas azules y transparentes que lamen un alto farallón de rocas, me maravilló desde el primer momento, haciéndome comprender que alcanzaba el paraíso olvidado que venía buscando.

Focas nadaban en sus aguas, iguanas marinas entraban y salían de ella o tomaban el sol sobre las rocas o los tejados de las casas, e infinidad de aves marinas revoloteaban de un lado a otro o se lanzaban con la agilidad de los piqueros o el desgarbo de los alcatraces.

Me despedí de Guzmán, que regresó a su isla, y encontré alojamiento en casa de un cubano, Jimmy Pérez, viejo aventurero que debió de correr mucho antes de recalar definitivamente en este confín del mundo.

A la mañana siguiente, muy temprano, me encaminé a la «Fundación Darwin», que se alza a poco más de un kilómetro del pueblo, bordeando el mar, y que está dedicada preferentemente al estudio de las grandes tortugas de tierra o galápagos que dieron nombre a las islas.

En un principio fueron muy abundantes, pero hoy en día, y si no fuera por los esfuerzos de la «Fundación» y del Estado ecuatoriano, estarían en trance de extinción, al igual que han desaparecido del resto del mundo.

Fósiles de tortugas terrestres similares se han encontrado en los más diversos rincones del Planeta, desde la India a Estados Unidos o Europa, pero, en la actualidad, tan sólo subsisten en las Islas Mascareñas, del Índico, y en Galápagos.

Los mayores ejemplares alcanzan un peso de trescientos kilos, y su carne es exquisita, mejor que la de pollo o faisán. Producen un aceite de primerísima calidad, y ésa fue una de las causas de su extinción, pues durante el siglo pasado los norteamericanos enviaron miles de buques a cazarlos. Terminada la matanza, los perros, ratas y cerdos que el hombre había traído consigo tomaron la costumbre de devorar los huevos, de modo que se calcula que en la actualidad, tan sólo uno de cada diez mil de esos huevos llega a convertirse en un individuo adulto.

Ahora bien, cuando la tortuga logra alcanzar los treinta centímetros de longitud, aparece ya protegida contra todo, y puede, en la mayor parte de los casos, llegar hasta los trescientos y más años de edad, de forma que se asegura que algunas de ellas fueron contemporáneas de Hernán Cortés o Felipe II.

Aparte de tan fantástica longevidad, presentan características realmente curiosas, como es el hecho de que se las puede ir cortando pedazo a pedazo, día a día, sin que mueran, y sin que parezcan sufrir dolor alguno. Separada la cabeza del tronco, el corazón aún les palpita durante quince días, y me aseguraron en las islas que cuando se les arranca el cerebro —apenas mayor que una habichuela— la tortuga aún camina durante medio año.

Tras varios días en Santa Cruz, y después de recorrerla de punta a punta, llegué a la conclusión de que me encontraba otra vez aislado y necesitado de un transporte que me llevara al resto del archipiélago.

Me habían asegurado que al cabo de quince días un avión militar llegaría a la antigua base norteamericana de la pequeña isla de Seymur o Baltra. Si no conseguía que ese aparato me devolviera al continente, tendría que esperar por lo menos un mes a que un diminuto barco de cabotaje quisiera aparecer por las islas, lo que nunca estaba garantizado.

Pronto llegué a la conclusión de que en toda la isla tan sólo conseguiría, con suerte, el pequeño yate de Karl Angermeyer, el *Robinson* o *Duque de las Galápagos*, del que ya había oído hablar incluso en el continente, aunque aún no me lo había tropezado en la isla.

Siguiendo una costumbre local, me encaminé al embarcadero y allí tomé «prestada» la primera lancha que encontré, en la que remé, cruzando la bahía, hasta la hermosa casa de Angermeyer, que se alzaba sobre las rocas, en el mejor emplazamiento de la ensenada.

El mismo Karl salió a recibirme. Vestía un corto pantalón, andaba descalzo, tendría unos cuarenta años y lucía una corta barba que recordaba al Robert Taylor de *Ivanhoe*.

Había llegado al archipiélago, en compañía de sus hermanos, treinta y tres años antes, traído directamente desde Hamburgo por su padre, un comerciante que un día sintió la necesidad de abandonar las comodidades de un mundo demasiado mecanizado y buscar para sus hijos un lugar en el que pudieran convivir más de acuerdo con la Naturaleza.

Karl es un hombre extremadamente cordial, feliz con su esposa y su soledad sobre las rocas, y no me costó trabajo llegar a un acuerdo para que me alquilara por unos días su diminuto yate —que se había construido con sus propias manos—, así como a su marinero, Roberto, sirviendo él mismo de patrón y guía por el archipiélago.

Amanecía cuando levamos anclas.

La esposa de Angermeyer nos despidió desde la puerta de su casa. Roberto izó las velas, y yo le ayudé. Karl se ocupaba del timón.

El barco medía unos diez metros, pero resultaba cómodo, espacioso y tenía una cabina capaz para cuatro literas y una pequeña cocina. Incluso tenía ducha, que es la mayor comodidad que se puede pedir en estos casos.

Pusimos proa al Este y, luego, al Norte, bordeando la isla. A mediodía fondeamos en el canal que separa entre sí las Plaza, dos islotes que se alzan a un tiro de piedra de la punta nordeste de Santa Cruz.

El canal era como una inmensa piscina de aguas limpias y tranquilas que permitían ver cómodamente el fondo, a unos diez metros bajo la quilla. Era un lugar hermoso y pintoresco, y hubiera resultado apacible, de no ser por el escándalo que armaban más de mil focas que habitaban en la costa baja de la mayor de las islas.

Nunca había visto una colonia semejante. Había focas de todos los tamaños, desde los grandes machos de más de quinientos kilos, a las diminutas crías recién nacidas, que se arrastraban entre las rocas sin atreverse aún a echarse al mar. La mayoría eran de color oscuro —verde oliva o negro—, pero también abundaban las que se encontraban en el tiempo de muda de la piel, y presentaban entonces un color marrón claro.

Echamos al mar el pequeño bote auxiliar, para saltar a tierra. Inmediatamente, nos rodearon cinco o seis focas que se aproximaban casi hasta tocarnos y sacaban la cabeza del agua, queriendo asomarse para ver lo que llevábamos en la embarcación. Ladraban y hacían gracias, como si cada una de aquel millar de bestias estuviera amaestrada y formara parte de la *troupe* de un circo.

Saltar del bote a las rocas fue un problema. Existía una especie de diminuto espigón, pero se encontraba ocupado por dos hembras que dormían al sol y que se molestaron mucho cuando tuvieron que apartarse para dejarnos paso. El jefe de la familia se enfadó; era un macho de más de dos metros de largo y enormes colmillos, que se encontraba en esos momentos en el agua, y que sacó la cabeza gritándonos algo que quería decir, sin duda, que dejáramos en paz a sus esposas.

Pronto pude advertir que toda la costa se encontraba claramente dividida en «territorios», de no más de quince metros de longitud, y en cada uno de ellos reinaba un macho con su corte de hembras y crías. Cada uno de aquellos monarcas defendía celosamente sus posesiones y no permitía que ningún otro cruzara sus fronteras no sólo en tierra, sino incluso en las aguas cercanas, allí donde retozaban las hembras o las crías.

Esta colina de focas de las islas Plaza formaban parte —como todas las que habían visto hasta el presente— de la especie más común en el archipiélago, tan numerosa, que los nativos se quejan de que les destrozan las redes. Su abundancia se debe a que su piel no es apreciada en peletería, por ser basta y de largos pelos. No han sido nunca molestadas, a diferencia de una segunda especie, limitada ya a las islas de Fernandina e Isabela. De piel suave y preciosa, han sido muy perseguidas a causa de ella, de modo que, en la actualidad, no quedan en el archipiélago más que unos cuatro mil ejemplares, muy localizados en los rincones más solitarios. Tal vez la rigurosa prohibición que existe de matarlas permita su rápida recuperación.

Los machos ya viejos, que no se encuentran con ánimos de iniciar nuevas luchas por la posesión de un harén, se retiran a los acantilados posteriores de la mayor de las islas Plaza, donde viven, solitarios y amargados, hasta que les llega la muerte.

Se vuelven entonces malhumorados y furiosos, no permiten que nadie se les acerque, y cuando intenté fotografiar a uno de ellos, se me echó encima profiriendo grandes gritos y haciendo gestos amenazadores.

Cerca de él aparecía el enorme cadáver de otro macho viejo, y cada roca que sobresalía estaba ocupada por uno de ellos. Aunque la altura en caída libre hasta el mar superaba los treinta metros, me aseguraba Karl que, en ocasiones, los había visto lanzarse desde allí al agua. Una vez conseguida la comida, volvían a subir arrastrándose trabajosamente desde el otro lado de la isla, a lo largo de más de dos kilómetros de empinada cuesta.

Producían tristeza ver aquellos animales de media tonelada de peso reptando jadeantes hasta la cima de su retiro, aquel alto acantilado desde el que contemplaban durante horas y días el ancho mar que había significado toda su vida. Era como penetrar en un santuario, en un asilo de ancianos abandonados, en un cementerio de seres vivos.

Ese mismo acantilado se encontraba habitado, al mismo tiempo, por la más increíble variedad de aves marinas que pueda imaginarse. Por su número, destacaban las llamadas «gaviotas de cola de golondrina», especie propia de las Galápagos, fácilmente reconocible por los círculos rojos de sus ojos. Anidaban en las cornisas del acantilado, depositando los huevos sobre la roca sin formar nido de ninguna especie. Cuando me aproximaba demasiado a ellas, se limitaban a chillar desaforadamente, abriendo mucho el pico con gesto amenazador, y echaban a volar trazando círculos sobre mi cabeza. Algunas incluso llegaban a querer posárseme encima, y tenía que espantarlas, aunque no parecía que tuvieran intención de hacerme daño. También abundaban los alcatraces, rabihorcados y palomas de las Galápagos, pero no pude ver allí ni un solo albatros. Lo abrupto del terreno no les proporcionaban las amplias pistas de aterrizaje que precisaban para sus despegues y tomas de tierra.

El suelo de las Plaza, volcánico como el de todas las islas, aparece salpicado de cactos de pequeño tamaño que sirven de alimento a la gran cantidad de iguanas de tierra que pululan por doquier y que acuden a comer a la mano del extraño, pese a que no están —como las de Angermeyer— acostumbradas a la presencia humana.

Lo más llamativo, quizá, de las Plaza, es la incre íble alfombra de mil colores que forman unos matojos bajos y resecos, que surgieron de fisuras que se producen entre la lava, se extienden luego en una superficie de cuatro o cinco metros cuadrados, combinando los colores rojizos de uno con el violeta, el amarillo o el verde del siguiente. Como al fondo destaca el azul intenso del mar, en conjunto y contempladas desde su cumbre, las Plaza semejan un inmenso tapiz diseñado por un caprichoso artista.

Desde las Plaza pusimos proa al canal que separa el norte de la isla de Santa Cruz de la de Baltra o Seymur. A unas cuatro millas, pasado el canal, se abre —en la misma Santa Cruz— una inmensa bahía de aguas poco profundas. Más que bahía, es, en realidad, un gran manglar por el que miles de canales de no más de un metro de hondo se adentran en tierra. Éste es refugio predilecto de tiburones y gigantescas tortugas de mar que acuden a centenares, especialmente en época de celo.

Era tan escasa el agua, que a la mayor parte de los tiburones les sobresalía la aleta dorsal. Debíamos andar con sumo cuidado, pues el único medio de penetrar en el manglar era utilizando el frágil bote auxiliar del yate, y cualquiera de aquellos grandes animales podía hacerlo zozobrar de un coletazo. Caerse al agua en semejante lugar era como lanzar un filete de vaca en una perrera municipal.

Resultaba curioso ver a las grandes tortugas marinas acoplándose. Había docenas de parejas que parecían pasar dificultades para conseguir su objetivo, ya que debían mantener la cabeza fuera de la superficie para respirar. No daba la impresión de que a las hembras les agradara demasiado todo aquello, y los machos tenían que morderlas fuertemente para que aceptaran su presencia. En torno a cada hembra rondaban siempre dos o tres machos, amén del que se encontraba con ella en esos momentos. Me hubiera interesado estudiar más detenidamente las costumbres de estos extraños animales, pero la noche se nos echaba encima rápidamente y no podíamos permitirnos el lujo de extraviarnos en la oscuridad en aquel laberinto de manglares.

Aquella noche fondeamos en el canal —quieto como una balsa—, y muy temprano pusimos rumbo a San Salvador, la isla de los tesoros.

Poco hay que ver en ella, ya que es un desierto deshabitado y desconocido, excepción hecha de la maravillosa bahía Sullivan, que forma, con su vecina, la diminuta isla de San Bartolomé. En la cumbre de San Bartolomé pudimos subir a la cueva que servía de refugio y puesto de vigilancia a los piratas que escondían sus naves en la bahía.

Se aseguraba que esa cueva servía, también, para dejarse mensajes unos a otros. Hoy en día, es costumbre que los escasos viajeros que pasan por aquí escriban, a su vez, un mensaje.

A los pingüinos pudimos verlos al día siguiente, en las costas de Isabela. Animales de los hielos, llegaron al archipiélago empujados por la corriente de Humboldt, al igual que los leones marinos, y aquí se quedaron. Con el tiempo, han evolucionado ligeramente, y son más pequeños y débiles que sus congéneres de los Polos, pero no parecen desgraciados por ello. Viven en paz en Fernandina e Isabela; tienen abundancia de alimento, y nadie los molesta. Se calcula que existen unos mil quinientos ejemplares, y con las actuales leyes de protección, irán aumentando de número poco a poco. Resulta cómico y curioso verlos caminar tan serios, con sus fracs de gala, sobre las rocas de lava negra o las amarillas playas caldeadas por el sol. La clásica imagen del pingüino y el hielo pierde aquí todo su valor, y causan tanta sorpresa como ver un camello paseándose por el Polo.

Los días transcurrieron sin grandes novedades.

El tiempo, claro; el mar, en calma; la temperatura, primaveral.

Un auténtico crucero de recreo por un país de fantasía. Días de pesca, de baños, de sol. De bajar a tierra, a ver más animales; algunos, extraños, como los cormoranes de Isabela, que no vuelan. Pertenecen a la misma especie que se encuentra en otra de las islas y en las costas del Perú, pero es tanta la riqueza piscícola de las aguas vecinas, que, poco a poco, perdieron la costumbre de adentrarse en el mar a buscar su alimento. Les basta con echarse al agua, bajar al fondo y coger un pez. Con el tiempo y la falta de uso, las alas dejaron de serles de utilidad, se les atrofiaron y hoy parecen las de un pingüino.

Isabela no tiene mucho que ver. Es la mayor, pero, quizá, la más fea de las islas. La coronan cinco volcanes y la habita una próspera colonia de campesinos que viven del café, el maíz, la caña de azúcar, la pesca y el ganado salvaje que pulula por todas partes. A mi modo de ver, y si no fuera por los pingüinos, las focas o las tortugas, Isabela podría pertenecer a cualquier otro archipiélago volcánico del mundo. Le falta la personalidad de Hood, Floreana, Santa Cruz o las Plaza. Salvo Tagus-Cove, Punta Espinosa o el estrecho Bolívar que la separa de Fernandina, no tiene mucho que ver, y si he de ser sincero, hasta cierto punto me desilusionó.

Al cabo de unos días, emprendimos el regreso a Santa Cruz, para ir a fondear, a media tarde, en el canal que la separa de Baltra, y donde dormimos ya una noche. Me sentía apenado. Al día siguiente, un avión me devolvería al continente, a la civilización, a los automóviles y a la contaminación atmosférica.

En el transcurso de aquellos días había perdido la noción de que todo eso existiese; de que hubiese en el mundo ciudades donde millones de personas se amontonaban luchando por la subsistencia.

Tenía que regresar, y me dolía. Pensé en Marie-Claire, que me esperaba desde hacía tanto tiempo, y me sentí reconfortado. Por muy lejos que fuera, por mucho que buscara, en ningún lugar encontraría nada que pudiera comparársele. Quizá la solución estaba en ir a buscarla y llevarla allí, que era el paisaje que le correspondía: hermoso, sereno, solitario.

Sentí deseos de sumergirme por última vez, hacer una última visita a los mil habitantes de los arrecifes, y me lancé al agua. Nadé hacia la costa, distante unos cien metros, y me dediqué a estudiar la vida de aquel complejo mundo.

De pronto oí un grito. Aún no sé por qué, alcé el rostro y miré hacia el barco. En cubierta, Karl hacía desesperados gestos de que saliera del agua y gritaba algo que no entendí. No tuve tiempo ni de pensar siquiera; a menos de diez metros se alzaba el acantilado; me precipité hacia él y trepé como pude a una roca mientras continuaba oyendo los gritos de Karl y Roberto. Cuando me creí a salvo, me volví; algo que parecía un tren se me echaba encima. Era negro, reluciente, mediría unos doce metros de longitud, y una alta aleta en forma de cimitarra le sobresalía del lomo. A menos de cuatro metros, sacó la inmensa cabezota del agua, lanzó al aire un chorro de espuma y me observó con unos ojillos brillantes y malignos. Distinguí una mancha blanca que destacaba en su lomo, y el miedo estuvo a punto de hacerme caer de la roca.

¡Era una orca!

La orca, la asesina de ballenas, la devoradora de focas. El monstruo más sanguinario y terrible de los mares, capaz de atacar las barcas de pesca, hacerlas volcar y tragarse de un bocado a sus ocupantes.

Una orca que me miraba fijamente, como estudiando sus posibilidades de mover la roca sobre la que me encontraba para hacerme caer al agua como suelen hacer con los témpanos de hielo y los esquimales del Polo.

—¡No te muevas! ¡No te muevas! —gritaba Karl.

Al fin, el animal se alejó, y diez minutos después, con infinitas precauciones, Roberto vino a buscarme en el bote.

—Puedes jurar que hoy has vuelto a nacer... Nunca, nunca en mi vida vi una orca tan cerca de tierra, ni soñé que pudiera llegar hasta aquí. Seguramente andaba a la caza de focas, y si no la vemos a tiempo, te hubiera engullido como una aceituna... ¡Diablos!

¡Diablos, sí! A veces, aún se me aparece en pesadillas. En estos años he corrido mucho mundo y he pasado mucho miedo. Pero nunca nada puede compararse a aquello.

Morir es una cosa. Acabar devorado vivo por una orca, otra muy distinta.

A la mañana siguiente, muy temprano, levamos anclas y fuimos a fondear al pequeño puerto que el Ejército americano había construido casi treinta años atrás en Baltra. La pequeña isla era ya una ciudad fantasma, con calles por las que no corrían los autos y casas en las que no vivía nadie.

Durante la guerra habitaron aquí diez mil personas, y fue ésta la más importante base aérea de la zona. Luego, al final de la contienda, todos se marcharon, y los hospitales, los cuarteles y las viviendas pasaron a ser propiedad de iguanas y aves marinas.

Mientras llegaba el avión, busqué refugio del sol en uno de los pocos edificios que aún no amenazaba ruina; el Club de Oficiales del Ejército del Aire de los Estados Unidos.

Sobre el montante de la puerta aparecía un borroso letrero pintado muchísimo tiempo atrás por alguien, que, sin duda, conocía bien las islas.

«WORLD END», «FIN DEL MUNDO», rezaba.

Y tenía razón.

Capítulo XLI

EL MUNDO ESTABA ALLÍ

Regresé de mi largo viaje a las Galápagos decidido a tomarme un buen descanso, pero el hombre propone y Televisión dispone, por lo que tan sólo unos días más tarde me encontraba en Trípoli, capital de la «nueva Libia» del coronel Gadaffi y en la que aproveché parte de mi tiempo libre para reunir información sobre el legendario «Escuadrón Blanco» que durante años había combatido contra el tráfico de esclavos.

El «Escuadrón» constituiría años más tarde la base de mi novela, *Ébano*, y ya por aquellos días comenzaba a rondarme la mente la idea de novelar los temas que me habían venido al paso durante mis años de viajar, ver mundo y tropezar con problemas.

La esclavitud en África, con su aumento progresivo a medida que los países árabes se enriquecían con el petróleo y pagaban cifras astronómicas por una hermosa negra; la destrucción del Amazonas, sus indígenas, su flora y su fauna; la explotación por parte del blanco del hambre atávica de los indios de la cordillera Andina; el inhumano tráfico de sangre en el Caribe; el conflicto racial, sin solución posible, de Sudáfrica... todo se iba convirtiendo a mis ojos en tema de denuncia que deseaba dar algún día en relatos que fueran a la vez amenos y profundos y marcaran las dos facetas que siempre pretendí que hubiera en mi vida: periodismo y novelística.

De Libia continué al Chad, donde los viejos amigos y la nueva situación me hicieron advertir hasta qué punto cobraba realmente fuerza ese asunto del tráfico de esclavos, y luego otra vez Camerún, Costa de Marfil, la Guinea de Sékou-Touré, recién invadida por un absurdo comando de mercenarios portugueses, Senegal, Madrid, y, a los cinco días, cuando me disponía a celebrar en familia una hermosa Navidad, otra vez en marcha, ahora hacia Río de Janeiro, Matto-Grosso, Maracaibo y Panamá.

En el transcurso de ese viaje, una «amibiasis» me mantuvo todo un mes fuera de circulación, me dejó en los huesos y quebrantó de forma notable mi salud, que venía resintiéndose desde mucho tiempo atrás.

Durante mis tiempos de pescador submarino, persiguiendo a un mero a pulmón libre a poco más de veinte metros de profundidad, advertí de pronto que me encontraba «seco» de aire. Logré salir y llegar a la costa, donde me tumbé sobre una roca, pero debí perder el conocimiento. Cuando desperté, nadaba sobre un charco de sangre. «Algo» se me había roto dentro.

En los años que siguieron, extrañas hemorragias se me presentaban de tanto en tanto, sin que los médicos lograron encontrar su lugar de origen, localizado, probablemente, en el pulmón derecho o en la tráquea. Pude ir saliendo adelante sin grandes problemas, exceptuados los malos ratos, pero a raíz de la «amibiasis», todo pareció complicarse, y las hemorragias menudearon y se hicieron cada vez más intensas.

Por dos veces salvé la vida gracias a rápidas y repetidas transfusiones, y en tres ocasiones me operaron o intentaron operarme sin éxito. El resultado fue que hoy no puedo vivir demasiado lejos de un hospital, o corro el riesgo de desangrarme en un momento dado sin que nada pueda salvarme.

Lógicamente, eso significó en gran parte el fin de los viajes y el fin de la aventura. Hasta el día en que alguien sea capaz de localizar qué es exactamente lo que se ha roto en mi interior, y cómo puede repararse, tengo que limitarme a una vida normal en todos los aspectos, pero con la constante espada de Damocles de una hemorragia que se presenta de improviso, sin el menor aviso, y en los momentos y lugares más inesperados. Durmiendo, a las cinco de la mañana, en un restaurante de lujo; en un avión o en el momento de alzar en brazos a mi hija, y es como una maldición que me acompaña, no sé hasta cuándo, probablemente hasta el último momento, porque sea capaz de acabar conmigo.

Ése es, quizás, el precio que tengo que pagar por los años de aventura, por las cosas que he visto, la gente que he conocido, y la vida, maravillosa en todos sus aspectos, que me ha tocado vivir.

Si ese precio es caro o es barato, no sabría decirlo... Lo que sí puedo asegurar es que, si tuviera que comenzar de nuevo, volvería a empezar sin dudarlo un solo instante, aunque nunca lleguen a descubrir lo que tengo y curarme.

Pero la esperanza es lo último que se pierde, y mientras el momento de la recuperación definitiva llegaba, me trasladé temporalmente a Venezuela con mi pequeña familia, país en que pronto encontré una nueva patria y me sentí completamente a gusto, dedicado a escribir sobre los problemas y los lugares que había conocido en mis años de viajar.

Nacieron así novelas como *Manaos*, *Tierra Virgen*, *¿Quién mató al embajador?*, *Como un perro rabioso* y *Ébano*, que me abrieron las puertas de las grandes editoriales y significaron la culminación de un sueño infantil, la quimera que siempre creemos que continuará siendo quimera eternamente, hasta que un día se convierte en realidad, sorprendiéndonos a nosotros mismos.

A veces, al mirar hacia atrás, me asalta la sensación de que no he sido yo quien ha vivido todo esto, ni visitado esos países, ni disfrutado, o padecido, semejantes experiencias.

Anaconda quizá no pueda volver nunca más a recorrer el Amazonas, y poco a poco se olvide allí su nombre, y se le olvide en muchos otros lugares en los que conserva tantos y tan buenos amigos. Es triste pensarlo cuando no se han cumplido todavía los cuarenta años y uno cree tener aún toda una vida por delante, pero sea como sea y aunque nunca, nunca, pueda volver, el mundo es tan maravilloso, de los Andes al desierto y de las selvas al fondo de los mares, que con calor o sed, con hambre o frío, con mos-

quitos, orcas o anacondas no hay nada —NADA— en
esta vida que pueda compararse al hecho de haberlo
visto y poder guardarlo para siempre en el corazón y
la memoria.

Aunque ocurra cualquier cosa, cualquier día, hay
algo para mí que no admite duda alguna:

El mundo estaba allí, y había que verlo.

Y yo lo he visto.

Marbella, agosto de 1975

FIN

ÍNDICE